Helmut Hark · Heilkräfte im Lebensbaum

Helmut Hark

# Heilkräfte im Lebensbaum

*Ein praktisches Übungsbuch für Selbsthilfe und Therapie*

Kösel

Ich widme dieses Buch zum Lebensbaum
*Meiner Frau Margarete*

ISBN 3-466-34274-0

Druck und Bindung: Kösel, Kempten.
Umschlag: Elisabeth Petersen, Glonn.
Umschlagbild: Christine Paxmann, München. Mit freundlicher Genehmigung des Magdalenen Verlags, KALENDER »Worte und Gedanken 1992«.

1 2 3 4 5 · 96 95 94 93 92

*Gedruckt auf umweltfreundlich hergestelltem Werkdruckpapier (säurefrei und chlorfrei gebleicht)*

# Inhalt



## Einführung



## 1. Malkuth



## 2. Jesod

## 3. Hod



## 4. Nezach



## 5. Tiphereth

## 6. Geburah



## 7. Chesed



## 8. Binah

## 9. Chockmah



## 10. Kether



## Anhang

# Vorwort

Der Lebensbaum wächst seit meinen Kindertagen in meiner Seele. Gepflanzt hat ihn mein Großvater, der Schmiedemeister Albert Hark. Meine Erinnerungen an den Lebensbaum reichen zurück in mein drittes oder viertes Lebensjahr. Ich erinnere mich an einige Sonntage, als der Großvater in der Bauernstube Bibelstunden hielt und den Anwesenden Geschichten aus der Offenbarung des Johannes auslegte. Wenn ich auf der Fußbank neben dem Großvater saß, hörte ich meistens gelangweilt zu, weil all die angeblich heiligen Geschichten für mich unbegreiflich waren und in meinen kindlichen Erfahrungen nicht vorkamen. Doch es gab eine Geschichte, auf die ich jeden Sonntag sehnsüchtig wartete, nämlich die Geschichte vom Lebensbaum. Alle paar Wochen kam der Großvater auf diese Geschichte zu sprechen und malte in großer Begeisterung den Zuhörenden den Lebensbaum aus, so daß er deutlich vor ihren Augen entstand. Er würde jeden Monat Früchte tragen, und seine Blätter würden heilend wirken (Offenbarung 22). Nach Schluß der für mich viel zu lang dauernden Predigten rannte ich hinaus in den Garten und sammelte von verschiedenen Bäumen die Blätter, ich legte mir in verschiedenen Kartons ganze Sammlungen an. In meiner kindlichen Phantasie dachte ich mir, daß ich für verschiedene Schrammen und Wunden, die ich mir beim Spielen und Toben zuzog, natürlich verschiedene Blätter von den Lebensbäumen verwenden müsse. Für ganz kleine, kaum sichtbare Stellen wie Mücken- oder Fliegenstiche verwendete ich meistens Birkenblätter von den beiden Birken vor unserer Haustür. Die länglichen Blätter von unserem Nußbaum benutzte ich für lange Kratzer, die ich mir von den Stachelbeeren an Händen und Beinen zugezogen hatte. Zunächst rieb ich meinen Speichel auf die Wunden und drückte dann ganz lange ein Blatt vom Walnußbaum darauf. Dabei dachte ich an den Großvater und an seine Mahnung, daß man auch ganz fest an die heilende Wirkung der Blätter vom Lebensbaum glauben müsse. Ähnlich tat ich es mit vielen Blättern von

anderen Bäumen in unserem Garten für Wunden und Leiden mancher Art.
Als ich älter wurde und zur Schule ging, habe ich, ähnlich wie alle Kinder, diesen Glauben an die heilende Wirkung der Blätter vom Lebensbaum verloren. Nein, ich muß mir selbst widersprechen, dieser Glaube und diese Vorstellung wurden nur verwandelt, als ich vor 20 Jahren durch die tiefenpsychologische und psychotherapeutische Ausbildung die symbolische Bedeutung der Dinge und der Erfahrungen kennenlernte. Seitdem sind mir auch der Lebensbaum als ein Symbol in unserer Seele und die Bildersprache der Träume ganz wichtig geworden. Als ich in jener Zeit einige Vorträge und Seminare bei Friedrich Weinreb besuchte, erweckte dieser prophetische und chassidische Mann das schlummernde Bild meines Großvaters, und ich begann mich wieder neu mit dem Lebensbaum zu befassen. Ich sammelte und las viele Bücher zum Lebensbaum der Kabbala und Deutungen aus jüdischer und esoterischer Tradition. Dabei machte ich eine merkwürdige Entdeckung, die zugleich auch der Anstoß wurde zu meiner eigenen tiefenpsychologischen Deutung des Lebensbaumes.
Durch meine therapeutische Ausbildung und Arbeit war es mir sehr wichtig geworden, bei allen Deutungen von Symbolen, Träumen und Texten auf die Erfahrbarkeit im realen Leben zu achten und anderen Menschen (und auch mir selber!) einen Weg zu dieser Erfahrung zu zeigen. Und genau dies fehlte mir in den meisten traditionellen Büchern zum kabbalistischen Lebensbaum. Es war dort viel von geheimnisvollen Begebenheiten und esoterischen Welten die Rede, von Engeln und mir fremden Bewußtseinszuständen, doch wie Menschen dahin gelangen, das wurde meistens nicht gesagt. So faßte ich den Entschluß, das mir vertraute tiefenpsychologische Instrumentarium auf meine persönliche Deutung des Lebensbaumes anzuwenden. Ich will dabei nicht verschweigen, daß ich anfangs oft Zweifel hatte, ob diese Deutungsmethode dem Gegenstand angemessen sei. Doch ich erhielt Bestärkung aus drei Richtungen. Zum einen hatte ich mit der tiefenpsychologischen Interpretation von Bibeltexten seit vielen Jahren gute Erfahrungen gemacht und durch mein Buch »Jesus der Heiler« mit der Deutung von biblischen Heilungsgeschichten unter therapeutischen Gesichtspunkten viel Zuspruch erhalten. Das ermutigte mich, diese Methode auch auf den Lebensbaum anzuwenden.
Eine zweite Verstärkung kam hinzu. Wenn ich in meinen Traumseminaren nach entsprechender Einführung den Lebensbaum als Deutungs-

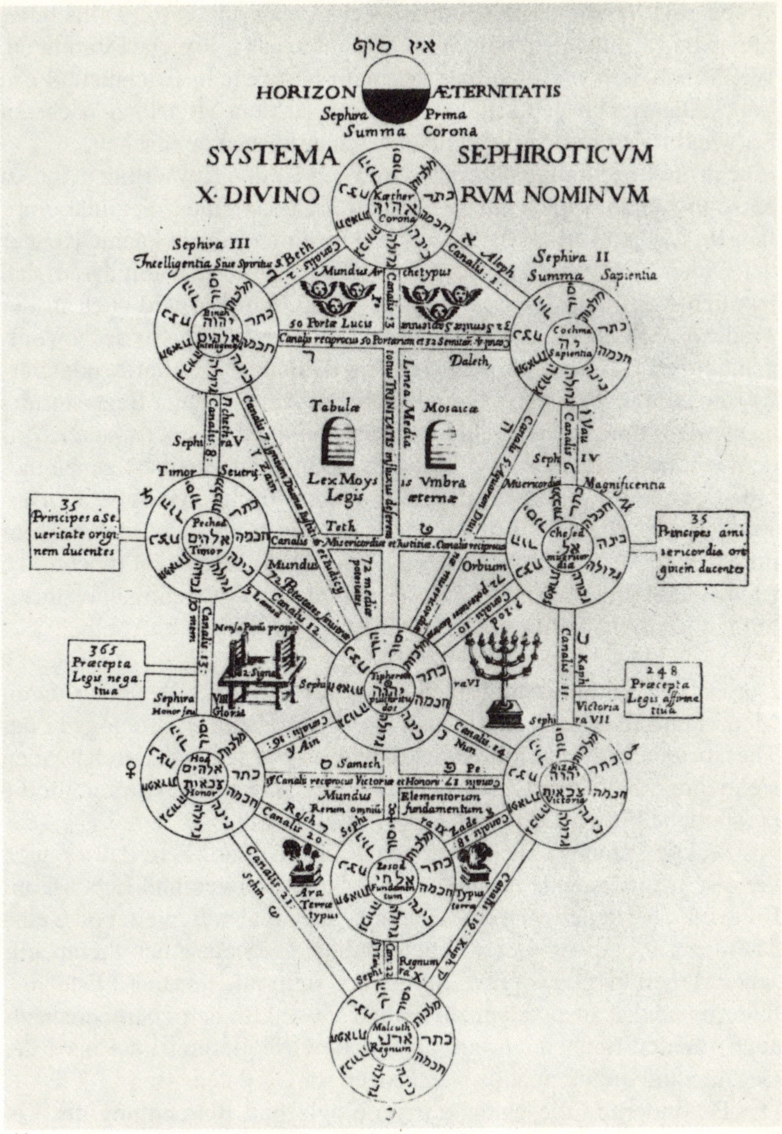


*Abbildung 1:* Dieser kabbalistische Lebensbaum von Athanasius Kircher (Rom 1652) ist ein besonderes historisches Dokument und zeigt die vielfältigen Beziehungen der einzelnen Sephirot oder Erlebnisfelder zueinander.

system und Verstehenshilfe einbezog, ergaben sich für die Teilnehmerinnen und Teilnehmer viele Gesichtspunkte und hilfreiche Deutungen. Wenn man seinen Aufenthalt in einem bestimmten Erlebnisfeld des Lebensbaumes ausgemacht hat, kann man an dem Modell die nächsten Entwicklungsschritte erkennen und sich auf den Weg machen.
Eine dritte Ermutigung habe ich durch den Grafen Keyserling in einem persönlichen Gespräch am 22. August 1990 bei einem Seminar empfangen. Lachend erinnerte mich dieser erfahrene und bekannte Kenner der Esoterik bei unserem Gespräch über den Lebensbaum daran, daß letztlich doch jede Interpretation in der Geschichte und auch in der Tradition des Lebensbaumes eine persönliche Auslegung des jeweiligen Lehrers war und sich entweder Anerkennung verschaffte oder verworfen wurde. So wagte ich mich denn mit zunehmender Begeisterung an meine eigene tiefenpsychologische Deutung des Lebensbaumes, indem ich die Tiefenpsychologie von C.G. Jung und meine eigenen therapeutischen Erfahrungen auf dieses kabbalistische Symbolsystem anwendete und übertrug. Mit meiner überwiegend therapeutischen Deutung der 10 Sephirot oder Erlebnisfelder im Lebensbaum möchte ich suchenden Menschen eine Orientierung bieten. Als richtig und zutreffend möge diejenige Deutung gelten, die weiterbringt und heilt.

Dieses Buch will in erster Linie eine Hilfe zur Selbsthilfe geben, damit Menschen selbständig und unabhängig von einem Psychologen oder Therapeuten eigene Schritte tun können. Allein schon dadurch können sie in ihrem Selbstwertgefühl wachsen und die nächsten Stufen für die persönliche Entwicklung finden.
Als praktizierender Psychotherapeut weiß ich natürlich, daß es auch viele schwerwiegende psychoneurotische Störungen und Lebenskonflikte gibt, bei denen man eine Zeitlang einen realen Begleiter oder eine Therapeutin braucht. Gerade auch in dieser gemeinsamen therapeutischen Arbeit kann das uralte Symbol-System mit seinen 10 Erlebnisfeldern und den ansprechenden Farben sowohl für den Therapeuten als auch für den Suchenden eine hilfreiche Orientierung im Chaos der Gefühle und im therapeutischen Prozeß sein.
Die Besonderheit dieser tiefenpsychologischen Betrachtung des Lebensbaumes liegt darin, daß hier keine Verstehens- und Orientierungshilfen in einem Modell von außen an die Menschen herangetragen werden, sondern daß der Lebensbaum in der Seele eines jeden schlummert und nur angesprochen werden muß. Wenn wir unsere Aufmerk-

samkeit auf die Symbole und die Erlebnisfelder im Lebensbaum richten, beginnt damit ein inneres Zwiegespräch, das unsere Lebensenergien erweckt und wachsen läßt. Im Unterschied zu von außen vorgegebenen Zielen, Appellen oder Konfliktlösungen, wirken die persönlichen Motivationen und die inneren Beweggründe des Herzens und der Seele am stärksten auf den Menschen ein. Daher ist für mich gerade der Lebensbaum ein hilfreiches System, das jeden Menschen in seiner Ganzwerdung, Heilung und Individuation unterstützen kann.

# Dank

An erster Stelle möchte ich meiner Frau Margarete danken, daß sie mir in den Ferien und der Freizeit die Freiheit und die Zeit zum Schreiben ließ.
Mein Dank gilt ferner allen Ratsuchenden, Analysanden, Patienten(innen) sowie Seminarteilnehmern(innen), die mir erlaubten, die persönlichen Erfahrungen und Träume mit veränderten Namen und Daten zu veröffentlichen, um anderen Menschen ein Beispiel zu geben und Mut zu machen, an der Selbsterkenntnis zu arbeiten und die Selbstheilungskräfte in der eigenen Seele mit Hilfe des *Lebensbaumes* und seiner archetypischen Symbolik zu erwecken und zu aktivieren.
Mein besonderer Dank gilt meinem Freund und Kollegen Dr. med. Walter Köster in Gelnhausen für das Kapitel Psychosomatik der Körperorgane und deren Zuordnung zu den Erlebnisfeldern im Lebensbaum, sowie die Zuordnung der entsprechenden Bach-Blüten.
Die Zuordnung der Großen Arkana aus dem Tarot besorgte Werner Doerge-Heller, einer der erfahrensten Tarot-Lehrer im süddeutschen Raum. Die farbigen Karten zum Lebensbaum-Tarot malte Erika Silio, wofür ich ganz besonders herzlich danke!
Aus der großen Fülle der biblischen Tradition des Alten und des Neuen Testamentes hat meine Frau einige Sprüche ausgewählt zu den jeweiligen Erlebnisfeldern. Für interessierte Leserinnen und Leser möchte ich noch darauf hinweisen, daß ich in meinem Buch »Jesus der Heiler« durch die tiefenpsychologischen Deutungen der biblischen Heilungsgeschichten und an der heilenden Wirkung des Christusbildes einige Ansätze zu einer »Tiefentheologie« aufgezeigt habe, wozu der Lebensbaum ein bisher noch nicht genutztes hermeneutisches Symbol-System darstellt.
Abschließend möchte ich auch der Lektorin im Kösel-Verlag, Frau Heike Denneler, herzlich danken für die kreative Zusammenarbeit.

Karlsruhe, im Herbst 1991 *Helmut Hark*

# Einführung

## *Die Säulen und Ebenen*

Wenn wir das Modell des Lebensbaumes anschauen, erkennen wir auf den ersten Blick am deutlichsten die drei Säulen. Die *linke Säule* wird in der esoterischen und kabbalistischen Tradition die Säule der Gestaltung und Formgebung genannt. In meiner tiefenpsychologischen Deutung des Lebensbaumes ordne ich daher alle Erfahrungen, Fragen, Symbole, Wirkungen usw., die etwas mit den Prinzipien der Gestaltung und Formgebung zu tun haben, den drei Erlebnisfeldern (Sephirot) der linken Säule zu.

Die *rechte Säule* hat in meiner Deutung mit vitalen und emotionalen Prozessen zu tun sowie mit Erfahrungen der Weisheit und der Inspiration. Während die linke Säule von manchen esoterischen Autoren die harte und männliche Säule genannt wird, können wir bei der rechten Säule an weibliche und weiche Lebensqualitäten denken und weise Einsichten durch den Lebensbaum.

Die *mittlere Säule* verweist uns bereits durch ihre symbolische Anordnung auf den Ausgleich und die Balance zwischen den Gegensätzen von hart und weich, von männlicher Gestaltung und weiblichen Wachstumsprozessen. Dabei müssen wir sogleich hinzufügen, daß derartige Unterscheidungen nicht absolut zu nehmen sind. In der persönlichen Erfahrung und im Leben sind die Übergänge fließend, oder eines ist sogar im anderen verborgen oder offensichtlich enthalten.

In meiner tiefenpsychologischen Deutung finden die drei Ebenen im Lebensbaum eine besondere Beachtung. Die *unterste Ebene* mit Hod und Nezach nenne ich die Beziehungsachse. Alle Aspekte unseres Lebensraumes und unseres inneren Lebens haben ihren Ort in Hod, alle Erfahrungen, die mit Lebendigkeit und dem Fluß des Lebens zu tun haben, sind in Nezach aufgehoben. Auch der Fluß der Zeit und das Strömen unserer Lebensenergien sind hier angesiedelt.

Auf der *mittleren Ebene* geht es um den Umgang mit den starken Gefühlen und Kräften (Geburah), und um Zärtlichkeit und Erotik (Chesed). Auch hier sind die Übergänge zwischen den Erlebnisfeldern fließend, wie in jedem lebendigen Gebilde, auch nach oben und unten. Dem übergeordneten Bereich gegenüber sollten wir uns passiv verhalten, aber offen für ihn sein (z.B. von Chesed zur Weisheit in Chockmah); auf die unteren Bereiche können wir aktiv zugehen.
Auf der geistigen, *oberen Ebene* im Lebensbaum können wir in Binah an der Selbsterkenntnis arbeiten und inneres Wissen erlangen. In Chockmah geht es um die Lebensweisheiten und Inspirationen aus dem Selbst. Auf die noch nicht erwähnten Erlebnisfelder (Malkuth, Jesod, Tiphereth und Kether) komme ich noch zu sprechen; sie haben insofern eine gesonderte Stellung, als sie nicht den Säulen und Ebenen zuzurechnen sind.

## *Zugänge zum Lebensbaum*

Ich lade Sie jetzt ein, erste Schritte zum Umgang mit dem Lebensbaum auszuprobieren, um entweder eine allgemeine Orientierung anhand dieses Modells zu suchen oder sich in einer bestimmten Lebens- oder Notsituation zu helfen. Praktisch könnte dieser erste Zugang zum Lebensbaum so aussehen, daß Sie die verschiedenen Begriffe und Stichworte zu den Erlebnisfeldern in den jeweiligen Kapiteln anschauen und eine Beziehung zur eigenen Befindlichkeit entdecken.
Nehmen wir einmal an, Sie fühlen sich im Augenblick stark und können sich gut durchsetzen, dann befinden Sie sich im Geburah im Lebensbaum. Auch die negative Umkehrung mit der Wahrnehmung von Niedergeschlagenheit oder sogar Depression verweist Sie auf die spezielle Gefühlsachse im Lebensbaum zwischen Geburah und Chesed.
Oder wählen wir als weiteres Beispiel, daß Sie sehr stark Ihre seelischen Schwingungen und Schwankungen des Biorhythmus wahrnehmen, dann befinden Sie sich derzeit im Nezach. Vielleicht müssen Sie sich zur Zeit auch mit bestimmten Beziehungsfragen auseinandersetzen, zum Beispiel wie Sie zu Ihrem Partner oder zu Ihrer Ehefrau stehen oder wie Sie eine Freundschaft gestalten. Dann sollten Sie Ihr Augenmerk auf die Beziehungsachse richten und speziell die Checkliste mit den Fragen zu Hod beantworten (diese Checklisten mit den Fragen befinden sich jeweils am Anfang eines Kapitels).

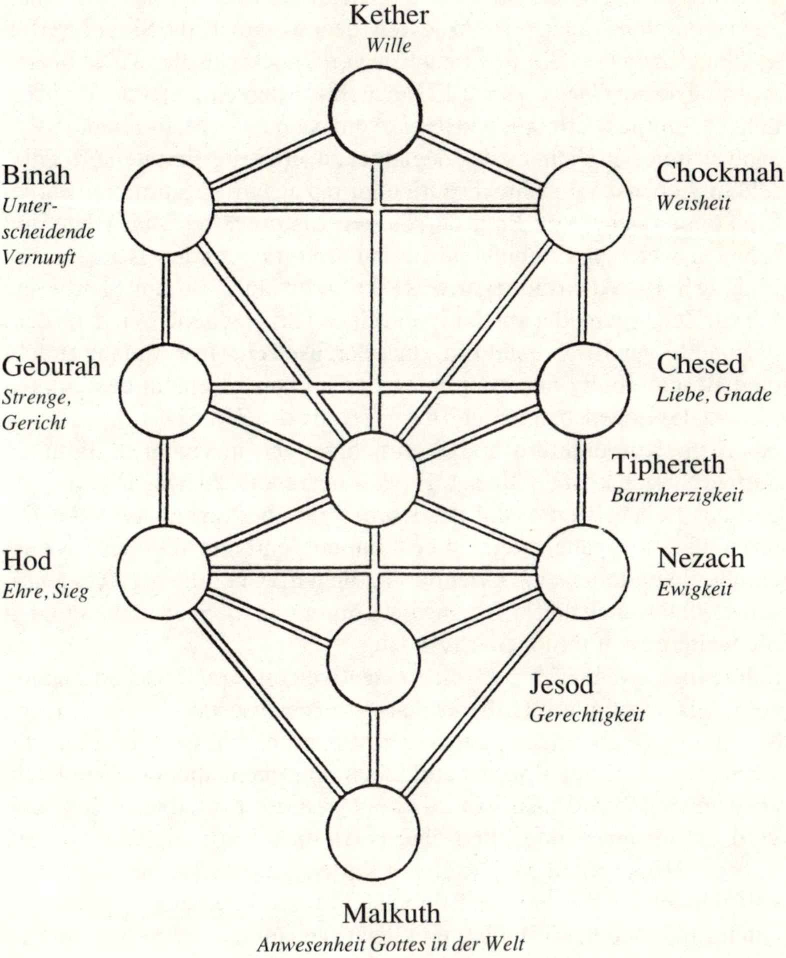


*Abbildung 2:* Der Lebensbaum
(Übersetzung der Namen nach Gershom Scholem, *Von der mystischen Gestalt der Gottheit*)

Ein Hinweis auf die geistige Dimension im Lebensbaum (Binah) und in der eigenen Person wäre gegeben, wenn Sie zur Zeit Sinnfragen beschäftigen, Sie einen starken Wissensdurst verspüren oder eine geistige Orientierung suchen. Vielleicht haben Sie in der letzten Zeit auch angefangen, zunehmend Ihre innere Stimme zu vernehmen oder zu ahnen, daß Ihnen zu bestimmten Fragen oder Projekten Ideen kommen, die Sie aufgreifen sollten, dann gehen Sie die Checkliste von Chockmah durch. Die Beantwortung dieser Checklisten hilft Ihnen, Ihren derzeitigen Standort in einem bestimmten Erlebnisfeld des Lebensbaumes zu bestimmen.
Eine weitere Möglichkeit des Zuganges zu einem bestimmten Erlebnisfeld im Lebensbaum wäre die Orientierung an einer bestimmten Farbe. Sie können dabei von Ihrer derzeitigen Lieblingsfarbe ausgehen und schauen, welchem Erlebnisfeld dieser Farbton zugeordnet ist (siehe Abbildung S. 19). Auch die negative Reaktion auf eine bestimmte Farbe, die Sie zur Zeit ärgert oder abstößt, kann einen Hinweis geben, sich mit dem dazugehörigen Erlebnisfeld auseinanderzusetzen. (Der Anhang enthält eine Beschreibung der Zuordnung der Farben zu einem bestimmten Aspekt des Lebensbaumes und der Wirkung der Farben.)
Auch Ihr Körpergefühl und Wahrnehmungen in einem bestimmten Körperbereich können Sie als Hinweis nutzen. Dazu habe ich das Modell des Lebensbaumes auf das Körperbild übertragen. Auch die Zuordnung der Organe zu einem bestimmten Wirkungsfeld des Lebensbaumes kann Ihnen eine Orientierung bieten. (Über die psychosomatischen Funktionen dieser Organe im Körper und im Seelenleben finden Sie weitere Ausführungen im Anhang.)
Schließlich möchte ich noch einen kreativen und spielerischen Zugang zum Lebensbaum mit Hilfe der Tarot-Karten erwähnen. Dazu können Sie die ins Buch eingelegten 10 Tarot-Karten zum Lebensbaum ausschneiden, evtl. auf Kartons aufkleben, und dann spontan eine Karte auswählen, die Sie anspricht. Sie können diese Karten natürlich auch verdeckt auslegen und blind eine bestimmte Karte ziehen. An dem farbigen Hintergrund der jeweiligen Karte erkennen Sie die Zugehörigkeit zu dem entsprechenden Erlebnisfeld im Lebensbaum.
Auch mit Hilfe der Tabellen und der sogenannten Schlüsselworte zu dem jeweiligen Erlebnisfeld des Lebensbaumes, die sich im Anhang des Buches befinden, können Sie sich orientieren und einen ersten Zugang zu Ihrem Erlebnisfeld entdecken.
Wenn Sie sich mit einem für Sie aktuellen Erlebnisfeld ausführlicher beschäftigt haben und die entsprechenden Lebensenergien bewußter in Ih-

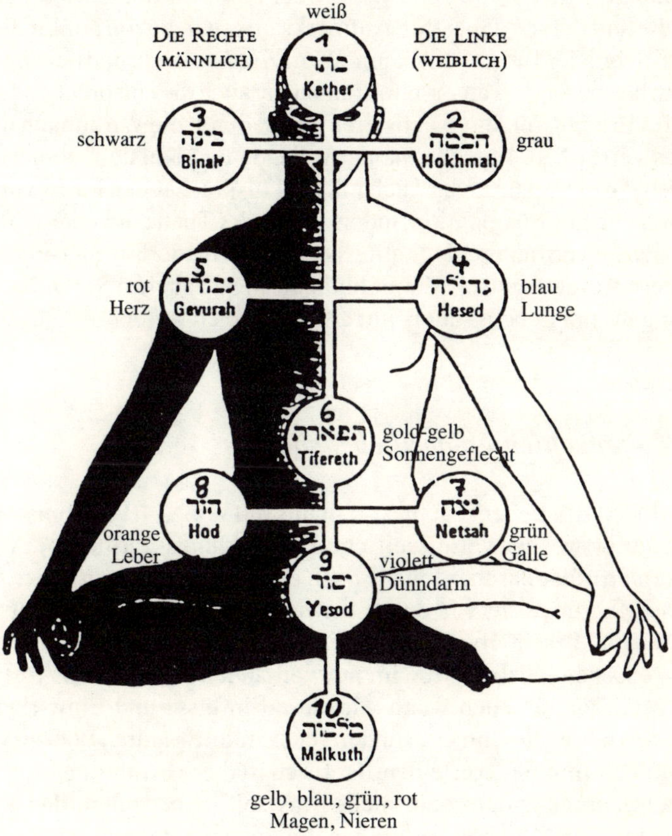


*Abbildung 3:* Der verleiblichte Lebensbaum mit zugeordneten Farben

re Lebensgestaltung integrieren möchten, dann könnten dazu die Affirmationen und Imaginationen am Ende eines jeden Kapitels für Sie hilfreich sein. Wenn irgend möglich, ziehen Sie sich dafür an einen ruhigen Ort zurück, damit Sie sich ungestört Ihren Gedanken, Einfällen und Gefühlen überlassen können. Vielleicht schalten Sie einleitend auch Ihre stimmungsvolle Lieblingsmusik ein oder eine bestimmte Meditationskassette und richten dabei Ihre Aufmerksamkeit liebevoll auf Ihr derzeitiges Erlebnisfeld im Lebensbaum. Wenn Sie die Arbeit und der Umgang mit Farben besonders anspricht, können Sie auch die entsprechende Farbe Ihres Erlebnisfeldes visualisieren und dadurch die Wirkungen dieses Feldes verstärken. Manche meiner Freunde und Kursteilnehmerinnen verwenden ein bestimmtes Tuch mit der entsprechenden Farbe zur Meditation und zur Imagination, indem sie dieses Tuch entweder umlegen oder sich im vertrauten Meditationssitz darauf niederlassen. Bitte sehen Sie diese Anregungen als Empfehlungen an und suchen Sie selbst nach Zugängen zum Lebensbaum, die für Sie hilfreich werden.

## *Die Tiefenschichten des Lebensbaums*

Das Modell des Lebensbaumes stellt uns mit seinen 10 Erlebnisfeldern nicht nur erstrebenswerte seelische Entwicklungsschritte vor Augen, sondern eröffnet darüber hinaus auch eine Tiefendimension der seelischen Erfahrung, die wir durch die tiefenpsychologische Sichtweise erfassen und beschreiben können. Es geht um die Ebenen des geistigen und seelischen Erlebens, die immer vorhanden sind und uns fortwährend beeinflussen, auch wenn wir diese Einflüsse und Einwirkungen nicht bewußt wahrnehmen, sondern eher intuitiv spüren oder in seelischen Verstimmungen erleiden. Trefflich ist diese Erfahrung im Volkslied ausgedrückt: »Ich weiß nicht, was soll es bedeuten, daß ich so traurig bin. Ein Märchen aus uralten Zeiten, das geht mir nicht aus dem Sinn…« Immer wenn uns Gedanken oder Dinge nicht aus dem Sinn gehen oder uns sogar besessen machen, dann wirken diese tieferen Ebenen aus dem Lebensbaum auf uns ein.

Die tiefste Ebene in jeder Sephira des Lebensbaumes beinhaltet unsere unbewußten Bindungen an den Urgrund des Lebens. Darüber können Sie sich spontan einen Einblick verschaffen, wenn Sie bei den Stichworten zu jeder Sephira die acht negativen Begriffe anschauen. Als Beispiel erwähne ich bei Tiphereth die vegetativen Spannungen und psychosomatischen Störungen, oder bei Malkuth als der Keimstätte und dem Wurzelgrund des Lebens wäre es die Angst vor dem Verschlungenwerden und die Phantasie, ins Bodenlose zu versinken oder eine Psychose zu bekommen. Auch durch die Nein-Antworten bei den Checklisten mit Fragen zu jeder Sephira können Sie spontan etwas in Erfahrung bringen über Ihre unbewußten Bindungen an den Urgrund des Lebens. Schließlich liefern auch die Schlüsselworte zu jeder Sephira unter den Stichworten »Energiefelder (Komplexe)« und »Negatives« sowie »Schatten« weitere Aspekte über Ihre unbewußten Bindungen.

Wenn Sie aus diesen Einsichten etwas lernen wollen für Ihre ganzheitliche Lebensgestaltung, dann besteht die Aufgabe und die Seelenarbeit darin, sich nach der Bewußtwerdung dieser unbewußten Bindungen um eine Herauslösung aus der Symbiose (physische und psychische Verbundenheit mit dem Urgrund des Lebens) zu bemühen. Sie finden dazu Anregungen in den Imaginationen und Affirmationen bei jeder Sephira. Auch aus den Empfehlungen für Therapeuten können Sie sicher für sich persönlich eine Hilfe zur Selbsthilfe ableiten.

Auf einer nächsten Ebene geht es an das Leiden unter den seelischen Spannungen und Gegensätzen in der eigenen Persönlichkeit, mit den Mitmenschen und im sozialen Umfeld. Während viele Menschen das Leiden und die seelischen Schmerzen nur negativ beurteilen, sind sie nach meiner Erfahrung wichtige Entwicklungshelfer zur persönlichen Ganzwerdung. Die Schmerzen verbinden uns mit dem Herzen und machen uns die Tiefenschichten im Lebensbaum bewußt. Oftmals erweisen sich erst im späteren Leben die Probleme und Schicksalsschläge als wichtige Impulse für persönliches Wachstum.

Eine dritte Ebene bildet die Neuorientierung mit Hilfe der Symbole des Lebensbaumes. Symbole sind ein bildhafter Ausdruck und eine Zusammenballung der Lebensenergien. Symbole überbrücken die krankmachenden Gegensätze in unserer Seele und in unserem sozialen Umfeld. Sie verbinden uns mit den Heilkräften des Lebensbaumes. Während die Symptome ein negativer Ausdruck sind für die unbewußten Bindungen an negative Kräfte, vermitteln uns die Symbole positive Kräfte aus dem Wurzelgrund des Lebensbaumes.

In der vierten Ebene oder Dimension geht es schließlich um Rückbindungen an das höhere Selbst und die praktizierte Spiritualität. In dieser Religio, die nicht zu verwechseln ist mit einer traditionellen Religiosität, erlebt jeder gläubige und vertrauensvolle Mensch etwas von den spirituellen Kräften im Lebensbaum. Es ist jene geistige Kraft, die uns belebt und heilt. Während viele Menschen von den traditionellen Religionen und dem »Bodenpersonal« Gottes zu Recht oder zu Unrecht enttäuscht sind, lebt dennoch in ihnen eine tiefe Sehnsucht nach dieser Rückbindung an ein höheres Selbst, an Gott, und an die heilende Spiritualität.

Die genannten vier Ebenen in jeder Sephira sind nicht scharf voneinander zu trennen, es bestehen zahlreiche fließende Übergänge. Wer sich mit der esoterischen und mystischen Kabbala bereits ein wenig beschäftigt hat, wird in den beschriebenen vier Ebenen oder Tiefendimensionen manche Analogien entdecken zu den vier Manifestationen der mystischen Kabbala. Doch darauf kann ich hier nicht weiter eingehen. (Zur Lektüre sei empfohlen: »Die Kabbala als jüdisch-christlicher Einweihungsweg« von H.E. Benedikt und »Die mystische Kabbala« von D. Fortune, siehe Literaturverzeichnis.)

*Abbildung 4:* Kabbalistische Lehrtafel der Prinzessin Antonia aus dem Jahre 1673 (aus der evangelischen Dreifaltigkeitskirche in Bad Teinach/Schwarzwald, von dem Stuttgarter Hofmaler Johann Fr. Gruber). Auf diesem Gesamtbild sehen wir in weiblichen Gestalten die zehn Sephirot, auch die zehn Abglänze Gottes genannt.

# 1. Malkuth

Die kabbalistische Lehrtafel der Prinzessin Antonia, ein einmaliges Kunstwerk, liefert uns sehr anschauliches Bildmaterial für die einzelnen Sephirot. Deshalb soll am Anfang jedes Kapitels eine kurze Bildbetrachtung stehen.
Für Malkuth treten wir jetzt im Geiste und in unserer Imagination in den Garten ein und werden hier mit den 12 Söhnen Jakobs bekannt gemacht. Es handelt sich um 12 Menschentypen, die in ihrer Symbolik auch den astrologischen Sternzeichen zugeordnet werden. Diese Symbolgestalten sind Repräsentanten der menschlichen Seelenkräfte. In der Mitte des Gartens steht Christus als ganzer Mensch und wahrer Gott, von dem das Lebenswasser in den Garten fließt. In meiner tiefenpsychologischen Deutung des Lebensbaumes ist dieser Garten der Herrschaftsbereich der Großen Mutter und des kollektiven Unbewußten nach C.G. Jung.

## *Annäherung*

Die Stichworte und Begriffe am Anfang dieses Kapitels sind eine erste Annäherung an das Wirkungsfeld von Malkuth. Sie werden vermutlich Assoziationen in Ihnen wecken, die erste Vorstellungen von diesem Erlebnisbereich ermöglichen. Ihre Gefühle können Sie durch die Fragen der Checkliste erweitern und ergänzen. Für viele Menschen sind besonders Malkuth und auch Kether, das tiefste und das höchste Wirkungsfeld im Lebensbaum, am schwersten zu verstehen, weil sie zu Bereichen gehören, die hinter unserer alltäglichen Realität verborgen und unsichtbar sind. In Bildern, Symbolen oder mythologischen Vorstellungen finden wir aber gewisse Anschauungsformen für diese Wirklichkeit, die einerseits hineinwirkt in unser Leben und andererseits doch verborgen ist und ein Geheimnis bleibt.

Bildhaft gesprochen können wir uns Malkuth als die Keimstätte des Lebens oder den Wurzelgrund der Seele vorstellen, in der esoterischen und kabbalistischen Tradition auch das Königreich der Seele genannt. Aus diesem Urquell des Lebens fließen alle unsere Lebensenergien. Ohne die Verwurzelung in dieser Keimstätte des Lebens würden wir vor Seelenlosigkeit vergehen. Für unsere seelische Gesundheit und das persönliche Wachstum ist Malkuth von größter Wichtigkeit und hat eine ähnliche Bedeutung wie ein guter Mutterboden und die fette Erde für eine gute Ernte. Die Wirkungskräfte dieses Bereiches und die ihnen innewohnende Gestaltungskraft für unser Leben werden besonders anschaulich in den Märchen und Mythen beschrieben. Für die Erweiterung meines persönlichen Weltbildes ist es mir wichtig geworden, nicht nur die wissenschaftlichen und rationalen Aussagen über das heute geltende Weltbild zu kennen und anzuerkennen, sondern darüber hinaus auch die irrationalen Vorstellungen und die symbolischen Bilder der Märchen und Mythen und der großen Träume heranzuziehen.
Außerdem werde ich versuchen, Ihnen Malkuth als kollektives Unbewußtes im tiefenpsychologischen Sinne zu deuten oder anhand des Symbols der sogenannten Großen Mutter näher zu bringen. Auch C.G. Jungs Erklärungsmodell des psychoiden Archetypus könnte für manchen eine Hilfe sein, dieses tiefe und geheimnisvolle Wirkungsfeld etwas zu erfassen. Wenn diese Begriffe Sie dagegen zunächst nicht ansprechen und Ihnen Malkuth sehr fern erscheint, dann mögen Sie sich ruhig auf die Beziehungsebene im Lebensbaum zu Hod oder Nezach begeben oder gleich auf die Gefühlsebene von Geburah oder Chesed übergehen, um dort Anknüpfungspunkte zu finden, die sich mit Ihrem Denken und Ihren Vorstellungen decken.

## *Checkliste*

Wenn Sie wissen wollen, ob Sie derzeit eine positive oder negative Beziehung zu diesem Erlebnisfeld haben und ob Sie den Schwingungen und Wirkungskräften von Malkuth ausgesetzt sind, dann beantworten Sie spontan die folgenden Fragen. Sie beziehen sich auf Aspekte dieses Erlebnisfeldes und führen Sie an die Bedeutungsvielfalt heran. Durch die spontane Beantwortung finden Sie selbst heraus, was

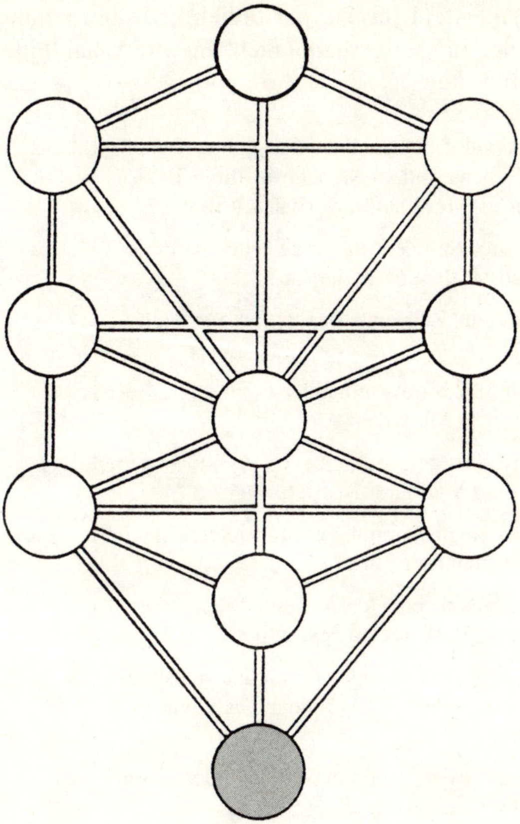

**Malkuth**

| positiv | negativ |
|---|---|
| Wurzelgrund des Lebens | Bodenlosigkeit, Psychose |
| Königreich der Seele | Seelenlosigkeit, Seelenverlust |
| kollektives Unbewußte | abgeschottetes Bewußtsein |
| das Selbst | Selbstentfremdung |
| Große Mutter | Bedrohliches, Verschlingendes |
| Schutzengel | Schutzlosigkeit |
| archetypisches Netzwerk | totale Vereinsamung |
| Märchenwelt, Mythen | einseitig rationales und wissenschaftliches Weltbild |

dieses Wirkungsfeld für Sie persönlich bedeuten könnte. Wenn Sie sich durch eine Frage überhaupt nicht angesprochen fühlen, gehen Sie zur nächsten weiter.

| | | |
|---|---|---|
| 1. Haben Sie zur Zeit eine Beziehung zu den Wurzeln Ihres Lebens, indem Sie sich in Ihren Beziehungen oder in Ihrer Familie verwurzelt fühlen? | ☐ ja | ☐ nein |
| 2. Spricht Sie zur Zeit die magische Welt der Märchen und Mythen besonders an? | ☐ ja | ☐ nein |
| 3. Haben Sie zur Zeit eine Beziehung zur Mutter Erde? | ☐ ja | ☐ nein |
| 4. Beschäftigt Sie die Auseinandersetzung und Beziehung mit Ihrer Mutter? | ☐ ja | ☐ nein |
| 5. Träumen Sie gelegentlich von verstorbenen Großeltern oder Vorfahren? | ☐ ja | ☐ nein |
| 6. Haben Sie einen Stammbaum und interessieren Sie sich für Ahnenforschung? | ☐ ja | ☐ nein |
| 7. Haben Sie einen Ihrer Vornamen von einem der Vorfahren oder Verwandten bekommen? | ☐ ja | ☐ nein |
| 8. Ist Ihnen schon mal gesagt worden: Du siehst aus wie Tante XY, oder: Du verhältst Dich wie der Großvater? | ☐ ja | ☐ nein |
| 9. Haben Sie in der Wohnung Bilder oder Fotos Ihrer Vorfahren aufgehängt? | ☐ ja | ☐ nein |
| 10. Ist Ihnen ein vererbtes Schmuckstück oder ein geerbtes Möbelstück besonders wertvoll? | ☐ ja | ☐ nein |
| 11. Lieben Sie alte Schränke mit Wurzel-Holz-Furnier? | ☐ ja | ☐ nein |
| 12. Haben Sie eine Beziehung zu einem der Urelemente: Feuer, Wasser, Luft oder Erde? | ☐ ja | ☐ nein |
| 13. Falls Sie gelegentlich Ängste haben, beziehen sich diese auf eines der genannten Urelemente? | ☐ ja | ☐ nein |
| 14. Wenn Sie Alpträume haben, träumen Sie dann von Wasser oder Feuer? | ☐ ja | ☐ nein |
| 15. Wenn Sie auf einem Turm stehen und in die Tiefe schauen, kriegen Sie dann ein mulmiges Gefühl? | ☐ ja | ☐ nein |

16. Gehen Sie gerne in eine Höhle? ☐ ja ☐ nein

17. Haben Sie sich als Kind vorgestellt, daß der »Liebe Gott« alles sehe? ☐ ja ☐ nein

18. Waren für Sie in der Kindheit die Feen, Prinzen oder Teufel in den Märchen lebendige Gestalten? ☐ ja ☐ nein

19. Interessieren Sie sich ganz allgemein für Tiefenpsychologie? ☐ ja ☐ nein

20. Können Sie sich vorstellen, daß Wahnvorstellungen oder Psychosen mit ganz starken Kräften aus dem Unbewußten zusammenhängen? ☐ ja ☐ nein

21. Wirken für Sie die Komplexe der Menschen als seelische Energiefelder im Unbewußten? ☐ ja ☐ nein

22. Können Sie sich etwas unter den Archetypen als anordnende Wirkfaktoren in der Seele vorstellen? ☐ ja ☐ nein

23. Gibt es für Sie Beziehungen zwischen dem »Königreich der Seele« und dem »Reich Gottes«? ☐ ja ☐ nein

24. Ist für Sie Malkuth der Mutterboden für alle Lebensformen? ☐ ja ☐ nein

25. Fühlen Sie sich in besonderen Augenblicken als ein Teil von etwas Ganzem? (von der ganzen Welt?) ☐ ja ☐ nein

26. Haben Sie schon einmal etwas von dem sogenannten Alleinheitsgefühl gehört? ☐ ja ☐ nein

27. Hat für Sie das Mütterliche und das Symbol der Großen Mutter eine Bedeutung? ☐ ja ☐ nein

28. Glauben Sie, daß Ihr Lebensschicksal von einer höheren Macht oder einer göttlichen Kraft beeinflußt wird? ☐ ja ☐ nein

29. Können Sie sich vorstellen, daß die Seelen aller Menschen im Unbewußten miteinander verbunden sind? ☐ ja ☐ nein

30. Haben Sie manchmal Träume von der Anderwelt, die gar nichts mit der Realität zu tun haben? ☐ ja ☐ nein

Wenn Sie etwa die Hälfte der Fragen positiv oder negativ beantwortet haben, dann sind Sie derzeit in einer Beziehung zu diesem Wirkungsfeld. Wenn Sie sich einen kurzen Überblick über die vielfältigen Bedeutungen dieses Erlebnisfeldes verschaffen wollen, dann schauen Sie sich die positiven und negativen Stichworte am Anfang des Kapitels an. Die weiteren Ausführungen in diesem Kapitel werden Ihre Einsichten und Erkenntnisse zu den verschiedenen Aspekten dieses Erlebnisfeldes vertiefen. Wenn Sie durch die Fragen auf verschiedene Probleme Ihres Lebens aufmerksam wurden, dann könnten die späteren Affirmationen und Übungen hilfreich sein. Weitere Anregungen und Verstehenshilfen erhalten Sie durch die Schlüsselworte im Anhang.
Bei einer höheren Punktzahl verstärkt sich die Intensität und Ihre derzeitige Beziehung zu diesem Erlebnisfeld. Wurden Sie dagegen nur durch etwa ein Drittel der Fragen angesprochen, dann sollten Sie sich einem anderen Erlebnisfeld im Lebensbaum zuwenden.

## *Urbilder aus dem Paradiesgarten der Träume*

Malkuth als die Keimstätte des Lebens und als Wurzelgrund des Lebensbaumes ist ein geheimnisvolles und dunkles Erlebnisfeld, das wir nur mit Hilfe der Bilder- und Symbolsprache etwas erhellen können. In den Märchen und Mythen ist von diesem magischen Reich jenseits unserer vertrauten Realität und alltäglichen Welt in vielfältiger Weise die Rede. Auch die sogenannten großen Träume mit ihren archetypischen Symbolen führen uns gelegentlich zu diesen verborgenen Quellen des Lebens und unserer Kultur. Immer wenn diese archetypischen Urbilder in den Träumen erscheinen, gewährt uns der innere Traumregisseur der Seele einen Einblick in die geheimnisvolle Welt und in Malkuth. Bildhaft ausgedrückt können wir uns diesen Einblick in die andere Dimension so vorstellen, daß unsere bisherige Realität einen Riß bekommt, unsere Seele eine Seelenreise in diese andere Wirklichkeit macht und wir für Augenblicke die Urbilder aller Kreaturen schauen dürfen. Wir können uns diese besondere Erfahrung mit dem Wurzelgrund unserer Seele auch anhand des Märchens von Frau Holle etwas verdeutlichen: indem die Mädchen den Sprung in den Brunnen wagen, kommen sie in die magische Anderwelt. Es ist, wie gesagt, eine unsichtbare Welt, die dennoch eine Wirklichkeit darstellt, weil sie auf

unser seelisches Befinden und auf unsere Vorstellungswelt einzuwirken vermag.
Wir können uns dieses Königreich der Seele in Malkuth auch als Reich der Ahnen und/oder als geistige Welt unserer Ahnungen vorstellen. In den sogenannten großen Träumen macht unsere Seele eine Seelenreise in diese andere Welt. Der Begriff der Seelenreise verweist uns auf die Erfahrungen und Praktiken der Schamanen, die wir als Vorfahren und Kollegen der Tiefenpsychologen und Psychotherapeuten in unserer Kultur ansehen dürfen. Aus vielen Erfahrungsberichten und wissenschaftlichen Untersuchungen wissen wir, daß die Seele der Schamanen und Medizinmänner diese Jenseitsreise antritt, um in alle Geheimnisse des Unbewußten eingeweiht zu werden und von dort her das Wissen für die Heilung der Krankheiten und die Linderung der Nöte ihres Volkes zu empfangen. Ähnlich wie die Schamanen zu diesen Heilquellen in ihren Imaginationen und Seelenreisen geführt werden, können auch wir durch einen archetypischen Traum zu den Wurzeln des Lebensbaumes geführt werden. In den Tagen, als ich mich in meinen Imaginationen und Phantasien besonders intensiv mit Malkuth befaßte, hatte ich den folgenden Traum:

Als ich während eines Traumseminars etwas für einen Vortrag über den Lebensbaum vorbereiten wollte, hatte ich unerwartet einen seltsamen und geheimnisvollen Kugelschreiber in der Hand. Er sah ähnlich aus wie die kleine Gottesgestalt von der Insel Ibiza, die ich bei Wilma (der Freundin meines Sohnes) vor einigen Tagen gesehen hatte. Während ich an diesem merkwürdigen Kugelschreiber noch etwas herumhantierte und ihn schließlich auseinanderzog, weitete sich der Innenraum, und ich sehe in die Leichenkammer einer ägyptischen Pyramide. Ich sehe viele übereinander gestapelte Sarkophage und oben darauf ein mumifiziertes Königspaar. Sie sind in glänzende Goldbinden, mit anderen kostbaren Binden in verschiedenen Farben dazwischen, eingehüllt. Links neben den aufgetürmten Sarkophagen führte ein Schacht in dunkle Tiefen hinunter, ähnlich wie man es bei archäologischen Ausgrabungsfeldern sehen kann. Mit Ehrfurcht und Faszination blicke ich auf das goldglänzende mumifizierte Königspaar. Ich erwache mit dem Gefühl, etwas von den verborgenen Geheimnissen im Königreich der Seele geschaut zu haben.

Folgende Einfälle und Einsichten zu meinem Traum möchte ich mitteilen. Die goldenen Binden und farbigen Streifen der Mumien erinnern mich an eine Nachbildung eines ägyptischen Schmuckstückes, das neben dem Kopfende meines Bettes hängt und das ich vor dem Einschlafen vermutlich nochmals angesehen habe. Den geheimnisvollen Ku-

gelschreiber, der sich später zu einer ägyptischen Grabkammer weitet, sehe ich in Verbindung mit meinen schriftlichen Arbeiten zum Lebensbaum. In seiner Gestaltung und Form erinnert mich dieser Kugelschreiber an ein sehr ähnliches Geschenk meiner Tochter zu meinem 50. Geburtstag. Aus diesem Kugelschreiber kann ich einen kleinen Stempel mit meinem Namen und Adresse herausklappen, was bei gewünschten Angaben meiner Adresse oder anläßlich von Signierungen meiner Bücher immer wieder für Überraschung sorgt.
Die Ausweitung des Kugelschreibers zu einer ägyptischen Grabkammer mit dem mumifizierten Königspaar deute ich als meine seelische Einweihung in Malkuth als den Wurzelgrund des Lebensbaumes. Was ich in langjährigen Imaginationen und Reflexionen zu meiner therapeutischen und tiefenpsychologischen Deutung des Lebensbaumes erarbeitet habe, wird in dem für mich eindrucksvollen Traum verinnerlicht und verdichtet. Ähnlich wie ein Dichter bestimmte Erfahrungen verklärt oder die Hintergründigkeit der Realität mit seinen Worten aufscheinen läßt, so erlebe ich oftmals im Umgang mit meinen persönlichen Träumen und in der Traumarbeit mit anderen Menschen, daß wir mit Hilfe der Träume in den Bildersaal der Seele schauen können. Manchmal ist dieser Durchblick in die geheimnisvolle Welt der Erlebnisfelder im Lebensbaum und in das Reich der Träume so ähnlich wie der Blick durchs Schlüsselloch in einen fürstlichen Prunksaal oder wie der Blick durch einen Türspalt in das Weihnachtszimmer während unserer Kindheit.
Der Blick im Traum in die Grabkammer mit dem Königspaar in glänzenden Goldbinden hat für mich die Bedeutung einer Seelenhochzeit bzw. einer »Todeshochzeit« in dem Sinne, daß sich die männlichen und die weiblichen Seelenanteile in mir verbunden haben. Die Goldbinden verbinden das königliche Paar. In zahlreichen alchemistischen Bildern sehen wir das vereinigte Paar als Symbol für die Gegensatzvereinigung in der eigenen Seele (siehe C.G. Jung: GW 14 und E.F. Edinger: Der Weg der Seele, S. 199). So wirkte dieser Traum sich positiv aus in den Beziehungen zu meiner Frau und zu meiner inneren Partnerin, der Anima, die ich auch gern zärtlich meine Animuse nenne.
Die Lebensgeschichte der Menschen ist in den Tiefenschichten der Seele aufbewahrt. Wenn wir das esoterische Erkenntnisprinzip »Wie außen – so innen« auf die Beziehungen und Analogien zwischen der Ge-schichte und den Schichten der Seele übertragen, dann kann uns der Zusammenhang zwischen beiden Erfahrungsbereichen deutlich wer-

den. Besonders mit Hilfe von Träumen können wir zu der Einsicht gelangen, daß im kollektiven Unbewußten in Malkuth die Erinnerungsspuren und Eindrücke aus der Menschheitsgeschichte gespeichert sind. Als Beispiel für diese Erfahrung möchte ich den folgenden Traum von C.G. Jung berichten, der für ihn zu einem wichtigen Baustein wurde zur Entwicklung seiner Archetypenlehre. Jung berichtet in seinen »Erinnerungen« (S. 176):

Ich war in einer Gegend, die mich an die Alyscamps bei Arles erinnerte. Dort befindet sich eine Allee von Sarkophagen, die bis auf die Merowingerzeit zurückgehen. Im Traum kam ich von der Stadt her und sah vor mir eine ähnliche Allee mit einer langen Reihe von Gräbern. Es waren Postamente mit Steinplatten, auf denen die Toten aufgebahrt waren. Dort lagen sie in ihren altertümlichen Kleidern und mit gefalteten Händen wie in alten Grabkapellen die Ritter in ihren Rüstungen, nur mit dem Unterschied, daß die Toten in meinem Traum nicht in Stein gehauen, sondern auf eine merkwürdige Weise mumifiziert waren. Vor dem ersten Grab blieb ich stehen und betrachtete den Toten. Es war ein Mann aus den dreißiger Jahren des 19. Jahrhunderts. Interessiert schaute ich mir seine Kleider an. Plötzlich bewegte er sich und wurde lebendig. Er nahm die Hände auseinander, und ich wußte, daß das nur geschah, weil ich ihn anschaute. Mit einem unangenehmen Gefühl ging ich weiter und kam zu einem anderen Toten, der in das 18. Jahrhundert gehörte. Da geschah das gleiche: als ich ihn anschaute, wurde er lebendig und bewegte die Hände. So ging ich die ganze Reihe entlang, bis ich sozusagen in das 12. Jahrhundert kam, zu einem Kreuzfahrer im Kettenpanzer, der ebenfalls mit gefalteten Händen dalag. Seine Gestalt schien wie aus Holz geschnitzt. Lange schaute ich ihn an, überzeugt, daß er wirklich tot sei. Aber plötzlich sah ich, daß sich ein Finger der linken Hand leise zu regen begann.

Bereits im Traum gelangt Jung zu der Einsicht und Erkenntnis, daß die aufgebahrten Toten wieder lebendig werden, weil er sie anschaute. Dies ist eine bekannte und vertraute Erfahrung im Umgang mit Todesträumen und der Begegnung mit Verstorbenen (s. Hark: Träume vom Tod). Das Tote kann wieder lebendig werden, wenn wir unsere Aufmerksamkeit gezielt darauf richten. Ähnlich wie nach dem Regen vertrocknete Gräser oder Blumen sich wieder aufrichten und zu wachsen beginnen oder ein nahezu Ertrunkener durch Wiederbelebungsversuche und Beatmung zum Leben erweckt werden kann, so können die in Malkuth gespeicherten Lebensmuster und Lebenskeime durch die Tore von Jesod in unser Leben eindringen und das persönliche Wachstum fördern.

Nach diesen Erfahrungsberichten zu Malkuth möchte ich noch einige tiefenpsychologische Erklärungen geben. Überblättern Sie diese Seiten einfach, wenn Sie nicht besonders an theoretischen Modellen interessiert sind.

## *Das kollektive Unbewußte*

Nachdem ich bereits mehrfach den Begriff des kollektiven Unbewußten verwendet habe, möchte ich ihn nach C.G. Jungs Vorstellungen näher beschreiben. Ich beginne zunächst mit einem Sinnbild und möchte das kollektive Unbewußte als Wurzelgrund des Seelischen bezeichnen. Ähnlich wie alle Menschen auf dieser Erde in einer großen kulturellen Vielfalt leben und alle zur Gattung Mensch gehören, so hat jedes Individuum mit den Tiefenschichten seiner Seele über das persönliche und familiäre Unbewußte hinaus Anteil an dem kollektiven Unbewußten. Ähnlich wie viele Computer der verschiedensten Firmen und Organisationen an ein zentrales Rechenzentrum und ein zentrales Terminal angeschlossen sind und von dorther ihre Informationen und Berechnungen erhalten, so könnten alle Seelen mit dem kollektiven Unbewußten in Verbindung treten. Ich spreche absichtlich von der Möglichkeit, die jedoch längst nicht von allen Menschen genutzt wird oder nicht genutzt werden kann, weil die Kanäle und Kommunikationsmöglichkeiten verstopft sind.
Man könnte nun überlegen und fragen, warum und wozu es bedeutungsvoll und wichtig sein soll, sich um eine Anschauung und um eine Beziehung zum kollektiven Unbewußten zu bemühen. Ich möchte diese Frage zunächst mit einer Gegenfrage beantworten. Warum und wozu beschäftigen sich so viele Menschen mit geschichtlichen Fragen, indem sie z.B. Familienforschung betreiben oder sich mit der Geschichte eines Volkes oder sogar mit der Geschichte der Menschheit beschäftigen? Andere befassen sich mit der Archäologie und versuchen über Ausgrabungen wichtige Dokumente des Lebens unserer Vorfahren ans Tageslicht zu bringen. Wiederum andere beschäftigen sich mit der Erdgeschichte und entwickeln Theorien für die Entwicklungsgeschichte unserer Erde. Es ließen sich mühelos zahlreiche weitere Beispiele anführen, die belegen, daß wir Menschen sehr daran interessiert sind, Licht in unsere dunkle Vergangenheit und in unsere Herkunft zu tragen. In diesem Kontext dürfte es verständlich sein, daß

auch in der Tiefenpsychologie zunehmend nach den geschichtlichen Wurzeln unserer individuellen Seele und unseres persönlichen Seelenlebens geforscht wird. Nach tiefenpsychologischer Auffassung hat die Geschichte der Menschheit ihren Niederschlag gefunden in den Schichten unserer Psyche, insbesondere dem kollektiven Unbewußten. Ähnlich wie die anderen Geschichtswissenschaften einen wichtigen Beitrag leisten zur Erhellung der dunklen Vorzeit, so bemüht sich auch die Tiefenpsychologie um die Durchleuchtung und Bewußtmachung des dunklen Wurzelgrundes der Seele.

Wenn wir die geschichtliche Betrachtungsweise auf die Erforschung der Seele und des Unbewußten übertragen, erhalten wir wichtige Verständnismöglichkeiten für die bewegenden und treibenden Kräfte in der Gesellschaft und in der geistigen Situation unserer Zeit. Viele Menschen spüren in der Gegenwart, daß wir in einer wichtigen Wendezeit leben, und suchen nach Erklärungsmodellen für die treibenden Kräfte im Hintergrund. Bei den Erklärungsversuchen für die tiefgreifenden historischen Veränderungen und die gewaltigen Wandlungen der Gegenwart greifen viele auf äußere Ursachen zurück. Menschen dagegen, die sich um ein esoterisches und ganzheitliches Verständnis bemühen, beziehen in ihre Deutungsmöglichkeiten für die Wandlungsprozesse auch die hintergründigen und verborgenen anordnenden Faktoren im Unbewußten und damit auch die treibenden Kräfte in den Tiefenschichten der Psyche mit ein. Nach tiefenpsychologischer Deutung bereiten sich die neuen Einstellungen zum Leben und zur Welt im Unbewußten vor und werden dann von intuitiven Menschen und spirituellen Führern den Mitmenschen übermittelt. Die rasche Ausbreitung der neuen Ideen ist dann so zu erklären, daß auch bei vielen anderen Menschen bereits parallel die Veränderungen im Unbewußten stattgefunden haben und von daher eine große Bereitschaft besteht, diese neuen Symbole und Vorstellungen zu übernehmen. Wenn es eine derartige Teilhabe an den kollektiven Wandlungsprozessen nicht gäbe, könnten sich neue Weltbilder und Ideen sowie Wandlungsprozesse in der Gesellschaft nicht derart intensiv vollziehen.

Man unterscheidet in der Psychologie verschiedene Aspekte des Unbewußten (nach der Definition des Wörterbuchs der Psychologie von Sury, S. 265):

1. Das persönliche Unbewußte (C.G. Jung) enthält die Gedächtnisfunktion, die unterschwelligen Sinnesperzeptionen, die noch nicht bewußtseinsreifen vor-

bewußten Inhalte sowie die verdrängten infantilen Triebstrebungen und auch Teile des Schattens.
2. Das Unbewußte der Psychoanalyse (S. Freud) umfaßt das Es und die Tiefenschicht des Über-Ich. Letztere hat die ausgiebigste Verknüpfung mit dem phylogenetischen Erwerb, der archaischen Erbschaft des Einzelnen.
3. Das familiäre Unbewußte (L. Szondi) enthält die familiären Triebstrebungen, die auf Grund der Genwirkung die Wahlhandlung des Individuums lenken.
4. Das kollektive Unbewußte entspricht dem eigentlichen an sich nicht bewußtseinsfähigen Unbewußten. Es ist das Objektiv-Psychische, hat Spontaneität und Autonomie und ist die die Individualpsyche überschreitende Lebenspsyche als unanschauliches psychisches System. Es manifestiert sich in Phantasien, Träumen, Visionen, Wahnvorstellungen, religiös-ekstatischen Zuständen.

Die ersten drei Aspekte wären im Lebensbaum Jesod, der letzte, das kollektive Unbewußte, wäre Malkuth zuzuordnen. Die genannten Ausdrucksformen des kollektiven Unbewußten möchte ich noch ergänzen durch die Bilderwelt der Märchen und die Symbole der Mythen. Alle diese Ausdrucksformen des kollektiven Unbewußten bilden den Wurzelgrund unserer Seele. Durch die Intensität unseres seelischen Erlebens und durch unsere Intuition, unser Ahnungsvermögen, kommunizieren wir mit dem kollektiven Unbewußten.
Die gespeicherten Inhalte und Kräfte des kollektiven Unbewußten können in Psychosen und Wahnvorstellungen in krankmachender Weise das Bewußtsein und das Ich des Menschen überschwemmen oder in konstruktiver und inspirierender Weise neue Ideen und Anschauungsformen übermitteln, die für den einzelnen heilend wirken und als ganzheitliche Symbole den Wandlungsprozeß der Menschheit unterstützen und fördern.
Jeder Mann und jede Frau kann die gewaltigen Wirkungen von Malkuth bzw. des kollektiven Unbewußten bei sich selbst spüren, wenn er bzw. sie z.B. von einem erschütternden Traum mit archetypischen Symbolen ergriffen wird. Es kann auch sein, daß wir gelegentlich von einem Märchen, einer Geschichte, einem Mythos oder von einer bestimmten Musik angesprochen und dabei von überpersönlichen Kräften und transpersonalen Symbolen angerührt werden.
Auch die heilenden Kräfte in der Therapie stammen aus Malkuth. Für die Heilung einer Neurose und einer Psychose sind diese Urbilder der Seele und die überpersönlichen Kräfte von grundlegender Bedeutung. Jung vergleicht die Archetypen mit einem Flußbett, in dem der Lebensstrom dahinfließt. Bei der Neurose und Psychose sind die Lebensener-

gien blockiert, vergleichbar mit einem Staudamm im Strom. Für den Heilungsprozeß haben die Symbole und Traumbilder eine lebensfördernde Wirkung, indem sie die Lebensenergien anziehen und in eine konstruktive Richtung lenken.

Bei einer Neurose, die Ausdruck und Ergebnis einer krankmachenden Gegensatzspannung und Zwiespältigkeit im Ich und im Bewußtsein ist, werden diese Störungen durch die Symbole als Energietransformatoren überbrückt und geheilt. Durch die Bewußtmachung der Gegensätze werden die neurotisierenden Konfliktquellen zum Versiegen gebracht, der Zwiespalt in der eigenen Seele wird im therapeutischen Prozeß langsam aufgehoben. Für das Ganzwerden der Person und das Überwachsen der neurotischen Spannung ist dem Unbewußten und den Selbstregulierungsprozessen der Seele weitgehend die Führung zu überlassen, wobei das Ich seine steuernde Funktion beibehält. Diese kann noch verstärkt werden durch die Begleitung und den Beistand eines Therapeuten, der dem Patienten bei der Abräumung und Beseitigung der neurotischen Oberfläche behilflich ist; so kann der Patient sich schließlich dem inneren Wachstumsprozeß überlassen, indem aus der Tiefe der Person das neue Leben in Fluß kommt.

## *Die Keimstätte des Seelenlebens*

Wenn wir C.G. Jungs Vorstellungen des Psychischen, seinen Begriff des kollektiven Unbewußten und insbesondere seine Theorie des »psychoiden Archetypus« mit den mythologischen Vorstellungen zum Lebensbaum in Beziehung setzen, dann gewinnen wir wichtige Gesichtspunkte für ein ganzheitliches Weltbild. Kennzeichnend für dieses ist, daß die vielfältigsten Ausdrucksformen des Geistig-Psychischen und des Materiellen nicht mehr als Gegensätze gesehen werden, sondern als zwei Seiten und Erscheinungsformen der gleichen Sache.

C.G. Jungs Theorie vom psychoiden Archetypus beschreibt eine Wirklichkeit, die je nach Standort des Betrachters einerseits als physische Realität und andererseits als psychische Wirklichkeit erscheint. Psychoid bedeutet zunächst wörtlich seelenartig. Eine Erscheinung oder eine Gestalt ist nicht eindeutig seelisch, sondern hat seelenartige Eigenschaften und ist zugleich eine physische Manifestation. Jung führte diesen Begriff in den 40er Jahren in die Tiefenpsychologie ein, zu einer Zeit, als auch die Atomphysik ihre Modellvorstellungen zu erweitern begann und die Naturwissenschaften und die Geisteswissenschaften sich einander annäherten. Zu diesem Annäherungsprozeß mit der Entwicklung analoger Hilfsbegriffe schreibt Jung: (GW Bd. 10, 852):

Die psychoide Natur des (Archetypus) enthält sehr viel mehr als das, was man in eine psychologische Erklärung einbeziehen könnte. Sie weist auf die Sphäre des *unus mundus* hin, zu welcher sich die Psychologie einerseits und die Atomphysik andererseits ihre getrennten Wege bahnen, wobei sie unabhängig voneinander gewisse analoge Hilfsbegriffe erzeugen. Wenn schon der Erkenntnisprozeß auf seiner *ersten Stufe* unterscheidet und zertrennt, so wird er doch auf der *zweiten Stufe* das Getrennte wieder vereinigen, und darum wird eine Erklärung nur dann befriedigend sein, wenn ihr eine Synthese gelingt.

Mit der Sphäre des *unus mundus* ist die Annäherung an ein ganzheitliches Weltbild gemeint, ein Modell, nach dem die Erscheinungsformen der Welt zugleich physisch und psychisch sind wie das Licht eben als Teilchen und als Welle erscheint. Energie und Materie sind eben nicht zwei getrennte und unabhängige Erscheinungsformen des Universums und unserer Welt, sondern zwei Seiten derselben Erscheinung. Ähnlich wie die Relativitätstheorie von Einstein für die Physik und unser Weltbild eine sagenhafte Tiefe und Weite eröffnete, verweist auch Jungs Begriff des psychoiden Archetypus auf ganzheitliche Beziehungen zwischen dem Bewußtsein und dem Unbewußten, insbesondere dem kollektiven Unbewußten.

Wenn wir den psychoiden Archetypus mit Malkuth im Lebensbaum verbinden, kommen wir in diesem Wirkungsfeld zur Keimstätte des ganzheitlichen Lebens und des Seelenlebens. Ähnlich wie die Keimdrüsen und Eierstöcke aller Lebewesen die Lebenskeime produzieren, können wir uns in der Bilderwelt des Seelischen und des kollektiven Unbewußten in Malkuth die Quelle des Lebens vorstellen. Diese Idee ist nicht neu, sondern findet sich als mythologische Vorstellung bereits in einem Text, der aus dem gleichen kulturellen und religiösen Kontext stammt wie der kabbalistische Lebensbaum und dessen Vorbilder in der altjüdischen Überlieferung. Dazu heißt es im biblischen Psalm 139, 13 ff (nach der ökumenischen Einheitsübersetzung):

Du hast mein Inners geschaffen
mich gewoben im Schoß meiner Mutter.
Ich danke dir, daß du mich so wunderbar gestaltet hast.

Ich weiß: Staunenswert sind deine Werke.
Als ich geformt wurde im Dunkeln,
kunstvoll gewirkt in den Tiefen der Erde,
waren meine Glieder dir nicht verborgen.
Deine Augen sahen, wie ich entstand,
in deinem Buch war schon alles verzeichnet:
meine Tage waren schon gebildet,
als noch keiner von ihnen da war.

Der Text läßt uns in eine geheimnisvolle Tiefe blicken, die wir mit Begriffen der Tiefenpsychologie als kollektives Unbewußtes bezeichnen können, wo unser Lebenskeim seine spezifische Prägung, seine Inbilder und alle Informationen zur späteren Entfaltung und Entwicklung unserer ganzheitlichen Existenz mit seinen geistigen, seelischen und körperlichen Anteilen empfangen hat. Der Sohar (Moses de Léon: Sepher Ha-Sohar) kommentiert dazu:

Alle Seelen seit Erschaffung der Welt kommen, ehe sie zur Erde herabsteigen (und nachdem sie sie verlassen – der Verfasser) vor den Allheiligen zu stehen in jener Bildform des Leibes, welche ihnen dann auf der Erde eignet.

Das heißt, daß die Seele vor ihrer Inkarnation und nach dem Heimgang in ihre Welt vor Gott steht und in seinem Anblick ihre Berufung und ihre Bestimmung erschaut und damit die vor ihr liegende Aufgabe oder die hinter ihr liegende Errungenschaft (oder Verfehlung) erkennt. Daraus ergibt sich ihr weiterer Weg.

## *Imaginationen und Affirmationen*

Wenn Sie die Checkliste mit den Fragen zu Malkuth beantwortet haben, wird Sie vermutlich die eine oder andere Frage entweder positiv angesprochen oder negativ berührt haben. Wenn Ihr geistiger oder seelischer Zustand sowie Ihr körperliches Befinden es derzeit zulassen, dann wenden Sie jetzt Ihre Aufmerksamkeit erneut auf eine dieser Fragen und beobachten einfach, welche Vorstellungsbilder und/oder Körpergefühle sich einstellen. Wenn die aufsteigenden Gefühle Sie zu stark berühren oder beängstigen, können Sie jederzeit diese bewußt gelenkte Imagination abbrechen oder Ihre Aufmerksamkeit in eine andere Richtung lenken.

Als nächsten Schritt dieser Übung können Sie gezielt Ihre Aufmerksamkeit auf die Energiequellen dieses Wirkungsfeldes lenken und sich vorstellen, daß von dort Lebensenergien in Ihr Leben und in Ihren Körper fließen. Durch das bewußte Atmen können Sie diese Beziehung zum Weltganzen verstärken.
Vielleicht haben Sie durch die Fragen zu Malkuth oder die weiteren Ausführungen ein spezielles Symbol für sich entdeckt oder eine innere Begleiterin oder einen inneren Führer kennengelernt, die Sie jetzt beschützen bei dem Gang durch den Paradiesgarten von Malkuth. Als Vorlage für Ihre Phantasiereise können Sie auch die beigefügte kabbalistische Lehrtafel der Prinzessin Antonia benutzen und in Ihrer Phantasie zusammen mit der Prinzessin in den Garten eintreten und dort dem einen oder anderen Urbild Ihrer Seele begegnen.
Zur Stärkung Ihres Selbstbewußtseins und zur weiteren Entwicklung Ihres Selbstbildes können Sie sich abschließend jeweils mindestens viermal folgende Leitsätze in einer für Sie angenehmen Lautstärke sagen:

- Ich lebe aus meinen Wurzeln!
- Ich richte meine Aufmerksamkeit in Demut auf das Selbst und die Seele.
- Ich bin ein Teil des Ganzen.
- Ich bitte, daß mein Schutzengel mich begleitet durchs Leben.

## *Empfehlungen für Therapeuten*

Wenn Sie als Therapeutin oder als Therapeut mit dem Lebensbaum in Ihrer Praxis arbeiten wollen, dann mögen Sie sich zur schnellen Information die Schlüsselworte zu Malkuth anschauen. Wenn Ihre Patienten Störungen im Bereich des Magens, des Verdauungstraktes und der Nieren haben, dann verweisen Sie diese Symptome auf das Wirkungsfeld von Malkuth. Auch die sogenannten unbewußten Anteile der psychoneurotischen Störungen Ihrer Patienten haben ihren Einfluß aus Malkuth. Der sogenannte Mutterkomplex mit seinen positiven wie negativen Auswirkungen hat seine Wurzeln ebenso in Malkuth. Analog dem homöopathischen Heilungsprinzip der Ähnlichkeit können die therapeutischen Kräfte aus dem Königreich der Seele ins persönliche Leben des Patienten integriert werden.

Die Psychodynamik des seelischen Prozesses mit dem Bemühen um Auflösung der psychoneurotischen Störfelder ist zutiefst mit der Wirkung der Komplexe in Malkuth verbunden, die wir als seelische Energiefelder beschreiben. Wenn es gelingt, den entsprechenden Archetypus als anordnenden Faktor für die durcheinandergewirbelten Lebensenergien zu erkennen und ihn neu zu programmieren, dann können auch die Lebensenergien wieder in die geordneten Bahnen fließen. Neben dem Archetypus der Großen Mutter sind es vor allem die Seelenbilder von Anima und Animus, die in Malkuth ihren Einfluß ausüben. Nach der Auseinandersetzung mit der Anima als Naturwesen im Manne geht es darum, sie als innere Begleiterin, als Seelentier oder Heilpflanze zu erkennen und in diesen Symbolen ihre heilenden Kräfte ins bewußte Leben zu integrieren. Auch das Seelenbild des Animus in der Frau kann als innere Stimme und als Inspiration ihre positive wie negative Wirkung im Seelenleben ausüben. Wenn Sie mit Bach-Blüten arbeiten, mögen Sie eine der empfohlenen Blüten zur Förderung des therapeutischen Prozesses auswählen.
Zur Entwicklung des Selbstbildes und für die verschiedenen Schritte der Selbstverwirklichung Ihrer Ratsuchenden kann eine der Affirmationen zu Malkuth besonders wegweisend sein. Vielleicht lesen Sie in einer Ihrer Selbsterfahrungsgruppen oder einem einzelnen Patienten einfach einmal die Leitsätze vor und sehen dann, mit welchem sie sich besonders identifizieren. Besonders zu empfehlen wäre auch, bei der Arbeit mit dem Lebensbaum in der Therapie weitere Affirmationen und Imaginationen zu finden und auszuprobieren.

# 2. Jesod

Jesod wird auf der Lehrtafel als Maria mit dem Sternenkranz, auf dem Mond stehend, dargestellt. Frau Jesod steht am Übergang zum Garten mit den 12 Söhnen Jakobs als den Stammvätern der Stämme Israels. Die verschiedenen Bäume im Garten sind Ableger vom Lebensbaum im Paradies. Malkuth war in tiefenpsychologischer Deutung das kollektive Unbewußte, mit dem wir durch das persönliche Unbewußte, Jesod, vernetzt sind. Die Grundordnung und Struktur, die in den unbewußten Tiefen der Seele vorhanden ist, wird auf dem Bild mit den Schachbrettfeldern angezeigt. Die geistige und seelische Arbeit an den Gegensätzen, sowie die Suche einer Balance zwischen hell und dunkel, gut und böse, Trieb und Geist, um nur einige Gegensätze zu nennen, sehen wir in dem Nebeneinander der hellen und dunklen Felder. Die kosmischen Mondkräfte stehen auch in Beziehung zur Fruchtbarkeit in der Natur und bei den Menschen. Der dicke Bauch von Jesod verweist auf ihre Schwangerschaft. Den Kindern begegnen wir in Tiphereth.

## *Annäherung*

Mit Jesod wenden wir uns dem persönlichen Unbewußten im Lebensbaum zu. Die positiven Kräfte in Jesod sind stets um einen Ausgleich der Lebensenergien im Körper und in der Seele bemüht. Ausgewogenheit und Balance sind Ausdruck und Zeichen für Gesundheit und seelische Ausgeglichenheit. Wenn diese Balance durch die Selbstheilungskräfte der Seele nicht mehr hergestellt werden kann, weil die Gegensatzspannung durch psychische Blockaden oder geistige Fehleinstellungen zu einem krank machenden Zwiespalt führt, dann entstehen psychoneurotische Störungen oder sogar eine Neurose oder Psychose. Im normalen Seelenleben werden die Energiefelder der Seele von den Archetypen gesteuert und die Körperkräfte durch das Instinkt-

verhalten reguliert. Wenn dagegen die negativen Komplexe als seelische Energiefelder (zum Beispiel Vater-, Mutter-, Minderwertigkeitskomplex usw.) überwiegen, wird man seelisch krank. Einfache und häufige Störungen sind Launenhaftigkeit bis hin zu leichten Formen der noch als normal anzusehenden depressiven Stimmungen.
Da in Jesod besonders die Mondkräfte wirken, gehört die Mondsüchtigkeit in dieses Erlebnisfeld, ebenso alle kosmischen Schwingungen und kosmischen Einwirkungen, die besonders auch durch die Astrologie im Horoskop einsichtig werden. Je unbewußter einem Menschen seine Gefühle sind, umso eher können die negativen oder positiven Gefühlsstimmungen ins Bewußtsein dringen und dort unkontrolliert wirken. Als ausbalancierende Kraft wirkt in Jesod fortwährend das Harmoniestreben, das Bemühen um Ausgewogenheit und inneren Frieden.
Menschen, die von Jesod stark beeinflußt sind, haben einen ausgeprägten Gerechtigkeitssinn und leiden daher besonders unter den vielen Ungerechtigkeiten in unserer Welt. Zugleich haben diese Menschen auch ein differenziertes Wertsystem, das mit dem Gerechtigkeitssinn zusammenhängt. Die Wertmaßstäbe stammen überwiegend nicht aus dem Gewissen oder der kollektiven Moral, sondern aus dem inneren Wahrnehmungs- und Bewertungssystem der Seele.
Schließlich wäre noch einleitend anzumerken, daß wir in Jesod den Tempel der Intuition und der Träume betreten. Wenn wir das Modell des Lebensbaumes anschauen, dann sehen wir, daß Jesod in der mittleren Säule des Lebensbaumes unmittelbar über Malkuth liegt und mit dieser Keimstätte des Lebens unsichtbar verkabelt und vernetzt ist. Wenn also jemand über mangelnden Einfallsreichtum klagt oder sich im Vergleich mit anderen Menschen als phantasielos erlebt, dann mag er überlegen, ob die Kanäle oder Verbindungen zu Malkuth blockiert sind. Ähnliches können sich auch Menschen fragen, die über Traumlosigkeit klagen, obwohl nach empirischen Untersuchungen erwiesen ist, daß jeder Mensch in jeder Nacht etwa vier bis fünf Traumphasen hat und etwa alle zwei Stunden träumt. Bei der beklagten Traumlosigkeit geht es eigentlich darum, daß diese Menschen ihre Träume nicht wahrnehmen und behalten können.
In zahlreiche weitere Bedeutungsaspekte und Erfahrungsbereiche von Jesod können Sie sich jetzt durch die Beantwortung der Fragen der Checkliste vertiefen.

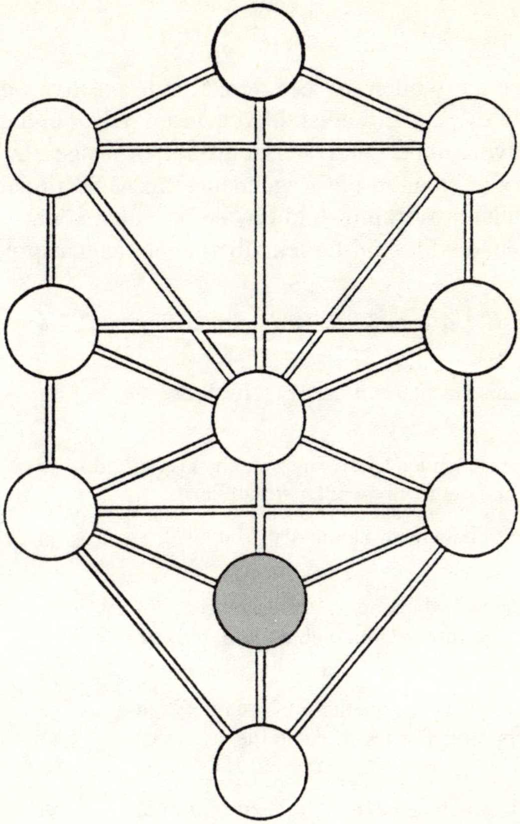

**Jesod**

| positiv | negativ |
|---|---|
| Ausgleich, Ausgewogenheit, Balance | übertriebene Vereinseitigung, Unausgeglichenheit |
| Gegensatzproblematik | krankmachender Zwiespalt |
| Gerechtigkeit | Ungerechtigkeit |
| persönliches Unbewußte | verabsolutiertes Bewußtsein |
| Energiefelder der Seele | negative Komplexe |
| kosmische Schwingungen | mondsüchtig |
| Sensibilität | Launenhaftigkeit |
| Harmoniestreben | Streitsucht |
| Tempel der Träume, Intuition | Traumlosigkeit, Entmythologisierung |

## *Checkliste*

Wenn Sie wissen wollen, ob Sie derzeit eine positive oder negative Beziehung zu diesem Erlebnisfeld von Jesod haben und den entsprechenden Schwingungen und Wirkungskräften ausgesetzt sind, dann beantworten Sie spontan die folgenden Fragen. So finden Sie selbst heraus, was dieses Wirkungsfeld für Sie bedeuten könnte. Übergehen Sie die Fragen, die Sie im Moment überhaupt nicht ansprechen.

| | | |
|---|---|---|
| 1. Vertrauen Sie den Selbstheilungskräften Ihrer Seele? | ☐ ja | ☐ nein |
| 2. Beschäftigen Sie sich mit der Bilderwelt der eigenen Seele? | ☐ ja | ☐ nein |
| 3. Können Sie sich einen Übergang zwischen Ihrem Bewußtsein und dem Unbewußten vorstellen? | ☐ ja | ☐ nein |
| 4. Fühlen Sie sich manchmal von dem Unbewußten beeinflußt? | ☐ ja | ☐ nein |
| 5. Können Sie sich fließende Lebensenergien vorstellen zwischen Ihrem Unbewußten und dem Bewußtsein? | ☐ ja | ☐ nein |
| 6. Empfangen Dichter, Künstler und kreative Menschen ihre schöpferischen Kräfte und Ideen aus dem Unbewußten? | ☐ ja | ☐ nein |
| 7. Kommen Ihnen manchmal Ahnungen oder intuitive Einfälle? | ☐ ja | ☐ nein |
| 8. Haben Sie schon einmal darüber nachgedacht, ob das Ahnen und die Ahnen etwas miteinander zu tun haben? | ☐ ja | ☐ nein |
| 9. Machen Ihnen unbewußte Bindungen an die eigene Vergangenheit manchmal zu schaffen? | ☐ ja | ☐ nein |
| 10. Könnten Ihre Schwierigkeiten mit anderen Menschen etwas mit unbewußten neurotischen Verstrickungen zu tun haben? | ☐ ja | ☐ nein |
| 11. Leiden Sie manchmal unter den Ungerechtigkeiten in der Welt? | ☐ ja | ☐ nein |
| 12. Halten Sie sich für einen gerechten Menschen? | ☐ ja | ☐ nein |

13. Kennen Sie gelegentlich Zweifel oder Selbstzweifel? ☐ ja ☐ nein

14. Werden Sie manchmal von Gefühlen hin und her gerissen? ☐ ja ☐ nein

15. Suchen Sie bei privaten oder geschäftlichen Streitereien möglichst einen Ausgleich? ☐ ja ☐ nein

16. Glauben Sie, daß Gesundheit und Wohlbefinden etwas zu tun haben mit der Balance zwischen Geist, Seele und Leib? ☐ ja ☐ nein

17. Könnten Sexualität und Spiritualität zusammengehören wie zwei Seiten einer Medaille? ☐ ja ☐ nein

18. Haben Sie schon einmal von dem persönlichen Unbewußten gehört? ☐ ja ☐ nein

19. Wird Ihr Selbstwertgefühl manchmal von unbewußten Impulsen beeinflußt? ☐ ja ☐ nein

20. Glauben Sie, daß manche Leute ihre unbewußten Komplexe auf andere projizieren? ☐ ja ☐ nein

21. Spüren Sie manchmal die Blockaden Ihrer Lebensenergien im Bauch oder im Unterleib? ☐ ja ☐ nein

22. Haben sexuelle Schwierigkeiten etwas mit Hemmungen und blockierten Lebensenergien zu tun? ☐ ja ☐ nein

23. Schauen Sie abends gerne zum Mond? ☐ ja ☐ nein

24. Kennen Sie Leute, die mondsüchtig sind? ☐ ja ☐ nein

25. Verleugnen Sie sich manchmal selbst? ☐ ja ☐ nein

26. Können Sie sich vorstellen, daß es Widerstände gibt gegen die persönliche Wandlung und Wiedergeburt? ☐ ja ☐ nein

27. Leiden Sie manchmal unter seelischen Stimmungsschwankungen? ☐ ja ☐ nein

28. Können Sie launische Menschen verkraften? ☐ ja ☐ nein

29. Setzen Sie sich für mehr Gerechtigkeit in Ihrem Umkreis oder in der Welt ein? ☐ ja ☐ nein

30. Haben Sie ein Gespür für Ihre innere Stimme? ☐ ja ☐ nein

Wenn Sie etwa die Hälfte der Fragen positiv oder negativ beantwortet haben, dann sind Sie derzeit in einer intensiven Beziehung zu diesem Wirkungsfeld. Zu einem kurzen Überblick über die vielfältigen Bedeutungen dieses Erlebnisfeldes verhelfen die positiven und negativen Stichworte am Anfang des Kapitels. Wenn Sie durch die Fragen auf verschiedene Probleme Ihres Lebens aufmerksam wurden, dann könnten Ihnen die Affirmationen nützlich sein. Weitere Anregungen und Verstehenshilfen erhalten Sie durch die Schlüsselworte im Anhang.
Bei einer höheren Punktzahl verstärkt sich die Intensität und Ihre derzeitige Beziehung zu diesem Erlebnisfeld. Haben Sie dagegen nur etwa ein Drittel der Fragen angesprochen, sollten Sie sich einem anderen Erlebnisfeld im Lebensbaum zuwenden und die dortigen Fragen beantworten.

## *Positive Erlebensweisen verstärken*

Wer sich zur Zeit um die fundamentalen Erlebensbereiche seines Lebens in Jesod bemüht, der könnte die positiven Einflüsse verstärken und fördern. Jesod-Typen, wie ich abgekürzt Menschen, die in diesem Bereich besondere Erfahrungen suchen, nennen möchte, genießen bewußt ihr Heim und fühlen sich in ihrer Heimat und in ihrer Umgebung geborgen. Die gemütlich eingerichtete Wohnung oder das nach eigenen Vorstellungen gebaute Haus sind ein sehr wichtiger Erlebnisraum für ihre Geborgenheitsgefühle. Außerhalb des Hauses suchen Jesod-Typen gerne einen ruhigen Platz im Wald auf oder fühlen sich an einem stillen See besonders wohl. Viele mir bekannte Jesod-Typen haben eine tiefe Beziehung zu Bäumen und lieben insbesondere die Linde. Sie können sich in ihrem Schatten ihren Gedanken und Imaginationen besonders hingebungsvoll überlassen. Trefflich hat diese Erfahrung auch der Dichter des Liedes »Am Brunnen vor dem Tore« mit der Zeile vom Lindenbaum beschrieben, von dem es heißt: »Ich träumt in seinem Schatten so manchen süßen Traum«. Wer also etwas gegen seine Angst- oder Alpträume tun möchte, sollte im Wirkungsfeld der Linde in seinen Imaginationen »süße Träume« erbitten.
An allen Orten, ob an Kraftorten der äußeren Welt oder durch Imaginationen der inneren Welt, an denen wir uns wohl fühlen und eine positive Atmosphäre erleben, können wir die ausgleichenden Selbst-

heilungskräfte in uns wirken lassen. Viele Jesod-Typen lieben den prallen Sonnenschein nicht, sondern ziehen eher ein laues und feuchtes Wetter vor. Für den angestrebten Seelenzustand in Jesod ist die Windstille angenehmer als stürmisches Wetter.
Viele Jesod-Typen können sich bei ihren Wanderungen besonders über Gänseblümchen, Veilchen oder Seerosen freuen. Wer tierlieb ist und sich Haustiere halten kann, hat viel Freude mit anhänglichen Tieren wie Hunden, Enten, Katzen oder Kaninchen.
Menschen mit Jesod-Energien erkennt man an ihrer Hilfsbereitschaft, an ihrer Zuverlässigkeit und ihrer Warmherzigkeit. Wer von dem Fundament seines Wesens und seiner Veranlagung her ein Jesod-Typ ist, wird sich vermutlich in helfenden Berufen am besten verwirklichen können und darin Befriedigung finden, wie zum Beispiel als Hausfrau, Krankenschwester, Koch, Kellner, in naturverbundenen Berufen wie Gärtner oder Floristin.
Da das Erlebnisfeld von Jesod stark von den Mondkräften beeinflußt wird, sind hier viele Lebensmuster aus dem Matriachat zu finden. Zu den weiblichen Lebenswerten gehören beispielhaft das Gefühlserleben, die Fruchtbarkeit und die Empfänglichkeit für seelische Schwingungen, psychisches Erleben und der kreative Umgang mit Träumen. Alles, was uns das Unbewußte aus dem Wurzelgrund der Seele schickt, kommt durch die Kanäle von Jesod in die verschiedenen Erlebnisfelder des Lebensbaumes. Sind diese Kanäle verstopft, kommt es zu einem Gefühlsstau im Unbewußten, was zu neurotischen Reaktionen und Neurosen führt. Weil seelische und geistige Störfelder in unseren Tagen vielen Menschen große Not machen, ist Jesod besondere Aufmerksamkeit zu widmen.

## *Neurotische Wirkkräfte*

Jesod ist das Fundament im Hause unserer Persönlichkeit. Alle Lebensenergien, die im Lebensbaum der Persönlichkeit strömen und sich verteilen, haben hier ihr Sammelbecken. In Jesod erleben wir hautnah und körperlich die vielen Gegensätzlichkeiten unseres Lebens, wie z.B. die Beziehungen und Wechselwirkungen zwischen seelischem Erleben und körperlichen Reaktionen. Daher ist Jesod ein ganz besonderes Erlebnisfeld für die weitverbreiteten psychosomatischen Erkrankungen, worunter wir alle jene körperlichen Funktionsstörungen verstehen, die seelisch bedingt sind. Bekannte Beispiele für psychosomatische Symptome sind das Magengeschwür und Störungen im Darmbereich, auch viele sexuelle Störungen und seelisch bedingte Herzbeschwerden gehören dazu, ebenso verschiedene Formen der Allergie, der Kopfschmerzen sowie der Hauterkrankungen.

Die Ursache hierfür und der Grundkonflikt bei vielen anderen Neuroseformen ist eine zu ängstliche und kleinkarierte Grundeinstellung den Bedürfnissen des Lebens gegenüber, die die Lebensenergien fehlleitet oder sogar blockiert.

Jesod ist auch das Erlebnisfeld für unseren Geschlechtstrieb und die Sexualität. Viele neurotische Schwierigkeiten und funktionelle Störungen im Körper haben ihre Ursache in einer blockierten Sexualität. Eine positiv erlebte Sexualität steigert die persönliche Kreativität. Doch die Sexualität in Jesod ist nur eine spezielle Ausprägung der Lebensenergie. Alles, was einen Menschen bewegt, antreibt und aktiviert in seiner Lebendigkeit, hat seinen Ursprung in Jesod. Die blockierten und unstrukturierten Antriebe und Lebensenergien verursachen diffuse Ängste und das Gefühl einer Besessenheit von Kräften, die wir mit dem Willen und dem Ich nicht steuern können.

Der erste Schritt einer wirksamen Hilfe besteht darin, daß wir die Antriebe und Gefühle nicht mehr verdrängen und unterdrücken, sondern in das ganze Verteilersystem des Lebensbaumes hineinfließen lassen. Dadurch kommt es zur Entlastung in Jesod, wo durch die Aufstauung der Lebensenergien ein Überdruck entstanden ist, was zu den genannten Ängsten führt. Wir sollten die ins Bewußtsein drängenden Lebensenergien als schöpferische Kräfte ansehen, die unsere Kreativität und unsere Lebensfreude fördern. Wenn wir dagegen im Beruf sowie im Privatleben keine kreativen Gedanken und schöpferischen Ideen mehr bekommen, dann könnte dies ein wichtiger Hinweis sein, daß wir von den Lebensenergien in Jesod abgeschnitten sind.

In Jesod erleiden wir auch unsere unbewußten Bindungen an neurotische Lebensmuster, was zu einem starren Festhalten an überalteten Lebenseinstellungen führt. Viele unbewußte Bindungen an negative Erfahrungen in der Vergangenheit und an seelische Verletzungen, die wir nicht loslassen und überwinden können, werden uns in Jesod bewußt.

## *Balance und Gerechtigkeit*

Jesod ist in der geistigen und psychologischen Situation unserer Zeit zu einem sehr wesentlichen Wirkungsfeld geworden. Die rechte Balance in den verschiedenen Lebensbereichen zu finden und immer wieder einen Ausgleichsprozeß anzustreben im psychosomatischen Bereich ist für Gesundheit und Krankwerden ausschlaggebend. Gesund sind wir dann, wenn unsere Körperkräfte und unsere seelischen Intensionen eine Lebensform finden, die uns zutiefst befriedigt.

Ähnlich wie die rechte Balance im persönlichen Lebensbereich von grundlegender Bedeutung ist, sind die Fragen nach sozialer Gerechtigkeit in unserer Gesellschaft und darüber hinaus das Streben nach Gerechtigkeit zwischen den Völkern ebenfalls stark im Bewußtsein der Menschheit lebendig geworden. Etwas vereinfachend könnte gesagt werden: Ohne die Herstellung einer sozialen Gerechtigkeit gibt es keinen sozialen Frieden. Jeder einzelne Mensch, jede Gruppe und jedes Volk hat zu Recht einen tiefen und existentiellen Wunsch nach Gerechtigkeit in allen Lebensbereichen. Oftmals gewinne ich in der therapeutischen Arbeit und in Gesprächen den Eindruck, daß die Herstellung von Gerechtigkeit und Balance für die Menschen heute genauso wichtig ist, wie es im Mittelalter die Rechtfertigung des Menschen vor seinem Gott war. Bekanntlich führte bei Martin Luther die Klärung und das rechte Verständnis dieser Frage der Gerechtigkeit des Menschen vor seinem Gott zur Reformation und veränderte damit das geistige Gesicht Europas und schließlich der ganzen Welt. Was damals in der vertikalen Dimension des Lebens für die Menschen zur entscheidenden Frage geworden war, scheint mir heute auf der horizontalen Beziehungsebene zwischen den Menschen und schließlich in der Beziehung zu sich selbst immer wichtiger zu werden. Wie damals durch die Theologie die Frage nach der Gerechtigkeit Gottes beantwortet und geklärt wurde, steht nach meiner Auffassung die heutige Tiefenpsychologie und Psychotherapie vor der Herausforderung, den Menschen einen Weg zu zeigen zur rechten Balance der verschiedenen Lebensenergien.

Diese Suche nach Balance und Gerechtigkeit ist im Lebensbaum in Jesod angesiedelt. In der Lebensberatung und Psychotherapie kommen wir mit diesem Wirkungsfeld in vielfältiger Weise in Berührung. So zum Beispiel durch die vielfältigen Ausdrucksformen der Sexualstörungen. Ein positives Erleben der sexuellen Lebensenergien wurde oft

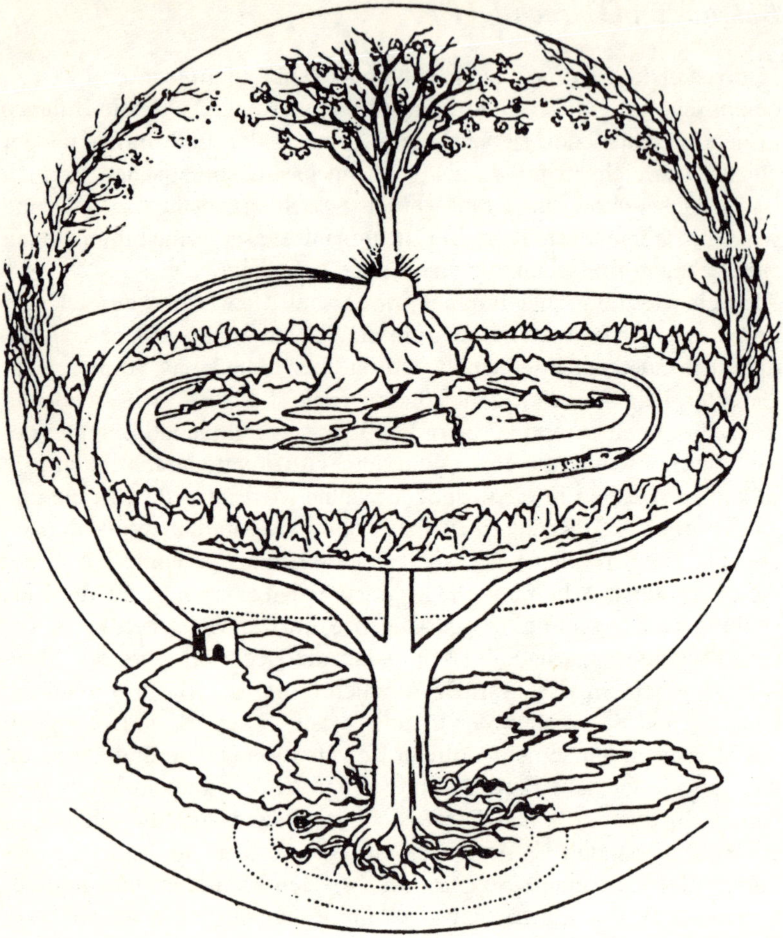

durch vielfältige negative Erfahrungen in der Kindheit, Jugendzeit oder im späteren Leben blockiert, Hemmungen im Basiszentrum von Jesod sind die Folge.

Da das Energiefeld von Jesod in der mittleren Säule des Lebensbaumes liegt und darüber Tiphereth seinen Ort hat, bestehen auch tiefgründige Beziehungen zur vegetativen Lebensenergie. Aus dem Bereich der psychosomatischen Störungen und der psychosomatischen Medizin ist bekannt, daß von diesem vegetativen Nervensystem viele psychosomatische Störungen ausgehen. Wenn für die zahlreichen funktionellen Funktionsstörungen des Körpers keine eindeutige medizinische Diagnose gestellt werden kann, heißt es häufig: vegetative Dystonie. Auch diese Störung der komplexen Lebensenergien im Sonnengeflecht und im vegetativen Nervensystem sind in Jesod angesiedelt.

Schließlich wirken geistige und spirituelle Vorstellungen und Ideale aus Malkuth auf Jesod ein. In Malkuth als dem transpersonalen Königreich der Seele sind die Ansprüche der Seele auf Ganzwerdung der Person in ihren verschiedenen Ausdrucksformen nach Geist, Seele und

← *Abbildung 5:* Die Weltenesche Yggdrasil als Lebensbaum.
Den Wurzelbereich und die sechs Lebensströme können wir zur Veranschaulichung von Malkuth verwenden. Aus diesem Wurzelgrund wächst der Baum in den Bereich von Jesod als dem persönlichen Unbewußten und Fundament des individuellen Lebens. Zwischen beiden psychischen Bereichen gibt es fließende Übergänge, so daß die Lebensenergien ungehindert fließen können. Doch wir sollten auf der zweiten Ebene das kleine »Zollhäuschen« nicht übersehen, wo eine Kontrolle und Zensur der unbewußten Antriebskräfte zu erfolgen scheint. Nur was hier ungehindert passieren darf, gelangt als Lebensstrom, der sich an seinem Ende zu dreien teilt, unmittelbar zum hervorbrechenden Baum im bewußten Lebensbereich.
Die Aufspaltung des Baumes im Bereich von Jesod entspricht den meisten Modellen im Lebensbaum mit den drei Säulen. Die unterste Beziehungsebene nenne ich in meiner Deutung die Raum-Zeit-Achse, weil hier die räumlichen Gestaltungsformen (in Hod) und der Fluß der Lebenszeit (Nezach) ihren Sitz haben. Auf der darüberliegenden Ebene, die im mittleren Teil der Weltenesche mit der Midgard-Schlange dargestellt ist, die sich in den Schwanz beißt und häutet, haben wir eine Analogie zur Gefühlsebene zwischen Geburah und Chesed. Mit der Schlangenkraft (Kundalini im Chakren-System) werden die positiven und negativen Lebensenergien dargestellt. Auf der obersten Ebene mit den vielen Verästelungen des Weltenbaumes können wir uns die geistige Ebene in unserer Persönlichkeit vorstellen mit dem inneren Wissen in Binah und der geheimnisvollen Weisheit in Chockmah.

Leib einprogrammiert und bestimmen den Drang des Menschen nach Individuation. Diesen Prozeß zur Individuation können wir uns in dem folgenden Modell in bildhafter Beschreibung vor Augen halten. Jedes Kind, jeder Jugendliche und jeder Mensch möchte sich in seiner Persönlichkeit entwickeln und wachsen wie eine Rose. Wird dies durch negative Erziehungseinflüsse und blockierende Umwelterfahrungen verhindert, entwickeln sich verschiedene Formen der Neu-Rose. Der Prozeß der Heilung besteht dann schließlich darin, die Fehlformen der Neurose und den darin zum Ausdruck kommenden vorläufigen Kompromiß aufzulösen und es damit dem einzelnen zu ermöglichen, daß er sich weiterhin entfalten kann wie eine Rose.
Es wurde schon erwähnt, daß in Jesod nicht nur die Sexualkräfte und die vegetativen Lebensenergien zum Ausdruck kommen, sondern daß aus dem transpersonalen Bereich von Malkuth auch geistige Ansprüche den Menschen innerlich zutiefst bewegen. Einer dieser berechtigten Ansprüche besteht darin, anerkannt und akzeptiert zu sein. Erlebt man nun als Kind fortwährend negative Erziehungsstrategien, indem man viel mehr getadelt und geängstigt wird, anstatt auch mal gelobt zu werden, dann wirken sich diese gehäuften Erfahrungen in Jesod nicht nur kränkend, sondern zunehmend auch krankmachend aus.

## *Imaginationen und Affirmationen*

Wenn Sie die Checkliste mit den Fragen zu Jesod beantwortet haben, wird Sie vermutlich die eine oder andere Frage noch länger beschäftigen. Vielleicht hat Sie eine Frage auch geärgert oder besonders gereizt, so daß Sie jetzt in dieser Übung nochmals Ihre Aufmerksamkeit auf diese Erfahrung lenken könnten. Ich schlage Ihnen vor, eine meditative Körperhaltung einzunehmen und Ihren Einfällen und Gedanken zu der genannten Frage einfach freien Lauf zu lassen. Ähnlich wie bei einem Tagtraum können Sie den Fluß Ihrer Gedanken und Phantasien beobachten und dadurch weitere Aufschlüsse erhalten zur Lösung der anstehenden Frage.
Eine weitere Möglichkeit für die Übung im Erlebnisfeld von Jesod ist, daß Sie in Ihrer meditativen Körperhaltung Ihren Atem eine Zeitlang gezielt auf den Unterleib und den Bereich Ihrer Sexualorgane lenken. Dadurch versorgen Sie dieses wichtige Erlebnisfeld von Jesod nicht

nur mit Sauerstoff, sondern ermöglichen durch die Hinlenkung der Aufmerksamkeit und der Lebensenergien zugleich eine Belebung dieses Bereiches.
In Ihrer Imagination können Sie sich auch mit den Strahlungskräften der Farbe Violett in Jesod befassen. Falls Sie sich für die Visualisierung dieser Farbe entscheiden, sollten Sie behutsam und kritisch vorgehen, weil auf viele Menschen Violett als eine Mischfarbe mit erregenden oder hemmenden Strahlungskräften ambivalent wirkt. Nach Tests kann Violett Spannung und Unlust verursachen, Unzufriedenheit oder Beunruhigung herbeiführen, die sich bis zur Depression oder Melancholie steigern können. Im persönlichen Wandlungsprozeß oder bei der Suche nach spirituellen Erfahrungen kann Violett auch die persönliche Wandlung und die spirituelle Transformation fördern. Wenn Sie mit der violetten Farbe im kreativen Malen positive Erfahrungen gemacht haben oder gerne violette Kleidungsstücke tragen, dann können Sie sich getrost auf die Visualisierung dieser Farbe einlassen.
Als weitere Übung biete ich Ihnen folgende Leitsätze an, die Ihr Selbstbewußtsein und Ihr Selbstbild fördern können. Sie sollten mindestens viermal einen oder alle in einer für Sie angenehmen Lautstärke sprechen:

- Ich suche den Ausgleich und die Balance zwischen Leib, Seele und Geist.
- Ich will auf meine innere Stimme hören.
- Ich sehe meine Fehler und Schwächen im milden Licht des Mondes.
- Ich ahne, daß in mir noch weitere Fähigkeiten schlummern.

## *Empfehlungen für Therapeuten*

Diejenigen Ihrer Klienten, die sich mit den Gegensätzen zwischen körperlichen Bedürfnissen, seelischen Empfindungen und geistigen Bewertungen abquälen, stehen im Spannungsfeld von Jesod. Vermutlich werden Sie jetzt denken oder sogar sagen, daß Anteile dieser Spannungen auch in nahezu allen anderen psychoneurotischen Störfeldern zu finden seien. Dem kann ich aufgrund meiner therapeutischen Erfahrung auch nur zustimmen. Noch eine weitere Erkenntnis kommt hinzu, daß nämlich die gestörte Balance zwischen diesen drei grundlegenden

Lebensbereichen auch für alle anderen Erlebnisfelder des Lebensbaumes von größter Bedeutung ist. Damit ist auch schon angedeutet, daß wir niemals ein Erlebnisfeld des Lebensbaumes isoliert betrachten können, sondern immer die Verbundenheit und Vernetzung aller Erlebnisfelder vor Augen haben sollten, auch dann, wenn wir unsere Aufmerksamkeit auf ein bestimmtes Wirkungsfeld lenken.

Zur Psychodynamik der seelischen Prozesse in Jesod möchte ich zwei Schwerpunkte nennen, nämlich die Auseinandersetzung mit den positiven oder negativen Vater- und Mutterkomplexen sowie die unbewußte Bindung an krankmachende Erfahrungen in der eigenen Vergangenheit. Die Blockade der heilenden Kräfte aus dem Unbewußten und die fortwährende Abwehr der therapeutischen Impulse aus dem Selbst wird besonders durch die psychischen Abwehrmechanismen (wie zum Beispiel Verdrängung, Verleugnung, Projektion, Selbstsabotage usw.) fortwährend aufrechterhalten und verstärkt. Wenn Sie mit Bach-Blüten arbeiten, mögen Sie eine der empfohlenen Blüten zur Förderung des therapeutischen Prozesses auswählen.

Im Erlebnisfeld von Jesod ist insbesondere die Arbeit mit Symbolen und Träumen angezeigt. Im therapeutischen Prozeß haben die Symbole eine vermittelnde und die Gegensätze überwindende Funktion und bauen damit eine Brücke zwischen dem Unbewußten und dem Bewußtsein, über die die hilfreichen und heilenden Kräfte ins Bewußtsein gelangen können. Jesod ist ferner der Tempel der Intuition und der Träume. Gerade in den Träumen entfaltet die Seele die ihr innewohnende symbolbildende Kraft.

Von Jesod ausgehend sollte mit den Klienten zusammen erwogen werden, ob als nächster Schritt die Hinwendung zu Hod mit Fragen der Abgrenzung und der inneren Führung ansteht oder der Fluß der Lebensenergien in Nezach weiterbearbeitet werden sollte.

# 3. Hod

Am Fuße der Säule der Gestaltung sehen wir bei Hod die weibliche Sephira mit einem Palmenzweig als Siegessymbol in der linken Hand. In der rechten Hand trägt sie einen Blumenstrauß als Symbol für die Farbigkeit des Lebens. Die Fülle des Lebens sehen wir in der riesigen Weintraube, die nach der biblischen Überlieferung von den Kundschaftern als Zeichen für das gelobte Land, das es zu erobern galt, mitgebracht wurde. Daneben sehen wir verschiedene Waffen und Werkzeuge, die für die Eroberung unseres Lebensraumes und den Schutz unserer Privatsphäre hilfreich sind. Diese Kundschafter sind zugleich auch Symbolgestalten für unsere inneren Botschafter und Begleiter, von denen in den Schlüsselworten zu Hod und den weiteren Ausführungen dieses Kapitels gesprochen wird. Die bezaubernde Anima in Hod mit der Siegespalme kann in uns die Hoffnung und Zuversicht wecken, daß sich unser Lebenskampf und die Eroberung von Neuland und weiterer Bewußtheit lohnen wird.

## *Annäherung*

Aus den Stichworten und Begriffen am Anfang dieses Kapitels haben Sie sich bereits einen ersten Überblick über den Erlebnisbereich von Hod verschaffen können. Hod ist der Name und das Symbol für einen geschützten Lebensbereich im Lebensbaum, der Geborgenheit schenkt, ähnlich wie ein Baumhaus in unserer Kindheit oder ein Nest im Baum. Für jeden Menschen ist ein abgegrenzter und geschützter Lebensbereich wichtig. Ohne solchen persönlichen Bereich fühlen wir uns heimatlos und ungeborgen.

Ein nächster Aspekt in Hod ist die für unsere persönliche Ich-Entwicklung wichtige Fähigkeit, sich abzugrenzen gegenüber anderen Menschen und den unzähligen Einflüssen von außen. Dazu brauchen wir ei-

nen inneren Halt und eine innere Führung, zu denen uns auch die Gestalt eines inneren Führers verhilft. Für diejenigen, die sich mit dem christlichen Glauben verbunden fühlen, kann es der innere und geglaubte Christus sein, von dem die Bibel sagt, daß er bei uns sei alle Tage. Es kann aber ebenso der persönliche Schutzengel sein oder eine andere Führungsgestalt, der wir uns anvertrauen. Aus der Tiefenpsychologie oder aus der Astrologie kennen viele Menschen auch dic mythologischen Symbolgestalten von Hermes und Merkur (vgl.Schlüsselworte S. 211.)
Ein besonders wichtiger Bedeutungsaspekt in Hod ist die Lebensgestaltung und die persönliche Lebensdeutung. Da Hod am Fuße der Säule der Gestaltung im Lebensbaum angesiedelt ist, dürfte auch von dieser Anordnung her besonders einsichtig sein, daß alle Gestaltungskräfte, die unserem Leben zweckdienlich sind, hier ihren Ort haben. Jeder Interessierte sollte danach streben, die für ihn angemessene Form zur Gestaltung seiner Gefühle und seines seelischen Erlebens zu finden, wie Malen, Tanzen, die Arbeit mit Ton oder das Ausdrucksspiel (Jeu dramatique).
Auch die sprachliche Ausdrucksfähigkeit ist für viele Menschen eine hilfreiche Möglichkeit, die persönlichen Probleme in Worte zu kleiden und sich auf diese Weise damit auseinanderzusetzen. Die Sprachlosigkeit dagegen sowie die Phantasielosigkeit vieler Menschen verstärkt oftmals die Projektion, indem wir auf andere übertragen, was wir bei uns selbst wahrnehmen und verändern sollten. Zur allgemeinen Lebensklugheit, die wir im Erlebnisfeld von Hod ergänzen oder erweitern können, gehört ein besonders Gespür für die Beurteilung von Lebenssituationen und die darin für uns enthaltenen Chancen.
Nach dieser kurzen Einführung sind Sie wiederum eingeladen, die folgenden Fragen in der Checkliste spontan zu beantworten und damit an Erfahrungen erinnert zu werden, die Sie bereits mit diesem Erlebnisfeld gemacht haben oder jetzt vertiefen können.

## *Checkliste*

Wenn Sie wissen wollen, ob Sie derzeit eine positive oder negative Beziehung zu dem Erlebnisfeld von Hod haben und ob Sie diesen Schwingungen und Wirkungskräften ausgesetzt sind, dann beantworten Sie spontan die folgenden Fragen. Sie beziehen sich auf Aspekte dieses Erlebnisfeldes und führen Sie an die Bedeutungsvielfalt heran. Durch die spontane Beantwortung finden Sie selbst heraus, was dieses

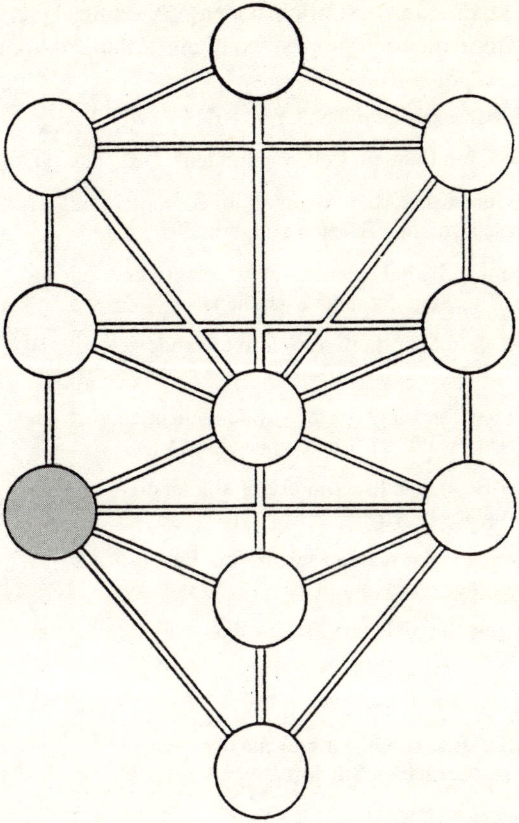

**Hod**

| positiv | negativ |
|---|---|
| geschützter Lebensbereich | Heimatlosigkeit |
| Abgrenzungsfähigkeit | ungeschützte Offenheit |
| innerer Halt, Führung | Verwahrlosung |
| Lebensgestaltung | Maßlosigkeit |
| Lebensklugheit | Dummheit, Unbewußtheit |
| Ausdrucksfähigkeit | Sprachlosigkeit |
| Kommunikation | Unterwürfigkeit |
| Einbildungskraft | Phantasielosigkeit |
| Bezauberung, Faszination | magische Machtausübung |
| Selbstentwürfe, Probehandlungen | Projektionen |

Wirkungsfeld für Sie persönlich bedeuten könnte. Überspringen Sie die Fragen, mit denen Sie momentan nichts anfangen können.

1. Kennen Sie Ihre persönlichen Grenzen? ☐ ja ☐ nein

2. Haben Sie Ihren Platz im Leben gefunden? ☐ ja ☐ nein

3. Gelingen Ihnen die Abgrenzungen im persönlichen oder geschäftlichen Bereich einigermaßen? ☐ ja ☐ nein

4. Angenommen, Sie haben ein Grundstück erworben, würden Sie einen Zaun herumziehen? ☐ ja ☐ nein

5. Fahren Sie gern über die Grenzen in ein anderes Land? ☐ ja ☐ nein

6. Haben Sie schon einmal einen durchgehenden Begrenzungsstrich auf der Straße überfahren? ☐ ja ☐ nein

7. Ist für Sie Bewußtseinserweiterung eine erstrebenswerte Angelegenheit? ☐ ja ☐ nein

8. Haben Sie schon das rechte Maß in Ihrer Lebensgestaltung gefunden? ☐ ja ☐ nein

9. Beschäftigen Sie sich mit Fragen der Ästhetik oder der Schönheit? ☐ ja ☐ nein

10. Funktioniert Ihre Leber gut? ☐ ja ☐ nein

11. Haben Sie sich schon einmal an der rechten Hüfte verletzt, oder haben Sie dort Beschwerden? ☐ ja ☐ nein

12. Mögen Sie die Farbe Orange? ☐ ja ☐ nein

13. Haben Sie Hautprobleme (zum Beispiel Allergien, Warzen, Juckreiz)? ☐ ja ☐ nein

14. Können Sie über Ihre seelischen Probleme sprechen? ☐ ja ☐ nein

15. Können Sie Ihre Gefühle gut in Worte kleiden? ☐ ja ☐ nein

16. Haben Sie Freude an der Gestaltung Ihres persönlichen Lebensbereiches? ☐ ja ☐ nein

17. Organisieren Sie gerne am Arbeitsplatz? ☐ ja ☐ nein

18. Können Sie sich der Führung eines anderen Menschen gut anvertrauen? ☐ ja ☐ nein

19. Haben Sie ein Gespür für Ihre innere Führung? ☐ ja ☐ nein

20. Macht Ihnen die Unordnung in einigen Lebensbereichen zu schaffen? ☐ ja ☐ nein

21. Ärgern Sie sich gelegentlich über die Maßlosigkeit einiger Leute? ☐ ja ☐ nein

22. Interessieren Sie sich für Magie? ☐ ja ☐ nein

23. Haben Sie schon einmal von dem sogenannten »Magischen Denken« bei zwanghaften Persönlichkeiten gehört? ☐ ja ☐ nein

24. Haben Sie Erfahrungen mit einem inneren Seelenführer? ☐ ja ☐ nein

25. Können Sie sich eine bezaubernde Anima als innere Seelenführerin vorstellen? ☐ ja ☐ nein

26. Würden Sie sich einem religiösen Führer anvertrauen? ☐ ja ☐ nein

27. Bedeutet Ihnen die Symbolgestalt des Merkur irgend etwas? ☐ ja ☐ nein

28. Glauben Sie an Engel als spirituelle Begleiter? ☐ ja ☐ nein

29. Können Sie sich bestimmte Symbole als Gestaltungskräfte der Seele vorstellen? ☐ ja ☐ nein

30. Gibt Ihnen der Spruch von Goethe zu denken: Gestaltung, Umgestaltung, des ewigen Sinnes ew'ge Unterhaltung? ☐ ja ☐ nein

Wenn Sie etwa die Hälfte der Fragen positiv oder negativ beantwortet haben, dann stehen Sie derzeit in einer Beziehung mit diesem Wirkungsfeld. Für einen kurzen Überblick über die vielfältigen Bedeutungen dieses Erlebnisfeldes sei auf die positiven und negativen Stichworte am Anfang des Kapitels verwiesen, zur Vertiefung auf die weiteren Ausführungen. Wenn Sie durch die Fragen auf verschiedene Probleme Ihres Lebens aufmerksam wurden, dann könnten Ihnen die späteren Affirmationen und Übungen hilfreich sein. Weitere Anregungen und Verstehenshilfen erhalten Sie durch die Schlüsselworte im Anhang.
Bei einer höheren Punktzahl verstärkt sich die Intensität und Ihre derzeitige Beziehung zu diesem Erlebnisfeld. Haben Sie dagegen nur etwa ein Drittel der Fragen angesprochen, dann sollten Sie sich einem anderen Erlebnisfeld im Lebensbaum zuwenden und die dortigen Fragen beantworten.

## *Gestaltung des Lebensraums*

In Hod betreten wir die Raum-Zeit-Achse im Lebensbaum. Alle Erfahrungen in den persönlichen Lebensbereichen und in den inneren Erlebnisräumen spielen sich im Erlebnisfeld von Hod ab. Die Gestaltung unseres persönlichen Lebensraumes ist eine der zentralen Aufgaben in Hod. Im Modell des Lebensbaumes befindet sich Hod am Fuße der linken Säule mit der allgemeinen Bedeutung von Gestaltung und Formgebung. Daraus können wir ableiten, daß alle unsere Erfahrungen in der persönlichen Lebensgestaltung und in den unendlich vielgestaltigen Formgebungen in der Arbeitswelt uns mit Hod verbinden. Darüber hinaus gehören alle künstlerischen Ausdrucksformen und Gestaltungsprozesse in der bildenden Kunst, in der Musik, Theater und Film, um nur beispielhaft einige zu nennen, in dieses Erlebnisfeld.

Im Wirkungsfeld von Hod werden die Anrufe des Lebens nach Ganzwerdung und Heilung der Person besonders spürbar. Alle formgebenden Kräfte des Lebens und die persönliche Kreativität unterliegen dem Einfluß und den Wirkungsprinzipien von Hod. Alle Gestaltungskräfte des Geistes und der Seele sind also am Fundament der gestaltgebenden Säule des Lebensbaumes zu finden. Trefflich hat Goethe die Wirkungskräfte von Hod in die Worte gefaßt: »Gestaltung, Umgestaltung, des ewigen Sinnes ewige Unterhaltung.« Betrachten wir einige Aspekte dieser wunderbaren Gestaltungskraft in Hod genauer.

Ich beginne mit der persönlichen Lebensgestaltung, einer für jeden Menschen wichtigen Lebensaufgabe. Dafür brauchen wir einen Lebensplan und innere Bilder, nach denen wir unser Leben gestalten wollen. In Jesod, dem Fundament unseres Lebens und unseres Weltbildes, liegen diese Sinnbilder zum Abruf bereit. Ein weiser Denker hat diese Lebensaufgabe einmal in die Worte gekleidet: »Vor jedem steht ein Bild, wie er werden soll, solange er das nicht ist, ist nicht sein Friede voll!« Für unsere Lebensgestaltung, vor allem aber für die Arbeit an unserem persönlichen Selbstbild, brauchen wir diese inneren Bilder und auch Vorbilder aus der Realität. Die unendlich vielen Bemühungen um Erziehung und Anpassung ans Leben gehören ebenfalls in das Wirkungsfeld von Hod.

Ein weiterer Aspekt ist die Eroberung oder der Ausbau unseres persönlichen Lebensraumes, durch die Einrichtung unserer Wohnung oder den Bau eines Hauses etwa. Neben der Gestaltung von äußeren Lebensräumen ist vor allem auch das Kennenlernen von inneren Erlebnisräumen eine ganz wichtige Lebensaufgabe. Der Lebensbaum als ein

inneres Symbolsystem hilft uns Räume der Seele zu entdecken. Doch es geht auch darum, diese Erlebnisräume in Besitz zu nehmen und damit Spielräume für die innere Freiheit zu gewinnen.
Wir lernen unsere inneren und äußeren Lebensräume kennen und erweitern durch Reisen und durch Phantasiereisen in die innere Welt. Wer gern reist, Grenzen überschreitet und neue Länder kennenlernt, erfährt etwas von den Wirkungskräften in Hod. Die Faszination des Reisens hat für viele Menschen unbemerkt und unbewußt etwas zu tun mit dem Betreten neuer Erlebnisräume und damit zugleich mit einer Erweiterung der seelischen Erlebnisräume in Hod.
Die genannten Reiseerfahrungen und vor allem jegliche Weitung des persönlichen Horizontes führt bei vielen Menschen zu einer Bewußtseinserweiterung. Während wir im Bewußtsein zunächst vertraute Erfahrungen und Beobachtungen gespeichert haben, werden uns durch die genannten Reisen nach außen und nach innen weitere Erlebnisräume erschlossen. Von der Dynamik des Lebensbaumes aus betrachtet scheint hinter der Reiselust vieler Menschen insbesondere Hod zu wirken.
Hod ist auch ein Symbol für die persönlichen Grenzen und um den Platz im Leben zu finden, für das rechte Maß in der persönlichen Lebensgestaltung. Wenn Menschen fortwährend ihre Grenzen überschreiten und sich dauernd im Streß befinden, können sie krank werden und zum Beispiel einen Herzinfarkt bekommen.

## *Abgrenzungen und Beziehungen*

In Hod können wir uns mit unseren Beziehungsformen und Lebensmustern auseinandersetzen. Wir nehmen wahr, welche unbewußten Bindungen uns hemmen und hindern, unser Leben in Freiheit und persönlicher Verantwortung zu leben. Viele Menschen sind in ihren seelischen Tiefenschichten der Person so stark mit den negativen Erfahrungen ihrer Erziehung und Kindheit verstrickt, daß sie diese neurotischen Lebensmuster immer wiederholen müssen und den Sprung in die persönliche Freiheit einfach nicht schaffen können. Doch wenn das persönliche Leiden so stark wird, daß man an seine Grenzen kommt, dann beginnt man sich von der Vergangenheit abzugrenzen und das Neuland seines Lebens zu besetzen und zu bearbeiten.
Hod ist das Erlebnisfeld für alle Formen der zwischenmenschlichen Beziehungen und der Kommunikation. Wer also unter persönlichen Bezie-

hungsschwierigkeiten leidet, oder ganz allgemein mit der Kommunikation, zum Beispiel am Arbeitsplatz und in der Gesellschaft Schwierigkeiten hat, der sollte sich mit diesem Erlebnisfeld beschäftigen. Ein besonderes Symbol für die zwischenmenschlichen Beziehungen ist unsere Hand. Daher hat es eine tiefe Bedeutung, wenn das Erlebnisfeld von Hod im Körperbild im Bereich der Hände und der Hüften angesiedelt ist. Zur Begrüßung reichen wir uns die Hände und dokumentieren damit unsere Bereitschaft zur Kommunikation. Wir können die Hände zum Streicheln und zu Liebkosungen verwenden und treten damit in intime Beziehungen ein. Vielfältig sind die Ausdrucksmöglichkeiten der Hände, wenn wir uns abgrenzen wollen und durch bestimmte Handhaltungen dokumentieren, daß wir derzeit keine Beziehung wünschen.

In unseren vielfältigen Beziehungen oder auch in unseren Beziehungsschwierigkeiten können wir unterstützt werden durch innere Begleiter. Hod ist das Zentrum für die inneren Weg-Gefährten und die inneren Führer. Symbolfiguren dafür können Hermes und Merkur sein oder der innere Christus, der uns verheißen hat, bei uns zu sein, bis an der Welt Ende. Auch unser persönlicher Schutzengel oder ein spiritueller Lehrer können zu diesen hilfreichen inneren Begleitern gehören. Immer wenn wir diesen inneren Begleitschutz brauchen, können wir uns an diese hilfreichen Weggefährten in Hod wenden. Bei dem Aufenthalt in Hod ist es auch wichtig, die Geister zu prüfen und sich von den negativen Wirkungen abzugrenzen. Im Wirkungsfeld von Hod können wir manchmal auch einem Schwindler in uns anheimfallen oder unbemerkt der archetypischen Gestalt des Tricksters auf den Leim gehen. Immer wenn Menschen sich Tricks ausdenken, um andere zu überlisten oder ihnen Schaden zuzufügen, dann werden sie von diesem Trickster verführt. Dabei soll nicht verschwiegen werden, daß es in Märchen und bestimmten Schicksalssituationen erlaubt ist, mit Tricks zu arbeiten oder sich persönlich zu schützen. Eine ähnliche Figur ist der innere Schelm, der uns manchmal mit Lebensklugheit und einer List in bestimmten Situationen hilfreich zur Seite steht. In den Schelmen-Märchen können wir diese archetypische Gestalt in ihren Handlungsweisen kennenlernen.

Hod-Typen können sich aufgrund ihrer Anpassungsfähigkeit in der Regel in der Arbeitswelt und in der Gesellschaft gut behaupten. Zu dieser Anpassung und beruflichem Erfolg verhilft besonders Merkur, der das Erlebnisfeld von Hod regiert. Alle Ausdrucksformen der beruflichen Spezialisierung und der Rationalisierung stehen mit der Symbolgestalt des Merkur in Verbindung. Auch alle wissenschaftlichen Berechnungen

und Auswertungen, sowie das Nutz- und Zweckdenken sind Wirkungen dieser Symbolgestalt. Auch die Gründlichkeit, das Pflichtbewußtsein und die Verläßlichkeit sind Grundprinzipien von Hod. Alle Gebrauchsanweisungen für technische Dinge und alle Ordnungsprinzipien im persönlichen Lebensbereich verdanken wir Kräften von Hod.
Negative Auswirkungen dieser Kräfte in Hod können sein: Bürokratismus und vernichtendes Konkurrenzdenken, übertriebenes Nutzdenken und ein unsinniges Leistungsstreben. Auch die Aufopferung für Aufgaben der Firma sind hier zu nennen. Formen einer negativen Kommunikation können Unterwürfigkeit sein und Kriecherei.
Folgende Berufsgruppen sind im Erlebnisfeld von Hod besonders stark vertreten: Beamte, Naturwissenschaftler, Ärzte und Professoren. Da Hod ein besonderes Kommunikationszentrum im Lebensbaum ist, treffen sich hier viele Journalisten, Schriftsteller und Telefonistinnen sowie Sekretärinnen. Auch Theater-, Literatur- und Musikkritiker, ferner alle Menschen, die geschickt, gewandt oder rastlos handeln, sind Hod-Typen. Da in unserer Gesellschaft alle rational handelnden Menschen, alle Fleißigen und Sorgfältigen besonders anerkannt sind, scheint dies durch Hod bewirkt zu werden.
Hod-Typen lieben die Öffentlichkeit und den öffentlichen Auftritt und halten sich besonders gern an öffentlichen Plätzen, in Bibliotheken und Buchhandlungen auf. Auch die Börse, die Post und Forschungslabors sind Arbeitsräume für diese Menschen. Viele von ihnen fühlen sich am Arbeitsplatz wohler als im persönlichen und privaten Lebensbereich.

## *Deutungen und Sinngebungen für das Leben*

In Hod werden wir motiviert, die Anrufe unseres Lebens zu begreifen und unseren Erfahrungen eine Bedeutung zu geben. Hier können wir unsere emotionale Ergriffenheit spüren und unsere Gefühle in Begriffe kleiden, um dem Ansturm der Emotionen nicht schutzlos ausgeliefert zu sein. Alle sprachlichen und künstlerischen Ausdrucksformen haben in Hod ihr Gestaltungszentrum. Jeder Mensch, der Freude hat an der Verbalisierung seiner Gedanken und Phantasien, steht in einer positiven Beziehung zu Hod. Auch der Umgang mit Symbolen und die Freude an Ritualen geht aus den Quellen von Hod hervor.
Im Wirkungsfeld von Hod sollen wir uns um die Be-deutung unseres Lebens bemühen. Mit zunehmender Ausdrucks- und Wahrnehmungs-

fähigkeit lernen wir unseren Begegnungen und Erfahrungen einen Sinn zu geben. Durch diese Deutungen gewinnt unser Leben an Bedeutsamkeit. Eine wichtige Hilfe empfangen viele Menschen durch Bücher zur Lebenshilfe und zur Lebensgestaltung. In diesem Zusammenhang sei auch auf die Bibliotherapie hingewiesen, in der Menschen angeleitet werden, Selbsthilfe durch Bücher zu praktizieren.
Eine weitere Aufgabe in Hod besteht darin, die verschiedenen Ebenen unseres Lebens zu verbinden und/oder zu versöhnen. Während im Negativzustand geistige und psychische Blockaden den Fluß der Lebensenergien behindern, kann das Verstehen der inneren Vorgänge die Seele lebendig und gesund erhalten. Um diese Deutungen der inneren Erfahrungen bemühen sich alle Berufsgruppen, die Menschen in Krisensituationen beistehen, wie Psychologen, Seelsorger, Therapeuten und Psychiater. Letztlich gehört jeder von uns dazu, wenn wir einen anderen in bestimmten Lebenssituationen begleiten und ihm helfen, den Sinn seines Lebens zu finden.
Durch die ausdauernde und geduldige Auseinandersetzung mit den inneren Erfahrungen und den vielen Anpassungsbedingungen an die Realität haben wir unseren persönlichen Lebensraum ein Stück weit geklärt und gereinigt. Dieser Bewußtwerdungsprozeß, der ein Leben lang fortdauert, trägt sehr wesentlich dazu bei, daß unsere Lebensenergien in gereinigte Bahnen kommen und damit auch die Heilkräfte an die gestörten und kranken Stellen in der Seele und im Körper fließen können. Während seelisch beeinträchtigte Menschen oftmals das Gefühl haben, nicht richtig atmen zu können und nirgendwo einen richtigen Platz im Leben zu haben, können sie in Hod ihren persönlichen Freiraum gewinnen. In Hod lernen wir unsere Gefühle zu zeigen und brauchen uns unserer Eigenheiten oder Macken nicht mehr zu schämen.
In meiner therapeutischen Arbeit mit einzelnen Menschen oder in Gruppen hörte ich die Klage, daß sich trotz der gewonnenen Einsichten und der Selbsterkenntnis in der Realität so wenig ändert. Viele sind dann erstaunt, wenn man ihnen deutlich macht, daß sich in der Regel nichts von ganz allein ändert, sondern daß sie selbst mit den gewonnenen Einsichten und Erkenntnissen an der Neugestaltung ihres Lebens und ihrer Verhältnisse arbeiten müssen. Wenn wir im Leben etwas in kleinen Schritten ändern, verändert sich auch unser gestörtes seelisches Erleben. Und umgekehrt können wir sagen, daß durch die Ordnung und Neugestaltung unseres inneren Erlebens sich auch manches in der äußeren Realität und in unseren Beziehungen verändert. Durch die fol-

genden Empfehlungen und ermutigenden Affirmationen können Sie weitere Anregungen gewinnen.

## *Imaginationen und Affirmationen*

Wenn Sie es schwer haben, sich im persönlichen Lebensbereich oder in geschäftlichen Bereichen abzugrenzen, dann könnte für Sie die folgende Imagination besonders hilfreich sein. Wenn Sie ein eigenes Grundstück haben, dann bauen Sie jetzt in der Phantasie eine abgrenzende Mauer oder einen Zaun herum, eine Abgrenzung, hinter der Sie sich geborgen und geschützt fühlen. Betätigen Sie sich in den folgenden Minuten als Bauherr Ihres persönlichen Lebensbereiches.

Als nächste Übung zur Verstärkung Ihrer Abwehrkräfte können Sie sich jetzt einen Schutzmantel vorstellen, der den Regen ablaufen läßt und zugleich undurchlässig ist für seelische Schwingungen anderer Menschen, die Sie nicht an sich herankommen lassen wollen. Wenn Sie etwa fünf Minuten lang diesen Schutzmantel visualisiert haben, können Sie noch einen Schritt weitergehen und Ihre geistigen und seelischen Abwehrkräfte mit positiven Vorstellungsbildern verstärken oder sich laut sprechend einen der späteren Leitsätze einprägen.

Suchen Sie sich vielleicht einen inneren Führer aus oder eine innere Begleiterin, der Sie sich anvertrauen. Als ersten Schritt zur Annäherung an diese inneren Führungskräfte können Sie damit beginnen, an einen vertrauenswürdigen Menschen aus Ihrem Freundeskreis zu denken, dem Sie sich ohne Bedenken anschließen würden. Stellen Sie sich einen Freund oder eine Freundin vor, mit denen Sie über Ihre Probleme oder eine der offenen Fragen aus der Checkliste sprechen möchten. Vielleicht vertrauen Sie sich auch einem Seelsorger oder einer Therapeutin an, wenn Sie jetzt ein inneres Zwiegespräch über Ihre Probleme führen möchten.

Versuchen Sie, ob die Farbe Orange, die dem Erlebnisfeld von Hod zugeordnet wird, eine anregende und heilende Wirkung auf Sie hat. Aus der Farbtherapie ist bekannt, daß die orangenen Farbschwingungen für die Gesundheit und Vitalität eine große Bedeutung haben. Wenn Sie unter Verspannungen leiden oder eine träge Verdauung haben, dann sollten Sie Orange visualisieren. Auch auf Muskelverspannungen und Energielosigkeit hat die Bestrahlung mit Orange oder die Visualisierung dieser Farbe eine heilende Wirkung.

Zur Stärkung Ihres Selbstbewußtseins und zur weiteren Entwicklung Ihres Selbstbildes können Sie jetzt die folgenden Leitsätze sprechen:

* Ich habe meinen Platz im Leben.
* Ich bin nicht allein.
* Ich vertraue mich meinen inneren Begleitern an.
* Ich sehe und anerkenne meine Begrenzungen und schütze mich.

Abschließend können Sie sich noch Ihren nächsten Entwicklungsschritt im Lebensbaum überlegen. Naheliegend ist von Hod aus den direkten Weg auf der Beziehungsebene nach Nezach zu gehen und sich dort mit den Liebesproblemen und den persönlichen Biorhythmen zu beschäftigen. Vielleicht ist es aber auch notwendig, sich nochmals auf Ihr Lebensfundament in Jesod zu besinnen und dort den Ausgleich und die Balance zwischen Leib, Seele und Geist zu suchen. Sollten für Sie dagegen die angesprochenen psychosomatischen Störungen von besonderer Aktualität sein, dann begeben Sie sich unmittelbar in das Therapiezentrum von Tiphereth, wo alle psychosomatischen Prozesse behandelt werden. Eine letzte Möglichkeit besteht schließlich noch darin, sich in Gelassenheit und passiver Hingabe den Einflüssen und Wirkungen von Geburah zu überlassen.

## *Empfehlungen für Therapeuten*

Auf der Beziehungsebene zwischen Hod und Nezach haben im Hinblick auf das Zeiterleben und die Abgrenzungsschwierigkeiten sehr viele Probleme der Klienten ihren Ort. Während eine große Anzahl von Klienten, die unsere Begleitung suchen, sich überängstlich vom Leben zurückziehen und von vielen Menschen abgrenzen, müssen andere wiederum in ihren chaotischen Lebensverhältnissen oder gar in ihrer psychotischen Gefühlswelt eine gewisse Ordnung schaffen und Grenzen ziehen.
Von den vier Persönlichkeitstypen nach Fritz Riemann (hysterisch, depressiv, zwanghaft, schizoid) sind nach meinen bisherigen therapeutischen Erfahrungen mit dem Lebensbaum vor allem die hysterisch strukturierten Persönlichkeiten im Erlebnisfeld von Hod zu finden. Wenn wir uns das Wirkungsfeld von Hod auf einen großen psychosomatischen Klinikbereich übertragen vorstellen, dann wäre dort die Fachabteilung mit hysterischen Krankheitsbildern meistens überbelegt, weil diese Menschen besonders unter Orientierungsschwierigkeiten leiden. Auch

wegen der übertriebenen Dramatisierung ihrer Schwierigkeiten und Krankheiten suchen diese Menschen eine neue Orientierung und eine innere Führung in Hod. Klienten mit Minderwertigkeitskomplexen oder einem krankhaften Geltungsbedürfnis wären ebenfalls hier zu finden. Auch eine große Anzahl von Menschen mit Hauterkrankungen und mit den sogenannten Konversionssymptomen fänden hier Aufnahme.
Als zweite Fachabteilung wären die zwanghaften Krankheitsbilder zu nennen. Menschen mit seelischen Zwängen oder gar mit einer Zwangsneurose, die zur Isolation vom Leben, vom seelischen Erleben und zur Isolation von den Mitmenschen führen, können in Hod wieder ganzheitliche Beziehungen lernen. Durch den Beistand von inneren Führern oder durch die Begleitung von einem Therapeuten könnte die Triebabwehr gelockert und die blockierten Lebensenergien wieder mehr zum Fließen gebracht werden.
Menschen mit überwiegend depressiven Krankheitsbildern könnten in Hod diese notwendige Geborgenheit finden und die quälenden Schuldgefühle aufarbeiten. Auch die schizoiden Persönlichkeiten könnten ihre krankhafte Selbstbezogenheit und ihre Ambivalenzkonflikte in Hod behandeln lassen. Alle Klienten könnten in Hod die nötige Ich-Stärkung finden und hier ihre steuernden Ich-Funktionen verbessern. Auch das angeschlagene Geltungs- und Leistungsstreben vieler Patienten könnte im Wirkungsfeld von Hod behandelt werden.
Besonders wichtig ist in Hod die Beachtung und Bearbeitung der psychischen Abwehrmechanismen – Verdrängungen, Nicht-Wahrnehmen, Widerstände sowie Reaktionsbildungen (Verkehrung ins Gegenteil).
Eine hervorgehobene Bedeutung hat im Erlebnisfeld von Hod die vertrauensvolle Übertragungs-Beziehung zwischen Therapeuten und Klienten. Wenn dann zusätzlich noch die inneren Begleiter und die archetypischen Führer als innere Seelenführer aktiviert werden können, dann dürfte die Psychodynamik des seelischen Heilungsprozesses einen hoffnungsvollen Verlauf nehmen.
Wenn Sie mit der Farbtherapie Erfahrungen haben, können Sie mit den orangenen Farbschwingungen in Hod die entsprechenden Krankheitsbilder behandeln. Ferner möchte ich noch auf die Unterstützung des therapeutischen Prozesses durch Bach-Blüten verweisen (siehe Schlüsselworte zu Hod im Anhang). Schließlich können Sie zusammen mit Ihren Klienten noch das Modell des Lebensbaumes anschauen und gemeinsam die nächsten Schritte von Hod zu den benachbarten Energiefeldern besprechen (siehe auch S. 211).

בעז

# 4. Nezach

Am Fuß der Säule der Barmherzigkeit (auch der Warmherzigkeit und der Liebe) sehen wir Nezach mit der Harfe. Auch die anderen Musikinstrumente auf dem Fundament der Säule sind Hinweise und Symbole für die Schwingung und den Rhythmus der Musik, die unser Lebensgefühl und das Liebesleben in Stimmung versetzen kann. Die Musik ist hier nur ein Beispiel zur Veranschaulichung der fließenden Lebensenergien und der erotischen Schwingung als Gleichklang der Gefühle. Ein anderer Aspekt von Nezach ist auf diesem Bild die liebende Fürsorge des guten Hirten, der das verwundete Schaf auf den Schultern trägt und es damit schützt vor dem Wolf zu seinen Füßen (Sinnbild für die verschlingende Macht des Unbewußten). Dieser Hirte ist auch eine Gestalt des liebevollen Animus in Nezach. Die Vitalität und die weitere Vielfalt der Lebendigkeit ist im oberen Teil des Bildes in dem Zug der Tiere angedeutet. Die sogenannte vitale Anima ist in jeder Frau und in jedem Mann ein Naturwesen.

## *Annäherung*

Wenn Sie die positiven und negativen Stichworte und Begriffe zu diesem Erlebnisfeld überflogen haben, können Sie sicher an der einen oder anderen Stelle eine Beziehung zu Ihren persönlichen Erfahrungen entdecken. In diesem Bereich geht es also speziell um unsere körperliche Vitalität und um unsere Verbundenheit mit der Natur. Menschen, die gar keinen Blick haben für die Schönheit der Natur oder keinerlei Begegnung suchen mit der Natur, haben damit aller Wahrscheinlichkeit nach auch keine Beziehung zu dem Erlebnisfeld von Nezach. Ein weiterer Bedeutungsaspekt ist das Liebesleben und die Sexualität. Besonders mit diesen starken Lebensenergien sollten wir uns im Wir-

kungsfeld von Nezach auseinandersetzen und nach einer beglückenden Lebensweise suchen. Die Chance zur Heilung liegt in Nezach darin, sich mit der innersten Natur unseres Wesens zu verbinden und zu versöhnen und sich seines Lebens und seiner Vitalität zu freuen. Die Lebensenergien sollten wir nicht blockieren, sondern sie ihrer Instinktsteuerung gemäß fließen lassen.
Ein weiterer Aspekt von Nezach ist das Gespür für das Fließen der Zeit. Wir alle kennen solchc subjektiven Erfahrungen, daß uns manchmal die Zeit wegzulaufen scheint und ein andermal dauern Sekunden oder Minuten unendlich lange, zum Beispiel, wenn wir beim Zahnarzt behandelt werden. Unser Zeitgefühl kann uns in Nezach bewußter werden und einen blockierten oder stockenden Zeitfluß können wir dort wieder in Gang bringen.
Aufs engste verbunden mit der Zeit sind die sogenannten Zufälle oder das Erleben einer Gleichzeitigkeit, indem zwei Ereignisse gerade zu diesem Zeitpunkt zusammenkommen, die sich nach den sonstigen Erfahrungen zu ganz verschiedenen Zeitpunkten hätten ereignen müssen. In Nezach können wir unsere geistigen und seelischen Erstarrungen auflösen und unsere Zwanghaftigkeit bearbeiten und damit Schritte zur persönlichen Wandlung und seelischen Wiedergeburt gehen. Wenn Sie durch die bisherige Einführung neugierig geworden sind auf dieses Erlebnisfeld, dann beantworten Sie jetzt die folgenden Fragen in der Checkliste und lassen Sie sich zur weiteren Beschäftigung mit Nezach angeregen.

## *Checkliste*

Wenn Sie wissen wollen, ob Sie derzeit eine positive oder negative Beziehung zu Nezach haben und ob Sie diesen Schwingungen und Wirkungskräften ausgesetzt sind, dann beantworten Sie spontan die folgenden Fragen. Sie beziehen sich auf Aspekte dieses Erlebnisfeldes, führen Sie an die Bedeutungsvielfalt heran und helfen Ihnen, herauszufinden, was dieses Wirkungsfeld für Sie persönlich bedeuten könnte. Wenn Fragen Sie momentan nicht ansprechen, übergehen Sie sie einfach; wenn Sie an anderer Stelle in Ihrem Leben stehen, kann sich diese Einschätzung ändern.

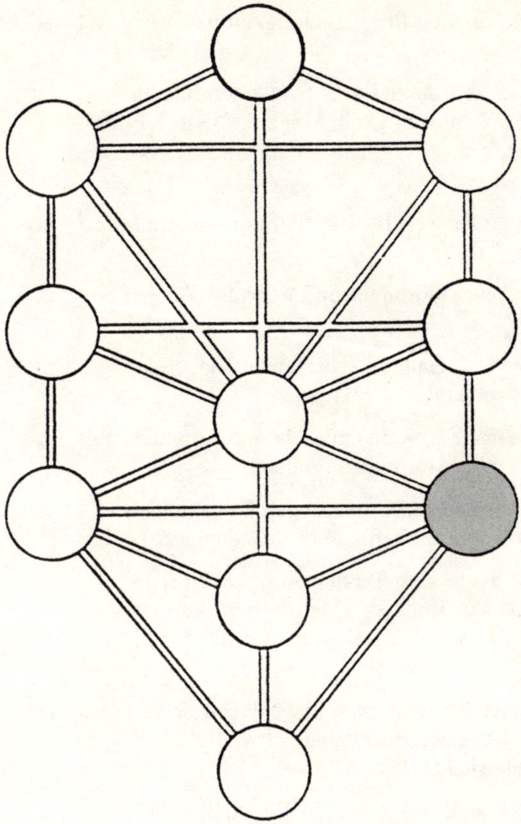

**Nezach**

| positiv | negativ |
|---|---|
| Vitalität, Biorhythmen | Antriebsschwäche |
| Naturverbundenheit | kein Gespür für Natur |
| beglückende Liebesgefühle | blockierte Gefühle |
| befriedigende Sexualität | Sexualstörungen |
| Spontaneität, Überraschungen | alles muß geplant sein |
| günstige Zufälle | Schicksalsschläge |
| Zukunftsperspektiven | Hoffnungslosigkeit |
| fließendes Zeitgefühl | stockender Zeitfluß |
| Ästhetik, Schönheitssinn | kein Kunstempfinden |

| | | |
|---|---|---|
| 1. Spüren Sie zur Zeit Ihre Lebendigkeit und Vitalität? | ☐ ja | ☐ nein |
| 2. Fühlen Sie sich derzeit von Umwelteinflüssen, zum Beispiel Wetterfühligkeit, Mondeinflüsse, Klimaschwankungen, usw. (positiv oder negativ) beeinflußt? | ☐ ja | ☐ nein |
| 3. Macht Ihnen zur Zeit Ihr Biorhythmus zu schaffen? | ☐ ja | ☐ nein |
| 4. Leiden Sie unter Störungen und Verkrampfungen im Bauch? | ☐ ja | ☐ nein |
| 5. Macht Ihnen die Galle zu schaffen und haben Sie Verdauungsprobleme? | ☐ ja | ☐ nein |
| 6. Leiden Sie unter Abwehrschwäche Ihres Immunsystems oder unter Hormonstörungen? | ☐ ja | ☐ nein |
| 7. Erleben Sie manchmal Stimmungsschwankungen oder eine starke Sprunghaftigkeit der Gedanken? | ☐ ja | ☐ nein |
| 8. Haben Sie akute sexuelle Schwierigkeiten (zum Beispiel Potenzstörungen, Menstruationsstörungen, Hingabeschwierigkeiten oder Orgasmusprobleme)? | ☐ ja | ☐ nein |
| 9. Macht Ihnen Ihr seelisches Liebesleben derzeit zu schaffen (Ängste, Beziehungsschwierigkeiten, unerfüllte Sehnsüchte)? | ☐ ja | ☐ nein |
| 10. Fühlen Sie sich einigermaßen glücklich in der Liebe und Sexualität? | ☐ ja | ☐ nein |
| 11. Sind Fragen der Ästhetik und Schönheit wichtig für Sie? | ☐ ja | ☐ nein |
| 12. Achten Sie auf Zufälle und treten diese gehäuft auf? | ☐ ja | ☐ nein |
| 13. Beschäftigen Sie sich mit Zeitfragen und Zukunftsperspektiven? | ☐ ja | ☐ nein |
| 14. Erleben Sie gerade einen seelischen Quantensprung, d.h. einen intensiven psychischen Wandlungsprozeß? | ☐ ja | ☐ nein |
| 15. Sagen Ihnen die Symbolgestalten von Venus und Aphrodite etwas? | ☐ ja | ☐ nein |

16. Sprechen Sie grüne Farbtöne (negativ oder positiv) an? ☐ ja ☐ nein

17. Läuft Ihnen die Zeit manchmal weg und stehen Sie unter Zeitdruck? ☐ ja ☐ nein

18. Haben Sie derzeit ein positives Selbstwertgefühl? ☐ ja ☐ nein

19. Halten Sie sich zur Zeit für einen liebenswerten Menschen? ☐ ja ☐ nein

20. Können Sie sich gut erholen und regenerieren? ☐ ja ☐ nein

21. Ändert sich in Ihrem Leben etwa alle 7 Jahre etwas? ☐ ja ☐ nein

22. Haben Sie manchmal Liebesträume? ☐ ja ☐ nein

23. Haben Ihre Vorstellungen, Phantasien und Träume einen Einfluß auf Ihr Leben? ☐ ja ☐ nein

24. Interessieren Sie sich für die Natur und die Erhaltung der Schöpfung? ☐ ja ☐ nein

25. Macht Ihnen das Älterwerden zu schaffen? ☐ ja ☐ nein

26. Fühlen Sie sich in letzter Zeit öfter blockiert oder werden Sie von jemandem gehemmt? ☐ ja ☐ nein

27. Erleben Sie manchmal glückliche Augenblicke? ☐ ja ☐ nein

28. Haben Sie sich irgendwann einmal gesagt: Verweile doch, oh Augenblick, du bist so schön? ☐ ja ☐ nein

29. Haben Sie ein Gespür für günstige Lebenssituationen oder besondere Fügung? ☐ ja ☐ nein

30. Haben Sie schon einmal etwas von der heilenden Grünkraft der Heiligen Hildegard von Bingen gehört? ☐ ja ☐ nein

Wenn Sie etwa die Hälfte der Fragen positiv oder negativ beantwortet haben, dann sind Sie derzeit in einer Beziehung zum Wirkungsfeld von Nezach. Wenn Sie sich einen kurzen Überblick über die vielfältigen Bedeutungen dieses Erlebnisfeldes verschaffen wollen, dann schauen Sie sich die positiven und negativen Stichworte am Anfang des Kapitels an. Die weiteren Ausführungen vertiefen Ihre Einsichten und Erkenntnisse zu den verschiedenen Aspekten dieses Erlebnisfeldes.

Wenn Sie durch die Fragen auf verschiedene Probleme Ihres Lebens aufmerksam wurden, dann könnten Ihnen die späteren Affirmationen und Übungen hilfreich sein. Weitere Anregungen und Verstehenshilfen erhalten Sie durch die Schlüsselworte im Anhang.
Bei einer höheren Punktzahl verstärkt sich die Intensität und Ihre derzeitige Beziehung zu diesem Erlebnisfeld. Haben Sie dagegen nur etwa ein Drittel der Fragen angesprochen, dann sollten Sie sich einem anderen Erlebnisfeld im Lebensbaum zuwenden und die dortigen Fragen beantworten.

## *Genußfähigkeit und Schönheitssinn*

Menschen, die durch die Wirkungen und Schwingungen der Lebensenergien im Erlebnisfeld von Nezach besonders beeinflußt und geprägt sind, lieben alles Angenehme im Leben und sind gern mit angenehmen und netten Leuten zusammen. Sie haben eine liebenswürdige Ausstrahlung und einen unwiderstehlichen Charme. Mit allen fünf Sinnen nehmen sie die angenehmen Gerüche, die erotischen Reize und die schönen Dinge des Lebens in sich auf. Sie nehmen sich für Kosmetik viel Zeit und legen großen Wert auf ihr Aussehen. Wegen ihrer besonderen Liebesfähigkeit und ihrer Verführungskünste sind sie wunderbare Liebhaberinnen und Liebhaber. Manche von ihnen finden ein reiches Betätigungsfeld als Playboys oder als Playgirls.
Viele Nezach-Typen sind Genießer und lieben die Liebe, will sagen, daß sie weniger an einer dauerhaften liebevollen Beziehung zu einem geliebten Menschen interessiert sind, als daß sie sich vielmehr leidenschaftlich den berauschenden Gefühlen des Verliebtseins hingeben. Zu der Genußfähigkeit dieser Lebenskünstler gehört, daß sie in nahezu allen Lebenssituationen den Menschen und vielen Dingen stets die angenehmsten Seiten abgewinnen können. Aufgrund ihrer Liebenswürdigkeit und Experimentierfreudigkeit sind Nezach-Typen wunderbare Lebenskünstler, und es ist ein großes Vergnügen, mit ihnen befreundet zu sein. Doch man sollte sich gut überlegen, ob man eine dauerhafte Beziehung mit ihnen aushalten, geschweige denn in einer normalen Ehe mit ihnen leben könnte.
Das Zusammenleben mit Nezach-Typen wird durch die Eifersucht außerordentlich erschwert. Während sie selbst häufig zwei oder drei

Partnerinnen oder Partner gleichzeitig lieben können, reagieren sie häufig auf ähnliche Wünsche und Handlungen des Partners mit starker Eifersucht. Tiefenpsychologisch betrachtet ist die Eifersucht in diesen Fällen dann ein Ausdruck und eine Reaktion auf die latent bei sich selbst wahrgenommenen Wünsche des Fremdgehens, die man beim Partner mit der Eifersucht zu kontrollieren oder zu bekämpfen versucht.

Frauen dieses Typs schauen sich bevorzugt in Boutiquen um oder sitzen hingebungsvoll vor dem Spiegel und schminken sich. Männer und Frauen des Nezach-Typs besuchen mit großem Interesse Kunstgalerien und promenieren gern auf Boulevards. Die Lieblingsbäume dieser Menschen sind Birken, Ulmen und Mandelbäume. Mit einem Blumenstrauß Fresien, Lilien oder Maiglöckchen macht man einer Nezach-Frau eine ganz besondere Freude. Die Lieblingstiere der Nezach-Menschen sind Flamingos, Pfauen und Tauben, doch auch gemütlich grasende und wiederkäuende Kühe.

Nezach-Typen lesen gern schöngeistige Literatur und haben oft auch selbst eine poetische Ader. In ihrem Denken können sie sachlich und praktisch sein. Ihre Vorsätze und die einmal gesteckten Ziele verfolgen sie eigensinnig und beharrlich oder sogar stur. Die Nezach-Typen sind charmant und diplomatisch, ihre Umgangsformen höflich und taktvoll. Sie können zuverlässig und geduldig sein und neigen manchmal zur Trägheit oder sogar zur Faulheit. Als Lebenskünstler verstehen sie eben das Leben zu genießen.

Von den Berufsgruppen treffen wir im Erlebnisfeld von Nezach viele SängerInnen und KünstlerInnen. Auch Kosmetikerinnen und ModeschöpferInnen sind hier reichlich vertreten. Bei dem besonderen Sinn für alles Künstlerische ergibt es sich von selbst, daß viele Kunstsammler zu den Nezach-Typen gehören. Auch Menschen aus dem Bereich der Gastronomie und des Hotelgewerbes sind Nezach-Typen, ebenso manche liebenswürdige Anwälte und einfühlsame Richter.

Zu den Hobbys der Nezach-Typen gehört das Musische und das Sammeln. Viele von ihnen malen gern oder beschäftigen sich mit Modefragen. Andere töpfern oder gehen begeistert zum Kegeln. Da den Nezach-Typen der Rhythmus gleichsam im Blut liegt, tanzen viele von ihnen oder betreiben aktiv den Tanzsport oder den Eiskunstlauf.

Viele Nezach-Typen haben ein tiefes Gespür für die unterschwelligen Schwingungen und für Dinge, die in der Luft liegen. Durch diese Wahrnehmungen haben sie einen besonderen Zugang zu einer wichtigen Informationsquelle, die anderen Menschen verschlossen bleibt. Wenn wir uns das Modell des Lebensbaumes anschauen, dann sehen wir eine direkte Verbindung zu Jesod als dem Eingangstor für die Informationen aus dem kollektiven Unbewußten in Malkuth. In alten kabbalistischen Darstellungen gibt es direkte Verbindungen zwischen Malkuth und Nezach, so daß diese Menschen einen direkten Kanal zur Informationsquelle in Malkuth haben und Botschaften empfangen, die andere nicht vernehmen. Menschen mit außer- oder übersinnlichen Wahrnehmungsmöglichkeiten nehmen im Wirkungsfeld von Nezach unterschwellige Schwingungen wahr und können sie für sich selbst und andere deuten und verstehen.

## *Lebensrhythmen und Naturheilkräfte*

Beim weiteren Kennenlernen dieses Erlebnisfeldes geht es um die Beschreibung von helfenden Aspekten und nicht um eine Aufzählung von esoterischen Gesichtspunkten, die sich leicht in einem der zahlreichen Bücher zum Lebensbaum nachlesen lassen. Nezach ist der zentrale Erlebnisbereich für unsere Vitalität und Sinnlichkeit. Wenn unsere Lebensenergien fließen, fühlen wir uns wohl und sind gesund. Wenn dagegen diese Kräfte blockiert und gehemmt sind, leiden wir unter Verspannungen, Nervosität oder einem der weit verbreiteten psychosomatischen Symptome. Daher ist eine der wichtigsten therapeutischen Bemühungen, die natürlichen Selbstheilungskräfte der Seele in Nezach wieder zu aktivieren, damit die Lebensenergien in Fluß kommen.
In Nezach erleben wir die Schwankungen unserer Gefühle und die vielgestaltigen Schwingungen unserer seelischen Erlebnisfähigkeiten. In glücklichen Augenblicken können wir himmelhochjauchzend sein oder bei positiven Erfahrungen uns unseres Lebens freuen, eine Zeitlang später kann unsere Stimmung wieder im Keller sein und wir fühlen uns tief niedergeschlagen. Zu diesen seelischen Lebensrhythmen gehören auch unsere Biorhythmen, die wiederum von körperlichen Prozessen und kosmischen Schwingungen beeinflußt werden, für die die praktische Astrologie uns zahlreiche Verstehenshilfen bietet. In ganz besonderer Weise erleben Frauen in ihrem Menstruationszyklus das Eingebundensein in umfassende und übergreifende Lebensrhyth-

men. Dazu gehört insbesondere, daß wir in unserer Liebesfähigkeit und in unserer Sexualität ebenfalls abhängig sind von bestimmten Biokurven und Lebensrhythmen. Jeder, der sich auch nur etwas beobachtet, kennt in seinem Leben Zeiten, in denen er in seiner Sinnenlust und in seiner Sinnlichkeit positiv gestimmt ist, und umgekehrt auch Zeiten, in denen uns die Lustlosigkeit niederdrückt.

Wenn wir uns mit den fließenden Lebensenergien und den Lebensrhythmen in Nezach genauer befassen, können wir oftmals einen Sieben-Jahres-Rhythmus erkennen. Um dieses erstaunliche Phänomen bei sich selbst kennenzulernen, schlage ich Ihnen vor, sich in einer ruhigen Stunde am Wochenende oder im Urlaub einmal Gedanken darüber zu machen, welche einschneidenden Lebensereignisse sich um Ihr siebentes Lebensjahr herum, das 14., das 21., das 28., 35., 42. usw. ereignet haben. Dabei sollten wir diesen Zeitplan etwas großzügig handhaben, weil sich viele Lebensprozesse im Verborgenen seit Monaten vorbereiten oder über Jahre hin unser Leben bestimmten. Wenn wir uns mit dieser Einbindung unseres Lebens in Raum und Zeit etwas aufmerksamer und länger befassen, erweitert und vertieft sich unser Gespür und unser Bewußtsein für das Zeiterleben. Während viele Menschen relativ unbewußt und dumpf dahinleben, können wir durch das bewußte Zeiterleben wesentlich beitragen zu einer ganzheitlichen Lebensqualität.

Da der Lebensbaum mit seinen verschiedenen Erlebnisfeldern ein uraltes Symbolsystem ist und nach dem biblischen Mythos schon im Paradiese stand, ist es interessant, was in alten Zeiten weise und nachdenkliche Menschen über das Zeiterleben gesagt haben. Eines der bekanntesten Zeugnisse ist die Dichtung des Predigers Salomonis aus dem Alten Testament, der schreibt, daß jedes Ding seine Zeit hat:

> Alles hat seine bestimmte Stunde,
> jedes Ding unter dem Himmel hat seine Zeit.
> Geboren werden hat seine Zeit,
> und Sterben hat seine Zeit.
> Pflanzen hat seine Zeit,
> und Ausreißen hat seine Zeit.
> Töten hat seine Zeit,
> und Heilen hat seine Zeit.
> Einreißen hat seine Zeit,
> und Bauen hat seine Zeit.
> Weinen hat seine Zeit,
> und Lachen hat seine Zeit.

Klagen hat seine Zeit,
und Tanzen hat seine Zeit.
Steine wegwerfen hat seine Zeit,
und Steine sammeln hat seine Zeit.
Umarmen hat seine Zeit,
und Sichmeiden hat seine Zeit.
Suchen hat seine Zeit,
und Verlieren hat seine Zeit.
Behalten hat seine Zeit,
und Wegwerfen hat seine Zeit.
Zerreißen hat seine Zeit,
und Nähen hat seine Zeit.
Schweigen hat seine Zeit,
und Reden hat seine Zeit.
Lieben hat seine Zeit,
und Hassen hat seine Zeit.
Der Krieg hat seine Zeit,
und der Friede hat seine Zeit.

Ähnlich wie im alten Israel gab es auch im alten Griechenland ein besonderes Gespür für die glücklichen Augenblicke oder eine günstige Lebenssituation. Das Symbol und der Gott für diesen richtigen Zeitpunkt ist Kairos.

In der heutigen Tiefenpsychologie nach C.G. Jung sprechen wir von einer Gleichzeitigkeit von Ereignissen und verstehen darunter ein gleichzeitiges Stattfinden von Ereignissen in der inneren und äußeren Realität, die nicht kausal aufeinander bezogen werden können. Derartige Erfahrungen werden von vielen Menschen als besonders sinnvoll und geheimnisvoll erlebt. Bei dieser Gleichzeitigkeit der Ereignisse unterscheidet C.G. Jung drei Arten von sinnvollem Zusammentreffen: 1. eines psychischen Zustandes mit einem objektiven, äußeren Ereignis; 2. einer psychischen Erfahrung in Gestalt eines archetypischen Traumes mit räumlich entfernten Ereignissen; 3. eines psychischen Zustandes mit zukünftigen Ereignissen (prophetische oder Wahrträume).

Diese Gleichzeitigkeit, Synchronizität genannt, bietet uns auch ein Erklärungsmodell für das Zusammenwirken von Leib und Seele im Bereich der Psychosomatik. Es handelt sich hier um einen sinnvollen Parallelismus von psychischen und körperlichen Ereignissen, die aufeinander bezogen sind und aufeinander einwirken. Erfahrungen der Gleichzeitigkeit, der Zufälle und Synchronizitätsereignisse tragen auch sehr wesentlich zur Ganzwerdung und Heilung bei.

Jeder Arzt und Therapeut weiß, daß eine Heilung nicht machbar ist, sondern jeder Mensch seine eigene Zeit dafür hat und braucht, daß es einen *richtigen Zeitpunkt der Heilung* gibt. Wenn unsere Leiden und Schmerzen sowie unsere seelische Reifung und das persönliche Wachstum auf einen bestimmten Zeitpunkt oder Höhepunkt gekommen sind, dann ist meistens auch die Zeit zur Heilung oder Ganzwerdung gekommen. Mit dem richtigen Zeitpunkt ist aufs Engste eine neue Ausrichtung und Orientierung im Leben verbunden. Solange wir in unserem Leben die Orientierung und die Richtung verloren haben, werden wir nervös oder hektisch und verschlimmern damit meistens unsere Desorientierung. Diese löst bei vielen Menschen auch Ängste aus, die sich bei manchen bis zur Panik steigern können. Häufig entwickelt sich dann im Lauf der Zeit eine Art Teufelskreis, z.B. in Gestalt einer Neurose mit vielfältigen psychoneurotischen Blockaden. Diese halten uns so lange gefangen, bis der Schmelzofen unserer Leiden nahezu glühend geworden ist. Die Wirklichkeit dieses Sinnbildes erleben wir in den sinnlichen und körperlichen Erfahrungen zum Beispiel eines Fieberschubs oder eines Alptraumes mit furchterregenden Phantasien.
In der therapeutischen Begleitung von leidenden Menschen bedarf es nun eines besonderen Fingerspitzengefühls, welches Maß an Leiden man einem Menschen zumuten muß, damit die therapeutische Kraft in ihm zum Durchbruch kommt. Das heutige Bemühen in unserem Gesundheitssystem, den Menschen möglichst schon frühzeitig alle Leiden und Belastungen abzunehmen und zu ersparen, ist insofern teilweise fragwürdig, als dies den Reifungs- und Wandlungsprozeß auch stört und verhindert. Damit ist jedoch nicht ausgeschlossen, daß in allen akuten Erkrankungen und Notfällen die sofortige ärztliche Hilfe notwendig ist.
In Nezach erleben wir die Höhepunkte der Heilung, in denen sich die Zeit besonders zu verdichten und zu gerinnen scheint. Einige meiner Patienten haben diese besondere Erfahrung als ein Gefühl von Ewigkeit beschrieben. Im esoterischen Sinne können wir diese therapeutischen Augenblicke als Einwirkung oder Einstrahlung von göttlichen Heilkräften in die Zeitlichkeit des Menschen ansehen. In den biblischen Heilungsgeschichten findet sich wiederholt die Formulierung: »Und im selben Augenblick waren er/sie geheilt…« Gerade die biblischen Schriftsteller hatten ein besonderes Augenmerk für diesen therapeutischen Augenblick auf dem Höhepunkt der Heilung.

Das besondere Zeiterleben im therapeutischen Prozeß möchte ich noch durch folgende Beobachtung weiter erläutern. Die neurotischen Blokkaden und Hemmungen führen viele Menschen dazu, daß sie sich von belastenden Ereignissen in der Vergangenheit nicht lösen können. Dies beeinträchtigt die Lebensfreude und das Zeiterleben der Gegenwart insofern, als daß man gar nicht richtig am Leben teilnehmen kann. Viele Patienten haben geklagt, daß sie sich wie isoliert fühlen und keine Hoffnung sowie keine Zukunftsperspektive haben. Wenn dagegen die Zeit im Wirkungsbereich von Nezach zu strömen beginnt, dann erhält unser Zeiterleben eine besondere Intensität und eine therapeutische Qualität.

In solchen besonderen Augenblicken der Heilung und bei merkwürdigen Zufällen erleben viele Menschen eine Ergriffenheit oder so etwas wie eine feierliche Gestimmtheit. Für diese besonderen Augenblicke und für die Minuten, in denen das Schweigen sprachlos zu uns spricht, haben Jungsche Therapeuten und Therapeutinnen den Ausdruck gefunden: »Hermes ist gegenwärtig und soeben eingetreten!« Hermes ist hier das Symbol für den Seelenführer und den inneren Begleiter, dessen Wirkung atmosphärisch in dem Schweigen gespürt wird.

Wir haben bisher schon verschiedene Gefühlserfahrungen und Gefühlsqualitäten in Nezach kennengelernt, ich erinnere nur kurz an die Vitalität und das Liebesgefühl. Den verschiedenen Ausdrucksformen unserer seelischen, sinnlichen und körperlichen Gefühle wohnt nun zugleich eine wertende Funktion inne. Jeder von uns stellt bei seinen sinnlichen Wahrnehmungen und in seinen Gefühlen fest, ob sie für ihn angenehm sind oder unangenehm, positiv oder negativ, beglückend oder schmerzlich, um nur einige Beispiele für derartige Bewertungen zu nennen.

Dieses Verspüren und Wahrnehmen einer Wertigkeit in den verschiedenen Erlebensweisen führt uns zur Fühlfunktion in der Jungschen Typologie, die ihren Sitz in Nezach hat. Zu diesem inneren Wertgefüge eines Menschen gehört auch ein Gespür für das Ästhetische, die Schönheit und das Kreative. Diesen Aspekt möchte ich mit dem folgenden Beispiel verdeutlichen.

In dem Energiefeld von Nezach, in dem auch die Liebesgöttin Venus residiert und regiert, ereignen sich gelegentlich besondere kreative Augenblicke mit Erscheinungsbildern, die uns im normalen Leben verborgen bleiben.

Marion, eine künstlerisch sehr interessierte und gebildete Frau von Mitte 50, erlebte bei der Beerdigung ihres nach schwerer Krankheit gestorbenen Lehrers und Kunsterziehers folgendes. Während sie bei der Trauerfeier in der Friedhofskapelle saß und auf den Sarg und die vielen Blumen blickte, *sah* sie für einige Augenblicke in den rosaroten Gladiolen am Sarg das Angesicht des verehrten Lehrers aufscheinen. Er lächelte durch die Blume und blinzelte ihr zu. Es war das gleiche verschmitzte Lächeln wie auf seinem Sterbebett in den letzten Tagen, als er sich nach langem, schweren Ringen endlich mit dem Tod ausgesöhnt und das Sterben angenommen hatte. Noch nie zuvor hatte Marion in ihrem Leben eine derartige Erscheinung in Blumen oder Bäumen gesehen.

Mancher Außenstehende und manche Leserin wird jetzt vielleicht meinen, daß die starke gefühlsmäßige Betroffenheit bei der Beerdigung und die emotionale Verbundenheit mit dem verehrten Lehrer zu der Erscheinung seines Angesichtes in der Gladiole geführt hätten. Sicher ließe sich auch anführen, daß die kräftige rosarote Farbe der Gladiolen, die Marion in ganz besonderer Weise ansprachen, ihre Seele zu der genannten Projektion animiert hätten. Ich bin jedoch der Auffassung, daß derartige rationale Erklärungsversuche dem Erscheinungsbild nicht gerecht werden. Viel wichtiger dagegen ist die subjektive und tröstliche Erfahrung beim Abschied von dem verehrten Lehrer.
Alles was unsere kreative Phantasie uns in den besonderen Augenblicken unseres Lebens als Erscheinungsbilder oder Imaginationen vor Augen stellt, sollten wir weniger erklären als vielmehr auf uns wirken lassen. Nach meiner Auffassung ist alles wirklich, was wirkt. Wenn wir derartig außergewöhnliche und paranormale Erfahrungen machen, dann können wir annehmen, daß wir im Wirkungsbereich von Nezach stehen.

## *Ein neues Selbstwertgefühl und Selbstbild*

Nachdem wir verschiedene Heilkräfte und Lebensmuster in Nezach kennengelernt haben, könnte es so scheinen, als ob in diesem Wirkungsfeld einzig und allein nur positive Lebensenergien vorzufinden sind. Dies ist leider nicht der Fall. Viele Menschen finden im Ausleben ihrer Vitalität und Sexualität zunächst nicht das gesunde und richtige Maß und schaden dadurch sich selbst und oftmals leider auch anderen. Daher ist es im Lebensbaum so hilfreich, daß wir beim Aufenthalt in

Nezach berücksichtigen, was wir zur Lebensgestaltung und Formgebung in Hod kennengelernt haben.
Wer sexuelle Schwierigkeiten hat, sollte sich bei seinem Aufenthalt im »Therapiezentrum« von Nezach um seine Sexualprobleme bemühen. In Nezach müssen wir uns auch auseinandersetzen mit der Unerfüllbarkeit unserer Triebwünsche und Sehnsüchte nach Zärtlichkeit. Je stärker wir uns bei unserem Aufenthalt in Hod isoliert haben und uns auch in der Realität in vielen zwischenmenschlichen Beziehungen absondern, um so stärker kann uns diese eingeübte Lebensform und das Lebensmuster der Isolierung gerade auch in Nezach abhalten, daß wir unsere Vitalität spüren und verantwortlich zu leben lernen.
Ein weiterer Abwehrmechanismus im Bereich von Nezach kann die Selbstsabotage sein, indem wir das, was wir bei uns selbst wahrnehmen und verwirklichen könnten, sabotieren und nicht zu leben wagen. Diese Selbstsabotage hat oftmals etwas mit Selbstunsicherheit zu tun und wohl auch mit Selbsttäuschung, solange wir nicht unser wahres Selbstbild und unsere eigentlichen Möglichkeiten kennengelernt haben. So wichtig und wesentlich es einerseits ist, daß wir in Nezach die Selbstheilungskräfte kennengelernt haben, so kritisch und aufmerksam sollten wir mit den Selbstzerstörungskräften in uns umgehen und davor auf der Hut sein. Wenn wir der Bewußtwerdung nicht mehr widerstehen und offen werden für die persönliche Wandlung, dann kann sich die Heilkraft in Nezach auch gegen unsere psychischen Abwehrmechanismen durchsetzen und wir werden zunehmend heiler in unserem Erleben.
Die Arbeit in unserem Selbstbild und die Entwicklung desselben wird vorrangig durch das wieder in Fluß gekommene Selbstwertgefühl gefördert. Wenn wir in Nezach durch unsere Vorstellungskräfte und Imaginationen mit der Grünkraft in Verbindung kommen, dann nimmt diese auch einen positiven Einfluß auf unser Selbstbild. Als Selbstbild bezeichne ich hier jenes Bild von sich selbst, das sich aus vielen Puzzleteilchen der eigenen Persönlichkeit zusammensetzt und uns durch Mitteilung von anderen Menschen vermittelt wird.
Neben diesen Mitteilungen und Eindrücken von außen und von anderen Menschen wird unser Selbstbild sehr wesentlich geprägt durch innere Bilder, durch die sogenannten Seelenbilder von Animus und Anima. Diese Seelenbilder erscheinen uns in unseren Phantasien, in unseren Imaginationen und Träumen, als verschiedene Frauen- oder Männerbilder, wie wir letztlich sein oder werden möchten. Noch tiefer und

umfassender jedoch wirkt das Selbst ein auf unser Selbstbild. Unter dem Selbst verstehen wir in der Tiefenpsychologie das eigentliche Zentrum unserer Persönlichkeit, das seine Ausstrahlung und seine Auswirkung auf unser Selbstbild hat.

## *Imaginationen und Affirmationen*

Wenn Sie die Checkliste mit den Fragen zu Nezach beantwortet oder sich in den Text des Kapitels vertieft haben, wird Sie vermutlich die eine oder andere Frage oder eine bestimmte Ausführung im Text entweder negativ angesprochen oder positiv berührt haben. Wenn Ihr geistiger und seelischer Zustand im Augenblick sowie Ihr körperliches Befinden es zulassen, dann wenden Sie jetzt Ihre Aufmerksamkeit erneut diesen Fragen zu, die Sie beunruhigen, und achten Sie darauf, welche Vorstellungsbilder vor Ihren Augen erscheinen oder welche Körpergefühle sich dann einstellen. Wenn die aufsteigenden Gefühle Sie zu stark berühren oder Sie sogar beängstigen, können Sie jederzeit diese bewußt gelenkte Imagination entweder ganz abbrechen oder sich jetzt für eine neue Richtung Ihrer Lebensenergien entscheiden.
Sollten Sie bisher noch kein Thema zur Meditation oder Imagination in Nezach gefunden haben, rufe ich nochmals einige Erlebnisbereiche aus diesem Wirkungsfeld in Erinnerung und frage Sie, ob Sie sich jetzt mit einem bestimmten Thema Ihres Liebeslebens oder mit einem speziellen sexuellen Problem befassen und auseinandersetzen wollen. Wenn Sie dagegen in der letzten Zeit oft gesagt haben: »Ich habe keine Zeit«, dann sollten Sie sich mit Ihrer Zeiteinteilung und Ihrem Zeiterleben beschäftigen und überlegen, was Sie hier ändern wollen. Es könnte auch sein, daß Sie sich in letzter Zeit öfter gehemmt oder blockiert fühlten, dann sollten Sie die gestauten Lebensenergien mit Hilfe von positiven Vorstellungsbildern oder einem der späteren Leitsätze bei den Affirmationen wieder in Fluß bringen.
Zum Abschluß dieser Übung sollten Sie sich Ihren Aufenthaltsort im Lebensbaum nach dem beigefügten Modell genauer anschauen und überlegen, in welche Richtung Ihr nächster Entwicklungsschritt gehen könnte. Zunächst registrieren Sie nochmals, daß Sie sich auf der Beziehungsebene im Lebensbaum befinden mit Ihren Einbindungen in Raum und Zeit. In Nezach haben Sie sich mit verschiedenen Zeitaspek-

ten auseinandergesetzt. Vielleicht ist jetzt angesagt, den gewonnenen Erkenntnissen mehr Raum zu geben oder sich erneut mit Ihrem Platz im Leben, in der Familie oder in Beziehungen zu befassen. Auch Probleme am Arbeitsplatz oder die Sehnsucht nach einem Begleiter oder nach einer inneren Begleiterin könnten Sie auf das gegenüberliegende Erlebnisfeld von Hod verweisen.
Vielleicht sollten Sie sich auch aktiv und gezielt nochmals auf Jesod hinbewegen und sich um mehr Ausgewogenheit Ihres realen Lebens oder um die geistig-seelische Balance Ihres inneren Lebens bemühen. Werfen Sie noch einen Seitenblick auf Tiphereth als Ihrer inneren Mitte und Ihrem psychosomatischen Körpergefühl. Wollten Sie schließlich noch zu Chesed aufschauen, dann sollten Sie sich diesem Erlebnisfeld der Zärtlichkeit und den Gnadengeschenken des Lebens gegenüber empfänglich zeigen und eine passive Haltung einnehmen. Bis zur nächsten Übung und Imagination wünsche ich Ihnen viele gute Erfahrungen. Und vergessen Sie nicht, auch kleine Schritte auf den Wegen durch den Lebensbaum sind Fortschritte und bringen Sie dem Ziel Ihrer Ganzwerdung näher.
Abschließend können Sie sich zu Ihrer Ermutigung oder zur Neuprogrammierung einige Male die folgenden Leitsätze in einer für Sie angenehmen Lautstärke sagen:

- Ich bin liebenswert und liebe das Leben.
- Ich spüre meine Vitalität und will sie verantwortlich leben.
- Ich aktiviere die Selbstheilungskräfte meiner Seele.
- Ich sehe in allen Zufällen und Fügungen einen Sinn.
- Mein positives Selbstwertgefühl wächst.

## *Empfehlungen für Therapeuten*

Als Therapeuten sind wir im Erlebnisfeld von Nezach meistens mit Liebesproblemen, Sexualstörungen und den blockierten Lebensenergien befaßt. Unser Behandlungsziel wird sein, aus der gehemmten Vitalität wieder eine liebevolle Lebendigkeit entstehen und wachsen zu lassen, bzw. zunächst einen Erlebnisraum dafür zu schaffen. Dies bieten wir, indem wir den Klienten unsere Zeit und einen Schutzraum für vertrauliche Gespräche zur Verfügung stellen. Von dem Modell des

Lebensbaumes aus betrachtet bedeutet es nun, daß wir zur Bearbeitung und Lösung der in Nezach angesiedelten Konflikte und Schwierigkeiten zugleich das gegenüberliegende Wirkungsfeld von Hod mit einbeziehen sollten, indem wir die Ratsuchenden begleiten und durch ermutigende Gespräche befähigen, um ihren Platz im Leben zu kämpfen und sich entsprechend abzugrenzen. Bei den angesprochenen Problemen ist auch eine Besinnung auf das Lebensfundament in Jesod angezeigt, speziell die Erinnerung an die dortigen Ausführungen, daß die Sexualität und die Spiritualität in vielen Fällen zusammenhängen wie die zwei Seiten einer Medaille und oftmals unbewußt einander beeinflussen. Aus Jesod lernen wir für die therapeutische Arbeit in Nezach, daß die fundamentalen Kräfte unseres Lebens, nämlich die Sexualität und die Spiritualität, auszugleichen sind und zwischen beiden eine Balance zu finden wäre. Ich beobachte oftmals bei Sexualstörungen, daß sich in kleinen Schritten eine Veränderung ergibt, wenn sich ein Klient zugleich auch mit seinen geistigen Wertvorstellungen und mit seiner spirituellen Orientierung befaßt. Häufig sind ja gerade negative Bewertungen der Sexualität oder kleinkarierte und fragwürdige Moralvorstellungen die Ursachen für das Versagen in diesem Bereich. Also dürfte es folgerichtig erscheinen, zwischen den fundamentalen Lebenskräften einen Ausgleich zu schaffen.

Das gestörte Zeiterleben untersuche ich seit längerem am Beispiel von seelischen Zwängen und Zwangserkrankungen. Als Therapeut oder Therapeutin wissen Sie um die Leiden der Zwangskranken mit ihren unzähligen Kontrollzwängen, Waschzwängen, Zählzwängen und zahlreichen Zwangsritualen, die mit einem Perfektionismus oftmals bis zur Erschöpfung wiederholt werden müssen. Sie wissen auch um den mangelnden Bezug dieser Menschen zur Emotionalität und zur Vitalität, zu ihrem Leib und um ihre eingeschränkte Beziehungsfähigkeit. Die genannten Zwänge nehmen nicht nur viel Raum ein im Leben der Patienten, sondern bringen auch den Zeitfluß und das Zeiterleben ins Stocken oder zur Erstarrung. In verkürzter Form könnte man sagen, daß die unendlichen Wiederholungen bei den Zwangsritualen ein Ausdruck sind der sogenannten Verräumlichung, in das auch das lebendige Zeiterleben eingeschlossen wird. Die Umwandlung des Zeitflusses in die Verräumlichung in Gestalt der Zwangsrituale erklärt uns letztlich auch die Angst vieler Zwangskranker, was sie in der sogenannten »leeren« Freizeit machen sollen. Während viele Menschen mit seelischen Zwängen in stark strukturierten Arbeitsabläufen und Arbeitsprozessen relativ gut und angepaßt funktionieren, können sie oft mit der Freizeit und den Ferien nicht umgehen. Verunsichert werden sie zusätzlich durch den Zweifel, der wiederum durch die Kontrollzwänge und die ewigen Wiederholungen beschwichtigt werden soll. Da das gestörte Zeiterleben bei den Zwangskranken mit der fließenden Zeit in Verbindung steht, ist es nicht zufällig, sondern sehr zutreffend, daß zahlreiche Zwangsneurotiker unter hormonellen Störungen leiden, unter Menstruationsstörungen und allen jenen psychosomatischen Funktionen, die an die fließende Bewegung der Lebendigkeit und damit letztlich an den Zeitfluß gekoppelt sind.

Für die therapeutische Arbeit mit Zwangskranken empfehle ich außer den bekannten und üblichen Behandlungsmethoden insbesondere die Traumarbeit und die Visualisierung mit Farben, insbesondere mit der Grünkraft. Viele der Menschen mit seelischen Zwängen sprechen durchaus positiv auf das katathyme Bilderleben (nach Leuner), auf Visualisierungen und die aktive Imagination an. Durch das Erleben der beweglichen Bilder und der fließenden Vorstellungen kann zugleich das blockierte Zeiterleben gelockert werden. Während ein Teil der Zwangskranken auch in ihrem Traumerleben blockiert sind, können wiederum andere das Fließen ihrer Bilderwelt zulassen und ins Bewußtsein hinübernehmen. Durch wohltuende Erfahrungen mit der fließenden Lebendigkeit im Traumgeschehen werden manche Zwangskranke dann dazu ermutigt, auch wieder mehr Zutrauen zu dem Zeiterleben und zu dem Zeitfluß zu gewinnen und sich dieser Seite des Lebens zu öffnen.

אהה

# 5. Tiphereth

Der psychosomatische Christus in Tiphereth und seine liebevolle Anima wird mit zwei Kindern dargestellt. Wenn ich in Meditations- oder Therapiegruppen nach Einfällen zu diesem Bild frage, wird häufig auf die Geschichte hingewiesen, wie Jesus die Kinder zu sich ruft und sie segnet. Symbolisch betrachtet geht es um die Annahme des eigenen Seelenkindes in Tiphereth. Dazu gehört viel geduldige Liebe und vor allem auch die Selbstliebe.
Dafür stehen die Tauben als Liebessymbol, zu dem mit einem Zweig vom Lebensbaum eine bewußte Beziehung (rechte Hand des Kindes und der rechte Arm von Tiphereth) hergestellt wird. Das Bemühen um Sammlung und Integration dieser barmherzigen Liebe ist fast unscheinbar in der Glucke mit den Küken dargestellt. Dazu gehört die Klage um das vergebliche Bemühen Jesu (Matthäus 23,37):

> Wie oft habe ich Euch versammeln wollen
> wie eine Henne ihre Küken versammelt,
> doch ihr habt nicht gewollt.

In der therapeutischen Arbeit ist häufig der Widerstand gegen die eigene Wandlung und Heilung zu beklagen. Schuld daran sind unter anderem die psychischen Abwehrmechanismen (Verdrängung, Verleugnung, Projektion, Selbstsabotage) und die unbewußte Neigung zur Selbstzerstörung. Der positive Sinn des Leidens dagegen wird in dem Pelikan dargestellt, der sein Herzblut für seine Jungen opfert, und auch als Symbol für den leidenden Christus betrachtet werden kann.

## *Annäherung*

Die in Nezach schon kennengelernte Vitalität und die damit verbundenen Körpergefühle bilden bereits einen fließenden Übergang zu diesem Erlebnisfeld. Hier können wir uns mit unseren vegetativen Spannungen und psychosomatischen Störungen auseinandersetzen, damit unsere Lebensenergien wieder zu fließen beginnen und wir zu körperlichem Wohlgefühl gelangen. Etwas plakativ können wir den Bereich von Tiphereth mit dem Schlagwort Psychosomatik überschreiben. Es geht bei der Psychosomatik um das Zusammenspiel von seelischen Erlebensweisen und körperlichen Reaktionen und Funktionen. Auch wenn viele psychosomatische Krankheiten schon erforscht sind und erfolgreich behandelt werden, erleben dennoch viele Menschen, daß sich eine psychosomatische Störung auf einen anderen Körperbereich verlagert und dort zu einer anderen Symptomatik führt. Wenn alle ärztlichen Untersuchungen und Diagnosen keinen eindeutigen Befund ergeben, dann können wir in diesem Erlebnisfeld von Tiphereth annehmen, daß seelische Ursachen oder unbewußte Beweggründe in uns die Symptome verursachen und uns zu einer Lösung nötigen. Ein wichtiger therapeutischer Ansatzpunkt, mit dem wir uns später ausführlicher befassen werden, besteht darin, die Botschaft in den krankmachenden Symptomen zu erkennen und diese zu Symbolen umzuwandeln. Es geht darum, heilende Symbole zu finden, die so etwas wie ein Flußbett für den Energiestrom unserer Seele werden, damit unsere Lebensenergien wieder frei fließen können.

In Tiphereth können wir auch unser Einfühlungsvermögen und das Mitgefühl erwecken und entwickeln. Dies ermöglicht uns eine tiefere Beziehung zu anderen Menschen und kann darüberhinaus auch die Nächstenliebe fördern. In Tiphereth lernen wir unsere sogenannte Bauchseele kennen, die wir zum einen spüren, wenn wir Wut im Bauch haben, und zum anderen, wenn wir im Bereich unseres Sonnengeflechtes eine Wohlspannung erleben. Auch Streicheleinheiten und Massagen in diesem Bereich sind sehr wohltuend. Jetzt lade ich Sie wiederum ein, spontan die Fragen in der folgenden Checkliste zu beantworten, um zahlreiche weitere Bedeutungsaspekte von Tiphereth kennenzulernen.

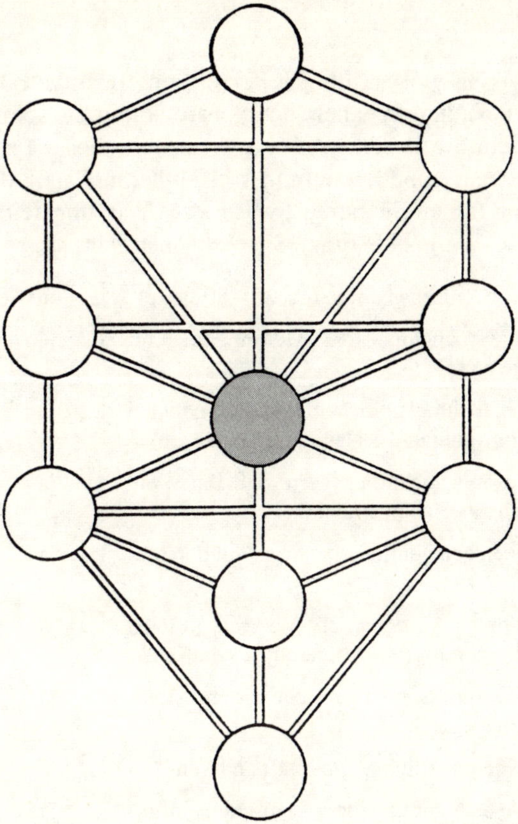

**Tiphereth**

| positiv | negativ |
|---|---|
| Körpergefühle | Gefühllosigkeit |
| fließende Lebensenergien | Energieblockaden |
| körperliches Wohlgefühl | vegetative Spannungen, psychosomatische Störungen |
| sinnliche Empfindungen | Abstumpfung |
| Einfühlungsvermögen | Teilnahmslosigkeit |
| Mitgefühl, Mitleid | Selbstbemitleidung |
| Selbstheilungskräfte | Selbstzerstörung |
| heilende Symbole | krankmachende Symptome |
| Nächstenliebe | Selbstbezogenheit |

## *Checkliste*

Wenn Sie wissen wollen, ob Sie derzeit eine positive oder negative Beziehung zu Tiphereth haben, dann beantworten Sie spontan die folgenden Fragen. Sie beziehen sich auf Aspekte dieses Erlebnisfeldes und führen Sie an seine Bedeutungsvielfalt heran. Durch die spontane Beantwortung finden Sie heraus, was dieses Wirkungsfeld für Sie bedeuten könnte. Wenn eine Frage Sie nicht anspricht, lassen Sie sie aus.

| | | |
|---|---|---|
| 1. Leben Sie in der Lebensmitte (ca. 35 – 50 Jahre)? | ☐ ja | ☐ nein |
| 2. Haben Sie manchmal das Gefühl, in Ihrer eigenen Mitte zu sein? | ☐ ja | ☐ nein |
| 3. Legen Sie manchmal beim Mittagsschlaf oder bei der Meditation spontan die Hand auf den Bauch? | ☐ ja | ☐ nein |
| 4. Haben Sie es gelegentlich gern, daß Ihnen ein lieber Mensch den Bauch streichelt? | ☐ ja | ☐ nein |
| 5. Schlägt Ihnen gelegentlich der Ärger auf den Magen? | ☐ ja | ☐ nein |
| 6. Machen Ihnen gelegentlich Verkrampfungen oder Verhärtungen im Bauchbereich zu schaffen? | ☐ ja | ☐ nein |
| 7. Ist für Sie das Sonnengeflecht ein sensibles Wahrnehmungsorgan? | ☐ ja | ☐ nein |
| 8. Haben Sie gelegentlich Mitleid mit anderen? | ☐ ja | ☐ nein |
| 9. Können Sie sich gut in andere Menschen einfühlen? | ☐ ja | ☐ nein |
| 10. Haben Sie schon einmal gehört, daß das Sonnengeflecht ein sogenanntes zweites Herz sein soll? | ☐ ja | ☐ nein |
| 11. Haben Sie schon einmal Probleme mit der Bauchspeicheldrüse oder der Milz gehabt? | ☐ ja | ☐ nein |
| 12. Haben Sie gelegentlich Ausscheidungsprobleme? (Verstopfung, Durchfall)? | ☐ ja | ☐ nein |
| 13. Haben Sie eine Beziehung zu gelben oder goldenen Farbtönen? | ☐ ja | ☐ nein |
| 14. Ist Ihnen schon einmal gesagt worden, daß Sie ein sonniges Gemüt haben? | ☐ ja | ☐ nein |
| 15. Sitzen Sie gerne in der Sonne? | ☐ ja | ☐ nein |

16. Ist Ihnen die Sonne wichtiger als der Mond? ☐ ja ☐ nein

17. Haben Sie irgendeine Vorstellung von der sogenannten Bauchseele? ☐ ja ☐ nein

18. Möchten Sie aus Ihrer Mitte heraus leben? ☐ ja ☐ nein

19. Ist Ihnen schon einmal die Diagnose: »vegetative Dystonie« gestellt worden? ☐ ja ☐ nein

20. Können Sie die Selbstheilungskräfte aus Ihrer Mitte heraus gelegentlich aktivieren? ☐ ja ☐ nein

21. Spüren Sie manchmal die negativen Schwingungen von anderen? ☐ ja ☐ nein

22. Freuen Sie sich über die positiven Ausstrahlungen eines Menschen? ☐ ja ☐ nein

23. Haben Sie irgendeine psychosomatische Funktionsstörung oder eine seelisch bedingte Krankheit? ☐ ja ☐ nein

24. Haben Sie schon einmal darüber nachgedacht, daß ein psychosomatisches Symptom einen Sinn hat oder eine Kompromißlösung darstellt? ☐ ja ☐ nein

25. Können Sie sich vorstellen, daß ein Symptom der negative Ausdruck ist von einem Symbol? ☐ ja ☐ nein

26. Können Sie sich vorstellen, daß Ihr Sonnengeflecht als Wahrnehmungsorgan ähnlich arbeitet wie ein Radarsystem? ☐ ja ☐ nein

27. Sind Nächstenliebe und Selbstliebe bei Ihnen ausgewogen? ☐ ja ☐ nein

28. Haben Sie sich schon einmal mit Raphael als dem Heilengel beschäftigt? ☐ ja ☐ nein

29. Wenn Sie mit sich im Gleichgewicht sind, spüren Sie dann ein körperliches Wohlgefühl? ☐ ja ☐ nein

30. Nehmen Sie bei Auseinandersetzungen oder Streitereien gerne die Rolle eines Vermittlers ein? ☐ ja ☐ nein

Wenn Sie etwa die Hälfte der Fragen positiv oder negativ beantwortet haben, dann sind Sie derzeit in einer Beziehung zu diesem Wirkungsfeld. Wenn Sie sich einen kurzen Überblick über die vielfältigen Bedeutungen dieses Erlebnisfeldes verschaffen wollen, dann schauen Sie sich die positiven und negativen Stichworte am Anfang des Kapitels

an. Die weiteren Ausführungen vertiefen Ihre Einsichten und Erkenntnisse zu den verschiedenen Aspekten dieses Erlebnisfeldes. Wenn Sie durch die Fragen auf verschiedene Probleme Ihres Lebens aufmerksam wurden, dann könnten Ihnen die späteren Affirmationen und Übungen hilfreich sein. Weitere Anregungen und Verstehenshilfen erhalten Sie durch die Schlüsselworte im Anhang.
Bei einer höheren Punktzahl verstärkt sich die Intensität und Ihre derzeitige Beziehung zu diesem Erlebnisfeld. Haben Sie dagegen nur etwa ein Drittel der Fragen angesprochen, dann sollten Sie sich einem anderen Erlebnisfeld im Lebensbaum zuwenden und die dortigen Fragen beantworten.

## *Die Selbstheilungskräfte im Sonnengeflecht*

Tiphereth ist der Mittelpunkt im Lebensbaum und ein zentrales Symbol für unsere persönliche Mitte. Alle Wege des Lebensbaumes führen zu diesem Zentrum und gehen von hier aus zu den verschiedenen Erlebnisfeldern. Bereits von dieser Anordnung im Symbol-System des Lebensbaumes hat Tiphereth eine wichtige Funktion für unsere persönliche Ganzwerdung und Heilung. Tiphereth ist das sinnliche und vegetative Energiefeld im Sonnengeflecht. Es ist eine Art zweites Herz, das wir immer dann spüren, wenn wir emotional bewegt sind. Eine positive Wohlspannung spüren wir dann, wenn wir aus unserer Mitte heraus leben. Negative Spannungen machen sich hier bemerkbar, wenn wir uns ärgern oder uns die Wut auf den Magen geschlagen ist. In diesem zentralen Wirkungsfeld werden die psychosomatischen Lebenskräfte, unsere seelischen Lebensenergien und die geistigen Vorstellungen von unserem Selbstbild zu unserer individuellen Lebensgestalt verschmolzen. Nach Jesod, dem Fundament unseres Lebenshauses, wo die Veranlagungen und Ausstattungen unseres Lebens gesammelt wurden, erhalten diese in dem hellen Licht von Tiphereth ihre wahre Gestalt. Ähnlich wie die Sonne auf unserer Erde das Wachstum fördert, so ermöglichen die Symbole des Selbst in unserer Personmitte unsere wahre Selbstverwirklichung.
Unser archetypisches Selbstbild, das in Malkuth, der Keimstätte unseres Lebens schlummert, erhält durch die goldenen und sonnigen Strahlungskräfte in Tiphereth seine endgültige und ganzheitliche Gestalt.

Ein bildhafter und symbolischer Ausdruck für dieses ganzheitliche Menschenbild in uns ist das Wachstum des Lebensbaumes in künstlerischen Darstellungen aus unserem Bauchnabel bzw. aus dem Sonnengeflecht. In vielen aktiven Imaginationen und Visualisierungen von Analysanden und Seminarteilnehmerinnen habe ich gesehen und miterlebt, wie das Wachstum des inneren Menschen bzw. des inneren Kindes in diesem Erlebnisfeld erfolgt. Oftmals bedienen sich die bildhaften Vorstellungen und Phantasien der Menschen eines Baumes als symbolischen Ausdrucks für diesen Wachstumsprozeß in der Person. Ein Beispiel für eine derartige Imagination ist der Lebensbaum eines Mannes, an dem viele reife Orangen hängen und zu strahlen beginnen wie die Sonne. Die strahlende Sonne und ihre Wärme, die das Wachstum in der Natur fördert, ist zugleich ein Symbol für die Heilungskräfte in Tiphereth. In der Antike wurde der Sonnengott auch als Heiler verehrt. Die antiken Heilgötter, wie z.B. Asklepios, standen mit der Sonne in Verbindung.
Im Symbolfeld des Sonnengeflechtes ist neben den vielfältigen Ausdrucksformen der vegetativen Lebensenergie auch die persönliche Ausstrahlung eines Menschen wahrzunehmen. Wenn wir uns bei einem vertrauten Menschen mit unserem Rücken oder einem anderen Körperteil an dessen Bauch und Sonnengeflecht anschmiegen, können wir etwas von der ausstrahlenden Wärme spüren. Die tiefere Bedeutung von Tiphereth übersetzen manche Kabbalisten auch mit Glanz oder Schönheit. Diese Bedeutung können wir erleben, wenn wir den Glanz der Sonnenstrahlen in den Kronen der Bäume beobachten oder bei besonderen Wolkenbildungen am Abendhimmel anschauen. Wenn Menschen wieder ihre Lebensenergien im Sonnengeflecht entdecken, dann erleben viele es wie einen Hauch von Schönheit und von Zärtlichkeit in ihrem Bauch. Diesem Lebensgefühl einer seelischen Beschwingtheit in Tiphereth habe ich den Namen »Bauchseele« gegeben. Es ist ein besonderes Wahrnehmungssystem, mit dem wir alle positiven und negativen Schwingungen um uns und in uns wahrnehmen. Gelegentlich spreche ich auch von einem dritten Auge im Bauch, damit meine ich etwa dasselbe wie der Dichter Exupéry, wenn er sagt, daß man nur mit dem Herzen gut sehe. Stärken wir jetzt also unsere Wahrnehmungsfähigkeit der Bauchseele in Tiphereth und das innere Sehvermögen für die folgenden Symbole der inneren Mitte.

## *Symbole der inneren Mitte*

Nachdem wir bereits einige Aspekte des Sonnengeflechtes kennengelernt haben, wollen wir jetzt einige Symbole anschauen, die uns helfen können, uns auf die innere Mitte unserer Person zu beziehen. Ich beginne mit dem astrologischen Symbol für die Sonne, dem Kreis mit einem Punkt in der Mitte. Wer gerade ein Blatt Papier zur Hand hat, kann spontan einen Kreis malen und einen Punkt in seine Mitte setzen. Wir können diese Übung auch einige Male wiederholen und uns dabei auf unseren Mittelpunkt konzentrieren. Dabei können wir der späteren Affirmation vorgreifen und bei der sich wiederholenden Malübung halblaut murmeln: »Ich bin die Mitte meines Lebens!« oder: »Ich will aus meiner Mitte leben!«

Zu dieser persönlichen Mitte führen uns alle Symbole, Bilder und Mandalas, die einen Mittelpunkt haben. Aus der großen Fülle derartiger Symbole erwähne ich beispielhaft die Rose, die Sonnenblume und zahlreiche weitere Blumen, deren Blütenkelch eine besonders ausdrucksvolle Mitte haben. Mit Hilfe derartiger Symbole können wir uns auf unsere Mitte konzentrieren und dadurch unsere Lebensenergien zentrieren. Während bei den neurotischen Verstrickungen und durch persönliche Schwierigkeiten oder durch die Komplexe als negative Energiefelder der Seele unsere Lebensenergien chaotisch durcheinandergewirbelt werden und dadurch ein Gefühl der Unordnung oder gar der Angst entsteht, ordnen und strukturieren konzentrische Symbole die inneren Kräfte.

Ähnliche Wirkungen können in der Meditation und Imagination die folgenden konzentrischen Symbole erzeugen: Kelch, Schale oder Pyramide. Bei den Gebäuden und Räumen sind es das Schloß, der Thronsaal oder ein konzentrisch angeordnetes Regierungsgebäude. Bei den Tiersymbolen sind es besonders der Adler als König der Lüfte und der Löwe als König der Tiere. Diese Aufzählungen könnten um viele Beispiele erweitert werden.

Auch personale Symbolgestalten haben für uns eine vermittelnde Funktion zu unserer Mitte und der Heilquelle in Tiphereth. In unserer Vorstellung, Imagination oder in unseren Träumen kann ein Arzt, ein Therapeut oder Seelsorger sowie eine positive politische Führergestalt uns mit unserer Mitte verbinden. Auf der spirituellen Ebene kann auch ein Engel zu einem Boten und Vermittler dieser Heilkräfte werden. Für den therapeutischen Bereich ist es für viele der Erzengel Raphael, der

göttliche Heilengel, der in den Menschen die Selbstheilungskräfte weckt und aktiviert oder die Leidenden zu einem besonderen Ort der Heilung führt.
Während in unserem Gesundheitssystem die Behandlung und Heilung außen, durch die Hilfe der Ärzte und durch die Medizin gesucht wird, bemühen sich zunehmend mehr Menschen um die Aktivierung der Selbstheilungskräfte in sich selbst. So notwendig einerseits bei akuten Krankheiten oder Unfällen die Hilfe eines Arztes ist, so sinnvoll ist es andererseits, daß sich bei den unendlich vielen Erscheinungsformen seelischer Schwierigkeiten und persönlicher Konflikte mehr Menschen auf die Selbstheilungskräfte in der eigenen Seele besinnen. Gerade der Lebensbaum ist ein wichtiges Symbol-System zur Orientierung auf dem Weg zu den inneren Heilquellen. Ein zentrales Symbol für die Besinnung auf die Mitte des eigenen Lebens, wo die Entwicklungskräfte des Selbst zu finden sind, ist das Sinnbild des Kindes.
In Tiphereth steht die Wiege des inneren Kindes, des geistigen Seelenkindes in jedem Menschen. Dieses Kind ist ein Symbol für alles Kindliche, das in jedem Menschen wohnt. Es sind die in jedem bereitliegenden Wachstumskräfte für eine größere und ganzheitlichere Persönlichkeit. An dem Symbol des Kindes möchte ich die verschiedenen Ausdrucksformen und Gestaltungskräfte in den einzelnen Erlebnisfeldern des Lebensbaumes nachzeichnen.
In Malkuth, der Keimstätte und dem Wurzelgrund des Lebens, schlummert das Urbild des Kindes in jeder Seele.
In Jesod steigt es auf in den individuellen Lebensbereich, doch ist es hier noch symbiotisch mit dem Vater (Säule der Gestaltung und Formgebung) und der Mutter (Säule der Gnade und Güte) verschmolzen. Es ist jene tiefe Verbundenheit mit den Eltern oder später mit den verinnerlichten Elternbildern, die unsere Gefühle, Gedanken und unsere Weltsicht beherrschen. Lange Zeit ist unsere Individualität in Jesod noch tief unbewußt.
Bei der Bewußtwerdung und Aufteilung auf der Raum-Zeit-Ebene (Hod und Nezach) erfahren wir dann die eigene Vitalität und unser persönliches Zeiterleben als erwachende und wachsende Individualität. In Hod suchen wir die Schutz- und Lebensräume für unsere Vereinzelung. In Nezach erleben wir unsere Vitalität und unsere ganz persönlichen Lebensrhythmen. Wenn wir uns dem Lebensstrom anvertrauen, erleben wir im Lebensfluß von Nezach zu den entsprechenden Zeitpunkten die notwendigen Entwicklungsschritte.

In Tiphereth erhält dann unser Seelenkind seine endgültige Gestalt und entwickelt sich weiter nach unserem ureigenen Selbstbild. Betrachten wir schließlich die weitere Entwicklung unseres Kind-Ich (wie es in der Transaktionsanalyse genannt wird), dann haben auch die weiteren Entwicklungsfelder im Lebensbaum eine wichtige Bedeutung.
In Geburah kann die Lebensdynamik immer erneut aufgetankt werden, wodurch das Erleben der persönlichen Stärke und Macht fortwährend beeinflußt wird. Alle Antriebskräfte der wachsenden Persönlichkeit haben in diesem Kraftfeld eine unerschöpfliche »Tankstelle« oder Kraftquelle.
Aus Chesed nimmt das inzwischen erwachsen gewordene Kind-Ich die erotischen Schwingungen wahr, die es mit der Liebe in den verschiedensten Spielarten vertraut macht. Die Lebensmuster, die auf der Ebene von Hod und Nezach entwickelt wurden, erhalten auf der Ebene von Geburah und Chesed besonders durch die Erotik und die Liebesbeziehungen eine belebende und bereichernde Bedeutung fürs Leben.
Schließlich können wir noch einen kurzen Ausblick für die weitere Entwicklung des Kindes in der geistigen Ebene von Binah und Chockmah geben. Ähnlich wie die Kinder sich mit der geistigen Welt vertraut machen und vielleicht auch etwas von der inneren Weisheit kennenlernen, so wünschen wir unserem Seelenkind durch den Aufenthalt in den genannten Erlebnisfeldern des Lebensbaumes viele Entwicklungsimpulse.

### *Der »psychosomatische Christus«*

Die Personmitte in Tiphereth ist zugleich der Ausstrahlungsbereich und das spirituelle Wirkungsfeld für den »psychosomatischen Christus«. Dieser Begriff wurde von Balthasar Straehelin eingeführt, einem Schweizer Spezialarzt für Psychiatrie und Psychotherapie, um innerhalb des psychosomatischen Menschenbildes die Spiritualität im Menschen hervorzuheben. Nach Staehelin hat »der psychosomatische Christus seine Heimat in Psyche und Soma als innerste Wesenheit...« (Der psychosomatische Christus, S. 92). Für Straehelin ist »die Ganzheit unseres Wesens von christozentrischer Art, die Gottesebenbildlichkeit des Menschen, die potentielle Christusnatur in ihm« (a.a.O., S. 70). In ähnlichen Sprachbildern beschreibt die Bibel die Spiritualität im Menschen, wenn es z.B. heißt, »Christus wohne durch den Glauben in euren Herzen« (Epheser 3,17), oder der Apostel Paulus bezeugt, daß Christus in ihm lebe (Galater 2,20).

Diese spirituelle Mitte der Person, die wir in der Tiefenpsychologie von C.G. Jung als das Selbst bezeichnen, ist auch die Quelle für beeindruckende religiöse Träume und das Erscheinen von heilenden Christusbildern. So berichtete mir eine 55jährige katholische Frau, daß sie in den Nachkriegstagen, als ihre Familie sich in größter Not befand, abends, als sie aus dem Fenster schaute, eine Christus-Erscheinung am Himmel gesehen habe. Einerseits habe sie dieses Christusbild sehr erschreckt und andererseits die Hoffnung erweckt, daß nun alle Not ein Ende haben würde. Diese Vision und diese Hoffnung habe sich buchstäblich erfüllt, indem die Träumerin von diesem Zeitpunkt an weder unter Krankheiten zu leiden hatte noch ihre Familie einer existentiellen Notlage ausgesetzt war.

Eine ähnliche Christus-Erscheinung erlebte eine protestantische Ärztin auf dem Höhepunkt ihrer Ehekrise, als sich ihr Mann von ihr trennte. Sie sah, wie sich Christus in einem hellen Licht zeigte und sie tröstlich anblickte. Über Jahre hin vermittelte ihr diese Erscheinung eine besondere innere Kraft, die Krise zu meistern und nicht daran zu zerbrechen.

Im Laufe der Jahre haben mir viele Frauen und auch Männer von derartigen Christus-Erscheinungen berichtet, die stets eine besonders tröstliche und helfende Wirkung bis in die Realität hinein ausstrahlten. Dazu gehören auch psychosomatische Reaktionen und Nachwirkungen derartiger Christusbilder, die vegetative Störungen heilten.

Ein ganz besonderer Bild- und Symboltypus ist die Erscheinung des Christusbildes in weiblicher Gestalt in vereinzelten Träumen und Visionen von der Anima Jesu. Nach meiner Einschätzung hängt dies zum einen mit der immer stärkeren Wirkung der feministischen Theologie zusammen, indem die weiblichen Gottesbilder im Bewußtsein und in der Vorstellungswelt einen breiteren Raum einzunehmen beginnen. Zum anderen jedoch führe ich das Erscheinen von weiblichen Christusbildern auf die archetypische Disposition der Seele zurück, daß in der Tiefe dieses Urbild über Jahrhunderte hin schlummern kann und zu einem bestimmten Zeitpunkt wieder in Erscheinung tritt.

Hildegard von Bingen schildert ihre Vision eines androgynen, weiblichen Gottesbildes so (nach Ingrid Riedel: Farben): »Ich sah ein überhelles Licht, darin eine saphirblaue Menschengestalt, die in einem rot leuchtenden Feuer brannte.«

Die Beziehung dieses archetypischen Bildes zum Lebensbaum, speziell zu Tiphereth, sehe ich zunächst in der kosmischen Symbolik von Sonne und Mond. Die androgyne Gestalt steht im Strahlungskreis der Sonne, zugleich hat sie Anschluß an die Mondkräfte, indem diese die Person von Kopf bis Fuß umfließen. Sowohl die goldroten Sonnenkräfte als auch die silbernen Mondkräfte umfließen das kosmische Christusbild in konzentrischen Energiekreisen. Die saphirblaue Gestalt ist zudem mit dem tiefen Blau im Hintergrund verbunden. Es ist die uns bekannte Farbe des Himmels und der Transzendenz.
Das kosmische und androgyne Christus- bzw. Gottesbild im Bereich der mittleren Säule im Lebensbaum leitet unmittelbar über zu dem androgynen und ganzen Menschen in Kether, mit dem wir uns später befassen werden.

## *Imaginationen und Affirmationen*

Zum Einstieg in die Imagination oder Meditation können Sie wiederum von einer der Fragen ausgehen, die Sie besonders angesprochen haben oder zum Widerspruch reizten. Vermutlich steht Ihre affektive Reaktion oder Ihre gefühlsmäßige Betroffenheit in einem Zusammenhang mit einem Problem, an dem Sie arbeiten sollten. Durch eine der Fragen wurde der bisher verdrängte Konflikt oder das unbewußt gehaltene Gefühl aufgedeckt. Jetzt wäre also die Chance zur Bearbeitung dieses Problems. Ich mache Ihnen Mut, sich den in Ihnen aufgewühlten Fragen zu stellen und eine innere Auseinandersetzung und einen inneren Dialog zu beginnen, den Sie entweder jetzt gleich oder später auch aufschreiben können.
Wenn Sie die fehlgesteuerten Lebensenergien in den vegetativen Störungen oder in den seelisch bedingten psychosomatischen Krankheitsbildern umpolen wollen, dann schlage ich Ihnen für die weitere Imagination folgendes vor: Suchen Sie sich ein für Sie positives Vorstellungsbild, indem Sie sich zum Beispiel eine Rose oder irgendeine andere Blume auswählen und sich die für Sie schöne Blüte in Vergrößerung vorstellen. Sie denken jetzt zunächst daran, wie diese Blume ihren Saft durch die Wurzeln aus dem Erdboden gezogen hat, wie der Saft in ihr aufstieg und es eine lange Zeit des Wachstums bedurfte, bis diese Blüte sich auftat. Sie sehen jetzt diese Blüte vor Ihrem inneren Auge

und freuen sich über die Farbe oder nehmen sogar den Geruch Ihrer Lieblingsblume wahr. Wenn Sie mit der sogenannten Aroma-Therapie vertraut sind, dann sollten Sie jetzt das auf Sie positiv wirkende Aroma verwenden und bewußt eine Zeitlang in sich einatmen. Mit etwas Erfahrung und Übung könnten Sie nach etwa zehn Minuten eine gewisse Wohlspannung in Ihrem Körper erreicht haben.
Sie können die sinnlichen Wahrnehmungen und das körperliche Wohlbefinden noch verstärken durch die Visualisierung der gelben oder goldenen Farbe. Sollten Sie ein gelbes Seidentuch besitzen, können Sie dieses auch zur Meditation umhängen oder ein goldenes Tuch als Unterlage für Ihren Meditationssitz verwenden. Die Visualisierung der gold-gelben Farbe wird noch wesentlich intensiver, wenn Sie sich mit dieser Farbe bestrahlen. Die Farbschwingungen von Gelb haben einen positiven und anregenden Effekt auf die Nerven und stärken unser Selbstwertgefühl. Wir erinnern uns, daß die gelben Farbschwingungen dem Sonnengeflecht als dem zentralen Nervensystem zugeordnet sind. Das gelbe Licht wirkt günstig auf Magen, Darm, Leber, Milz und Blase. Auch Atemschwierigkeiten und Verdauungsprobleme können mit Gelb behandelt werden. Über die Anwendung der Farben und die Farbtherapie können Sie sich durch Heilpraktiker oder Therapeutinnen beraten lassen, die Erfahrungen mit dieser Therapieform haben.
Zur Affirmation und zur Ermutigung können Sie jetzt einen oder alle der folgenden Leitsätze mindestens viermal sprechen:

- Ich lasse meine Lebensenergien frei fließen.
- Ich spüre den Sonnenschein in mir.
- Ich will gesund werden und ganzheitlich leben.
- Ich lasse mich vom Lebensfluß tragen.
- Ich trenne mich von alten Vorstellungsbildern.
- Ich will aus meiner Mitte leben.
- Ich suche mein Seelenkind und will es liebevoll versorgen.

Wenn Sie sich nach diesen Übungen noch Ihre weiteren Schritte durch den Lebensbaum überlegen möchten, dann können Sie abwägen, ob Sie sich aktiv auf die Beziehungsebene von Hod und Nezach begeben oder in Gelassenheit und passiver Hingabe den Lebensenergien und Gefühlen von Geburah und Chesed überlassen wollen. Wenn Sie ein körperliches Wohlgefühl verspüren, voller Tatendrang stecken und sich einer guten Gesundheit erfreuen, dann empfehle ich Ihnen, sich aktiv auf neue Beziehungen einzulassen. Machen Ihnen dagegen Ihre vegetativen Spannungen zu schaffen oder fühlen Sie sich relativ kraftlos, dann sollten Sie sich neue Willenskraft, Lebensmut und Tatendrang von Geburah erbitten.

### *Empfehlungen für Therapeuten*

Wenn Sie die Checkliste mit den Fragen zu Tiphereth und die Ausführungen gelesen oder die Schlüsselworte zu diesem Erlebnisfeld überflogen haben, dann dürfte Ihnen klar geworden sein, daß die unzähligen psychosomatischen Krankheitsbilder und die neurovegetativen Störungen hier ihren Sitz haben. Die vegetativ labilen Menschen leiden an allgemeiner Übererregbarkeit, rascher Erschöpfbarkeit und vielfältigen nervösen Symptomen (wie zum Beispiel Kopfschmerzen, Schwitzen, Schlafstörungen, Schwindelgefühlen, Durchfall oder Obstipation). Es ist bei diesem Erlebnisfeld die ganz besondere Frage, wie die gestörten Energiefelder mit Hilfe von positiven Vorstellungsbildern und Symbolen eine neue Ordnung und ein neues Gefälle erhalten können. Ein besonderer therapeutischer Ansatzpunkt ist für mich, die Symptome in lebendige Symbole umzuwandeln. In dem oft lange dauernden und mühsamen therapeutischen Prozeß geht es darum, die fehlgeleiteten Lebensenergien wieder in ihre ursprüngliche Funktion und Dynamik zu überführen. Wie bei der vorliegenden Imagination ausgeführt, können dazu positive Vorstellungsbilder und eine neue Lebenseinstellung eine große Hilfe sein. Oft geht es auch darum, daß diese Patienten ihre verlorene Lebensmitte wiederfinden. Neben zahlreichen anderen Behandlungsmethoden können vom Lebensbaum aus betrachtet die genannten Bach-Blüten oder die Farbtherapie eine unterstützende Heilwirkung ausüben.

# 6. Geburah

Wir sehen Frau Geburah neben der Säule der Gestaltung und Formgebung. Sie hat den rechten Arm um die Säule gelegt und lehnt mit dem rechten Oberschenkel an ihr. Die Beine und Hüften sind in ein rotes Tuch gehüllt (Rot ist die Symbolfarbe für dieses Erlebnisfeld im Lebensbaum) und erscheinen als besonders kraftvoll und üppig. Ein weiteres Symbol für ihre Macht und Stärke ist das Schwert in der linken Hand. In der rechten Hand sind weitere Symbole der Bemächtigung, der Stab der Herrscherin, die Peitsche und ein Büschel. Zur Zügelung der Triebkräfte hängt ein Pferdehalfter über das Handgelenk. Insgesamt gesehen erweckt diese Darstellung den Eindruck einer kraftvollen und kämpferischen Anima.
Wer sich mit Geburah ein Stück weit identifiziert und diese Symbolgestalt in sich selbst imaginiert, dürfte wieder Kräfte und Lebensenergien in sich verspüren und damit Mutlosigkeit und Verzweiflung überwinden.

## *Annäherung*

Mit Geburah kommen wir in das mittlere Erlebnisfeld in der Säule der Gestaltung. Daher geht es hier darum, die Antriebskräfte und die Lebendigkeit in Tatendrang und in Gestaltungskraft umzusetzen. Aber auch die Selbstbehauptung und das Durchsetzungsvermögen geben der Lebensenergie in diesem Feld ein positives Gefälle. Die Kraftlosigkeit dagegen, die Hemmungen oder die Leistungsschwäche führen dazu, daß sich die Lebensenergien verstärkt innerlich aufstauen und damit einen Menschen im Laufe der Zeit krank machen können. Auch die mangelnde Selbstbehauptung und letztlich die Selbstblockaden führen dazu, daß ein Mensch sich schließlich kaum noch etwas zu tun traut. In

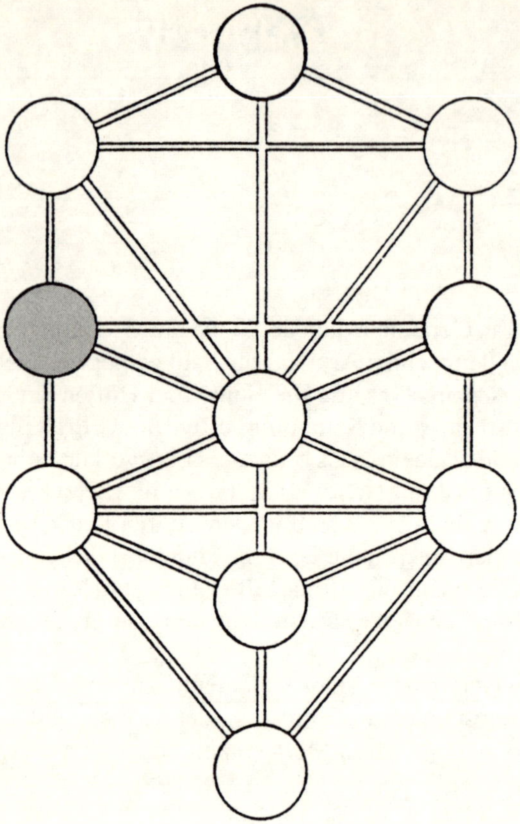

**Geburah**

| positiv | negativ |
| --- | --- |
| Antriebskräfte | mangelnder Antrieb, Mutlosigkeit |
| Lebendigkeit | Abgestumpftheit, Depression |
| Psychodynamik | Kraftlosigkeit |
| Tatendrang | Leistungsschwäche |
| Selbstbehauptung | Selbstblockaden, Hemmungen |
| Durchsetzungsvermögen | mangelnde Selbstbehauptung |
| Autorität | autoritär, Machthunger |
| Willenskraft | willenlos, unwillig |

Geburah geht es um die Stärkung zum Lebenskampf und zur Selbstbehauptung. Die genannten Begriffe und Stichworte bringen die verschiedenen Aspekte der Lebensdynamik und der Lebendigkeit zum Ausdruck. Daraus erkennen wir ferner, daß wir in Geburah die Ebene der Gefühle erreicht haben.

Während es in der Säule der Gestaltung um Kraft, Macht und Stärke geht, werden wir uns später beim gegenüberliegenden Erlebnisfeld auf der Gefühlsachse, in Chesed, mit den zärtlichen und erotischen Gefühlen auf der weiblichen Seite des Lebensbaumes beschäftigen. Doch jetzt mögen Sie sich zunächst, wie bereits bei den anderen Kapiteln, mit den folgenden Fragen beschäftigen, und damit die große Bedeutungsvielfalt dieses Erlebnisfeldes kennenlernen.

## *Checkliste*

Wenn Sie wissen wollen, ob Sie sich derzeit im Erlebnisfeld von Geburah befinden, dann beantworten Sie spontan die folgenden Fragen. So finden Sie selbst heraus, was dieses Wirkungsfeld für Sie persönlich bedeuten könnte. Sie nicht ansprechende Fragen lassen Sie einfach aus.

| | | |
|---|---|---|
| 1. Verfügen Sie über Willenskraft? | ☐ ja | ☐ nein |
| 2. Haben Sie ein gutes Durchsetzungsvermögen? | ☐ ja | ☐ nein |
| 3. Plagen Sie manchmal Minderwertigkeitsgefühle? | ☐ ja | ☐ nein |
| 4. Halten Sie sich für eine autonome Persönlichkeit? | ☐ ja | ☐ nein |
| 5. Stecken Sie manchmal voller Tatendrang? | ☐ ja | ☐ nein |
| 6. Kennen Sie Schwächezustände? | ☐ ja | ☐ nein |
| 7. Sind Ihnen machthungrige Menschen suspekt? | ☐ ja | ☐ nein |
| 8. Fühlen Sie sich gelegentlich depressiv? | ☐ ja | ☐ nein |
| 9. Verfügen Sie über eine gute Selbstbehauptung? | ☐ ja | ☐ nein |
| 10. Haben Sie Lebensmut? | ☐ ja | ☐ nein |
| 11. Kennen Sie das Gefühl einer persönlichen Identität? | ☐ ja | ☐ nein |

| | | |
|---|---|---|
| 12. Besitzen Sie eine gesunde und normale Autorität? | ☐ ja | ☐ nein |
| 13. Haben Sie gelegentlich Beschwerden im rechten Arm oder in der Schulter? | ☐ ja | ☐ nein |
| 14. Sticht Ihnen manchmal das Herz? | ☐ ja | ☐ nein |
| 15. Reagiert Ihr Herz auf Ihre Gefühlsstimmungen? | ☐ ja | ☐ nein |
| 16. Sagt Ihnen der Begriff »Herzneurose« etwas? | ☐ ja | ☐ nein |
| 17. Wirkt die Farbe Rot positiv auf Sie? | ☐ ja | ☐ nein |
| 18. Könnten die Strahlungskräfte der Farbe Rot Sie stärken? | ☐ ja | ☐ nein |
| 19. Können sexuelle Impotenz oder Frigidität (Gefühlskälte) auch seelische Ursachen haben? | ☐ ja | ☐ nein |
| 20. Haben manche Männer einen Machtkomplex? | ☐ ja | ☐ nein |
| 21. Machen Ihnen manchmal die unbewußten Triebkräfte Angst? | ☐ ja | ☐ nein |
| 22. Haben Sie manchmal einen unkontrollierten Wutausbruch? | ☐ ja | ☐ nein |
| 23. Sind Sie manchmal von Eifersucht besessen? | ☐ ja | ☐ nein |
| 24. Kommt Ihnen gelegentlich ein Anflug von Allmachtsgefühlen? | ☐ ja | ☐ nein |
| 25. Werden Sie gelegentlich von Kopfschmerzen oder Migräne geplagt? | ☐ ja | ☐ nein |
| 26. Werden Sie mit Aggressionen gut fertig? | ☐ ja | ☐ nein |
| 27. Treiben Sie gern Sport? | ☐ ja | ☐ nein |
| 28. Sind Sie auch sonst gern ein aktiver Mensch? | ☐ ja | ☐ nein |
| 29. Sprechen Sie aus den Märchen und Mythen die Helden und Ritter besonders an? | ☐ ja | ☐ nein |
| 30. Sagt Ihnen die Symbolgestalt des Mars irgend etwas? | ☐ ja | ☐ nein |

Wenn Sie etwa die Hälfte der Fragen positiv oder negativ beantwortet haben, dann sind Sie derzeit in einer intensiven Beziehung zu diesem Wirkungsfeld. Wenn Sie sich einen kurzen Überblick über die vielfältigen Bedeutungen dieses Erlebnisfeldes verschaffen wollen, dann

schauen Sie sich die Stichworte am Anfang des Kapitels an. Die weiteren Ausführungen zu diesem Kapitel vertiefen die verschiedenen Aspekte dieses Erlebnisfeldes. Wenn Sie durch die Fragen auf verschiedene Probleme Ihres Lebens aufmerksam wurden, dann könnten Ihnen die späteren Affirmationen und Übungen hilfreich sein. Weitere Anregungen erhalten Sie durch die Schlüsselworte im Anhang.
Bei einer höheren Punktzahl verstärkt sich die Intensität Ihrer derzeitigen Beziehung zu diesem Erlebnisfeld. Haben Sie dagegen nur etwa ein Drittel der Fragen angesprochen, dann sollten Sie sich einem anderen Erlebnisfeld im Lebensbaum zuwenden.

## *Stärkungen zum Lebenskampf*

Auf unserem Weg durch den Lebensbaum gelangen wir jetzt auf die Beziehungsachse und kehren als erstes in dem Kraftzentrum von Geburah ein. Hier herrscht die rote Farbe vor, die als Strahlungskraft für warme Gefühle, Vitalität, Kraft, Macht und Stärke wirkt. In das Wirkungsfeld von Geburah sollten alle jene eintreten, die sich zur Zeit kraftlos und depressiv fühlen. Es ist ein besonderer Kraftort, wo wir uns auf anstehende Auseinandersetzungen vorbereiten oder uns ganz allgemein für den Lebenskampf stärken können. Alle, die sich in Hod über ihre persönlichen Grenzen und Möglichkeiten klar geworden sind und ihren Platz im Leben gefunden haben, brauchen von Zeit zu Zeit so eine Einkehr in Geburah, um neu aufzutanken.
Wenn Sie in der Meditation oder in der aktiven Imagination (nach C.G. Jung) in das Kraftfeld von Geburah eintreten, können Sie sich im Geiste in einer weiträumigen Eingangshalle die archetypischen Standbilder und Skulpturen von Helden und Kämpfern vorstellen. Neben diesen stehen die Krieger, Ritter und vorbildliche Sportler von edlem Charakter und schöner Gestalt. Die archetypischen Gestalten sind von berühmten Künstlern aus edelstem Material angefertigt. Ähnlich wie bei einem Besuch in einer Galerie oder in einem Museum, bleiben Sie in der Phantasie eine Zeitlang vor jener Figur stehen, die Sie anspricht und fasziniert.
Mit etwas Einbildungskraft können Sie sich vorstellen, daß sich zwischen dem Erscheinungsbild der ausgewählten archetypischen Gestalt und Ihrer inneren Wahrnehmungsfähigkeit ein psychisches Energiefeld aufbaut, das in Ihnen etwas zur Schwingung bringt. Sie sollten vor der

archetypischen Skulptur verweilen, die zu Ihren persönlichen Bedürfnissen oder Ihrer augenblicklichen Lebenssituation paßt. Stehen Sie z.B. derzeit in inneren Kämpfen oder in aggressiven Auseinandersetzungen am Arbeitsplatz, dann können Sie einen Kämpfer oder einen Krieger imaginieren. Wenn Sie dagegen unter Minderwertigkeitsgefühlen leiden oder in einer Selbstwertkrise stecken, dann stellen Sie sich einen Helden vor, der den Drachen der Angst und der Minderwertigkeit besiegt hat und Ihnen damit Mut macht, ebenfalls in diese Auseinandersetzung und diesen Kampf einzutreten. Eine derartige Symbolfigur kann Sie aufrichten und trösten, wenn Sie Ihren Ärger oder Ihre Wut nicht richtig steuern können. Auch wenn Sie zur Selbstzerstörung auf Raten neigen, indem Sie wider besseres Wissen Ihre geistige, seelische und/oder körperliche Gesundheit schädigen, können Sie diese negative Einstellung durch eine positive Symbolfigur überwinden lernen.
Nachdem Sie sich gestärkt haben, überlegen Sie, ob Sie jetzt in eine Art Spiegelkabinett eintreten und sich mit den »Schatten«-Bildern in Geburah, das heißt den negativen Kräften in sich, auseinandersetzen wollen. Stellen Sie sich vor, Sie kommen in einen abgedunkelten Raum und nehmen in einem bequemen Sessel Platz. Auf einer Leinwand erscheinen grauenhafte Gestalten, die Ihnen durch einen entsprechenden Kommentar aus Lautsprechern erklärt werden. Als erstes erscheint ein Fanatiker, der mit starker Überzeugungskraft anderen Menschen seine Parolen einhämmert. Bei einer entsprechenden Szene erinnern Sie sich plötzlich mit Scham und Schrecken daran, daß Sie vor längerer Zeit ähnlich geredet und gehandelt haben. Während der Film auf der Leinwand anhält und die Stimme aus dem Lautsprecher schon eine Zeitlang schweigt, wird Ihnen innerlich bewußt, daß Sie manchmal auch fanatisch sein können.
Mit Hilfe Ihrer Phantasie und Ihres Vorstellungsvermögens können Sie sich während des Aufenthaltes im Spiegelkabinett der negativen Selbstbilder mit den Schattenanteilen auseinandersetzen, die Ihnen schon länger zu schaffen machen. Dies können der Machthaber in Ihnen sein, der sich rücksichtslos durchsetzt, oder der Macher, der letztlich alles ohne Gefühle und Liebe macht. Vielleicht sind Sie auch ein heimlicher Blaustrumpf oder ein Wüstling, der rücksichtslos in das Leben und die Seele eines anderen Menschen einbricht. Es könnte ferner sein, daß Sie sich durch Allmachtsphantasien über andere erheben, obwohl Sie sich insgeheim klein und mickerig fühlen. Die Beispiele mit negativen Kräften in uns könnten so fortgesetzt werden.

## *Wechselwirkungen der Lebensenergien*

Wir haben Geburah schon kennengelernt in den vielfältigen Erlebnisformen des zur Verfügung stehenden Lebensmutes, der Durchsetzungskraft und zahlreichen anderen Aktivitäten unseres Lebens. Aus unserer Lebenserfahrung wissen wir nun, daß uns diese Lebensenergien nicht immer zur Verfügung stehen. Nach Phasen der Hochgefühle kommen auch immer wieder Tage der Kraftlosigkeit bis hin zu den vielfältigen Erlebnisformen der Depression. Mancher wird sich schon gefragt haben, was in diesem fortwährenden Wechsel unserer Stimmung, den Schwankungen unserer Lebensenergien bis hin zur Kraftlosigkeit in uns geschieht. Mit Hilfe des Lebensbaumes und insbesondere mit Geburah können wir die verborgenen Strömungen des Lebensflusses nachzeichnen.

Wir erinnern uns zunächst an die tiefenpsychologische Modellvorstellung einer Beziehungsachse, an deren einem Ende das bewußte Ich mit seinen steuernden Funktionen steht, und an deren gegenüberliegendem Pol das Selbst und die unbewußt strömenden Lebensenergien wirken. Nehmen nun an einem Pol die Kräfte zu, sind sie im gegenüberliegenden Feld abgezogen und abgeflossen. Die Gezeiten von Ebbe und Flut sind ein gutes Beispiel für diesen stetigen Wechsel; es läßt uns auch die emotionalen Gezeiten im Seelenleben verstehen. Die fließenden Übergänge zwischen Ich und Selbst, zwischen den bewußten Wahrnehmungen und den unbewußten Vorgängen, können wir uns ferner mit dem Symbol von Yang und Yin verdeutlichen.

Im bewußten Erlebnisbereich von Punkt A steht uns das größtmögliche Potential an Lebensenergie zur Verfügung. In Geburah haben wir zu diesem Zeitpunkt viel Lebenskraft und stecken voller Tatendrang. Wir packen mutig die vor uns liegenden Aufgaben an und verfügen über genug Durchsetzungskraft, vieles erfolgreich zu meistern. Besonders in der ersten Lebenshälfte fühlen sich viele geistig, seelisch und körperlich gesunden Menschen kraftvoll und vollbringen an ihrem Platz im Leben besondere Leistungen. Dies kann im Arbeits- und Berufsleben sein, im Sport oder im künstlerischen Bereich, um nur einige Beispiele anzusprechen. Wenn diese Menschen dann nachts noch gut schlafen und sich tief entspannen, dann tanken sie unmerklich und automatisch neue Lebensenergie aus den tiefen Kraftreserven ihres Unbewußten auf und gehen voller Tatendrang in den neuen Tag.

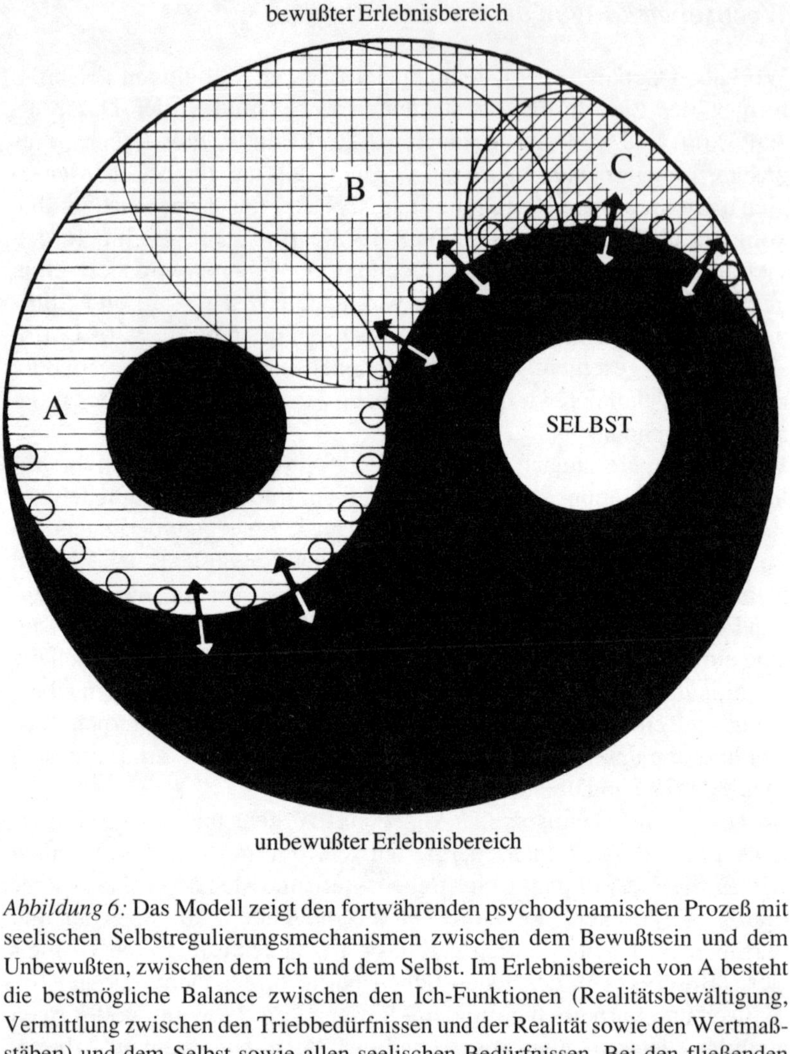


*Abbildung 6:* Das Modell zeigt den fortwährenden psychodynamischen Prozeß mit seelischen Selbstregulierungsmechanismen zwischen dem Bewußtsein und dem Unbewußten, zwischen dem Ich und dem Selbst. Im Erlebnisbereich von A besteht die bestmögliche Balance zwischen den Ich-Funktionen (Realitätsbewältigung, Vermittlung zwischen den Triebbedürfnissen und der Realität sowie den Wertmaßstäben) und dem Selbst sowie allen seelischen Bedürfnissen. Bei den fließenden Übergängen im Bereich B besteht noch eine ausreichende Realitätsbewältigung. Im Bereich von C sind die Macht und der Sog des Unbewußten sehr stark geworden, was sich u.a. in allgemeiner Kraftlosigkeit, Antriebsschwäche bis hin zu Depression äußert.

Doch damit will ich die Beschreibung dieses Idealzustandes abbrechen, weil es nach meinen Erfahrungen vielen ganz anders geht. Ich denke an die Millionen von Menschen mit Schlafstörungen, die sich dem nächtlichen Auftanken mit Lebensenergie aus den Quellen der Seele nicht vertrauensvoll hingeben können, weil psychoneurotische Blockierungen den stetigen Fluß der Lebensenergien zwischen Ich und Selbst beeinträchtigen oder stark behindern. Ihr von Ängsten gepeinigtes Ich muß fortwährend auf der Hut sein und fühlt sich im Schlafe nicht behütet. Dieses Ich verhält sich wie ein totalitärer Staat, der an den Grenzen zum Nachbarland seine Grenzpolizisten aufgestellt hat.
Die Durchlässigkeit der Grenzen zwischen Ich und Selbst ist auch davon abhängig, wie sich jemand im Erlebnisfeld von Hod fühlt und welche Lebenskonzepte Binah vorschreibt. Hat jemand z.B. seinen Platz im Leben gefunden und kann sein Zusammenleben mit den Mitmenschen zu seiner Zufriedenheit gestalten, indem er sich einerseits abgrenzen kann und andererseits seine Grenzen für Beziehungen und die vielfältigen Formen der Kommunikation öffnet, dann kann er auch seine Lebensenergien in Geburah in befriedigender Weise strömen lassen. Wer dagegen im Erlebnisfeld von Hod bereits seine Abgrenzungsschwierigkeiten hat und von keinen vertrauensvollen inneren Führungen und persönlichen Führern weiß, der kann meistens auf die andrängenden Antriebsenergien in Geburah nur mit Angst und Schrecken reagieren.
Er regiert und steuert sein Leben dann nicht mehr, sondern reagiert fortwährend nach Bewertungsmaßstäben oder Ideologien aus Binah. Ähnlich wie das Über-Ich nach Sigmund Freud, oder allgemein gesprochen unser Gewissen, entweder in seiner positiven Funktion für uns eine wichtige Entscheidungshilfe ist oder in seiner verzerrten und neurotisierten Form zu einem Quälgeist wird, der fortwährend Gewissensbisse erzeugt, so können die negativen Stimmen aus Binah den ohnehin beeinträchtigten Umgang mit den Lebensenergien in Geburah zusätzlich stören. Wenden wir uns jetzt der Beschreibung der Neuorientierung, der seelischen Wandlung und der Heilung zu.

## *Ganzwerdung und Heilung*

Der fortwährende Selbstregulierungsprozeß unserer Lebensenergien durch das zentrale Steuerungsorgan der Seele, das Selbst, kann durch unsere Falschprogrammierungen im Ich in verschiedenster Weise behindert werden. Ein erster Ansatzpunkt in der therapeutischen Arbeit sowie in der Selbsthilfe sind daher die Stärkung der gesunden und funktionsfähigen Ich-Anteile. Wenn also jemand in seinem Arbeits- und Leistungsbereich relativ gut funktioniert, hier viel Selbstbestätigung erfährt und sein derzeitiges Selbstwertgefühl überwiegend daraus bezieht, dann wäre es falsch, dieses abzuwerten. Klagt jemand dagegen über Kraftlosigkeit im persönlichen Lebensbereich, über Antriebsschwäche oder Lustlosigkeit in der Liebe, dann wäre gemeinsam zu erarbeiten, wie eine Umschichtung und Neuverteilung der Lebensenergien nach den individuellen Möglichkeiten des jeweiligen Menschen erfolgen können.

Es versteht sich von selbst, daß dies sehr abgewogene kleine Schritte erfordert. Dabei kann der Therapeut oder die Lebensberaterin eine Zeitlang bestimmte Ich-Anteile des Patienten vertreten und mit ihm zusammen Probehandlungen phantasieren und ihn zu neuen Handlungsschritten ermutigen. Da ich selbst auf die therapeutische Traumarbeit spezialisiert bin, bitte ich die Teilnehmer(innen) an meinen Seminaren oder die Patienten(innen) in der Therapie, besonders auf die Träume zu achten und sie aufgeschrieben zum nächsten Gespräch mitzubringen. Neben der diagnostischen Betrachtung der Träume für das Erkennen und die Bewußtmachung der Blockaden bearbeiten wir mit liebevoller Aufmerksamkeit die oftmals kleinen Andeutungen von neuen Lebensbildern in den Träumen, in den Einfällen und Imaginationen.

Diese Bilder und Symbole sind hilfreiche Energietransformationen, um die verschütteten Lebensquellen im Unbewußten wieder zum Fließen zu bringen. In dem Modell habe ich diese Öffnungen mit den Punkten auf der Grenzlinie zwischen Yang und Yin gekennzeichnet. Bei einem Menschen, der sich infolge seiner Ängste und Blockaden sehr stark von den Energiequellen im Unbewußten und von seinen Reserven abgeschnitten hat, sind diese Übergänge nahezu gesperrt. Wer dagegen in seinem Unbewußten in einer lebendigen und ganzheitlichen Beziehung zu den geheimnisvollen Energiefeldern steht, bei dem gibt es ganz viele Grenzüberschreitungen zwischen dem Ich und dem Selbst, zwischen bewußten Aktivitäten und den zufließenden Antriebskräften in Geburah.

Bei einem relativ gesunden Menschen würden die Lebensenergien, die vom Ich gesteuert und verantwortet werden, nach den individuellen

Lebensrhythmen fließen wie Ebbe und Flut, und dabei von den lebensfördernden Kräften aus dem Unbewußten beeinflußt werden. Dabei ist nicht davon auszugehen, daß aus der Seele und den unbewußten Tiefen nur fortwährend Heilkräfte fließen. Grenzwächter des Ich und die Selbstregulierungskräfte sorgen dafür, daß überwiegend die lebensfördernden Kräfte integriert werden und man sich mit den negativen Einflüssen kritisch auseinandersetzt. Man kann sich diesen Überfluß vom Unbewußten ins Bewußte wie den wunderbaren osmotischen Austausch zwischen Mutter und Embryo in der Gebärmutter vorstellen.

Das Fließen der Lebensenergien zwischen Ich und Selbst wird weitgehend durch Nezach beeinflußt, also durch einen sehr vielschichtigen Lebensprozeß und die Biorhythmen, die das Individuum wiederum als ein Teilchen in einem kosmischen großen Ganzen erscheinen lassen. Da Nezach auch von der Liebesgöttin Venus/Aphrodite beherrscht wird, macht dies den kaum zu überschätzenden Einfluß der Liebe, Erotik und Sexualität auf das persönliche Wohlergehen und die seelische Gesundheit deutlich.

Eine sehr wichtige tiefenpsychologische Erkenntnis gewinnen wir, wenn wir bei dem Modell sehen, daß wir unserem Selbst nicht dann am nächsten sind, wenn das Ich im Umfeld seiner größtmöglichen Entfaltungsmöglichkeiten steht, sondern beim Rückfluten unserer Seelenkräfte in die Abschnitte B und C. Aus dieser räumlichen Nähe ist zu folgern, daß ein Mensch gerade dann die kaum geglaubte Chance zur Wandlung und Lebenserneuerung hat, wenn er von Krisen geschüttelt wird und sich in Zeiten der Niedergeschlagenheit nach Erneuerung und Heilung sehnt.

Die schwer beantwortbare Frage ist jetzt, wie der Quantensprung der Seele stattfindet, wie das Selbst mit seinen unergründlichen Heilkräften diese dem bewußten Erleben zuführt. Mir scheint es so, daß in den neurotischen Notzeiten der Leidende und sein therapeutischer Begleiter unermüdlich und stetig an den Grenzübergängen warten, bis wieder einige Quäntchen Heilkräfte aus dem Selbst ins Bewußtsein überspringen. In diesem noch wenig erforschten Grenzgebiet sollte der Therapeut durch seine Qualifikation eine besondere Anziehungskraft haben für die Heilquäntchen. Der Patient ist durch seine neurotischen Verstrickungen überwiegend mit sich selbst beschäftigt und muß wenigstens die nötigsten Lebensfunktionen aufrecht erhalten. In meiner Vorstellung sind Patient und Therapeut »Grenzgänger«, wobei der Therapeut mit einem Bein jenseits der Grenze geht, während der Patient

wegen seiner Ich-Schwäche eine Zeitlang ganz im Ich-Bereich wandert, bis auch er wieder den positiven Einflüssen seiner Seele, insbesondere in Geburah, vertrauen lernt.
Ich möchte die unterschiedlichen Empfangsmöglichkeiten von Patient und Therapeut noch anhand des Bildes eines Netzes und eines Fischers verdeutlichen. So wie ein Fischer gelernt hat, das Netz zum Fang auszuwerfen, so »fischt« der Therapeut im Grenzbereich zwischen Ich und Selbst während der therapeutischen Arbeit. Er ist auf Empfang der Signale und heilenden Symbole aus dem Selbst und dem gemeinsamen Unbewußten sowie dem kollektiven Unbewußten eingestellt. Je weniger der Therapeut durch persönliche Neurotizismen am Empfang der Heilquanten aus der transpersonalen Wirklichkeit gehindert ist und je besser er zu einem Vermittler wird, um so besser kann er suchenden und leidenden Menschen helfen. Alle großen und erfahrenen Therapeuten, Heiler und begnadeten Seelsorger, die wirklich für die Seele Sorge tragen, sind solche Grenzgänger im »Zwischen«. Dieses Zwischen bedeutet nicht, daß solch ein Mensch fortwährend unentschieden zwischen zwei Polen hin- und herschwankt oder ziellos von einer Erfahrung zur anderen getrieben wird, sondern eine Offenheit, die von allen Seiten die Impulse und Erfahrungen aufnimmt, sie zur Ganzwerdung integriert und auch andere Menschen auf diesen Wegen begleitet.

## *Imaginationen und Affirmationen*

Von den vorliegenden Testfragen werden einige oder mindestens eine ein besonderes Gefühlsecho in Ihnen ausgelöst haben. Diese Nachwirkung könnte Sie dazu aufrufen, dieser Frage in der folgenden Imagination näher nachzugehen. Wenn Sie also Ihre meditative Haltung eingenommen haben, dann richten Sie jetzt nochmals Ihre Aufmerksamkeit auf diese eine Frage und gehen mit vollem Bewußtsein in diesen für Sie wichtigen Gefühlsbereich hinein. Versuchen Sie, möglichst unkontrolliert alle Gefühle und Stimmungen in Ihnen wach werden zu lassen. Wenn es Ihnen nicht zu unangenehm ist, verstärken Sie einfach noch diese Gefühlsregungen, um sich danach mit diesem Energiefeld in sich auseinanderzusetzen.
Wenn es Ihnen möglich ist, nehmen Sie auch Ihre Körperwahrnehmungen zur Deutung zu Hilfe, und beobachten Sie, in welchem Körperbe-

reich oder in welchem Organ sich das erweckte Gefühl gerade jetzt bemerkbar macht und lebendig wird. Nachdem Sie sich etwa zehn Minuten von Ihren Gefühlen haben treiben lassen, sollte eine Reflexionsphase einsetzen, in der Sie sich über die aufgewirbelten Gefühle Klarheit verschaffen. Vermutlich hängen die Probleme mit einem bisher wenig beachteten Lebensproblem zusammen, über das Sie sich jetzt mehr Gedanken machen sollten.
Als nächstes möchte ich Ihnen zu dem Erlebnisfeld von Geburah jetzt keine weitere Übung im Sitzen empfehlen, sondern eine in der Bewegung. Inzwischen wissen Sie, daß hier alle Ausdrucksformen von Lebendigkeit und Vitalität ihren Sitz im Leben haben. Wenn Sie sich also gerne bewegen, dann stehen Sie jetzt auf und bewegen sich nach Ihrer Lieblingsmusik und tanzen Sie. Wenn Sie gerne spazierengehen oder joggen, dann tun Sie es heute aus dem ganz besonderen Bewußtsein heraus, von Geburah dazu motiviert worden zu sein. Wenn sonst nichts mehr geht im Leben, dann empfehle ich meinen Klienten oder Patienten gelegentlich, daß sie sich bewegen oder spazierengehen.
Nach Ihrer Bewegungsphase oder zu einem späteren Zeitpunkt oder sogar vor dem Einschlafen können Sie sich folgende Affirmationen und Leitsätze viermal in einer für Sie angenehmen Lautstärke sagen:

- ✶ Ich bin ein Mensch voller Lebensfreude.
- ✶ Ich habe wieder Lebensmut.
- ✶ Ich stecke voller Tatendrang.
- ✶ Ich nehme meine Gefühle dankbar an.
- ✶ Ich erlebe Kraft durch Freude.
- ✶ Die kosmischen Kräfte fließen in mich über.
- ✶ Für meine Aufgaben bekomme ich die nötige Kraft.
- ✶ Ich habe Kraft, Macht und Mut.

### *Empfehlungen für Therapeuten*

Aus der vorliegenden Checkliste und den Ausführungen werden Sie erkannt haben, daß in Geburah die Psychodynamik ihr eigentliches und stärkstes Kraftzentrum hat. Alle starken Gefühle der Lebendigkeit, der Aktivität und Aggression wie die zerstörerischen Kräfte haben hier ihren Sitz. Auch die Liebesgefühle und der Lebensmut sind hier zuhause. In der Übertragungs-Beziehung zwischen Ihnen und Ihren Klienten erleben Sie vermutlich gerade im Wirkungsfeld von Geburah die stärksten negativen und/oder positiven Gefühlsreaktionen. Wenn ein Patient oder eine Klientin aggressiv oder gereizt auf Sie reagiert, dann wissen Sie, daß jetzt eine starke Lebensenergie ins Bewußtsein drängt und bearbeitet sein will. Auch Wutausbrüche und Gefühle von tiefer Traurigkeit gehören in dieses Erlebnisfeld.

Besonders behutsam sollten Sie mit den auf Sie übertragenen Liebesgefühlen und Liebesgeständnissen umgehen. Auch wenn Sie sich an die sogenannte Abstinenzregel halten und von der Ausbildung her wissen, daß eigentlich Sie persönlich gar nicht mit diesen Gefühlsmitteilungen gemeint sind, so ist mir aus der Supervision und aus der Fachliteratur bekannt, daß manche Therapeuten auf diese Verführungsversuche hereinfallen. Dadurch wird nicht nur der therapeutische Prozeß gestört, sondern oftmals auch die seelische Entwicklung und die Heilung des (der) Patienten(in) beeinträchtigt oder grundlegend gestört.

Wenn Sie in Ihrer Diagnostik und in Ihrer therapeutischen Begleitung der Klienten auch mit den vier Persönlichkeitstypen nach Fritz Riemann arbeiten, dann ergeben sich daraus in Geburah folgende Hinweise. Die überwiegend hysterisch strukturierten Klienten sollten im Erlebnisfeld von Geburah lernen, ihre frei flottierenden Ängste und ihre chaotischen Gefühle zu strukturieren. Die Menschen mit seelischen Zwängen, die ihre Gefühle zu stark abblocken und isolieren, sollten zur Lockerung ihrer Widerstände in kleinsten Schritten ermutigt werden, um einen stärkeren Zugang zu ihrer Gefühlswelt zu erhalten. Die depressiven Persönlichkeiten sollten zu aggressiven Auseinandersetzungen angeleitet und ermutigt werden. Besonders bedacht und behutsam sollten wir schizoide Menschen in Geburah begleiten, damit es zu keinem Gefühlsdurchbruch oder zu einer Dekompensation kommt.

Wenn Sie mit der Farbtherapie vertraut sind, dann können Sie die roten Farbschwingungen zur Behandlung von Depressionen und Energiemangelzuständen einsetzen, auch für eine mangelhaft durchblutete Haut sind die roten Farbschwingungen heilend sowie für Durchblutungsstörungen und Schwächezustände während des Klimakteriums.

# 7. Chesed

Verzauberung und Zärtlichkeit – mit diesen beiden Stichworten möchte ich die Symbole in den Händen von Chesed deuten. Der Zauberstab, der hier als Kraftsymbol für Verzauberung und Verklärung steht, weist in das angrenzende Bildfeld mit dem Motiv der Verklärung Christi auf dem Berge Tabor. Die fürsorgliche Zärtlichkeit in Gestalt des Lammes unter dem rechten Arm steht mit dem Bildfeld zur Rechten in Beziehung, mit der Geburt des göttlichen Kindes zu Weihnachten, sowie mit Maria, Josef und den Hirten.
Weitere Symbole für die Zärtlichkeit und die Gefühle sind die Blumen im Haar von Chesed und der Blumenstrauß zu ihren Füßen. Die Perlenketten daneben repräsentieren den Glanz und die Schönheit dieser liebenden und zärtlichen Anima. Ferner verweist die Perlenkette als Symbol der Kommunikation auf den »dialogischen Eros« (Martin Buber) in den zwischenmenschlichen Beziehungen. Den verklärten Animus können wir in der Gestalt des verklärten Christus sehen.

## *Annäherung*

Bei den Stichworten werden Sie vermutlich die liebevolle Beziehung und die liebevolle Aufmerksamkeit besonders angesprochen haben. Die Sehnsucht nach Zärtlichkeit ist letztlich in uns allen ein verborgener Wunsch. Die erotischen Gefühle und besonders die erotischen Träume führen zu einer ganz besonderen Gefühlstiefe, die bei vielen Menschen überlagert oder sogar verschüttet ist und gerade durch erlebte Erotik wieder zum Fließen gebracht werden kann. Menschen, die unter Angstgefühlen oder Alpträumen leiden, sollten sich bereits hier schon einmal fragen, ob dies nicht die negative Ausdrucksform sein

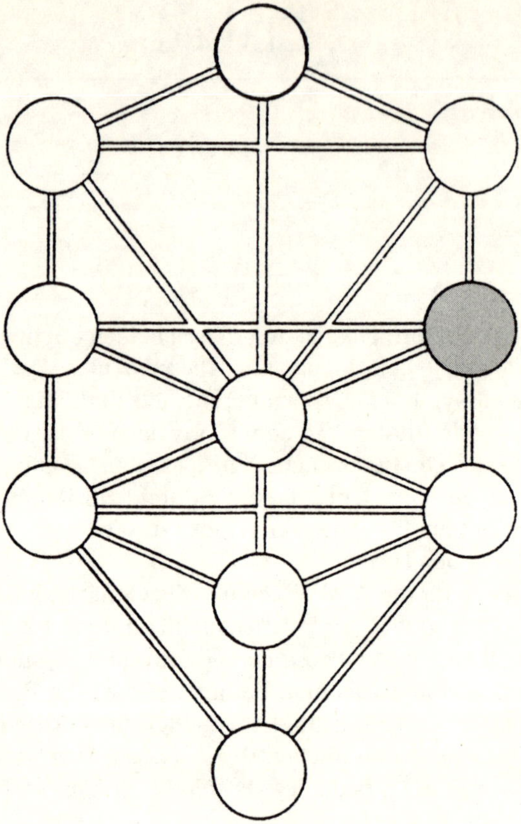

**Chesed**

| positiv | negativ |
|---|---|
| liebevolle Aufmerksamkeit | Desinteresse |
| liebevolle Beziehungen | Gleichgültigkeit |
| reine Liebe | zerstörerische Lust |
| Zärtlichkeit, romantisches Lebensgefühl | Grobheiten, Grausamkeit |
| erotische Gefühle | Angstgefühle |
| erotische Träume | Alpträume |
| Gefühlstiefe | Sentimentalität |
| Gleichklang der Gefühle mit dem geliebten DU | Schamgefühle, Mißverständnisse |
| Freundschaft | Feindschaft |

könnte für verdrängte Gefühle, insbesondere für die verdrängte Erotik und Zärtlichkeit, die schon lange auf Erlösung warten. Während viele Formen von Gefühlshemmungen und insbesondere auch das Schamgefühl Menschen am Glück hindern, können die Zärtlichkeit und die Erotik als Gleichklang der Gefühle mit einem geliebten Du einen Menschen beglücken und bereichern.
Bei den späteren Imaginationen und Affirmationen werden Sie Anleitungen zur Selbsthilfe finden und in den Leitsätzen sich hilfreiche Botschaften sagen können, um einen Zugang zu Ihrer Zärtlichkeit zu finden. Doch zuvor können Sie sich wiederum durch die folgenden Fragen in die große Bedeutungsvielfalt von Chesed vertiefen.

## *Checkliste*

Wenn Sie wissen wollen, ob Sie derzeit im Wirkungsfeld von Chesed stehen und mit welcher Intensität Sie diesen Schwingungen und Wirkungskräften ausgesetzt sind, dann beantworten Sie spontan die folgenden Fragen. Durch die Beantwortung finden Sie heraus, was dieses Wirkungsfeld für Sie persönlich bedeuten könnte. Wenn Sie zu Fragen spontan keine Meinung haben, lassen Sie diese aus.

| | | |
|---|---|---|
| 1. Sehnen Sie sich manchmal nach Zärtlichkeit? | ☐ ja | ☐ nein |
| 2. Halten Sie sich für einen romantischen Typ? | ☐ ja | ☐ nein |
| 3. Haben Sie in einer schönen Vollmondnacht manchmal romantische Gefühle? | ☐ ja | ☐ nein |
| 4. Leiden Sie manchmal unter der Lieblosigkeit der Menschen? | ☐ ja | ☐ nein |
| 5. Mögen Sie gerne gestreichelt werden? | ☐ ja | ☐ nein |
| 6. Schauen Sie gerne in den blauen Himmel? | ☐ ja | ☐ nein |
| 7. Bevorzugen Sie in Ihrer Kleidung blaue Farbtöne? | ☐ ja | ☐ nein |
| 8. Haben Sie gelegentlich Beschwerden im linken Arm oder im linken Schulterbereich? | ☐ ja | ☐ nein |
| 9. Hat man Ihnen schon einmal gesagt, daß Sie sich etwas linkisch benehmen? | ☐ ja | ☐ nein |

10. Sind Sie voller Optimismus und Zukunftshoffnung? ☐ ja ☐ nein

11. Sind Sie von dem Wunsch nach seelischem und spirituellem Wachstum beseelt? ☐ ja ☐ nein

12. Haben Sie manchmal erotische Träume? ☐ ja ☐ nein

13. Denken Sie sich manchmal in der Phantasie eine Liebesgeschichte aus? ☐ ja ☐ nein

14. Haben Sie schon einmal etwas von einer sogenannten »larvierten Depression« gehört? ☐ ja ☐ nein

15. Kennen Sie gelegentlich eine unterschwellige Traurigkeit? ☐ ja ☐ nein

16. Haben Sie schon einmal Probleme mit der Lunge gehabt? ☐ ja ☐ nein

17. Machen Sie sich manchmal zuviel Sorgen? ☐ ja ☐ nein

18. Faszinieren Sie Menschen mit einer erotischen Ausstrahlung? ☐ ja ☐ nein

19. Möchten Sie über den sogenannten therapeutischen Eros (nach Plato) mehr wissen? ☐ ja ☐ nein

20. Sind Sie an einer Synthese von Gefühlen und Geist interessiert? ☐ ja ☐ nein

21. Können Sie sich unter dem Seelenbild der Anima etwas vorstellen? ☐ ja ☐ nein

22. Lesen Sie gerne Geschichten, in denen ein Mensch oder eine Sache verklärt wird? ☐ ja ☐ nein

23. Sagt Ihnen die Symbolgestalt des Jupiter irgend etwas? ☐ ja ☐ nein

24. Glauben Sie auch, daß jede gelungene Therapie und Heilung ein Akt der Gnade ist? ☐ ja ☐ nein

25. Spricht Sie das Schlagwort des »Dialogischen Eros« von Martin Buber an? ☐ ja ☐ nein

26. Glauben Sie auch wie Exupéry: Man sieht nur mit dem Herzen gut? ☐ ja ☐ nein

27. Können Sie sich in der Phantasie vorstellen, daß in Chesed eine wunderschöne Frau oder eine Göttin residiert? ☐ ja ☐ nein

28. Nehmen Sie an, daß die meisten Inspirationen aus Chesed hervorgehen? ☐ ja ☐ nein

29. Können Sie in besonderen Lebenssituationen von ganzem Herzen dankbar sein? ☐ ja ☐ nein

30. Kennen Sie den Gleichklang der Gefühle mit einem geliebten Menschen? ☐ ja ☐ nein

Wenn Sie etwa die Hälfte der Fragen positiv oder negativ beantwortet haben, dann sind Sie derzeit in einer kräftigen Beziehung zu diesem Wirkungsfeld. Die weiteren Ausführungen zu diesem Kapitel vertiefen Ihre Einsichten und Erkenntnisse zu diesem Erlebnisfeld. Wenn Sie durch die Fragen auf verschiedene Probleme Ihres Lebens aufmerksam wurden, dann könnten Ihnen die späteren Affirmationen und Übungen hilfreich sein. Weitere Anregungen und Verstehenshilfen erhalten Sie durch die Schlüsselworte im Anhang.
Bei einer höheren Punktzahl verstärkt sich die Intensität und Ihre derzeitige Beziehung zu diesem Erlebnisfeld. Haben Sie dagegen nur etwa ein Drittel der Fragen angesprochen, dann sollten Sie sich einem anderen Erlebnisfeld im Lebensbaum zuwenden und die dortigen Fragen beantworten.

## *Liebevolle Lebendigkeit und Herzlichkeit*

Chesed ist das mittlere Erlebnisfeld in der Säule der Barmherzigkeit. Da der Name Chesed aus dem Hebräischen mit Barmherzigkeit übersetzt wird, hat diese Sephira der ganzen Säule den Namen gegeben. Der jüdische Gelehrte Scholem übersetzt in seinem Modell des Sephiroth-Baumes Chesed mit: Gnade und Liebe. Es ist jene reine und höhere Form der Liebe, die wir auch mit schenkender Liebe und göttlicher Liebe umschreiben können. Es geht in diesem Erlebnisfeld um jene liebevolle Lebendigkeit und Herzlichkeit, die aus dem Herzen kommt und als warme Ausstrahlung eines Menschen zu spüren ist. Überall dort, wo Menschen sich in liebevoller Aufmerksamkeit begegnen und ihre Beziehungen liebevoll gestalten, da sind die Wirkungskräfte von Chesed im Spiel.
Die Beziehung zwischen Geburah und Chesed können wir auch als die Gefühlsebene im Lebensbaum bezeichnen. Während in Geburah alle

starken Gefühle zur Auswirkung kommen, ist Chesed der Erlebnisbereich für die zärtlichen Gefühle. Die vielfältigen Ausdrucksformen der Zärtlichkeit und das romantische Lebensgefühl hat hier seinen Ort. Eng verknüpft mit der Zärtlichkeit sind die erotischen Gefühle. In ihnen erleben wir einen ganz besonderen Gleichklang der Gefühle mit einem geliebten Menschen. Zu den negativen Gefühlen in Chesed gehören die Sentimentalität, die Schamgefühle, Angstgefühle und die zerstörerische Lust.

Die Chesed-Typen lieben beim Wetter besonders das Azorenhoch mit einem stahlblauen Himmel. Sie erleben ein besonderes Hochgefühl, wenn sie eine Kathedrale besichtigen oder zur Meditation in einem Kloster oder Ashram weilen. Auch im Sanatorium, in der Wüste oder an einem stillen Ort im Wald können sie sich gut sammeln und auf sich selbst besinnen. Von den Blumen lieben sie besonders die Pfingstrosen, Gladiolen und die Lotusblüte. Als Lieblingsbaum haben viele eine Kastanie. Zu ihren Lieblingstieren gehören Eule, Schwäne, Schweine und Elefanten. Wenn Menschen von diesen Tieren träumen, so ist es häufig auch ein Hinweis darauf, daß sich ihre Seele derzeit im Erlebnisfeld von Chesed befindet. Viele mir bekannte Chesed-Typen haben eine idealistische Lebensauffassung und philosophieren gern. Sie sind tolerant und liebevoll, arbeitsam und in der Regel konsequent.

Bei den bisher genannten Wesensmerkmalen ist es nicht verwunderlich, daß sich von den Berufen häufig Seelsorger, Priester, Missionare, Fürsorgerinnen und Psychotherapeuten(innen) in der Berufsgruppe der Chesed-Typen finden. Auch Apotheker, Fischer und viele Reisende haben oftmals eine unbewußte Beziehung zu diesem Erlebnisfeld.

Chesed-Typen sind besonders begeisterungsfähig, haben Weitblick und eine gute Organisationsgabe. Sie verfügen über viel Humor und sind meistens zufrieden. Viele von ihnen haben ein starkes Sendungsbewußtsein und dehnen sich im beruflichen wie im privaten Lebensbereich gern aus.

Chesed-Typen lieben das gemeinsame Leben und brauchen immer wieder Gemeinschaftserlebnisse für ihr Wohlbefinden. Im Gespräch und in einer Gemeinschaft können sie besonders gut ihre Gedanken und Ideen ausbreiten. Liebevolle Beziehungen in der Partnerschaft, in der Familie sind für sie besonders wichtig. Sie beschäftigen sich gern mit weltanschaulichen Fragen und der Religion sowie mit der Weisheit der Völker. Viele von ihnen haben eine unmittelbare Beziehung zur Weisheit im Lebensbaum.

## *Zärtlichkeit und erotische Ausstrahlung*

In den Träumen vieler Menschen offenbart sich Chesed als das stärkste Energiefeld mit erotischen Ausstrahlungen und den Gefühlen von Zärtlichkeit. Besonders Menschen, die in ihrem bewußten Tageserleben darunter leiden, daß sie so wenig Zärtlichkeit austauschen oder aufgrund ihrer neurotischen Hemmungen zu wenig herzlich sein können, sind meistens sehr erstaunt und zugleich erfreut darüber, welche Resonanz die Traumbilder von Chesed in ihnen haben. Nach meinen therapeutischen Erfahrungen reaktivieren Traumbilder mit erotischen Ausstrahlungen und Gefühlen von Zärtlichkeit die verschütteten Lebens- und Reaktionsmuster, die jedem Menschen in der Seele eingeprägt sind. Diese begründete Annahme, daß Träume blockierte Erlebnismöglichkeiten beleben, indem tiefer sitzende Lebensmuster freigelegt werden, kann von allen Therapeuten(innen), die mit Träumen arbeiten, vor allem von betroffenen Träumern selbst erfahren und bestätigt werden.
Träume von Zärtlichkeit rufen diese in Erinnerung und bereiten durch die gefühlsmäßige Anrührung die verlernten Erfahrungen oder die noch niemals erprobten Erlebnismöglichkeiten vor. Alles, was wir in den Träumen können und erleben, lernen wir im bewußten Leben leichter. Nach meinen Beobachtungen kommen erotische Motive in Träumen mit Gefühlen von Zärtlichkeit recht häufig vor. Als besonders erstaunlich wird diese Erfahrung von Männern aufgenommen, weil viele von ihnen sich noch immer mit kollektiven Leistungs-Klischees identifizieren, wie z.B. »ein Mann zeigt keine Gefühle oder Liebesgefühle« und »Zärtlichkeit ist Frauensache«. Während viele Frauen durch die Emanzipationsbewegung ihre Gefühle wahrnehmen und in die Lebensgestaltung einfügen, werden sie von vielen rational und leistungsorientierten Männern noch immer verdrängt. Zu den vielfältigen Verdrängungsprozessen bei Männern gehört als beklagenswerter Spezialfall die Verdrängung des Eros.
Unter Eros bzw. erotischen Liebesgefühlen verstehe ich hier alle jene sinnlichen Empfindungen, die über die Sexualität hinausgehen. Eros ist es, der verliebte Menschen durch brennende Liebe zueinander hinführt. Eros knüpft die Beziehungen und Bande zwischen den Menschen. Die erotischen Liebesgefühle geben den Beziehungen zwischen Menschen eine bestimmte Färbung. Zwischen den Liebenden bringt Eros häufig ein zartes Rosa oder ein feuriges Rot zum Strahlen. Eros berührt nicht nur das Herz, sondern weckt auch den Schmerz. Das will sagen, je

empfänglicher und sensibler wir für die Liebesgefühle werden, umso verletzbarer werden wir auch in unserem Gefühlsbereich.

Eros und die Liebe machen uns lebendig. In diesem Sinne ist Eros auch ein wichtiger Impulsgeber, eine inspirierende Kraft. Dies wird uns sofort verständlich, wenn wir verliebte Menschen sehen oder an die vergangenen »Hoch«-Zeiten unserer eigenen Liebe denken, wie lebendig wir uns damals gefühlt haben, wie beschwingt wir gegangen sind und wie das Leben so leicht war. Viele erinnern sich auch nahezu an Schwebezustände, als ob unsere Seele auf einer Wolke schwebe.

Nach meinen Beobachtungen und Forschungen ist im Liebesleben der Männer neben Nezach das Erlebnisfeld von Chesed der am wenigsten entwickelte Erfahrungsbereich. In tiefenpsychologischer Sicht können wir auch sagen, daß viele Männer ihre erotische und liebende Anima viel zu wenig kennen und für ein glückliches Liebesleben zu nutzen wissen. Viele Männer kompensieren ihre verborgene Sehnsucht nach Zärtlichkeit und Liebe durch Macht und Leistungsstreben und suchen im Ausleben einer bloß funktionalen Sexualität ihr Glück. Unwissend und unbewußt sind diese Männer in das weit verbreitete negative Wirkungsfeld von Geburah geraten. Hier wird der verdrängte Eros kompensiert und ausagiert in den verschiedensten Spielarten von Macht und Stärke. Diese werden umso krampfhafter gesteigert, je mehr man einen sexuellen Potenzverlust befürchtet oder eine schleichende Ohnmacht der vermeintlichen Stärke ahnt.

Was ist diesen Männern zu raten? Nach dem therapeutischen Modell des Lebensbaumes sollten alle, die sich in ihrem Liebesleben zu einseitig mit den Erlebnis- und Wirkungsmustern in Geburah identifizieren, eine Aktivierung ihrer Herzlichkeit und Zärtlichkeit in Chesed empfohlen werden. Doch derartige gutgemeinte Ratschläge werden meistens erst dann befolgt, wenn Versagensängste dazu zwingen oder das neurotische Fehlverhalten bewußt wird. Ohne Leidensdruck macht sich kaum ein Mensch auf den Weg der Wandlung seiner Lebenseinstellung. Es kann auch sein, daß ein beeindruckender Liebestraum dazu motiviert, sich um mehr Zärtlichkeit zu bemühen, wie dies bei einem 45jährigen Analysanden von mir der Fall war. Dieser Mann träumte folgendes:

Ich küsse meine Freundin ganz zärtlich hinter das linke Ohr und dann ins Ohr. Meiner Freundin scheint das sehr zu gefallen, sie bewegt ihren Kopf nach hinten, als wollte sie mir damit signalisieren: küsse auch meinen Hals. Ich tat dies und leckte mit der Zunge immer lustvoller ihren mir hingestreckten Hals. Es war ganz erotisch für mich und wurde immer lustvoller. Die Lustgefühle klangen nach dem Erwachen noch lange in mir nach.

Dieser Traum erweckte in meinem Analysanden die Sehnsucht, die erprobte Traumhandlung bei seiner Freundin zu probieren und nachzuahmen. Ich ermutigte den in Liebesdingen etwas gehemmten Mann dazu, es bei passender Gelegenheit auszuprobieren. Mit etwas verlegenem Charme erzählte er mir eine Woche später, daß es wunderbar klappte und er mit seiner Freundin neue beglückende Liebeserfahrungen gemacht habe.

Wir können Gefühle von Zärtlichkeit nicht nur in erotischen Empfindungen erleben, sondern darüber hinaus in vielen anderen Lebensbereichen ein zärtliches Mitgefühl entwickeln. Während ich die verschiedenen Aspekte von Chesed reflektiere, sehe ich als Beispiel zu dem zärtlichen Mitgefühl mit Tieren oder Pflanzen von meinem Arbeitszimmer aus, wie ein Amsel-Paar ihr Junges füttert. In der Grotte vor meinem Zimmer scheint sich das noch unbeholfen fliegende und hüpfende Junge besonders wohlzufühlen. Ängstlich umherblickend hüpft es auf meinen Schaukelstuhl, von einer Lehne auf die andere, und von dort auf einen der aufgestellten Gedenksteine, die den Rand meiner Grotte säumen. Die verschiedenen Steine habe ich von meinen Reisen oder Seminaren heimgebracht und zur Erinnerung an für mich wichtige Erfahrungen aufgestellt. In diesem Augenblick fliegt Vater Amsel mit einer reifen Kirsche im Schnabel heran. Etwas genüßlich scheint er abzuwarten, wie das Junge immer wieder den Schnabel aufreißt und in der Tiersprache damit signalisiert: haben, haben, ich bin hungrig! Es geht eine Weile und dann verschwindet die mitgebrachte Kirsche im weit geöffneten Schlund. Weil der Stein der Kirsche natürlich mitgefüttert wurde, mußte das Junge noch einige Male würgen und schnäbeln, damit alles in die Reihe kam. Nach diesem Akt hüpfte das Junge auf den Rasen und schien sich in dem halbhohen Gras sicher zu fühlen. Nach wenigen Minuten flog Mutter Amsel herbei und begann eifrig nach Regenwürmern zu suchen, als schiene sie durch den Ortswechsel des Jungen verstanden zu haben, jetzt hat es Appetit auf ein paar Fleischhappen. Es dauerte auch nicht lange, bis einige Regenwürmer glatter als die Kirsche im Schlund verschwanden.

Für mich wurde diese Viertelstunde an einem regnerischen Sonntag im Juli zu einem anrührenden Erlebnis, das mir eine Lebensqualität von

Chesed vor Augen führte. Ich vergesse dabei nicht, daß der Anmut und dem zärtlichen Mitgefühl in Chesed auch Geburah gegenübersteht und uns in seinen negativen Ausdrucksformen die zerstörerischen Kräfte und Mächte vor Augen hält. Während ich mir dies in Erinnerung rief, ereignete sich bereits Geburah vor meinen Augen im Grase des Gartens. Zufällig war in diesen Augenblicken der Fütterung mit saftigen Regenwürmern Nachbars Katze Milkor auf ihrem Streifzug durch unseren Garten. Sogleich schlich sie sich an und ehe ich aufsprang und hilfreich eingreifen konnte, war die Katze bereits gesprungen und die Federn flogen. Durch das instinktive Verhalten der Katze wurde ich augenblicklich mit den bedrohlichen und zerstörerischen Kräften in Geburah konfrontiert. Trotzdem blieb mir das zärtliche Mitgefühl in Erinnerung, als noch vor wenigen Minuten Mutter und Vater Amsel sich so rührend um ihr Junges mühten.

Die zärtlichen Kräfte in Chesed sind nicht nur in uns Menschen vorhanden, sondern genau so auch in der Beziehung zwischen den Tieren und gelegentlich in deren Mitgefühl für uns Menschen. Viele Menschen, die eine Beziehung zu Tieren pflegen, werden jetzt eigene Beispiele und Erfahrungen vor Augen haben, durch die sie in der Anschmiegung eines Hundes, einer Katze oder eines Pferdes etwas von dem Zartheitsgefühl von Chesed erlebten.

Während ich dies schreibe, erinnere ich mich an eine beeindruckende Erfahrung einer Seminarteilnehmerin mit ihrem Pferd. An einem schönen Sommertag nahm Helga ein Sonnenbad auf der Wiese, wo ihre zwei Pferde weideten. Während sie so in Gedanken mit dem Reiten und ihren innigen Beziehungen zu ihren Pferden beschäftigt war, kam unerwartet ihr Hengst herangetrabt und legte sich neben sie ins Gras. Immer dichter rangelte er sich heran und legte schließlich seinen Kopf in Helgas Schoß. Dies wurden für die Pferdeliebhaberin Minuten der Glückseligkeit und Zärtlichkeit. Etwas schüchtern, hinter vorgehaltener Hand, fügte Helga noch hinzu, daß für sie die Erlebnisqualität des Zärtlichen intensiver war als in ähnlichen Liebesbeweisen ihres Partners.

Jeder von uns könnte eigene Erfahrungen ergänzen, durch die wir mit Menschen, Tieren oder Pflanzen die Zärtlichkeiten in Chesed vernehmen und vermehren können. Auch in den ästhetischen Erfahrungen der Kunst und den mystischen Erlebnissen der Spiritualität können wir die Ausstrahlungen und Schwingungen von Chesed erfahren und in unserer Sensibilität wachsen. Wenn wir uns um mehr ganzheitliches Erleben mit mehr Behutsamkeit, Mitgefühl und Zärtlichkeit bemühen, schaffen wir damit Erfahrungsräume für das Wachstum von Chesed. Die seelischen Lebensqualitäten von Chesed, wie zum Beispiel Herzlichkeit, Zärtlichkeit, Mitgefühl und vertrauenserweckende Ausstrahlungen, sind in unserer seelenlosen Leistungsgesellschaft wenig zu finden. Weil die verschiedenen Erfahrungsbereiche des Lebensbaumes in jedem Menschen angelegt sind und häufig durch unsere Kultur und gesellschaftliche Zwänge nur unterdrückt werden, gibt es ein starkes Bedürfnis und eine tiefe Sehnsucht in vielen Menschen, daß die schlummernden Kräfte zur Ganzwerdung geweckt werden. Es ist eine archetypisch angelegte Möglichkeit für ein ganzheitliches Leben.

## *Der dialogische Eros*

Einen besonderen und erlebnisstarken Aspekt von Chesed möchte ich jetzt mit dem Begriff des »dialogischen Eros« von Martin Buber beschreiben. Es ist jene Kraft in den zwischenmenschlichen Beziehungen und Begegnungen, die uns zu einem tiefen Erkennen des geliebten Du verhilft und dabei zugleich die Seele beschwingt macht. Der dialogische Eros verhilft zu einer Zwiesprache der Herzen und trägt damit zu einer Intensivierung der seelischen Empfindungen zwischen Ich und Du bei. Lesen und bedenken wir diese kurz angedeuteten Aspekte des dialogischen Eros jetzt anhand des folgenden Zitats von Martin Buber (Das dialogische Prinzip, S. 181):

Die Getreuen des dialogischen, des flügelstarken Eros erkennen das geliebte Wesen. Sie erfahren dessen eigentümliches Leben in schlichter Gegenwart: nicht wie ein gesehenes und getastetes Ding, sondern von den Innervationen zu seinen Bewegungen her, von dem »Innen« zu seinem »Außen« her. Damit aber ist nichts anderes gemeint als die bipolare Erfahrung, ja mehr als ein Sichhinüberschwingen im Nu, – ein ruhendes Zugleich. Jenes Kopfneigen da drüben, du spürst, wie die Seele im Nacken es entbietet, spürst es nicht an deinem Nakken, sondern eben an dem da drüben, dem geliebten, und bist doch selber nicht etwa hinweggenommen, bist im verspürenden Selbersein hier, und empfängst das Kopfneigen, seine Entbietung, als die Antwort dem Wort deines eigenen Schweigens; Zwiesprache … erfährst du im ruhenden Zugleich. Die zwei Getreuen des dialogischen Eros, die einander lieben, bekommen jeder das gemeinsame Ereignis auch vom anderen aus, also von seinen beiden Seiten her, zu empfinden, und so erst, nun erst begreifen sie Ereignis körperhaft.

Durch einige Anmerkungen möchte ich das aussagekräftige Zitat ergänzen. Ich orientiere mich dabei an der Abfolge des Textes und beginne mit der Erkenntnis Bubers, die sich in meinen therapeutischen Erfahrungen immer wieder bestätigt, daß nämlich der dialogische Eros zum Erkennen des geliebten Wesens sehr wesentlich beiträgt. Das Erkennen ist hierbei nicht nur ein geistiger Akt, wie es der übliche Sprachgebrauch versteht, sondern es ist eine ganzheitliche Begegnung zwischen zwei Menschen, zwischen Ich und Du. Wenn es im biblischen Sprachgebrauch, an dem sich Buber orientiert, heißt: »Adam erkannte seine Frau Eva«, dann schließt dies auch körperliche Nähe und Sexualität ein. Der dialogische Eros verstrickt also nicht nur in das Zwiegespräch der Herzen, sondern verhilft zu einem existentiellen und ganzheitlichen Erleben.

Der geflügelte Eros wird oft in der Form dargestellt, daß er mit seinem Liebespfeil verwundet und gleichzeitig in das Wunder der Liebe initiiert. Die damit verbundenen Krisen und Konflikte sind für viele Menschen eine schmerzliche Stimulation zum persönlichen Wachstum, zur Selbsterkenntnis und darüber hinaus zur Spiritualität. Das tiefe Erleben der Liebe erweckt das Streben nach Individuation. Auch die Weltliteratur ist voll von dieser Thematik, beispielhaft sei Dantes Liebe zu Beatrice genannt.

Auf unserem Entwicklungsweg durch die verschiedenen Erlebnisfelder des Lebensbaumes ist die Erfahrung der Liebe und Erotik in Chesed eine wichtige Voraussetzung, um in Binah zur wahren Selbsterkenntnis zu gelangen. Selbsterkenntnis und Selbstverwirklichung ohne den verwundenden Liebespfeil im Fleisch und ohne das Wunder der Erotik wäre ein abstrakter und blutleerer geistiger Akt, der jeder verwandelnden Kraft entbehrte.

Wir wenden unsere Aufmerksamkeit nochmals auf das Zitat von Buber, daß nämlich der dialogische Eros die Seele beflügelt und die Verliebten beschwingt macht. Buber spricht von einer bipolaren Erfahrung, mit einem ruhenden Pol und einem Sichhinüberschwingen zum geliebten Du. Der dialogische Eros eröffnet eine tiefe Zuneigung zum geliebten Du durch die Zwiesprache der Herzen. Der dialogische Eros ist zugleich ein seelisches Erleben und eine körperliche Zuneigung, die in körperlichen Gebärden der Liebenden zum Ausdruck kommen, in Bubers Beschreibung durch das Bild des Kopfneigens ausgedrückt. Dieser dialogische Eros verdoppelt die Empfindungen zwischen dem Ich und dem Du, indem vom Ich und vom Du her zugleich die seelischen Schwingungen ausgehen, sich verdoppeln und damit das seelische Erleben verstärken.

Buber hebt schließlich an dem dialogischen Eros noch einen spirituellen Aspekt hervor, daß er uns nämlich die Schwingungen und Strahlungen der Ewigkeit zutrage (S. 183):

> Nur wer den anderen Menschen selber meint und sich ihm zutut, empfängt in ihm die Welt. Nur das Wesen, dessen Anderheit, von meinem Wesen angenommen, ganz existenzdicht mir gegenüberlebt, trägt mir die Strahlung der Ewigkeit zu. Nur wenn Zwei mit allem was sie sind zueinander sagen: »Du bist es!«, ist die Einwohnung des Seienden zwischen ihnen.

Der dialogische Eros eröffnet uns eine transzendente und spirituelle Dimension. Unser begrenztes Ich wächst also nicht nur am Du im persönlichen Erlebnisbereich, sondern wird darüber hinaus mit dem großen göttlichen Du, der »Einwohnung des Seienden« inne. Gottes Menschwerdung in seinem Sohn setzt sich fort in der Einwohnung und Wahrnehmung des dialogischen Eros zwischen zwei liebenden Menschen. Die biblische und religiöse Grundüberzeugung, daß Gott die Liebe sei, setzt sich fort in unserer Erfahrung zwischen zwei liebenden Menschen, daß da, wo diese Liebe waltet, auch Gott gegenwärtig ist. Auf diesem Hintergrund wird uns deutlich, wie sinnvoll es ist, daß der dialogische Eros im Lebensbaum seinen Ort hat zwischen Nezach und Chockmah. Der dialogische Eros empfängt einen Teil seiner Beschwingtheit aus dem Liebespotential von Nezach. Zugleich verbindet uns der dialogische Eros mit den Quellen der Weisheit in der eigenen Seele. Frau Weisheit öffnet insbesondere den Liebenden ihre Türen und Fenster für tiefere Einsichten und Erkenntnisse, und inspiriert uns, die persönliche innere Wahrheit zu finden. Wenn wir durch den dialogischen Eros angeregt sind und in den Tempel der Weisheit eintreten, bekommen wir hier eine Vision von der geistigen und spirituellen Welt in Kether, der Krone im Lebensbaum.

### *Imaginationen und Affirmationen*

Bei Chesed lenken wir unsere Aufmerksamkeit aus besonderem Grund auf die Atmung, weil diesem Wirkungsfeld die Lunge und die Atmung zugeordnet wird. Wenn wir unsere meditative Körperhaltung eingenommen haben, dann beobachten wir in entspannter Haltung das ruhige Ein- und Ausfließen unseres Atems. Genießen Sie einige Minuten lang in vollen Zügen Ihren Lebensatem. Sollten Sie an irgend einer

Stelle Ihres Körpers eine Verspannung spüren, dann können Sie jetzt bewußt und gezielt Ihren Atem dorthin lenken und dadurch eine Entspannung oder ein Wohlgefühl herbeiführen.
Das behutsame und feine Strömen des Atems könnte in Ihnen auch Gefühle von Zärtlichkeit auslösen. Vielleicht fällt Ihnen jetzt eine erotische Phantasie oder ein erotischer Traum ein, deren erotische Schwingungen Sie jetzt in sich wieder zum Klingen bringen könnten. Jetzt sollten Sie sich Zeit nehmen für Zärtlichkeit und Ihren zärtlichen Gefühlen mehr Raum im seelischen Erleben geben. Vielleicht erwächst aus diesem Erleben der Wunsch oder der Entschluß, mit einem bestimmten Menschen künftig behutsamer umzugehen.
Vielleicht überlegen Sie in dieser Meditation noch einmal, wofür Sie dankbar sein sollten. Sicher haben auch Sie in den letzten Tagen oder Monaten etwas Besonderes erlebt, das in Ihnen ein Gefühl der Dankbarkeit erweckt hat. Vielleicht fällt Ihnen gerade auch jetzt ein Mensch ein, dem Sie für etwas Besonderes schon seit längerem ein herzliches Dankeschön sagen wollten.
Zur Affirmation und zur Ermutigung können Sie sich jetzt einige Male folgende Leitsätze sagen:

- Ich bin dankbar für das geschenkte Leben.
- Ich kann die mir erwiesene Zärtlichkeit genießen.
- Ich freue mich über mein zärtliches Gefühl.
- Meine Sehnsucht nach einer liebevollen Beziehung wird sich eines Tages erfüllen.
- Meine Gesundheit und meine Heilung sind eine Gnade.
- Ich atme alle Schönheit ein und alle Zärtlichkeit aus.
- Ich freue mich über den Gleichklang der Gefühle mit einem geliebten Menschen.

Wenn Sie sich abschließend das Modell des Lebensbaumes anschauen, dann können Sie sich jetzt die nächsten Schritte zu den benachbarten Erlebnisfeldern überlegen. Wenn Ihnen derzeit die negativen Gefühle und Stimmungsschwankungen in Chesed zu schaffen machen, dann sollten Sie Ihre Aufmerksamkeit vielleicht auf Geburah lenken und sich dort neuen Lebensmut und neue Willenskraft holen. Wenn Sie dagegen Ihre Vitalität und Ihre Liebeskraft verstärken wollen, dann sollten Sie Ihre Aufmerksamkeit auf Nezach richten. Sollte Sie dagegen das Stichwort von dem dialogischen Eros angesprochen haben und Sie sich für das innere Wissen und die Weisheit Ihrer eigenen Seele interessieren, dann sollten Sie sich in Demut und Gelassenheit von Chockmah inspirieren lassen.

## *Empfehlungen für Therapeuten*

Nach den bisherigen Ausführungen sollte deutlich geworden sein, daß wir es im Erlebnisfeld von Chesed mit einer seelischen Sensibilität zu tun haben. Ich möchte mit Ihnen an dieser Stelle über Formen und Methoden einer zärtlichen Therapie nachdenken. Wenn wir dazu noch das Stichwort des dialogischen Eros von Martin Buber im Ohr haben, dann stellt sich in diesem Zusammenhang die Frage, aus welchem Geiste und aus welcher Gesinnung heraus wir mit ratsuchenden Menschen sprechen. Wir haben wahrscheinlich oftmals erfahren, daß gut gemeinte Ratschläge verletzen können, während ein liebevoll gesagtes Wort ermutigen kann. Den dialogischen Eros möchte ich im therapeutischen Praxisfeld einmal so beschreiben, daß wir in unsere Gesprächsführung gelegentlich auch erotische Schwingungen einfließen lassen. Ich meine in diesem Zusammenhang keine Verführung der Klienten, sondern den sogenannten therapeutischen Eros nach Plato zur Wirksamkeit gelangen zu lassen. Dieser weise Philosoph und Therapeut hat in seinem Gleichnis von dem Urmenschen beschrieben, daß ursprünglich Männer und Frauen in einer Gestalt vereinigt waren und alles, was jetzt getrennt ist, einmal zusammengehörte, daß Eros es sei, der die verletzte Natur wieder heile. Ich habe den Eindruck, daß bei den unzähligen therapeutischen Methoden und den vielen psychologischen Theorien diese Heilkraft des Eros nahezu vergessen wurde. Eros ist für mich im therapeutischen Bereich keineswegs nur ein zärtliches Gefühl, sondern motiviert mich auch zu einer zärtlichen Sprache im Umgang mit Klienten und anderen Menschen. Gerade in einer Zeit der Verwahrlosung der Sprache sollten besonders wir Therapeuten uns erneut um ein Zartgefühl im Sprechen bemühen. Ich bin davon überzeugt, daß die erotischen Schwingungen in unserer Sprache die neurotischen Verkrustungen bei unseren Klienten durchdringen und sozusagen das Innerste des Patienten in Schwingung versetzen können und damit dem therapeutischen Prozeß förderlich werden. Nach dem Erinnern und Durcharbeiten von seelischen Verletzungen und neurotischen Störungen kann ein leidender Mensch durch mitfühlende und verständnisvolle Therapeuten oder Therapeutinnen wieder einen Zugang finden zu den verschütteten Lebensenergien.

# 8. Binah

In der theologischen Deutung der Teinacher Lehrtafel handelt es sich bei diesem Bild aus der Trinität um den Heiligen Geist. Ich deute Binah als Frau Geistin und als geistige Anima, die in uns Begeisterung erweckt und uns zur Selbsterkenntnis führt durch die Erkenntnis des Selbst. In ihren Händen trägt Frau Binah zwei archetypische Symbole für die Selbsterkenntnis, nämlich den Spiegel und die Schlange. So wie wir im Spiegel unser wahres Gesicht sehen, erkennen wir im Selbsterfahrungszentrum von Binah unser wahres Selbstbild mit Licht und Schatten. Diese Doppeldeutigkeit sehen wir im Symbol der Schlange, in der einerseits das Gift und andererseits die Heilmedizin ist. Einen weiteren Gegensatz sehen wir auf der Gesamtdarstellung in der Schlange als Trieb- und Sexualsymbol im Gegenüber zum Adler als Geistsymbol. Beide Kräfte hat der Mensch in der eigenen Person zu verankern (siehe Symbol des Ankers). Die Gegensätze und Triebspannung können im Symbol als etwas Drittem aufgehoben werden (siehe Symbol des Dreiecks als Sinnbild für die geistige Gestaltung des Lebens). Die Quaternität schließlich wird links am Bildrand sichtbar in den vier Ursymbolen aus der Vision des Hesekiel (Adler = Johannes, Löwe = Markus, Stier = Lukas und Mensch = Matthäus), die später auf die vier Evangelisten im Neuen Testament übertragen werden und damit eine Ganzheit repräsentieren.

## *Annäherung*

Binah und Chockmah gehören zur geistigen und spirituellen Ebene im Lebensbaum. Aus dem Modell des Lebensbaumes ersehen Sie, daß Binah das höchste Erlebnisfeld in der Säule der Gestaltung ist. In die-

sem Erlebnisbereich können wir an unserer geistigen Lebensgestaltung arbeiten. Wichtige Schritte dazu sind die Selbsterkenntnis und die Entdeckung neuer Aspekte für die Vervollständigung unseres Selbstbildes. Während viele ein diffuses Selbstbild haben und recht unklare Vorstellungen über ihre Lebensgestaltung, gewinnen Menschen, die bewußt an ihrer Selbstverwirklichung und Bewußtwerdung arbeiten, immer neue Einsichten in Persönlichkeitsanteile, die sie wie Puzzleteilchen zusammenfügen zu ihrem wahren Selbstbild.
Wichtige Impulse für ihre Individuation erhalten sie durch das Hören auf ihre innere Stimme. Während viele Leute sehr auf die Meinung anderer Menschen achten oder sich von kollektiven Vorstellungen leiten lassen, hören Menschen, die um Selbstverwirklichung bemüht sind, auf die Stimme ihres Herzens. Aus dem Herzen, aus der Seele und dem Unbewußten fließt ihnen in schöpferischen Einfällen oder inspirierenden Träumen ein inneres Wissen zu, das sie zugleich in ihren Gewissensentscheidungen bestärkt und vergewissert. Während die Masse der Menschen scheinbar bedenkenlos selbst fragwürdigen Autoritäten und Vorgesetzten Gehorsam leistet, werden Menschen, die auf ihre innere Stimme hören und ihr inneres Wissen beachten, in der Regel verantwortliche Gewissensentscheidungen treffen. Mit zunehmender Selbstverwirklichung entwickelt sich auch eine ethische Selbstbestimmung, die alle Bewertungen aus dem Selbst und dem gereiften Gewissen fällt.
Bereits durch diese kurze Einführung werden Sie vermutlich neugierig geworden sein, sich durch die folgenden Fragen in das Erlebnisfeld von Binah zu vertiefen.

## *Checkliste*

Wenn Sie wissen wollen, ob Sie derzeit eine positive oder negative Beziehung zu diesem Erlebnisfeld haben und Sie diesen Schwingungen und Wirkungskräften ausgesetzt sind, dann beantworten Sie spontan die folgenden Fragen. So können Sie mancherlei Anregung gewinnen und herausfinden, was dieses Wirkungsfeld für Sie persönlich bedeuten könnte. Fragen, zu denen Sie keinen unmittelbaren Zugang haben, übergehen Sie.

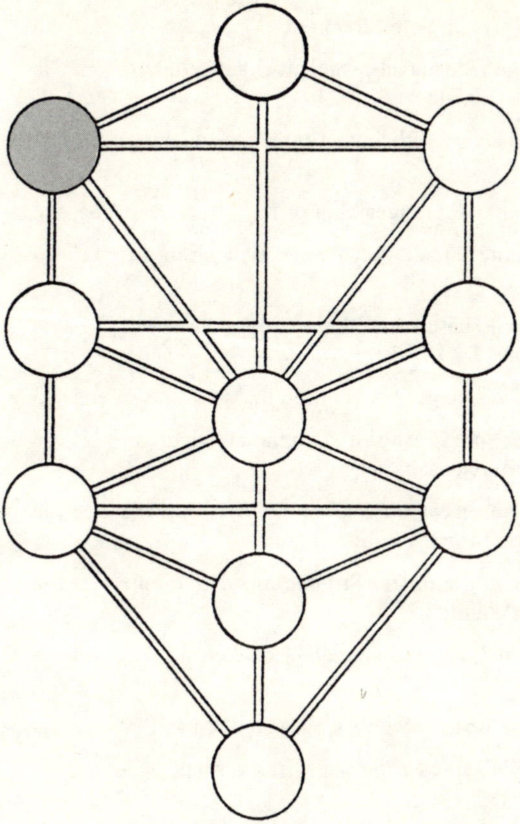

**Binah**

| positiv | negativ |
| --- | --- |
| Selbsterkenntnis | Unbewußtheit |
| Selbstbild | diffuses Selbstbild |
| Selbstwertgefühl | Selbstentwertung |
| SELBST-Verwirklichung | Selbstentfremdung |
| Bewußtwerdung | Unwissenheit, Unbewußtheit |
| innere Stimme | Volkesstimme, Meinung der Leute |
| inneres Wissen | allgemeine Informationen, kollektives Wissen |
| Gewissensentscheidung | bedenkenloser Gehorsam |
| ethische Selbstbestimmung | kleinkarierte Moral |
| Individuation | Ziellosigkeit |

| | | |
|---|---|---|
| 1. Streben Sie nach Selbsterkenntnis? | ☐ ja | ☐ nein |
| 2. Hinterfragen Sie manches und möchten gern wissen, was dahinter steckt? | ☐ ja | ☐ nein |
| 3. Ist die Selbstverwirklichung für Sie eine wichtige Sache? | ☐ ja | ☐ nein |
| 4. Sind Sie ein neugieriger Mensch? | ☐ ja | ☐ nein |
| 5. Haben Autoritäten eine wichtige Bedeutung für Sie? | ☐ ja | ☐ nein |
| 6. Schätzen Sie besonders Menschen mit einer hohen Intelligenz? | ☐ ja | ☐ nein |
| 7. Können Sie sich gut konzentrieren? | ☐ ja | ☐ nein |
| 8. Sind für Sie die Geisteswissenschaften wichtiger als die Naturwissenschaften? | ☐ ja | ☐ nein |
| 9. Halten Sie psychologisches Wissen für die Selbstheilung für notwendig? | ☐ ja | ☐ nein |
| 10. Sagt Ihnen die innere Stimme manchmal eine persönliche Wahrheit? | ☐ ja | ☐ nein |
| 11. Kommen Ihnen manchmal Gedanken an den Tod? | ☐ ja | ☐ nein |
| 12. Stimmen Sie dem Satz zu: Wissen ist Macht? | ☐ ja | ☐ nein |
| 13. Wären Sie gerne Lehrer oder Erzieherin geworden? | ☐ ja | ☐ nein |
| 14. Sind Sie manchmal von einem gewissen Erkenntnisdrang beseelt? | ☐ ja | ☐ nein |
| 15. Sind Sie an der Vervollständigung Ihres Selbstbildes interessiert? | ☐ ja | ☐ nein |
| 16. Wissen Sie um die Gegensätze in Ihrer Person? | ☐ ja | ☐ nein |
| 17. Ist Wissen die Voraussetzung für Wandlung? | ☐ ja | ☐ nein |
| 18. Neigen Sie manchmal zur Selbstentwertung? | ☐ ja | ☐ nein |
| 19. Haben Sie manchmal Gewissensbisse? | ☐ ja | ☐ nein |
| 20. Hat Ihnen das positive Denken schon einmal geholfen? | ☐ ja | ☐ nein |
| 21. Hat Dummheit etwas mit Unbewußtheit zu tun? | ☐ ja | ☐ nein |

| | | |
|---|---|---|
| 22. Kennen Sie Ihre seelischen und körperlichen Bedürfnisse? | ☐ ja | ☐ nein |
| 23. Sollte man sich immer bemühen, vernünftig zu sein? | ☐ ja | ☐ nein |
| 24. Hat für Sie Vernunft auch etwas mit Vernehmen zu tun? | ☐ ja | ☐ nein |
| 25. Leben Sie überwiegend nach bürgerlichen Normen? | ☐ ja | ☐ nein |
| 26. Sollte man sich unbedingt an die kollektiven Wertvorstellungen anpassen? | ☐ ja | ☐ nein |
| 27. Hören Sie manchmal mehr auf Ihre innere Stimme als auf Ihre Frau (oder einen anderen Menschen)? | ☐ ja | ☐ nein |
| 28. Erschreckt Sie die schwarze Farbe in Binah? | ☐ ja | ☐ nein |
| 29. Sehen Sie bei manchen Aufgaben oder Problemen schwarz? | ☐ ja | ☐ nein |
| 30. Halten Sie die Vermehrung des inneren Wissens für erstrebenswert? | ☐ ja | ☐ nein |

Wenn Sie etwa die Hälfte der Fragen positiv oder negativ beantwortet haben, dann sind Sie derzeit in einer kräftigen Beziehung zu diesem Wirkungsfeld. Die Ausführungen in diesem Kapitel vertiefen Ihre Einsichten und Erkenntnisse dieses Erlebnisfeldes. Wenn Sie durch die Fragen auf verschiedene Probleme Ihres Lebens aufmerksam wurden, dann könnten die späteren Affirmationen und Übungen hilfreich sein. Weitere Anregungen und Verstehenshilfen erhalten Sie durch die Schlüsselworte im Anhang.
Bei einer höheren Punktzahl verstärkt sich die Intensität und Ihre derzeitige Beziehung zu diesem Erlebnisfeld. Haben Sie dagegen nur etwa ein Drittel der Fragen angesprochen, dann sollten Sie sich einem anderen Erlebnisfeld im Lebensbaum zuwenden.

## *Lebensplan und Selbstbilder*

Auf unserem weiteren Weg durch den Lebensbaum gelangen wir jetzt in der Säule der Gestaltung und Formgebung zu dem höchsten geistigen »Therapiezentrum«, wo wir unseren Lebensplan und unser wahres Selbstbild kennenlernen können. In diesem Erlebnisfeld wird eine besondere geistige Arbeit erwartet und letztlich auch eine spirituelle Orientierung gefordert. Alles, was unserem Leben seine Gestalt und Form gibt, hat seinen Ursprung in den Formgebungskräften von Binah. Hier setzen wir uns jenen geistigen Kräften aus, die unseren Lebensmustern und den Lebensenergien ihre eigentliche Form geben. Daher haben die fortwährenden Prozesse der persönlichen Wandlung und Wiedergeburt in diesem Erlebnisfeld ihren besonderen Ort. Die gestaltgebende und therapeutische Funktion von Binah offenbart sich in allen Symbolen, in denen die Lebensenergien und Stoffe umgeformt und verwandelt werden.

Binah ist das geistige Zentrum für unser wahres Selbstverständnis und die Selbsterkenntnis. In der Meditation, Imagination oder Reflexion erstehen in diesem Erlebnisfeld unsere wahren Selbstbilder, nach denen wir uns ausrichten und orientieren können. Ein mystischer Denker hat dieses Bemühen um Selbsterkenntnis wie folgt beschrieben:

> Vor jedem steht ein Bild, wie er werden soll,
> solange er das nicht ist, ist nicht sein Friede voll!

Das innere Wissen lehrt uns, die Anrufe des Lebens zu verstehen. Für unsere sinnvolle Lebensgestaltung und für unsere verantwortlichen Entscheidungen brauchen wir eine Einsicht in den persönlichen Lebensplan und eine Kenntnis des persönlichen Selbstbildes. Unwissenheit und Unbewußtheit sind große Hemmnisse und verursachen unsere Selbstentfremdung. Daher ist das Bemühen um Bewußtwerdung und verantwortliche Lebensgestaltung ein ganz wesentlicher geistiger Auftrag unseres Lebens. Negative Vorstellungen über uns selbst und von den Eltern und anderen Menschen übernommene Negativbilder beeinträchtigen unsere Selbstverwirklichung. Ängste und innere Unruhe signalisieren uns in diesen Zuständen die Übermacht von negativen geistigen Vorstellungen und machen uns auf ein zu enges oder sogar kleinkariertes Gewissen aufmerksam. In Binah jedoch können wir ein inneres Wissen kennenlernen, das uns einen persönlichen Freiheitsraum eröffnet, in dem wir unser Leben neu und verantwortlich zu leben lernen. Binah vermittelt uns ein Wissen um die persönliche Wandlung und Wiedergeburt.

Die persönliche Wandlung in den Krisen der Lebensmitte und in anderen Schwellensituationen der späteren Lebensphasen gehen häufig ein-

her mit Bildern und Symbolen des Todes und der Geburt. In Träumen erscheinen diese Wandlungsprozesse häufig als Bilder eines Tunnels, einer Röhre oder sogar der Gebärmutter. Weitere Bilder für die Räume der existentiellen Wandlung sind der Brunnen, die Zisterne oder eine Höhle. Viele Menschen spüren in ihren Träumen oder Imaginationen, daß sie an diesen Orten den entscheidenden Durchbruch für die innere Wandlung erleben werden. Das Wissen und die Weisheit der Märchen kann ebenfalls eine große Hilfe sein, diese Symbole nicht konkret zu verstehen als einen kommenden realen Tod, sondern wie erwähnt, symbolisch im Hinblick auf die Ganzwerdung der Person.
Es erscheint mir sehr wichtig, daß wir uns nicht nur in unseren Gedanken und geistigen Vorstellungen mit unserem Lebensplan und unserem Selbstbild befassen, sondern vor allem das innere Wissen mit Hilfe der Bildersprache unserer Seele und der Symbole erfassen. Besonders die Symbole sind geeignet, die wahrgenommenen Gegensätze in der eigenen Person zu überbrücken und die Spannungen in uns auszugleichen. Die Symbole verbinden unser Denken mit der Weisheit der Seele. In den Symbolen erscheint das Urwissen vor unserem inneren Auge. Wenn wir an unserem Selbstbild mit Hilfe von Symbolen arbeiten, dann integrieren wir die Gestaltungskräfte des Selbst. Nach tiefenpsychologischer Deutung ist dieses Selbst der zentrale anordnende Faktor in der Tiefe unserer Seele. Im Erlebnisfeld von Binah vertiefen wir uns in dieses Urwissen des Lebensbaumes.
Da alle Lebensvorgänge und auch die seelischen Prozesse fortwährend durch Gegensatzspannungen am Leben und an der weiteren Entwicklung gehalten werden, wollen wir uns nach den positiven Beschreibungen der verschiedenen Aspekte von Binah jetzt zunächst mit negativen Aspekten auseinandersetzen, wie zum Beispiel den Selbstentwertungen und der Selbstzerstörung und auch den unzähligen negativen Gedanken, die viele Menschen quälen.

## *Denkzwänge und neue Wertmaßstäbe*

In der Lebensberatung und Therapie klagen viele Frauen und Männer aller Altersgruppen häufig, daß ihnen oftmals so viele Gedanken durch den Kopf gingen, die sie einfach nicht abschalten könnten. Manche erzählen auch, daß sie durch ihre quälenden Gedanken mehr beunruhig würden, als durch reale Erfahrungen. Eine Frau sprach sogar von einem Sturm der Gedanken, der in den schlaflosen Stunden der Nacht in ihr tobe und sie stark beunruhige. Es ließen sich leicht noch zahlreiche weitere ähnliche Erfahrungen schildern. Ihnen werden inzwischen vielleicht auch persönliche Gedanken dazu gekommen sein, wie schwer es manchmal sein kann, den Sturm der Gedanken zu bändigen oder abzuschalten.

Mir hat einmal ein intellektueller Patient DM 1.000 geboten, wenn ich ihm durch eine Übung oder durch einen speziellen therapeutischen Trick dazu verhelfen könne, endlich mal seine quälenden Gedanken abzuschalten und seinen Frieden zu finden. Da seine Denkzwänge derart tief in seinen Charakter eingeschliffen waren, gelang dies nicht in Form der gewünschten Wunderheilung, sondern nur in kleinen Schritten. Im Lauf der folgenden Wochen und Monate konnte eine Veränderung und Besserung eingeleitet werden.

Bei der Analyse und der Bearbeitung der bedrängenden oder gar quälenden Gedanken bin ich mit den Ratsuchenden in der Regel auf zwei grundlegende Erfahrungen gestoßen. Zum einen haben die quälenden Gedanken meistens ein ungelöstes Problem zum Inhalt, und zum anderen wohnt diesem Sturm der Gedanken eine starke Psychodynamik inne. Beide Aspekte will ich näher beschreiben.

Den ersten Gesichtspunkt werden Sie vermutlich spontan einsehen können, weil es Ihnen ähnlich ergeht. Wenn Ihnen ein ungelöstes Problem auf der Seele liegt, werden auch ihre Gedanken häufig darum kreisen und nach einer Lösung suchen. Doch wenn unsere Gedanken zu lange um ein unlösbar erscheinendes Problem kreisen, und wir schließlich in eine Verwirrung geraten, dann kann es zu dem beängstigenden Sturm der Gedanken kommen, von dem wiederholt die Rede war.

Das Bild des Sturmes führt uns die besondere Kraft vor Augen, mit der uns diese Gedanken ergreifen und beherrschen können. Diese Erfahrung werden Sie spontan verstehen können, wenn Sie den Lebensbaum anschauen und sehen, daß die Gedankenwelt von Binah in einer inneren Beziehung steht zu Geburah, von wo aus die besondere Psychodynamik der Stärke und Macht in den Sturm der Gedanken einströmt. Wir wissen ja bereits, daß ein Erlebnisfeld des Lebensbaumes nicht für sich isoliert steht, sondern in vielschichtigen Wechselbeziehungen zu den Erlebnisbereichen der benachbarten Sephirot.

Anstatt sich von den unkontrollierten Lebensenergien in Geburah auf unbewußtem Wege und damit unkontrolliert beeinflussen zu lassen, sollten wir die Kraft unserer Gedanken und unserer unterscheidenden Vernunft dazu verwenden, den Sturm der Gedanken zu bändigen. Ähnlich wie ein Kutscher die Pferde vor seinem Wagen lenkt oder wildgewordene Pferde zu bändigen versucht, sollten wir mit unserem Ich und der Kraft unserer Gedanken die inneren Lebensenergien lenken.

Zur bewußten und verantwortlichen Gestaltung unserer Gedankenwelt gehört auch die Einsicht und Erkenntnis, die der antike Philosoph Epiktet ausgesprochen hat: »Die Menschen werden nicht durch die Dinge, die passieren beunruhigt, sondern durch die Gedanken darüber.« Diese tiefe Einsicht hat nichts von ihrer Bedeutung eingebüßt.

Mit unseren Gedanken und Wertmaßstäben drücken wir fortwährend unseren eigenen Erlebnissen und anderen Menschen einen Stempel auf. Woher nehmen wir unsere Wertmaßstäbe, aus kollektiven Moralvorstellungen, aus politischen Ideologien oder aus der inspirierenden Weisheit und Wahrheit der eigenen Seele? Unser Denken und unsere Bewertungen sollten aus der inneren Weisheit und aus der inneren Wahrheit heraus geschehen. Wenn unser Ge-wissen durch das innere Wissen bestimmt wird, finden wir zu einer inneren Gewißheit, die uns schließlich Halt und klare Orientierung gibt. Damit sind wir dann nicht mehr den kollektiven Meinungen und der Psychodynamik von Geburah ausgesetzt, sondern lernen, unser Denken neu zu lenken und zu bändigen.

Das innere Wissen und die Weisheit der Seele hat der große Tiefenpsychologe Erich Neumann in »Tiefenpsychologie und neue Ethik« beschrieben. Er differenziert und unterscheidet zwischen dem Gewissen und der inneren Stimme. Die Entscheidungen und Wertvorstellungen des Gewissens sind überwiegend geprägt von kollektiven Moralvorstellungen und anerzogenen Bewertungen. Die sogenannte innere Stimme bezieht ihre Wertmaßstäbe aus dem Selbst und vermittelt uns Werte, die zur Selbstverwirklichung und Ganzwerdung notwendig sind (S. 123):

> Das Gewissen als Repräsentant des kollektiven Über-Ich ist ein von außen kommender heteronomer Einfluß, ganz gleich, ob dieser Einfluß bewußtseinsfördernd ist oder nicht. Der äußeren Autorität des Über-Ich, die den Charakter der Gegebenheit, des Feststehenden, des Gesetzten und der starren Tradition hat, stellt sich die »Stimme« als Bestimmendes und als Bestimmung gegenüber, als Ausdruck der inneren Offenbarung, des Neuen und werdend sich Entfaltenden, dessen, was zu kommen hat.

Dem Über-Ich nach Freud stellt Neumann das Selbst gegenüber als das Ganzheitszentrum der Psyche. Durch das Vernehmen und Hören der inneren Stimme und das Gehorchen mit der Realisierung der erkannten persönlichen Wahrheit gewinnt der Mensch seine eigentliche ethische Autonomie.
Zur persönlichen Orientierung und als Entscheidungshilfen nennt Neumann folgende Wertmaßstäbe und Kriterien (S. 128):

> So kommt es in der neuen Ethik zu der Wertung: Das, was zur Ganzheit führt, ist gut, das, was zur Spaltung führt, böse. Integration ist gut, Desintegration böse. Leben, Aufbau und Integration stehen auf der Seite des Guten ebenso wie Tod, Spaltung und Desintegration zur Seite des Bösen gehören. Dabei weiß der moderne Mensch von der unauflöslichen Zusammengehörigkeit beider Prinzipien. Aber wie die lebendige Substanz dadurch charakterisiert ist, daß in ihr die Integrationsprozesse überwiegen, so auch die lebendige Seele. Die ethische Wertung bezieht sich nicht mehr auf Inhalte, Qualitäten oder Taten als auf »Entitäten«, sondern sie ist funktionell bezogen auf die Ganzheit. Was der im Selbst zentrierten Ganzheit zur Integration hilft, ist »gut«, welcher Art dieses Helfende auch sei. Und umgekehrt ist böse alles, was zur Desintegration führt, sei es auch »guter Wille«, »kollektiv anerkannter Wert« oder sonst irgendein »an sich Gutes«.

So einleuchtend und hilfreich diese Wertmaßstäbe auf den ersten Blick erscheinen mögen, so bleibt es in den konkreten Lebenssituationen dennoch schwierig und oftmals schmerzlich, sich für einen Weg, einen Menschen oder eine neue ganzheitliche Lebensform zu entscheiden. Die von Neumann genannte Integration beinhaltet das Annehmen und Verdauen bestimmter Lebenserfahrungen oder Lebensschwierigkeiten. Zu dieser Akzeptanz und Integrität gehört ferner das Verarbeiten, das Überwachsen von Verletzungen sowie das Fertigwerden mit den persönlichen Problemen. Die von Neumann herausgearbeiteten Wertmaßstäbe der neuen Ethik stammen aus dem Selbst und haben damit auch eine Entsprechung zum Lebensbaum.
Bei den verschiedensten Erlebnisfeldern der zehn Sephirot habe ich in vielfältiger Form immer wieder auf die therapeutischen Kräfte zur Ganzwerdung hingewiesen. So gesehen ist die neue Ethik zugleich uralt, weil sie dem Lebensbaum entspricht als einem der ältesten Symbolsysteme der Menschheit. Die neuen ethischen Wertmaßstäbe, die sich an der Ganzheit, Selbstverwirklichung und Individuation orientieren, eröffnen vielen Menschen auch den Zugang zu einer neuen Spiritualität.

## *Todesahnungen und Todesträume*

Eine der merkwürdigsten Erfahrungen in meiner therapeutischen Arbeit mit dem Lebensbaum sind das Aufkommen von Todesahnungen und die Inszenierung von Todesträumen. Unter diesem Phänomen verstehe ich hier, daß sensible und intuitive Menschen in ihrer Familie und in ihrem Umkreis ahnen, wann jemand sterben wird. Nach meinen Erfahrungen konstelliert sich im Umkreis des Todes ein archetypisches Ereignisfeld, daß Menschen die dafür offen sind und sich in dem Erlebnisraum von Binah etwas auskennen, den nahenden Tod bewußt wahrnehmen. Ähnlich wie viele Tiere ihren bevorstehenden Tod instinktiv wahrnehmen, ahnen viele Menschen ihr nahendes Ende oder den Tod von nahestehenden Menschen. Durch die Wirkungen der kosmischen Intelligenz in Binah können wir mit unserer Vernunft im Umfeld des Todes vernehmen, daß das Leben zu Ende geht.

In dem Lebensraum von Binah erkennen wir die Sinnbilder unseres Lebensplans und die anordnenden Faktoren (Archetypen), von denen unser Leben gesteuert wird. Zu dieser göttlichen Lebensordnung gehört auch das Sterben und Werden. Alle Wachstumskräfte des Lebens drängen zu ihrer Vollendung und Ganzwerdung und münden schließlich in den Tod als einem Tor zu neuen Welten. Wenn wir in den Einflußbereich von Binah gelangen, vernehmen wir das Mysterium von Tod und Auferstehung.

In einer Therapiestunde bat mich eine Patientin zum Erkennen ihrer derzeitigen Lebensaufgaben eine der verdeckten Karten zum Lebensbaum aufnehmen zu dürfen. Unbewußt wählte sie die schwarze Karte mit den Symbolen von Binah und war über dieses Ergebnis sehr erstaunt. In den zurückliegenden Wochen und Monaten hatte sie sich längere Zeit kritisch mit dem Erlebnisfeld von Geburah auseinandergesetzt und war dabei auf die in ihr schlummernde Wut und Aggression über die unzähligen Verletzungen durch die Mutter aufmerksam geworden. Während die Mutter Zeit ihres Lebens diese starken Lebensenergien in der Ehe mit einem überstarken und zwanghaften Partner hat unterdrücken müssen, war es auch bei meiner Patientin durch die Identifikation mit der Mutter zur Verdrängung von Wut, Haß und Aggressionen gekommen.

Durch die längere analytische Arbeit war es ihr im therapeutischen Prozeß gelungen, diese bisher im Unbewußten wirksamen Lebensenergien bewußt in das ganzheitliche Erleben zu integrieren. Diese Selbsterkenntnis und Selbstverwirklichung führte schließlich auch zur Annäherung an die Mutter und einer gewissen Versöhnung mit ihr. In der letzten Zeit nun kamen meiner Analysandin wiederholt Todesahnungen, daß die 82jährige Mutter, die derzeit relativ gesund ist, voraussichtlich noch in diesem Jahr sterben wird. Die Ankündigung des nahenden Todes sah die Patientin schließlich auch in einem Erscheinungstraum des verstorbenen Vaters, der die lebende Mutter abholen wollte. In der Therapiestunde nun, in der die Analysandin die Karte von Binah ausgewählt hatte, erzählte sie schließlich den folgenden Traum:

Ich bin bei meiner Freundin in Hamburg. Deren Mann fragte mich: »Willst Du nicht zu Deiner Mutter in die Küche gehen und ihr helfen?« Ich bin dann zu der Mutter hingegangen. Sie goß gerade Blumen und es floß viel Wasser über. Schwarze Stiefel standen an der Türe.

Die Träumerin berichtet zunächst, daß sie diesen Traum in der heutigen Therapiestunde gar nicht erzählen wollte, weil sie ihn nicht verstand und im übrigen für bedeutungslos hielt. Als ich die schwarzen Stiefel schließlich mit der schon wiederholt geäußerten Todesahnung in Beziehung setzte, wurde die Analysandin sehr aufmerksam und begann über den nahenden Tod der Mutter zu sprechen. Auch das beim Gießen der Blumen überfließende Wasser verstand die Analysandin schließlich als Lebenswasser, das nicht mehr vom Blumentopf aufgenommen wurde, sondern sich auf die Erde ergoß und im Boden versickerte. In den für sich selbst sprechenden Sinnbildern des Traumes vernahm die Patientin schließlich die Botschaft, daß sich der nahende Tod der Mutter ankündige.
Der Traum ermutigte die Träumerin schließlich auch dazu, in der nächsten Zeit die Mutter häufiger zu besuchen, um sich auf diese Weise bewußt auf den Abschied vorzubereiten. Was im Traum durch die Frage des Mannes angeregt wurde, nämlich der Mutter in der Küche zu helfen und dann auch bereits in die Tat umgesetzt wurde, war Aufforderung und Ermutigung, dies auch in der Realität zu praktizieren.

## *Imaginationen und Affirmationen*

Als Einstieg zur Imagination oder zur Meditation können Sie ähnlich wie bei den anderen Erlebnisfeldern von einer Frage ausgehen, die Sie bei der Checkliste oder bei dem gelesenen Text besonders angesprochen hat. Dabei ist wiederum anzunehmen, daß eine dieser Fragen Sie gerade deswegen so anspricht, weil sie ein bestehendes Problem betrifft und daher gerade jetzt bearbeitet werden sollte. Überlassen Sie sich daher in dieser Übung dem inneren Fluß Ihrer Gedanken und der kommenden Bilder.

Als zweiten Aspekt für Ihre Imagination oder Meditation möchte ich Sie bewußt daran erinnern, daß Sie in Binah jetzt den höchsten Punkt in der Säule der Gestaltung erreicht haben. Daher sollten Sie jetzt vielleicht einmal der Frage nachgehen, was Ihnen die Selbsterkenntnis und das Bemühen um Selbstverwirklichung für Ihre Lebensgestaltung gebracht haben oder was diese zu einer besseren und ganzheitlicheren Lebensgestaltung beitragen könnten. Zu diesen Aspekten gehört auch die Frage, ob Ihnen das psychologische Wissen und vor allem auch das innere Wissen hilft, in Ihren Beziehungen und im Zusammenleben mit anderen Menschen wirklich weiterzukommen. Bei einigen Leuten muß ich manchmal mit Erschrecken feststellen, daß sie sich trotz vielen Wissens unmöglich benehmen und andere Menschen unbewußt verletzen. Vielleicht beschäftigen Sie sich in dieser Meditation einmal damit, wie Sie Ihr Wissen nutzen, um Ihre Beziehungen zu verbessern.

Wenn Sie nach der vergangenen Übung noch Kraft und Zeit haben, dann können Sie sich jetzt noch mit Fragen Ihres Gewissens und Ihren Wertvorstellungen beschäftigen. Ich kenne zahlreiche Menschen, für die es wichtiger ist, sich nach der Meinung anderer Leute zu richten oder nach bürgerlichen Moralvorstellungen zu leben. Zu ihrem eigenen Schaden mißachten sie dadurch die innere Stimme und die persönliche Überzeugung völlig. Bei Ihrem Aufenthalt in Binah haben Sie jetzt Gelegenheit, Ihre moralischen Vorstellungen zu überprüfen und sich Ihrer inneren Überzeugung zu vergewissern.

Zur Affirmation können Sie sich jetzt einige Male sagen:

- Ich will die Anrufe meines Lebens beachten und leben.
- Ich will mein inneres Wissen bewußt machen und beachten.
- Ich trachte weiterhin nach Selbsterkenntnis.
- Ich gehe den nächsten Schritt zur Selbstverwirklichung.
- Ich lerne zu unterscheiden, was ich tun muß und was ich lassen kann.

## *Empfehlungen für Therapeuten*

Ein wichtiger Aspekt in Binah ist, wieder auf die innere Stimme hören zu lernen und dazu Klienten und Patienten zu ermutigen. In der Praxis der therapeutischen Arbeit erweist sich dies oftmals als ein besonderes Problem, weil die Klienten durch die neurotischen Fehlsteuerungen es weitgehend verlernt haben, auf die innere Stimme und die persönlichen Bedürfnisse zu hören. Viele von ihnen haben sich sehr daran gewöhnt, auf Anweisungen von außen zu hören und sind teilweise auch darauf angewiesen, Weisungen von außen zu erhalten. In unserer Gesellschaft und in weiten Bereichen der Arbeitswelt ist diese Fremdbestimmung der Menschen sehr erwünscht, weil sie eine Beherrschung der Massen ermöglicht. Auch die Ideologien mancher Parteien und die Werbung profitiert reichlich davon.

Die schwarze Farbe in dem Erlebnisfeld von Binah ist ein symbolischer Ausdruck für Tod und persönliche Wandlungen. Wichtig scheint mir, nicht nur den Todesaspekt zu sehen, sondern auch die verborgene und tiefere Dimension der Wandlung und Wiedergeburt. Die schwarze Farbe erinnert daran, daß das Absterben der alten und neurotischen Lebensmuster oftmals wie ein kleiner Tod erlebt wird.

Auf der geistigen Ebene von Binah und Chockmah geht es um die Reinigung und Klärung der Gedanken. Dies ist für die therapeutische Arbeit mit dem Lebensbaum, insbesondere im Erlebnisfeld von Binah, insofern von großer Bedeutung, weil wir in der Begleitung von Ratsuchenden und Patienten oft miterleben, welche Probleme die Gedanken über ihre Lebensfragen und Probleme den Menschen machen. Oftmals sind die realen Schwierigkeiten gar nicht so schlimm wie die Gedanken und die sogenannten wilden Phantasien darüber. Es scheint so zu sein, daß die verdrängten Emotionen, die in den seelischen Erlebnismöglichkeiten keinen Raum finden und auch nicht in den Beziehungen ausgelebt werden können, die geistigen Vorstellungen und Gedanken besetzen. Viele Menschen halten dann wie besessen an bestimmten furchterregenden Szenen und angstbesetzten Vorstellungen fest und führen einen fortwährenden Kampf dagegen, wie Don Quichotte gegen Windmühlen.

Aus den verschiedenen Erlebnisinhalten von Binah sollten wir für die therapeutische Begleitung jene Möglichkeiten auswählen, die ein Klient zur Zeit annehmen und zur Klärung seiner Gedanken nutzen kann.

# 9. Chockmah

Frau Weisheit ist auf der kabbalistischen Lehrtafel in Teinach der auferstandene und gekrönte Christus. Die sieben Sterne um sein Haupt, die Königskrone und die Symbole des Abendmahles (Eucharistie) gehören zu dieser Bedeutung, ferner das aufgeschlagene Lebensbuch auf seinem Schoß. Trotz dieser christilogischen Deutung hat der Hofmaler Johann Fr. Gruber auf Anweisung von Prinzessin Antonia gemäß der kabbalistischen Tradition diese Sephira (wie auch alle anderen) weiblich dargestellt und uns damit die Anima Jesu vor Augen geführt. Die Beziehung zur Weisheit wird in der biblischen Tradition hergestellt durch die prophetische Verheißung, daß auf Christus ruhen wird der »Geist der Weisheit, der Erkenntnis und der Furcht des Herrn«. Als Symbol des Geistes sehen wir den Adler und rechts darüber die ineinander verschlungenen Thronräder aus der Vision des Hesekiel. Dieses geheimnisvolle Symbol will sagen, daß die Weisheit alle Dinge wunderbar ineinander und zueinander fügen kann.

## *Annäherung*

Wer im Erlebnisfeld von Binah gelernt hat, auf die innere Stimme des Herzens zu hören und aus seinem inneren Wissen zu lernen, der ist schon gut vorbereitet auf die Lebensweisheiten in Chockmah. Es geht darum, durch Erfahrungen nicht nur klug zu werden, sondern auch weise und insbesondere den Wegweisungen der inneren Stimme und der archetypischen Träume zu gehorchen. In den Selbststeuerungsprozessen und in den Selbstheilungskräften der Seele lernen wir einen anordnenden Faktor kennen, den wir in der Tiefenpsychologie den Archetypus der Weisheit nennen. Oft erscheint in den Imaginationen und Träumen auch eine Personifikation in Gestalt von Frau Weisheit,

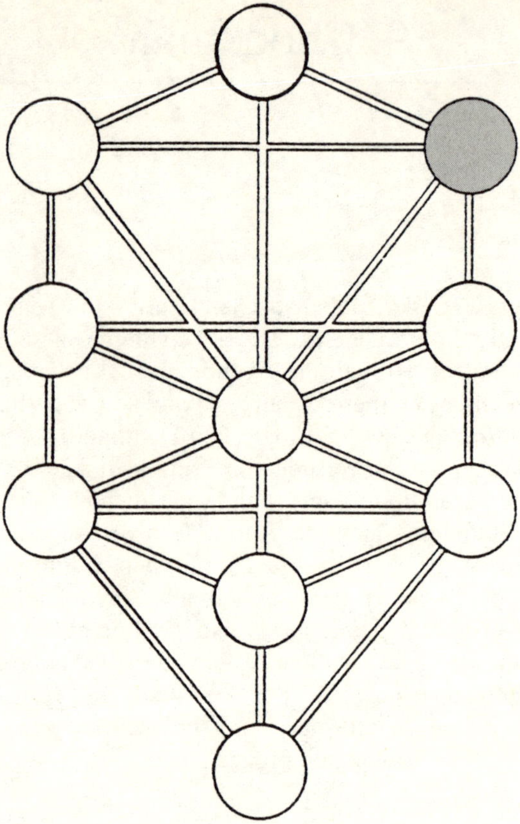

**Chockmah**

| positiv | negativ |
|---|---|
| Lebensweisheiten | Dummheit, Unwissenheit |
| Symbole der Weisheit (Stein der Weisen, Mandala) | Ideologien, Propaganda |
| Frau Weisheit als Personifikation | negative Personifikationen (Dümmling, Verführer, Teufel) |
| Ordnung durch Archetypus der Weisheit | chaotische Lebensformen |
| Selbststeuerungen aus dem Selbst | Gedanken und Ratschläge aus dem Ich |
| weise durch Erfahrungen und/oder Leiden | Sinnlosigkeit des Lebens und Leidens |
| Weisheit aus Träumen | blockierte Traumkanäle |
| weise innere Führung des Unbewußten | rational gesteuerte Entscheidungen |

die uns eine hilfreiche Botschaft zur Lebensgestaltung übermittelt. Etwas vereinfacht können wir sagen, daß derjenige oder diejenige weise ist, die sich den inneren Führungen des Unbewußten und des Selbst anvertrauen. Dazu motivieren Sie auch die späteren Leitsätze. Ich hoffe, daß Sie durch die Beantwortung der folgenden Fragen an persönliche Lebensweisheiten und gute Lebenserfahrungen erinnert werden.

## *Checkliste*

Wenn Sie wissen wollen, ob Sie derzeit einen Zugang zur Weisheit und zu einigen Lebensweisheiten haben, und ob Sie den Schwingungen und Wirkungskräften von Chockmah ausgesetzt sind, dann beantworten Sie spontan die folgenden Fragen. Sie beziehen sich auf Aspekte dieses Erlebnisfeldes und führen Sie an die Bedeutungsvielfalt heran. Fragen, zu denen Sie keinen unmittelbaren Zugang haben, lassen Sie einfach aus.

| | | |
|---|---|---|
| 1. Beschäftigen Sie sich gerne mit Lebensweisheiten? | ☐ ja | ☐ nein |
| 2. Hängt für Sie Weisheit mit innerem Wissen und mit besonders tiefen Lebenserfahrungen zusammen? | ☐ ja | ☐ nein |
| 3. Würden Sie sich einem Weisheits-Lehrer anvertrauen? | ☐ ja | ☐ nein |
| 4. Könnte im chaotischen Seelenleben die Weisheit eine therapeutische Wirkung haben? | ☐ ja | ☐ nein |
| 5. Könnten die Selbstheilungskräfte der Seele von der Weisheit gesteuert werden? | ☐ ja | ☐ nein |
| 6. Ist für Sie der »Stein der Weisen« ein Symbol? | ☐ ja | ☐ nein |
| 7. Wird man durch Leiden weise? | ☐ ja | ☐ nein |
| 8. Hat die Weisheit eine therapeutische Wirkung? | ☐ ja | ☐ nein |
| 9. Ist Frau Weisheit eine Partnerin Gottes? | ☐ ja | ☐ nein |
| 10. Kann ein Mensch wissen, ob er weise ist? | ☐ ja | ☐ nein |
| 11. Glauben Sie, daß man durch Studieren weise wird? | ☐ ja | ☐ nein |

12. Sagt Ihnen der Bibelspruch etwas, daß in Christus alle Schätze der Weisheit und der Erkenntnis verborgen sind? ☐ ja ☐ nein

13. Halten Sie manche Philosophen für weiser als einen Menschen mit Herzensbildung? ☐ ja ☐ nein

14. Ist Weisheit vererbbar? ☐ ja ☐ nein

15. Ist die Weisheit als Urwissen der Seele einprogrammiert? ☐ ja ☐ nein

16. Können Sie sich etwas unter dem Archetypus des alten Weisen vorstellen? ☐ ja ☐ nein

17. Wenn wir sagen: »Die Weisheit«, heißt das, daß sie dann weiblich ist? ☐ ja ☐ nein

18. Spricht die innere Stimme gelegentlich als Weisheit zu Ihnen? ☐ ja ☐ nein

19. Ist für Sie der Lebensbaum ein Symbol der Weisheit? ☐ ja ☐ nein

20. Muß ein weiser Mensch noch schwarz sehen? ☐ ja ☐ nein

21. Erkennt man die Weisheit an grauen oder weißen Haaren? ☐ ja ☐ nein

22. Wohnt die Weisheit in der Seele? ☐ ja ☐ nein

23. Ist Gandhi für Sie ein Beispiel des weisen Mannes? ☐ ja ☐ nein

24. Entnehmen Sie manchmal aus wichtigen Träumen weise und weg-weisende Botschaften? ☐ ja ☐ nein

25. Sehen Sie einen sprachlichen Zusammenhang zwischen weise und Weg- Weisung? ☐ ja ☐ nein

26. Sollte man auf die Weisheit des Herzens hören? ☐ ja ☐ nein

27. Verlassen Sie sich lieber auf den Verstand und das Wissen? ☐ ja ☐ nein

28. Können Sie durch Bücher weise werden? ☐ ja ☐ nein

29. Kann man durch Menschen weise werden? ☐ ja ☐ nein

30. Würden Sie sich in einer Therapie der inneren Führung und der Weisheit des Unbewußten überlassen? ☐ ja ☐ nein

Wenn Sie etwa die Hälfte der Fragen positiv oder negativ beantwortet haben, dann stehen Sie derzeit in einer Beziehung zu diesem Wirkungsfeld. Die weiteren Ausführungen zu diesem Kapitel vertiefen Ihre Einsichten und Erkenntnisse zu seinen verschiedenen Aspekten. Wenn Sie durch die Fragen auf verschiedene Probleme Ihres Lebens aufmerksam wurden, dann könnten Ihnen die späteren Affirmationen und Übungen hilfreich sein. Weitere Anregungen und Verstehenshilfen erhalten Sie durch die Schlüsselworte im Anhang.
Bei einer höheren Punktzahl verstärkt sich die Intensität und Ihre derzeitige Beziehung zu diesem Erlebnisfeld. Haben Sie dagegen nur etwa ein Drittel der Fragen angesprochen, dann sollten Sie sich einem anderen Erlebnisfeld im Lebensbaum zuwenden und die dortigen Fragen beantworten.

## *Lebensweisheiten von Frau Weisheit*

Wir nähern uns jetzt dem neunten »Therapiezentrum« im Lebensbaum, wo wir Lebensweisheiten kennenlernen werden. Es ist ein ganz besonderer Erfahrungs- und Erlebnisbereich, der uns die Geheimnisse unseres Lebens offenbart. Was wir bisher nur ahnten über den Sinn und das Ziel unseres Lebens, das wird uns in Chockmah zu einer Ein-Sicht. Es ist eine ganzheitliche Sichtweise, die die vielen Einzelteilchen unserer Erfahrung und die vielen Aspekte unseres Lebens zu einem Selbstbild werden läßt.
Viele, die sich zum »Therapiezentrum« der Weisheit auf den Weg gemacht haben, befinden sich in schicksalhaften Lebenskrisen oder in Grenzsituationen, sei es, daß sie die Trauerarbeit um einen geliebten Menschen leisten oder in einer existentiellen Lebenskrise das Zerbrechen der bisherigen Lebensmuster erleiden müssen. Es scheint so, daß viele Menschen erst durch diese besonderen Schicksalsschläge auf den ureigenen Herzschlag aufmerksam werden und beginnen, die leise Stimme ihres eigenen Herzens zu hören.
In Chockmah vernehmen wir diese innere Stimme als überzeugendes Urwissen. Wenn wir uns lange genug hier aufhalten, erleben wir eine Vision unserer möglichen Ganzwerdung und Heilung. Diese Ahnungen und Inspirationen werden als plötzliche Eingebung und als tiefe Einsicht erlebt. Wenn wir uns lange genug an unseren Lebensrätseln

oder den Schicksalsschlägen gerieben haben, springt plötzlich der zündende Funke heraus und eröffnet uns eine neue Einsicht. Doch wie gesagt, geht dem oft ein zermürbender Kampf gegen die unkontrollierbaren Affekte und Emotionen sowie eine Auseinandersetzung mit den eigenen Schattenanteilen und dem Bösen in der Welt voraus. Die Türe zur Weisheit wird uns in der Regel nicht aufgetan durch das Studium der Philosophie, der Religion oder der Esoterik. Lebensweisheit gewinnen wir durch das Leiden am Leben.

Durch die Begegnung mit der Weisheit in Chockmah werden in uns therapeutische Kräfte mobilisiert. In den inneren und überzeugenden Anrufen des Lebens verspüren wir die Werdekräfte unserer Seele. Ähnlich wie in der Liebesbeziehung zwischen einem Mann und einer Frau ein Kind gezeugt werden kann, kann die aufreibende und krankmachende Gegensatzspannung in uns schließlich in den Symbolen der Weisheit einen dritten Faktor ins Spiel bringen, der zu unserer Ganzwerdung und Heilung beiträgt.

Heilende Symbole der Weisheit sind der Stein der Weisen, magisch anmutende Stäbe und ein numinoser Phallus, besondere Ringe, Mandalas und andere Ganzheitssymbole. In diesen Symbolen sind die Lebensenergien zusammengeballt und führen unserem bewußten Leben neue Kräfte zu. Der und die alte Weise, der Narr und der Magier können ebenfalls als personifizierte Sinnbilder der Weisheit erscheinen und uns Hinweise und Lösungsmöglichkeiten für unsere Probleme geben. Auch der innere Christus und die inneren Führer, die wir bereits in dem Erlebnisfeld von Hod kennengelernt haben, können zu Trägern und Repräsentanten des Geistes der Weisheit werden und uns begeistern zu neuem Tun. In jeder Form der wahren Begeisterung erfahren wir das Wirken des lebendigen Geistes.

Auch durch die Märchen können wir zahlreiche Symbole der Weisheit kennenlernen, wie zum Beispiel das eisgraue Männlein in dem Märchen: »Der Vogel Greif«. Immer wenn der Märchenheld oder die Märchenheldin eine Aufgabe nicht lösen können, erscheint diese hilfreiche Gestalt und bietet eine Lösungsmöglichkeit an. In den Erscheinungsformen unserer Seelenbilder von Anima und Animus können uns weise Frauen und Göttinnen oder ein spiritueller Führer und Lehrer erscheinen und uns einen Weg zur Ganzwerdung »weisen«.

Das genannte Sprachbild der »Weisung« verdeutlicht uns einen wichtigen Aspekt zum Verständnis der Weisheit. Die Weisheit im Erfahrungsbereich von Chockmah ist kein abstraktes Wissen und keine an-

gelesene Lebensweisheit, sondern ein Erfahrungswissen, das uns auf dem Lebenswege zuteil wird. Wenn wir uns auf die Lebensweisheiten einlassen, erfahren wir in den inneren und überzeugenden Anrufen des Lebens die Werdekräfte der Seele. Diese Selbstheilungskräfte der Psyche bewirken eine Neuorganisation unseres zuvor neurotisierten und zerstückelten Lebens. Wenn wir mit Hilfe der Weisheit an unseren abgespaltenen Schatten-Anteilen arbeiten, können wir neue Schattierungen unseres Selbstbildes entdecken und sie in unsere Person integrieren. Was wir abspalten und zu einem Eigenleben verdammen sind letztlich Anteile unserer Person, die wir bisher noch nicht angenommen und erlöst haben. Die genannten Selbstheilungskräfte der Psyche und die Werdekräfte der Seele werden durch die Archetypen und die Urbilder angeregt und in uns in Bewegung gesetzt.
Urbilder und Archetypen wirken als anordnende Faktoren im Seelenleben. Sie üben ähnlich wie ein Magnet eine Anziehungskraft auf die neurotisierten Lebensenergien aus und bewirken damit eine Neuordnung unseres Seelenlebens. Nach C.G. Jung (GW 7, 109) sind die

Archetypen nicht nur Einprägungen immer wiederholter typischer Erfahrungen, sondern zugleich auch verhalten sie sich empirisch wie Kräfte oder Tendenzen zur Wiederholung derselben Erfahrungen. Immer nämlich, wenn ein Archetypus im Traum, in der Phantasie oder im Leben erscheint, bringt er einen besonderen Einfluß oder eine Kraft mit sich, vermöge welcher er **numinos**, respektiv faszinierend oder zum Handeln antreibend wirkt.

Die Archetypen versetzen also das Innerste des Menschen in Schwingung, rütteln ihn durcheinander und fügen dann die unzähligen Einzelteile der Persönlichkeit zu einem neuen Selbstbild zusammen. Zu dieser Neuorganisation bedarf es mehr als eines Willensaktes, eben jener numinosen Kraft der Archetypen.

## *Vorahnungen in einem Orakeltraum*

Unser Ahnungsvermögen, die Intuition im Sinne von C.G. Jung, ermöglicht uns eine Beziehung zur Weisheit im Lebensbaum. Die Intuition ist eine Wahrnehmung auf unbewußtem Wege. Dieses Ahnungsvermögen verleiht uns die Fähigkeit, die Möglichkeiten, die in den Dingen liegen, zu erkennen, sowie uns der Hintergründe bestimmter

Situationen gewahr zu werden. Alle kreativen Einfälle und die Inspirationen aus den Quellen der Weisheit vernehmen wir mit Hilfe der Intuition. Sie ist es auch, die uns in den Träumen die Bilder aller Kreaturen und die Weisheiten an den Wurzeln des Lebensbaumes schauen läßt.

Gerade die Träume offenbaren eine dichterische Grundlage im Menschen und machen damit deutlich, daß wir mit Hilfe unserer Träume alle zu Dichtern werden können. Bei dem wahren Dichter kommt dann die Fähigkeit hinzu, die Bilder des Unbewußten nicht nur ins Bewußtsein zu heben, sondern ihnen auch eine besondere dichterische Form und Gestalt zu geben. In den Träumen leuchten oftmals archetypische Symbole auf, die allen Menschen gemeinsam sind und an den Schatz der Weisheit im Lebensbaum erinnern. Eine Sammlung von Träumen mit Selbstzeugnissen deutscher Dichter aus zwei Jahrhunderten gibt uns reichliches Anschauungsmaterial über das Gesagte (vgl. M. Kiessig: »Dichter erzählen ihre Träume«). Frau Weisheit kann sich gelegentlich auch in einem Orakeltraum zu Worte melden und ein Rätsel vorlegen, wie in dem folgenden Fall. Ein 45jähriger Analysand träumte in einer stürmischen Liebesbeziehung mit einer jungen Frau den Satz:

»Wenn die vier Augen, die in den Fluß schauen,
zu zwei werden, dann ist die Zeit gekommen!«

Vielleicht lassen Sie dieses Rätselwort zunächst auf sich wirken und denken selbst über seine Bedeutung nach. Es ist naheliegend, bei den vier Augen an den Träumer und seine Geliebte zu denken, die miteinander auf einer Brücke stehen und in den Fluß schauen. Dies war auch in der Realität ein Auslöser für den Traum. Am Tag vor dem Traum hat der Analysand etwa eine Stunde auf einer kleinen Brücke gestanden und dort seine Freundin erwartet. Zwischendurch schaute er mit gesteigerter Erwartung immer wieder in den kleinen Fluß und sah sich selbst im Spiegelbild des Wassers. Sehnlichst wünschte er sich die Geliebte herbei, daß sie neben ihm stände und sie miteinander in den Fluß schauten. Dann endlich kam der glückliche Augenblick des Wiedersehens, auf das eine stürmische Liebesnacht folgte.

Auch in den folgenden Monaten vertiefte sich die Liebesbeziehung in einer für beide befriedigenden Weise. Nach etwa einem Jahr stellte sich schließlich Ernüchterung ein und die realen Konflikte und Schwierigkeiten zwischen ihnen wurden deutlicher gesehen. In der folgenden

Neujahrsnacht schließlich teilte die Geliebte dem Träumer mit, daß sie sich von ihm trennen wolle, weil die Beziehung zu wenig Zukunftsperspektiven habe. In dem langen und schmerzlichen Gespräch über die anstehende Trennung fiel dem Analysanden schließlich dieser Orakelspruch ein und er verstand jetzt den zweiten Teil des Satzes besser, nämlich, daß jetzt die Zeit zur Trennung gekommen sei.
In seiner leidenschaftlichen Verliebtheit hatte der Analysand vor allem seine bisher unbewußten und ungelebten Anima-Projektionen auf die Freundin übertragen. In den letzten Monaten hatte sich die Freundin zunehmend kritisch dazu geäußert, daß sie sich selbst so nicht erlebe und nicht so sei, wie der Freund sie gern hätte und erträumte. Weil sie nicht länger Trägerin der Anima-Projektionen des Träumers sein wollte, zog sie sich langsam aus dieser Beziehung zurück. Nach einer schmerzlichen und traurigen Phase sah schließlich auch der Analysand ein, daß es sich um eine Anima-Projektion handelte und der Beziehung keine Dauer verliehen war.
Dies jedoch sollte nicht verallgemeinert und auf alle anderen Liebesbeziehungen übertragen werden, die von Anima- und Animus-Projektionen begleitet sind. Im Nachhinein wurde dem Träumer klar, daß schon zum Zeitpunkt des Traumes seine Seele wußte, daß dieser Liebesbeziehung keine lange Dauer beschieden war. So bestärkte ihn die Weisheit seiner eigenen Seele, daß die Trennung richtig sei für den Weg der weiteren Individuation.

## *Imaginationen und Affirmationen*

Als Einstieg für Ihre Imagination oder die folgende Meditation können Sie wiederum eine der Testfragen oder ein Problem wählen, das in Ihnen angerührt wurde. Inzwischen haben Sie bereits einige Übung erworben, wie Sie mit den wachgewordenen Fragen umgehen können. Besonders im Erlebnisfeld von Chockmah können Sie sich jetzt der weisen Führung Ihres Unbewußten und der inneren Führung Ihres Selbst überlassen. In der von Ihnen selbst gelenkten Imagination können Sie sich dann auf den Weg machen zu einem weisen Lehrer, zu einer weisen Frau oder zu einem spirituellen Gespräch mit Gott. Schildern Sie dem visualisierten Weisen Ihr Leiden und stellen Sie ihm Ihre Fragen. Dann öffnen Sie Ihr Herz für die Mitteilungen des inneren

Meisters. Zum Empfangen von Weisheit gehört eine demütige Einstellung und Grundhaltung. Vielleicht schreiben Sie nach dieser Übung Ihre Gedanken und Ihre neuen Einsichten auf.
Zur Affirmation können Sie mehrmals die folgenden Leitsätze sprechen:

* Ich will meiner inneren Stimme folgen.
* Ich will auf die gewonnene Lebensweisheit hören und ihr gehorchen.
* Ich will mich einem weisen Lehrer anvertrauen.
* Ich will auf die Weisheit meines Herzens hören.
* Ich vertraue den Heilungskräften der Weisheit.

Wenn Sie sich nun nach den Beziehungen zu anderen Erlebnisbereichen im Lebensbaum umsehen, dann könnte Ihre innere Weisheit durch einen nochmaligen Aufenthalt in Tiphereth gefördert werden, weil Sie hier auf die Weisheit Ihres Körpers hören lernen. Auch das innere Wissen in Binah könnte Ihrer Weisheit förderlich sein. Wenn dagegen das Erleben in Chockmah auf Sie einen passiven Eindruck gemacht hat, dann sollten Sie sich nochmals aktiv zu Chesed wenden und dort einige Erfahrungen vertiefen. Bevor Sie sich auf den Weg zu Kether machen, sollten Sie sich noch eine Zeitlang in Demut und Ehrfurcht vor dem Göttlichen und Spirituellen üben. Dazu heißt es in der biblischen Überlieferung, daß die Furcht des Herrn der Anfang der Weisheit ist.

## *Empfehlungen für Therapeuten*

Welche Anregungen und Hilfen können wir Therapeuten (Therapeutinnen) aus Chockmah für unsere Arbeit und für das Verständnis von seelischen Krankheiten und Lebensproblemen empfangen? Ich möchte als Kollege, Therapeut und Seelsorger diese Frage von meinen persönlichen Erfahrungen und Einsichten her beantworten und glaube, damit auch Ihnen Anregung für die praktische Arbeit oder auch zur kritischen Auseinandersetzung zu geben.
Halten wir uns den grundlegenden Leitgedanken für Ärzte und Therapeuten vor Augen: Medicus curat – Natura sanat (Der Arzt kuriert, die Natur heilt). Aus jahrhundertealter Erfahrung und aus ärztlicher sowie therapeutischer Einsicht wird in dem Leitsatz mit Bescheidenheit und

Demut festgestellt, daß Ärzte und Therapeuten »Heilgehilfen« in dem Sinne sind, daß sie durch ihre fachkundige Begleitung und Hilfe dazu beitragen, daß die Natur, der Körper und die Seele des Menschen sich selbst wieder helfen und heilen kann. Zurecht haben in diesem Sinne C.G. Jung und viele andere Therapeuten immer wieder davon gesprochen, daß sie nur die Selbstheilungskräfte der Seele und des Leibes erwecken und wieder in Gang setzen können, daß aber die Selbstregulierungsprozesse aus dem Selbst und der Seele eines jeden Menschen hervorgehen.

Nach diesen Erfahrungen scheint also ein inneres Wissen und eine wunderbare Weisheit der Seele und dem Selbst eingeprägt zu sein, die eigentlich am besten wissen, welchen Weg zur Heilung ein Mensch einschlagen sollte.

Oftmals werde ich von Patienten, Ratsuchenden und Seminarteilnehmern gefragt: »Wie erfahre ich die Absichten meines Unbewußten und die Weisheit meiner Seele, damit ich in meinem Bemühen um Selbsthilfe und Selbstheilung mich daran orientieren kann?« Aus meiner therapeutischen Arbeit kann ich dazu sagen, daß für mich in den letzten 20 Jahren die Träume die hilfreichste und wichtigste Quelle der Weisheit geworden sind, die in ihrer Bildersprache Empfehlungen und Lösungsvorschläge unterbreiten. In der Arbeit mit Träumen staune ich immer wieder über den Einfallsreichtum, die schöpferische Kombinationsfähigkeit des Gehirns und der Seele, die krankmachenden Gegensätze zu versöhnen und zu verbinden und durch diese Prozesse neue Erlebnisformen und Lebensgestalten vor Augen zu führen. Für mich persönlich und für viele Kolleginnen und Kollegen und viele Menschen, die nach der Tiefenpsychologie von C.G. Jung arbeiten und leben, sind die Träume zu einer Quelle der persönlichen Weisheit geworden. Durch ein Stück persönliche Lehranalyse und die Einübung in den Umgang mit Träumen kann jeder Mann und jede Frau es wieder lernen, die Bildersprache der Träume zu verstehen.

Das Wesen der Weisheit und die vielgestaltigen Aspekte dieses inneren Wissens werden in dem folgenden Text aus der Weisheit Salomonis (Kap. 7, 22ff.) wie folgt beschrieben:

In ihr ist ein Geist, gedankenvoll, heilig, einzigartig, mannigfaltig, zart, beweglich, durchdringend, unbefleckt, klar, unverletzlich, das Gute liebend, scharf, nicht zu hemmen, wohltätig, menschenfreundlich, fest, sicher, ohne Sorgen, alles vermögend, alles überwachend und alle Geister durchdringend, die denkenden, reinen und zartesten. Denn die Weisheit ist beweglicher als alle Bewegung; in ihrer Reinheit durchdringt und erfüllt sie alles. Sie ist ein Hauch der Kraft Gottes und reiner Ausfluß der Herrlichkeit des Allherrschers; darum fällt kein Schatten auf sie. Sie ist der Widerschein des ewigen Lichtes, der ungetrübte Spiegel von Gottes Kraft, das Bild seiner Vollkommenheit.

Aus großer Lebenserfahrung und tiefer Weisheit ist in diesem Text die Fülle der Weisheit zum Ausdruck gebracht. Es lohnt sich, über einige Beschreibungen und Wesensmerkmale zu meditieren und zu reflektieren, um dem Geheimnis der Weisheit in Chockmah etwas näher zu kommen.

Wenn wir Therapeuten auf die Weisheit der Seele und des Selbst zu lauschen und zu hören beginnen, dann sind für uns die unendlich vielen Krankheiten der Menschen nicht nur Störfälle der Natur oder faule Kompromißlösungen, die mit allen Methoden der Therapie bekämpft werden müssen. Zur Weisheit kann auch gehören, zusammen mit dem leidenden Menschen nach dem Sinn einer Krankheit in dieser besonderen Lebenssituation zu fragen. Vor allem bei den unheilbaren Krankheiten und nicht aufzulösenden Neurosen ist diese Frage nach dem Sinn der Krankheit, des Leidens und des Lebens schlechthin oftmals die zentrale Frage, die einem Menschen hilft, weiterzuleben.

Das Leiden unserer Patienten und die oftmals tiefen Gespräche mit ihnen könnten für uns Therapeuten wichtige Bausteine werden für die persönliche Weisheit. Zahlreiche Ärzte, Psychiater, wie zum Beispiel Carl Jaspers, C.G. Jung, Viktor Frankl und andere, sind durch die Auseinandersetzung mit den Leiden und Gesprächen mit den Kranken zu weisen Menschen und sogar zu Philosophen geworden. Auch ich persönlich bin durch solche Gespräche und Begegnungen mit Patienten nicht nur klüger, sondern vor allem weiser geworden.

Für alle Formen einer ganzheitlichen Therapie sind die Weisheit der Märchen, die Lebensweisheiten der Völker und auch religiöse Texte, wie zum Beispiel die Bibel (siehe dazu bei den Schlüsselworten die entsprechenden Texte) eine wichtige Ergänzung zu den psychologischen und therapeutischen Behandlungsmethoden. Besonders im Erlebnisfeld von Chockmah können wir Therapeuten uns bemühen, aus den Lebensweisheiten Wegweisung für uns und die Menschen, die wir begleiten, zu empfangen und die Heilkräfte im Lebensbaum auch anderen wieder zugänglich zu machen.

# 10. Kether

In der oberen Dreiheit, die in der theologischen und theosophischen Tradition als die göttliche Trinität gedeutet wird, sehen wir in der Mitte die gekrönte Kether in weißem Gewand. Über ihrem Haupt schwebt die Siegeskrone, die durch eine Siegeskette mit den Kronen über Binah (links) und Chockmah (rechts) verbunden ist. Kether hat segnend die rechte Hand erhoben und hält in der linken das brennende Herz, Symbol für die Herzenskräfte und die Spiritualität im Lebensbaum. Das Haupt von Kether ist von sieben Augen umgeben, Symbole für die göttliche Schauung. Sie sind zugleich ein Sinnbild für das Durchblikken irdischer Dinge. Das göttliche Auge erscheint nochmals im Zentrum des Mandalas zu Füßen von Kether. In diesem Ganzheitssymbol erkennen wir den Kreis, das Quadrat und das Dreieck. Die drei hebräischen Worte heißen übersetzt: Heilig, heilig, heilig! Aus dieser transpersonalen Heiligkeit und dem göttlichen Heil gehen alle Heilkräfte im Lebensbaum hervor und bewirken die Ganzwerdung und Heilung.

### *Annäherung*

Es wurde bereits bei Malkuth, dem Wurzelgrund des Lebensbaumes gesagt, daß wir bei diesem tiefsten Erlebnisbereich wie auch bei dem höchsten, nämlich Kether, besondere Verständnisschwierigkeiten haben können, weil sie das normale Leben und die üblichen Erfahrungen bei weitem übersteigen. Daher mögen Sie mit sich selbst und auch mit mir und meinen Ausführungen Geduld haben, wenn hier etwas zur Sprache kommt, was beim ersten Lesen nicht gleich einsichtig wird. Kether, die Krone im Lebensbaum, ist ein Symbol für die Krönung des Lebens und das Lebensziel. Ähnlich wie die Krone eines Baumes in den Himmel hineinragt, so verbindet dieses Symbol Himmel und Erde,

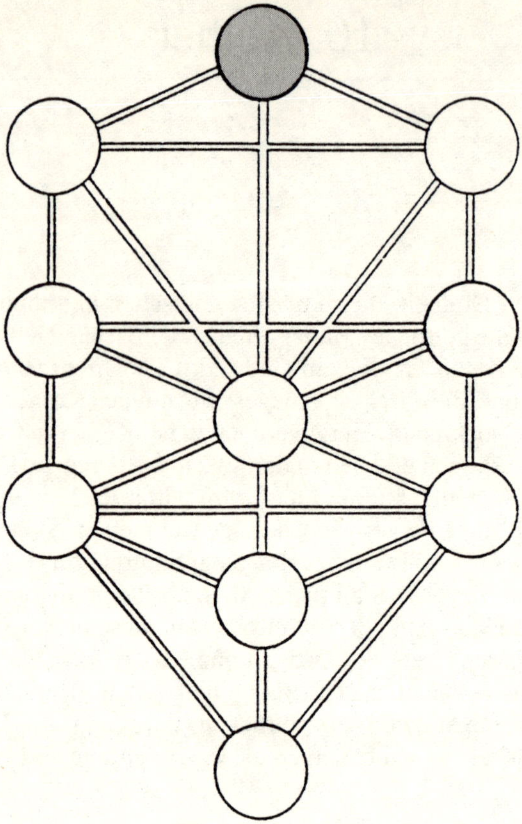

**Kether**

| positiv | negativ |
|---|---|
| Lebensziel | Ziellosigkeit |
| Krönung des Lebens | Nichtung und Vernichtung |
| Spiritualität | Materialismus |
| Be-Geisterung, Ekstase | Besessenheit durch negative Komplexe |
| Ganzwerdung, Vollendung | zerbrochenes Leben |
| ganzheitliche Heilung | unheilbare Krankheit |
| Anteilhabe am ewigen Heil | Heillosigkeit |
| ewiger Friede, Schalom | ewige Unzufriedenheit |

Menschliches und Göttliches. In besonderen Augenblicken einer außerordentlichen Begeisterung oder sogar einer Ekstase erleben wir etwas, was größer ist als unser Ich und unsere Normalität. Auch bei den spirituellen Erfahrungen sind wir im Wirkungsfeld von Kether. Hier kommt unser lebenslanges Streben nach Ganzwerdung und nach ganzheitlicher Heilung zur Vollendung. In Kether gewinnen wir Anteil und Teilhabe an dieser Spiritualität, an der Heilung und letztlich auch an dem ewigen Heil.

## *Checkliste*

Zum Abschluß unseres Weges durch die zehn Erlebnisfelder des Lebensbaumes könnte es gerade bei Kether nochmals besonders spannend werden. Vielleicht haben Sie sich insgeheim schon gefragt, ob Sie zu dem spirituellen Zentrum in der Krone des Lebensbaumes zur Zeit überhaupt eine Beziehung haben. Vielleicht sind Sie auch durch mancherlei negative religiöse Erfahrungen dazu gekommen, den Glauben oder die Religion zu meiden. Ich lade Sie abschließend dennoch ganz herzlich ein, spontan die folgenden Fragen zu Kether zu beantworten. Vielleicht werden Sie durch die eine oder andere angeregt, sich doch über spirituelle Fragen im Zusammenhang mit dem Lebensbaum auch im Hinblick auf Ihr eigenes Leben Gedanken zu machen und etwas über die heilende Spiritualität zu erfahren. Fragen, die Sie derzeit nicht unmittelbar ansprechen, lassen Sie einfach aus.

| | | |
|---|---|---|
| 1. Sehen Sie gerne im Fernsehen Krönungszeremonien? | ☐ ja | ☐ nein |
| 2. Können Sie die Krönung als ein Symbol für das Ziel Ihres Lebens ansehen? | ☐ ja | ☐ nein |
| 3. Kennen Sie den tiefen Wunsch, für außerordentliche Leistungen anerkannt und belohnt zu werden? | ☐ ja | ☐ nein |
| 4. Möchten Sie für Ihre vielen Lebenskämpfe irgendwann doch gekrönt oder zumindest belobigt werden? | ☐ ja | ☐ nein |
| 5. Hat für Sie die Begeisterung eines Menschen etwas mit dem Geist oder der Spiritualität zu tun? | ☐ ja | ☐ nein |

6. Haben Sie schon einmal etwas von der plötzlichen Erleuchtung eines Menschen gehört? ☐ ja ☐ nein

7. Kennen Sie irgendein religiöses oder spirituelles Symbol? ☐ ja ☐ nein

8. Hat nach Ihrer Auffassung die geistige Lebensorientierung auch etwas mit Spiritualität zu tun? ☐ ja ☐ nein

9. Spricht Sie die Vorstellung oder Hoffnung an, daß in der Anderwelt oder im Himmel alle Krankheiten und Leiden geheilt werden? ☐ ja ☐ nein

10. Kennen Sie einen Menschen, dem Raphael, der Heilengel erschienen ist? ☐ ja ☐ nein

11. Wirkt die Begegnung mit einem Engel heilend? ☐ ja ☐ nein

12. Haben Sie schon einmal davon gehört, daß spirituelle Überzeugungen auch heilend wirken? ☐ ja ☐ nein

13. Würden Sie einen spirituellen Weg suchen oder gehen? ☐ ja ☐ nein

14. Können Sie sich einen Zusammenhang vorstellen zwischen dem Heil (im religiösen Sinne) und der Heilung (im therapeutischen Sinne)? ☐ ja ☐ nein

15. Können spirituelle Symbole (zum Beispiel Engel, Eucharistie, Segnungen, Sakramente usw.) auch therapeutisch wirken? ☐ ja ☐ nein

16. Glauben Sie an die Vollendung des Lebens bei Gott? ☐ ja ☐ nein

17. Kennen Sie jemanden, der die göttliche Stimme gehört hat? ☐ ja ☐ nein

18. Verstehen Sie sich als Abbild oder Ebenbild Gottes? ☐ ja ☐ nein

19. Leben Sie im Frieden mit sich und der Welt? ☐ ja ☐ nein

20. Haben Sie schon einmal von der Erscheinung einer Lichtgestalt gehört? ☐ ja ☐ nein

21. Können Sie sich vorstellen, daß es für manche Menschen erhebende Augenblicke der spirituellen Erleuchtung gibt? ☐ ja ☐ nein

22. Falls Sie die biblische Geschichte von der Verklärung Christi kennen, wäre dies nach Ihrer Deutung eine spirituelle Erfahrung in Kether? ☐ ja ☐ nein

23. Könnte die krankhafte Besessenheit ein negativer Ausdruck sein für die fehlende Spiritualität? ☐ ja ☐ nein

24. Verstehen Sie Besessenheit als ein Besetztsein von dämonischen Kräften? ☐ ja ☐ nein

25. Könnten die sogenannten Dämonen oder Teufel nicht auch negative Energiefelder oder Komplexe sein? ☐ ja ☐ nein

26. Haben Sie schon einmal davon gehört, daß auf jemanden der sogenannte göttliche Funke übergesprungen sei? ☐ ja ☐ nein

27. Gibt es für Sie einen göttlichen Willen zur Ganzwerdung und Erlösung? ☐ ja ☐ nein

28. Können neurotisierte Gottesbilder oder ein negativer Gotteskomplex einen Menschen krank machen? ☐ ja ☐ nein

29. Sollte man sich vor negativen Schwingungen oder zerstörerischen Kräften mit dem weißen Licht in Kether schützen? ☐ ja ☐ nein

30. Glauben Sie, daß ein lebendiger Glaube oder eine spirituelle Einstellung auch heilend wirken kann? ☐ ja ☐ nein

Wenn Sie etwa die Hälfte der Fragen positiv oder negativ beantwortet haben, dann befinden Sie sich in einer intensiven Beziehung zu Kether. Die weiteren Ausführungen zu diesem Kapitel vertiefen Ihre Einsichten und Erkenntnisse zu diesem Erlebnisfeld. Wenn Sie durch die Fragen auf verschiedene Probleme Ihres Lebens aufmerksam wurden, dann könnten Ihnen die späteren Affirmationen und Übungen hilfreich sein. Weitere Anregungen und Verstehenshilfen erhalten Sie durch die Schlüsselworte im Anhang.
Bei einer höheren Punktzahl verstärkt sich die Intensität und Ihre derzeitige Beziehung zu diesem Erlebnisfeld. Haben Sie dagegen nur etwa ein Drittel der Fragen angesprochen, dann sollten Sie sich einem anderen Erlebnisfeld im Lebensbaum zuwenden und die dortigen Fragen beantworten.

## *Ganzwerdung und Spiritualität*

In meiner tiefenpsychologischen und therapeutischen Deutung des Lebensbaumes ist Kether, die Krone, ein Bild für den seelischen Reifungsprozeß und die persönliche Ganzwerdung. Es sei ausdrücklich hervorgehoben, daß es sich um einen Werde- und Wachstumsprozeß handelt, der bis zum Tode anhält, und nicht um ein Ideal, das im realen Leben total erreicht werden könnte. Dennoch geht von einem derartigen Ziel eine anziehende und motivierende Wirkung aus, indem die Hoffnung auf zukünftige Ganzwerdung und die tief in jeder Seele schlummernde Sehnsucht nach Heilung verborgene Heilkräfte mobilisiert. In der Jungschen Tiefenpsychologie und Therapie richten wir unser Augenmerk auf die Urbilder und erfahren dabei, daß bei der Annäherung an transpersonale Symbole, wie z.B. Kether im Lebensbaum, ein göttlicher Funke überspringen kann und in diesem Quantensprung ein therapeutischer Prozeß in Gang gesetzt wird.
In der therapeutischen Arbeit tritt Kether nicht gleich am Anfang in Erscheinung, sondern verweist uns auf eine jenseitige Wirklichkeit, die wir in der Tiefenpsychologie das Selbst nennen. Die bewußtseinstranszendenten therapeutischen Kräfte in Kether treten in jenen besonderen Augenblicken in Erscheinung, wenn der Patient etwas zu ahnen beginnt von seinem Adel und von seiner königlichen Herkunft als Krone der Schöpfung. Während durch die Selbstentfremdung der Mensch in den neurotischen Verstrickungen gefangen ist, arbeiten wir an der Auflösung der neurotischen Lebensmuster und öffnen damit den Weg in die persönliche Freiheit. Indem wir in der gezielten therapeutischen Arbeit unseren Willen auf das Selbst als Krone des Seins ausrichten, sind unser Ich und das Bewußtsein auf den Empfang der therapeutischen Kräfte eingestellt. Nicht, daß wir mit dem Willen Gesundheit und Heilung erzwingen könnten oder sie machen würden. Es geht hier um die Erweckung des Willens zum Empfang und zur Integration der therapeutischen Heilkräfte.
Kether ist der Anfang und Ursprung der therapeutischen Heilkräfte in unserem Selbst. Wir könnten auch philosophisch sagen, daß es das absolute Sein ist, das schon immer vor unserem Dasein vorhanden ist. Durch Kether kommt Bewegung in unser verhärtetes Lebensmuster. Wenn wir in das Wirkungsfeld und die Kraftsphäre von Kether eintreten, werden unsere dissoziierten Lebenskräfte wieder auf ein Ziel, nämlich auf das Selbst hin, geordnet und strukturiert. Die Psychodyna-

mik, die durch die neurotischen Blockaden versiegt war, fängt wieder an zu strömen und übt einen belebenden Einfluß auf unsere Erlebnisfähigkeit aus.
*Kether ist der Wille zum Gesundwerden und zur Heilung.* Jeder Therapeut bespricht in den ersten Stunden mit dem Ratsuchenden oder dem Patienten dessen Motivation für die Therapie. Die Prognose ist meistens ungünstig, wenn ein Patient nicht motiviert ist, an der Auflösung seiner neurotischen Verstrickung mit aller ihm möglichen Willensanstrengung zu arbeiten. Dieser Wille zur Heilung ist keine neue Entdeckung der heutigen Therapie. Nach meinen Forschungen arbeitete bereits Jesus als Heiler und Therapeut seinerzeit nach dem Heilsystem der zehn Sefiroth. In den verschiedenen Heilungsgeschichten der Bibel finden wir häufig am Anfang der Begegnung zwischen Jesus und einem Kranken seine Frage: »Willst du gesund werden?« Oder: »Was willst du, das ich dir tun soll?« Dieser Wille zur Heilung muß natürlich auch beim Heiler selbst vorhanden sein oder aktiviert werden. Auch dies spiegelt sich in den biblischen Heilungsgeschichten wider, wenn z.B. ein Aussätziger Jesus bittet: »Wenn du willst, kannst du machen, daß ich rein werde!« Auch in dem antiken griechischen Heilsystem bei Asklepios in Epidaurus haben der Wille zum Gesundwerden und die Motivation zur Heilung einen ganz zentralen Stellenwert.
Bei der Annäherung an Kether können in uns Erinnerungen geweckt werden an unsere Gottebenbildlichkeit. Nach der biblischen Überlieferung und dem christlichen Glauben, sowie auch in anderen Religionen, gibt es die Überzeugung, daß der Mensch nicht nur aus Fleisch und Blut besteht, sondern daß in ihm auch Beziehungsmöglichkeiten verankert sind, die ihn mit dem Göttlichen und den höheren Mächten verbinden. Weil der Mensch nach dem Bilde Gottes geschaffen wurde und ein Abbild des Urbildes ist, ist die Gottesebenbildlichkeit keine Einbildung, sondern eine Erinnerung an das Gottesbild in der eigenen Seele. Dieses Gottesbild erscheint und wirkt in allen jenen archetypischen Bildern und Symbolen, die uns »unbedingt angehen« (P. Tillich) und eine überzeugende Wirkung auf uns haben.
In den Gotteserfahrungen, den archetypischen Träumen und/oder den inspirierenden Imaginationen können uns das göttliche Licht und die numinosen Kräfte in weißen Gestalten erscheinen, wie z.B. Engel, Heilige oder Menschen mit einer besonderen göttlichen Ausstrahlung. Auch weiße Tiere können derartige Wirkungen haben, weil in dieser Erscheinungsform das Urbild dieser Gattung erscheint und zugleich

etwas von der Göttlichkeit aufleuchtet. In den Strahlungskräften der Farbe Weiß schwingt für viele Menschen etwas mit von Grenzerfahrungen und transpersonaler Lichterfahrung.
Viele Menschen erleben in ihrer Beziehung und in ihrem Umgang mit der Farbe Weiß eine positive psychische Wirkung. Neben dem Erhellenden und Erleuchtenden hat die Farbe Weiß in den Imaginationen und Träumen auch eine heilende Wirkung, indem die Strahlungskräfte das eingeschlossene Ich mit dem Großen Göttlichen und dem Selbst in Beziehung bringen. Wenn wir in der Imagination, der Meditation oder in den Träumen etwas davon ahnen oder verspüren, daß wir Menschen einen Bezug haben zu etwas Größerem und Ganzen, dann hat damit ein innerer Dialog begonnen. Martin Buber bezeichnet, wie wir schon gehört haben, diese transpersonalen Erfahrungen als »dialogischen Eros«, durch den wir etwas von den »Strahlungen der Ewigkeit« vernehmen.
Es sind jene Lichtstrahlen, die die Dunkelheit unseres Herzens und die Dunkelräume unserer Unbewußtheit erleuchten und damit zu unserer Bewußtwerdung beitragen. In dieser Lichterfahrung geschieht auch eine gewisse Verklärung, indem wir manches klarer zu sehen beginnen und z.B. ein bisher unlösbares Problem in einem anderen Lichte sehen oder es sogar lösen können. In Kether erleben wir die Einheit und Ganzwerdung der Person. Kether als Krone im Lebensbaum ist das höchste Symbol für Ganzheit, Heilung und das Heil im spirituellen Sinne. Aus Kether ertönt die göttliche Stimme und erstrahlt das helle weiße Licht der Erleuchtung. Diese göttliche Stimme hörte Mose in seinem Gotteserlebnis am brennenden Dornbusch in der Wüste (2. Mose 3):

> »Ich werde mit dir sein!«
> »Ich BIN der ich BIN!«

Ein Mensch, der in Kether eine Ganzheitserfahrung gemacht hat, hat damit Männliches und Weibliches, Animus und Anima, Spirituelles und Triebhaftes in sich in Beziehung gebracht und versöhnt. Ein besonderes Symbol für diese Gegensatzvereinigung in der eigenen Person ist der androgyne Mensch.

## *Der androgyne Mensch*

Der androgyne Mensch ist ein Symbol für die ungeteilte Ganzheit. Es ist das Ziel der Bewußtwerdung und des Individuationsprozesses, Männliches und Weibliches in der eigenen Person zu verwirklichen. Dies geschieht und wird uns erfahrbar, wenn wir Animus und Anima in uns leben und wachsen lassen. Wir haben schon wiederholt davon gesprochen, daß in der Tiefenpsychologie nach C.G. Jung das Konzept Animus und Anima uns wesentliche Aspekte eines ganzheitlichen Menschenbildes vor Augen stellt.

Die Vorstellung von einem androgynen Menschen scheint ein Urbild zu sein, das in allen Epochen der Menschheitsgeschichte und in den menschlichen Kulturen immer wieder in der darstellenden Kunst und in der Literatur erscheint. Auch in der Phantasie, Imagination und den Träumen erscheint das Urbild des androgynen Menschen häufig dann, wenn die Ganzwerdung der Person in Sicht kommt und im seelischen Entwicklungsprozeß ansteht. Dieses Bild des ganzen und heilen Menschen entfaltet oftmals gerade dann seine Wirksamkeit, wenn die neurotische Zerstückelung bewußt wird und die Seele nach ihrer Ganzwerdung geradezu leidenschaftlich schreit.

Wichtige Aspekte für das Urbild des androgynen Menschen sind seine Ursprünglichkeit, seine Unschuld sowie seine »Jungfräulichkeit«, die hier im Sinne von Unberührtheit verstanden wird. Denken wir dabei an die Idealbilder eines Mannes oder einer Frau, die weder durch neurotische Entstellungen noch durch die sexuelle Gegensatzspannung berührt und betroffen wurden. Den Begriff der Unschuld wollen wir in diesem Zusammenhang so verstehen, daß dieser Idealmensch noch nicht schuldig geworden ist oder unter seinen Schuldverstrickungen leidet. Es ist ein ganzheitliches Menschenbild, das noch ganz seiner ursprünglichen Herkunft nahe ist und/oder dem die zukünftige Erlösung hoffnungsvoll vor Augen steht.

Mancher wird dabei vielleicht an das mythologische Bild von Adam und Eva im Paradies denken, die vor ihrer sexuellen Erweckung und Begegnung in diesem Urzustand lebten. Anderen ist vielleicht der Mythos vom platonischen Urmenschen eine Verstehenshilfe, in dem ursprünglich das Männliche und Weibliche noch nicht geteilt waren. Wir wollen uns hier nicht weiter in mythologische Spekulationen vertiefen, sondern tiefenpsychologische Deutungen und Verstehensmöglichkeiten suchen für das Symbol des androgynen Menschen. Welche Bot-

schaft vermittelt uns die geheimnisvolle Zweideutigkeit der eigenen Person? Ist es im Grunde nur eine Spiegelung des »verlorenen Paradieses« oder vermag es auch therapeutische Kräfte in uns freizusetzen und zu unserer Ganzwerdung verhelfen?
Nehmen wir zur Beschreibung der Gegensatzvereinigung in der eigenen Person die magische Verschmelzung der Zweigeschlechtlichkeit zu Hilfe, wie sie Gustav Mayrink in seinem »Golem« ausdrückt. Dort bahnt sich zwischen Mirjam Hillel und Athanasius Permath eine erotische Beziehung an, wobei das Thema der Androgynität im Mittelpunkt steht, wenn es dort heißt:

Es gehört zu meinen Träumen, fuhr sie leise fort, mir vorzustellen, daß es ein Endziel sei, wenn zwei Wesen zu einem verschmelzen… zu dem verschmelzen, was der »Hermaphrodit« als Symbol bedeuten mag. … Ich meine: Die magische Vereinigung von Männlich und Weiblich im Menschengeschlecht. Als Endziel! – Nein, nicht als Endziel, als Beginn eines neuen Weges, der ewig ist – kein Ende hat.

Ein ebenso eindrucksvolles Beispiel für den Androgyn finden wir in Thomas Manns »Der Tod in Venedig«. Für den alternden Aschenbach stellt der androgyne Tadzio in seiner Weichheit und Zärtlichkeit eine gottähnliche Schönheit des Menschen dar, dessen Anblick »mystische Vorstellungen« erweckt. Der alte Mann war von dieser androgynen Erscheinung zutiefst fasziniert.
Die Doppelnatur des Androgyn sowie die Komplexität jeglicher Ganzheit in den Symbolen und im Menschen kann auch durch den Hermaphroditen (Hermes und Aphrodite) beschrieben werden, der vor allem in der mittelalterlichen Alchemie ein zentrales Symbol war. C.G. Jung hat in seinen Studien zur Alchemie gezeigt, daß die Erfahrungen und Methoden der Alchemisten sowie deren verschlüsselte Symbole eine Entsprechung und größte Ähnlichkeit haben mit den seelischen Prozessen, wie sie die heutige Tiefenpsychologie beschreibt und erfährt. Die alchemistischen Vorstellungen sind Symbole der Wandlung und Transformation. Der Hermaphrodit ist genauso wie der Androgyn ein Ganzheitssymbol, in dem die Gegensätze von männlich und weiblich, bewußt und unbewußt, materiell und spirituell u.a. aufgehoben und die Polaritäten vereinigt sind.
Abschließend sei zusammengefaßt, daß es sich sowohl bei dem Androgyn als auch bei dem Hermaphroditen um ein Symbol der Verheißung handelt. Als archetypische Symbole wecken sie tiefe Ahnungen und

Erinnerungen an eine Ganzheit und eine Zukunft, die wir erst in Kether als Krönung unseres Lebens erreichen können. Trotz der Unerfüllbarkeit im realen Leben erwecken diese Urbilder ein tiefes Verlangen nach Heilung und Ganzwerdung und motivieren immer neu dazu, auf den Pfaden durch den Lebensbaum zu wandern und wie bei der Begehung eines Labyrinthes oder einer Spirale sich der Mitte zu nähern.

### *Die transzendente Funktion*

Für die Annäherung an die persönliche Ganzheit, die eigene Mitte in Tiphereth und vor allem für die Öffnung zu Kether und deren Einstrahlung von heilenden Lebensenergien und Spiritualität ist die von C.G. Jung entdeckte transzendente Funktion der Seele von größter Wichtigkeit. Es handelt sich dabei um keinen theologischen oder philosophischen Begriff, sondern um eine der Psyche innewohnende Funktion, die die Gegensätze und Spannungen zwischen dem Bewußtsein und dem Unbewußten, zwischen Trieb und Geist mit Hilfe von Symbolen überbrückt und verbindet. So bewirkt die transzendente Funktion einen Übergang von bisherigen Einstellungen zu einer Bewußtseinserweiterung und damit zu einer Öffnung für Kether im Lebensbaum.
Bevor ich eine weitere tiefenpsychologische Beschreibung dieser zentralen psychischen Funktion gebe, möchte ich kurz in Erinnerung rufen, was wir aus den verschiedenen Erlebnisbereichen in der mittleren Säule des Gleichgewichtes bereits erkannt haben. Alle Lebensimpulse und psychischen Informationen, die uns aus Malkuth als Wurzelgrund der Seele und als kollektives Unbewußtes in Jesod zufließen, werden hier bereits ausbalanciert und an dieser wichtigen Wegkreuzung zu den Heilungszentren in der linken Säule der Gestaltung und/oder der rechten Säule der Barmherzigkeit weitergeleitet. Ist nun bereits diese grundlegende Schaltstation in Jesod nicht gereinigt und geöffnet, sondern durch Unbewußtheit, Trägheit und neurotische Hemmungen blockiert, dann stauen sich hier die Lebensenergien und äußern sich in Ängsten, die wiederum durch Zwangshandlungen und Abwehrmechanismen (wie zum Beispiel Verdrängung, Verleugnung, Rationalisierung, Selbstsabotage usw.) in Schach gehalten werden müssen.
Durch die vielgestaltigen Seelenkämpfe auf der untersten Ebene wird damit bereits viel psychische und geistige Energie verbraucht. Dies

macht uns auch verständlich, warum sich Menschen in den anderen Erlebnisfeldern des Lebensbaumes sehr kraftlos und mutlos fühlen. Wenn die Grundlage der Persönlichkeit und das Fundament in Jesod bereits beeinträchtigt sind, ergeben sich in dem psychosomatischen Zentrum von Tiphereth weitere negative Störungen, die wiederum die heilenden und spirituellen Einstrahlungen aus Kether schwächen oder sogar verhindern. So sitzen buchstäblich viele Menschen fortwährend in einer Zwickmühle und werden durch die Abwehrkämpfe am ganzheitlichen Leben gehindert. Aus diesem Grund ist die transzendente Funktion der Psyche eine entscheidende Hilfe zur Überwindung der Krisen.

Die wesentlichen Aspekte der transzendenten Funktion werden von K. v. Sury wie folgt zusammengefaßt (Wörterbuch der Psychologie, S. 256):

> Diejenige psychische Funktion, welche im Individuationsprozeß durch Bildung der vereinigenden Symbole die Synthese des Bewußtseins mit dem Unbewußten bewirkt und dadurch die Bewußtwerdung der psychischen Ganzheit des Selbst, ermöglicht. Transzendent bezeichnet dabei keine metaphysische Qualität, sondern die Tatsache, daß durch diese Funktion ein Übergang von einer Einstellung in eine andere geschaffen wird.

Durch einige Anmerkungen möchte ich dieses Zitat noch ergänzen und damit zugleich praxisorientierte Empfehlungen zur Selbsthilfe geben. Es geht um die Wahrnehmung und Einsicht in die Selbstregulierungsprozesse unserer Psyche. Ähnlich wie sich die komplizierten Lebensprozesse in unserem Körper fortwährend selbst regulieren, so gibt es auch im psychischen System Selbstheilungskräfte, die durch unsere Trägheit und durch unseren Widerstand beeinträchtigt und gestört werden können. Wenn wir uns dagegen um eine konstruktive Behandlung des Unbewußten und der Seele bemühen und nach Sinn und Zweck unserer Erfahrungen oder Symptome fragen, dann richten wir in konstruktiver Weise unsere Aufmerksamkeit auf den Wurzelgrund unserer Seele.

Es wurde schon in vielfacher Weise ausgeführt, daß aus dieser Quelle des Lebens durch die Bildersprache der Seele, insbesondere durch die Symbole, uns hilfreiche Botschaften zur ganzheitlichen und neuen Lebensgestaltung übermittelt werden. Besonders in den Symbolen unserer Träume geschehen fortwährend Zusammenfügungen von Gegensätzlichkeiten, die in unserem neurotisierten Bewußtsein als Spannung

und als Gegensätze gesehen werden. Wenn wir diese vereinigenden Symbole, wie es in der Definition heißt, mit liebender Aufmerksamkeit auf uns wirken lassen, beginnt der psychische Prozeß einer Synthese zwischen dem Bewußtsein und dem Unbewußten.
Wichtig ist in diesem Prozeß, daß die einseitige Sicht und Bewertung des Bewußtseins ergänzt wird durch die Akzeptanz der unbewußten Kräfte und deren Integration in das bewußte Leben. Indem wir anfangen, uns den Einfällen aus dem Unbewußten zu überlassen, und ihnen ebenfalls eine konstruktive Bedeutung beimessen, überwinden wir zunehmend die Angst, daß aus diesem Kellergeschoß unserer Seele uns nur Negatives und Destruktives überfallen könnte. Damit wehren wir die unbewußten Strebungen nach Ganzwerdung nicht mehr ab, und wir vermeiden den Verlust des Unbewußten, wenn wir statt dessen mit Aufmerksamkeit und Lust uns für diese andere Seite unserer Seele öffnen.
Es geht um eine existentielle Auseinandersetzung mit den unbewußten Produkten und dem Sinngehalt der Symbole. Von welchem Nutzen nun die Zusammenfügung der Gegensätze für jeden Menschen und insbesondere für jeden Patienten ist, beschreibt C.G. Jung wie folgt (GW 8, 193):

> Das Bewußtsein wird durch Gegenüberstellung von bisher unbewußten Inhalten beständig erweitert oder – besser gesagt – könnte erweitert werden, wenn es sich um deren Integration bemühen wollte. Das ist natürlich keineswegs immer der Fall. Auch wenn genügend Intelligenz vorhanden ist, um die Fragestellung zu verstehen, so fehlt es doch an Mut und Selbstvertrauen, oder man ist geistig und moralisch zu träge oder zu feige, eine Anstrengung zu machen. Wo aber die nötigen Voraussetzungen vorhanden sind, da bildet die transzendente Funktion nicht nur eine wertvolle Ergänzung der psychotherapeutischen Behandlung, sondern verschafft dem Patienten den nicht zu unterschätzenden Vorteil, aus eigenen Kräften einen gewichtigen Beitrag an die ärztliche Bemühung zu leisten und in diesem Maße nicht vom Arzte und seinem Können in einer oft demütigenden Weise abhängig zu sein. Es ist ein Weg, sich durch eigene Anstrengung zu befreien und den Mut zu sich selbst zu finden.

Die in der Seele vorhandene Möglichkeit zur Überbrückung der Gegensätze bewirkt also eine Öffnung für Kether und nimmt die Einstrahlungen aus dieser spirituellen Dimension in die eigene Person auf. Zugleich verstärkt sich auch die Aufnahmefähigkeit für das Einfließen und den Einfluß des Unbewußten aus Malkuth und Jesod. Nach C.G. Jungs Erfahrungen (GW 8, 188) ist es dabei kein unbedingtes Erfordernis, daß die Auseinandersetzung selber in allen Stücken bewußt werde. Öfters nämlich findet eine ganzheitliche Reaktion nicht jene geistigen Voraussetzungen, Anschauungen und Begriffe vor, die eine klare Fassung ermöglichen würden. In diesem Falle muß man sich mit dem wortlosen, aber ahnungsreichen Gefühle begnügen, das an anderer Stelle tritt und mehr wert ist als gescheites Geschwätz.

Die Spannungen zwischen unseren Gedanken und Gefühlen, zwischen unserem Wollen und Vollbringen, nötigen uns, nach Lösungen zu suchen und aktivieren dabei die Selbstheilungskräfte im Menschen. Indem die therapeutischen Sätze aus dem Selbst aus den Heilquellen der Seele ins Bewußtsein und den Körper überführt werden, werden auch die Gegensätze und Spannungen überbrückt. Diese Annäherung der Gegensätze und deren Überwindung durch neue und ganzheitliche Lebensformen sind Wirkungen der transzendenten Funktion.
Durch die Schulung unseres Ahnungsvermögens in dem »Therapiezentrum« der Weisheit, Chockmah, können wir bereits eine hilfreiche Unterstützung für die Arbeit mit der transzendenten Funktion gewinnen. Auch die geistige Arbeit in Binah mit dem Aufspüren des Urwissens in der eigenen Seele, unterstützt diesen fortwährenden Prozeß der Ganzwerdung und Individuation.

## *Imaginationen und Affirmationen*

Zu Beginn der Meditation sollten Sie sich zunächst wieder Zeit nehmen, um sich über die eine oder andere Frage aus der Checkliste oder aus dem Text Klarheit zu verschaffen oder ein persönliches Urteil zu bilden. Auf jeden Fall sollten Sie dann bei einer bestimmten Fragestellung verweilen, wenn Sie existentiell davon angesprochen wurden. Sehen Sie dies als eine Chance an, endlich einem Problem auf den Grund zu gehen und zu Ihrem Seelenfrieden zu kommen. Wenn Sie bei einem der anderen Erlebnisfelder des Lebensbaumes bereits eine Imagination oder Meditation gemacht haben, dann wissen Sie schon, daß Sie sich der angerührten Fragestellung und/oder dem erweckten Gefühl nur zu überlassen brauchen, und die Selbststeuerung der Seele kann einsetzen. Vielleicht haben Sie in einer Gruppe auch die Anleitungen einer erfahrenen Therapeutin oder eines Lehrers erlebt, so daß Sie mit den imaginativen Prozessen inzwischen schon vertraut sind. Sie wissen auch, daß

Sie jederzeit die Übung abbrechen können, wenn Sie Angst bekommen oder Ihnen die Probleme zu bedrohlich erscheinen. Besonders im spirituellen Zentrum von Kether können Sie jetzt einen inneren spirituellen Führer um Begleitung bitten. Wenn Sie eine Beziehung zu einem Schutz- oder Heilengel haben, wie zum Beispiel Raphael, dann können Sie ihn jetzt ebenfalls um spirituelle Führung bitten. Für manchen könnte es auch hilfreich sein, sich ein Bild oder ein Poster seines Engels am Meditationsplatz aufzustellen, um die persönliche Vorstellung und die Einbildungskraft noch zu verstärken. Nach diesen Hinweisen können Sie sich jetzt Zeit nehmen, Ihren Gedanken und dem Fluß Ihrer inneren Bilder nachzugehen.
Als nächsten Schritt der Imagination schlage ich Ihnen die Visualisierung der Farbe Weiß vor. Wenn Sie bei einem der anderen Erlebnisfelder im Lebensbaum oder beim kreativen Malen mit Farben gute Erfahrungen gemacht haben, dann mögen Sie jetzt mit Hilfe Ihrer Einbildungskraft in die Farbe Weiß eintauchen. Sie können die weißen Schwingungen noch sinnlicher wahrnehmen, wenn Sie sich zur Meditation ein weißes Tuch umlegen. Auch ein Kristall oder ein anderes spirituelles Symbol kann Ihre Erleuchtung und Ihre Erfahrung in Kether fördern. Wenn Sie später über die Bedeutung der verschiedenen Farben im Lebensbaum nachlesen, dann werden Sie über die psychische Wirkung der Farbe Weiß erfahren, daß sie mit Erleuchtung, Licht, Öffnung und Offenheit zu tun hat. Wenn Sie auf die Visualisierung der Farben gut ansprechen, dann können Sie auch in anderen Lebenssituationen, wenn Sie zum Beispiel spüren, daß negative Wirkungen von anderen Menschen auf Sie überfließen, durch die Visualisierung der Farbe Weiß um sich einen Schutzkreis bilden. Sie sollten sich jetzt Zeit nehmen und Ihre liebevolle Aufmerksamkeit ganz auf die Farbe Weiß richten.
Abschließend können Sie einige Male eine oder mehrere der folgenden Affirmationen zu Ihrer persönlichen Ermutigung und Hoffnung sprechen:

- Im weißen Licht fühle ich mich geborgen und geschützt.
- Ich öffne mich für die göttliche Spiritualität.
- Ich bitte um Ganzwerdung und Heilung.
- Ich glaube an den Geist, der lebendig macht und heilt.
- Ich bin im Frieden mit mir und eins mit der Welt.
- Ich bin eine Tochter (Sohn) des Höchsten.
- Mit Ehrfurcht erlebe ich meine Gott-Ebenbildlichkeit.

### *Empfehlungen für Therapeuten*

Nach meinen Erfahrungen lebt der nach Ganzwerdung und Individuation strebende Mensch nicht nur in den drei bekannten Bereichen von Leib, Seele und Geist, sondern sucht auch einen neuen Zugang zur Spiritualität. Darunter verstehe ich hier mehr als die Zugehörigkeit zu einer bestimmten Religion, Glaubensrichtung oder Überzeugung. Spiritualität im ganzheitlichen Sinne ist jene überpersönliche Kraft und Dynamik, die heilt und lebendig macht. Es ist die treibende Kraft zur Ganzwerdung und zur Menschwerdung sowie zur Individuation.

Daher schließe ich mich persönlich dem alten Credo (Glaubensbekenntnis) an: »Ich glaube an den Geist, der da lebendig macht!« In dieser therapeutischen Einstellung und persönlichen Überzeugung fühle ich mich durch meinen Lehrer C.G. Jung und die Jungsche Tiefenpsychologie bestärkt, die darauf hinweisen, daß es in der heutigen Therapie um mehr geht als bloß um die Heilung von Neurosen, nämlich daß die desorientierten und neurotisierten Menschen wieder Halt und Sinn finden durch eine religiöse Bindung und spirituelle Orientierung. Es geht um die Religio als einer Rückbindung an eine höhere Macht und den Anschluß an eine spirituelle Energiequelle. Das Selbst in der Seele des Menschen wäre dann so etwas wie der Landeplatz für den göttlichen Geist oder die Anschlußstelle für die Spiritualität.

Aus der Einbeziehung oder der Berücksichtigung des Spirituellen in der Therapie ergibt sich für uns Therapeuten ein ganz spezielles Problem. Es geht um die Frage nach der eigenen spirituellen Einstellung und Erfahrung. Wir wissen aus den anderen therapeutischen Bereichen, daß wir in der Regel einen Patienten nur so weit begleiten können, wie und wohin wir selbst gegangen sind. Gelegentliche Ausnahmen bestätigen diese Regel. Ähnlich verhält es sich auch mit der Begleitung eines Klienten durch die verschiedenen Stationen des Lebensbaumes, insbesondere aber beim Zutritt zu Kether, der Krone im Lebensbaum und der Krönung des therapeutischen Prozesses. Dieses Ziel erleben wir nur mit ganz wenigen Klienten in besonderen Augenblikken. In der Regel und nach der Statistik können wir im allgemeinen einem Drittel der Patienten bei der Heilung helfen, etwa einem Drittel der Klienten Besserung verschaffen und dem verbleibenden Rest Möglichkeiten zu eröffnen, mit den unheilbaren Krankheiten oder den unlösbaren Lebenskonflikten etwas besser oder behutsamer umgehen zu lernen.

Wir Praktiker wissen, wieviel Einsatz, Zuwendung, Geduld, Mühe und Kraft erforderlich ist, damit ein einzelner Mensch wieder beziehungsfähiger, liebesfähiger, arbeitsfähiger, vertrauensfähiger usw. wird. Und jetzt noch zusätzlich die Spiritualität, wird mancher fragen? Sind dafür nicht die Theologen da, die ausgebildeten Priester, Pfarrer, Diakone, Bischöfe, Pastoralassistenten, Religionslehrerinnen usw.? Dem ist so! Doch es gibt bei diesen innerkirchlichen Berufsgruppen nach meinen Erfahrungen ein paar Probleme, die psychoneurotischen Menschen und seelisch Kranken ganz besonders zu schaffen machen, wie mir zahlreiche Menschen in den letzten 20 Jahren berichtet haben und wie von zahlreichen Kolleginnen und Kollegen immer wieder bestätigt wird. Die meisten der Theologen können nicht hilfreich und therapeutisch für die Seele der Ratsuchenden sorgen, also keine Seelsorger im eigentlichen Sinne sein, weil sie dazu nicht gründlich genug ausgebildet sind. Das spüren in der heutigen Zeit viele sensible Menschen ganz genau und gehen lieber gleich zum Therapeuten, zur Psychologin, zum Psychiater oder einem Lebensberater.
Aus diesen und zahlreichen weiteren Gründen werbe ich um die Verstärkung des Dialoges und des Austausches zwischen Tiefenpsychologen, Therapeuten und Lebensberatern einerseits und den Seelsorgern und Theologen andererseits. Wenn es um Heilung und Therapie von leidenden Menschen geht, dann sollten doch endlich die leidigen Vorbehalte und die fragwürdigen Vorurteile zwischen Tiefenpsychologie und Theologie beiseite gestellt werden.
Abschließend möchte ich Ihnen zur Abhilfe der genannten Probleme folgende Konzeption oder besser gesagt Vision vorstellen, die ich von meinem Cheftherapeuten und meinem persönlichen Supervisor, wie ich Jesus gerne nenne, übernommen habe. In seinen sogenannten Aussendungsreden (Matthäus 10, Lukas 9 u.a.) erläßt er die Dienstanweisung an seine zwölf Jünger und die spätere Mitarbeiterschaft in den verschiedenen Kirchen, daß sie nicht nur hingehen sollen und allen Menschen das Evangelium verkündigen, sondern daß sie auch heilen und therapieren sollen. Während seit nahezu 2000 Jahren sich die Theologen, die kirchlichen Mitarbeiterinnen und viele Christen mit dem Verkündigungsauftrag identifizieren, wird nach meiner Erfahrung der zweite Teil des Dienstauftrages, nämlich zu heilen und zu therapieren, immer noch stiefmütterlich behandelt.
Die wenigen Beratungsstellen, einige therapeutische Fachkliniken und die Krankenhäuser in kirchlicher Trägerschaft können nach meiner

Auffassung nicht über den Ungehorsam gegenüber der Dienstanweisung Jesu hinwegtäuschen. Auch das bißchen Psychologie, was an den theologischen Fakultäten, an den Priesterseminaren und in den protestantischen Predigerseminaren vermittelt wird, ist letztlich für eine qualifizierte Seelsorge und erst recht für eine therapeutische Begleitung von psychoneurotischen Menschen nicht ausreichend. Dabei übersehe ich nicht die hoffnungsvollen Ansätze in Bereichen der pastoralpsychologischen Fortbildung für kirchliche Mitarbeiterinnen und Mitarbeiter. Nach meiner Diagnose ist dies alles ein Tropfen auf den heißen Stein, wenn man sich die seelischen Nöte der Menschen als Therapeut tagtäglich vor Augen halten muß. Als Konzept schlage ich für die nächsten Jahre und Jahrzehnte vor, daß die pastoralpsychologische Ausbildung für kirchliche Mitarbeiterinnen und Mitarbeiter und darüberhinaus die spezielle therapeutische Ausbildung dieser Berufsgruppen wesentlich verstärkt wird.

Bei dem begonnenen Streit um die Zuständigkeiten für die Seele sollten sich endlich die Kirchen, ihre Bischöfe und alle Verantwortlichen darauf besinnen, was in der Stiftungsurkunde des Christentums, dem Neuen Testament, über Therapie, Seelsorge und Heilung von dem Herrn der Kirche angeordnet ist. Wir sollten die Zuständigkeit für die Seele nicht allein den Psychiatern, den Fachärzten und den Psychologen überlassen, sondern der heilenden Spiritualität dadurch mehr Raum und mehr Wirkung verschaffen, daß hier Menschen tätig werden, die sowohl im Bereich der Spiritualität als auch im Bereich der Therapie geschult sind und über persönliche Erfahrungen verfügen. Diese Konzeption bestreitet keineswegs die Zuständigkeit von Psychiatern und Neurologen für bestimmte seelische Krankheitsbilder. Auch den Psychologen und den Therapeuten, die darüber klagen, daß sie überlastet sind, soll keineswegs das Wasser abgegraben werden. Es bedarf eines langen Dialoges zwischen den verschiedenen Fachrichtungen, um die anstehenden Fragen zum Wohle und zur Hilfe und Heilung der leidenden Menschen zu beantworten. Machen wir uns endlich auf den Weg!

# Anhang

# Der Lebensbaum und die Organe von Körper und Seele (von Dr. med. Walter Köster)

Körperlichen Organen oder Gruppen von ihnen bestimmte seelische Eigenschaften zuzuordnen, ist nicht erst eine Erfindung der modernen Psychosomatik. Bereits vor fünf Jahrtausenden haben die Chinesen ein solches exaktes System entwickelt, aus dem auch die Akupunktur hervorgegangen ist. Heute meinen wir mit C.G. Jung sogar, die Seele bilde ähnliche Organe aus wie der Körper. Dann aber reizt uns das Unterfangen, die Organbedeutungen, die in der Seele wachsen, mit dem wachsenden Lebensbaum zu vergleichen. Es lassen sich hier tatsächlich treffliche Parallelen auffinden, die im Gespräch mit Patienten, aber auch in homöopathischen Testungen ihr tatsächlich lebendiges Vorhandensein erweisen.

## *Malkuth*

Beginnen wir bei Malkuth, dem kollektiven Unbewußten nach Jung, dem Wurzelgrund, in dem die Symbole aller Religionen, aller Mythen und Märchen in all ihrer Widersprüchlichkeit nebeneinander auftreten, ohne sich dadurch zu stören oder zu irritieren. Wer kennt nicht die Träume, die ein Nebeneinander von Vorgängen und Personen erlauben, das im materiell greifbaren Alltag schlichtweg nicht zu verwirklichen wäre.
Schauen wir im körperlichen Bereich nach einem diesem Symbol entsprechenden Organ, werden wir unweigerlich auf den Magen stoßen. Dieser Muskelsack liegt im Bauch oberhalb des Nabels und nimmt wie ein Wartesaal alle Nahrungsteilchen auf, von der Vorspeise bis zum Dessert. Was sich noch im Mund kaum nebeneinander vertragen würde, wie die Suppe und der Pudding oder die Wurst und die Marmelade, darf hier unbeschadet in engem Kontakt existieren. Wie in einem Wartesaal sitzt jeder neben dem anderen, doch ein jeder für sich, und Verbindungen entstehen kaum. Diese Toleranz und Verträglichkeit ganz gegensätzlicher Dinge oder – im seelischen Bereich – sonst unvereinbarer Vorstellungen zeichnet den

Magen wie Malkuth. Hier beginnt ein langer Weg, der Weg des Keimlings aus dem Boden zum großen, mächtigen Baum, auch der Weg der geschluckten Nahrung zur »Menschwerdung«, sei es zu einem Stück Fingernagel oder einem Teil des Herzens des Menschen, dessen Wurzeln hier liegen. Hier holt der Mensch sich die Nährstoffe, mit denen er sich aufbaut, wie es ein Baum oder ein Lebensbaum mit seinen Wurzeln tut.

Dabei wollen wir nicht übersehen, daß wir hier seelische Symbole betrachten. Hier wird, wie auch im Lebensbaum, immer wieder die Vorstellung einer Wiedergeburt und einer den körperlichen Tod überlebenden und neu inkarnierenden Seele geäußert. Wenn wir dieser Annahme, für die viele Beobachtungen sprechen, nachgehen, so ist Malkuth unbedingt auch noch der Niere zuzuordnen, auf die wir bei Binah und Chokmah noch einmal zurückkommen werden. Die Nieren liegen am Rücken in der Höhe der untersten Rippen. Sie regulieren vor allem die Ausfuhr von Wasser und Salz, zwei archetypischen Symbolen.

Das Salz ist das Symbol des Leides von Gestern, man denke nur an Frau Lot im Alten Testament, die sich nach dem zerstörten Sodom umdreht, sich also wohl von dem gestrigen Leid nicht lösen kann und zur Salzsäule erstarrt (1. Mose 19). Dieses wie eine Salzwüste oder ein tiefer Winter tote Gestern wird gelöst, also wieder zum Leben erweckt durch das Wasser, welches das Salz löst, mit sich nimmt, und ihm wieder zu Bewegung und Dynamik verhilft. Dabei ist das Salz kostbar und nicht überflüssig; Wasser ohne Salz schmeckt schal, daher trinken wir Mineralwasser, also Salzwasser.

Das Wasser, das so vieles in sich löst und so vieles (er-)trägt, ohne daß es dadurch am Fließen gehindert würde, und in dem sich so viel verschiedenes tummeln und nebeneinander existieren kann, ist für den Beginn des Lebens und für dessen Wurzeln so grundlegend wie das Wasser für die Wurzeln des Baumes. Es löst das Salz, den alten Kummer, wie der Frühling den Winter unseres Lebensbaumes beendet.

Auch ein anderer Aspekt der Niere gehört zu Malkuth. »Wenn nicht in die Enge getrieben, kein Durchbruch« sagt ein buddhistisches Sprichwort. Zumindest im Seelischen läßt sich dies bestätigen, denn auch hier geht der große Durchbruch des Frühlings und der Beginn des Wachsens des Lebensbaumes in der Regel hervor aus Leid oder »Salz«, aus winterlicher Öde und Enge. Wort und Sinn der »Enge« sind der Angst verwandt, und die Angst wurde nicht nur von den Chinesen der Niere zugeordnet. Auch uns »geht es an die Nieren«, wenn es »dicht kommt«, also »eng wird«.

Dieser Zustand der Enge, des Leides und der Dichte scheint in der Seele die Voraussetzungen und den Drang zu schaffen, einen neuen Frühling starten zu wollen. Dieser Wunsch eines Neuanfanges bewirkt den Fluß des Lebens in die nächsten Sephirot, wo er sich schrittweise, »sephirotweise« seiner Verwirklichung nähert. Davon kann Malkuth als der gerade in die Erde gelegte Same und Wurzel des Lebens so wie das kollektive Unbewußte zunächst nur träumen.

*Ratschläge für den an Malkuth kranken Menschen:*
Möglicherweise stecken Sie im Moment zwischen zahllosen Anregungen und Wünschen und wissen nicht, wie Sie diese je alle verarbeiten können. Wenn daraus das Gefühl einer Not erwachsen sollte, so führen Sie sich vor Augen, daß diese möglicherweise aus Ihnen kommt, weil Sie selbst sich eine Zeit-Not gestalten. Die Monate vor dem Frühling, in denen scheinbar nichts in der Natur sich regt und doch die Wurzeln für den Frühling gelegt werden, entsprechen Ihrem Zustand. Auch die Natur läßt sich Zeit, um später mit urplötzlicher Gewalt hervorzubrechen. Gehen Sie also sanft mit sich um, schauen Sie sich alles an, übersehen und verdrängen Sie nichts aus dem großen Kollektiv des Bewußten und des Unbewußten, nehmen Sie sich notfalls die Muße eines Wiederkäuers.
Beobachten Sie sich, ob Sie bestimmte Gedanken nicht tolerieren. Vielleicht tun Sie dies nur, indem Sie sie als nebensächlich oder lästig betrachten. Wenn diese Ihnen aber doch immer wieder aufstoßen, raten wir Ihnen, packen Sie gerade diese Lappalien an. Sie sind Ihrem Unbewußten so wichtig wie große Lebensentscheidungen, es toleriert alles nebeneinander in gleicher Wertigkeit; alle sind ihm gleich gültig, aber nicht gleichgültig. Ihm kann daher auch eine scheinbare Lappalie ganz schön auf dem Magen liegen und Ihnen dann heftig aufstoßen. Versuchen Sie, alles gleichwertig zu behandeln, und nicht durch manche Ideen und Wünsche andere Vorstellungen lange Zeit zu unterjochen.
Gönnen Sie sich Ruhephasen, in denen Sie sich überlegen können, ob Sie das, was Sie tun, auch wirklich wollen, oder ob Sie nicht von der Wurzel Ihres Wollens unmerklich weggelaufen sind.

## *Jesod*

Der Magen gibt die Vielzahl der Nahrungsteilchen, die wir zu uns genommen haben und die er alle in ihrer Unterschiedlichkeit mehr oder weniger blind hingenommen hat, an den Dünndarm ab. Dieser bildet in der unteren Bauchhälfte ein großes Paket, da er sich knäuelartig in seiner Länge von fünf Metern hin und her windet. Ihm obliegt die Aufgabe, jene Nahrungsteilchen ins Blut zu schaffen, von denen er annimmt, sie könnten möglicherweise dem Körper nützen; die anderen scheidet er in den Dickdarm aus. Er kann sie nicht klar analysieren, das ist die Aufgabe seines Nachfolgers, der Leber, aber er muß sie auch nicht gar so blind tolerieren wie der Magen. In diesem Grenzbereich zwischen Unwissen und Wissen liegt der Bereich des intuitiven Vertrauens und des Ahnens, etwas könne einem schaden oder guttun. Dieses Bild entspricht exakt der Sephira Jesod.
Auch im körperlichen Bereich stellt es eine außerordentliche Vertrauensleistung dar, Nahrungsteilchen bereits aufzunehmen, ohne daß man sie klar durchschaut hat. Verzichtete der Körper wegen dieses unabänderlichen Mangels andererseits vollständig auf diese Funktion, so nähme der Dünndarm nichts auf und schied alle

Nahrung wieder aus. Dann aber drohte Verhungern und Verdursten, wie wir das vor allem von am Dünndarm erkrankten Säuglingen und älteren Leuten kennen.
Im seelischen Bereich ist dies nicht anders; wer nicht vertrauen kann, verhungert geistig und gelangt nicht zum Wissen. Das Vertrauen scheint wie der Dünndarm eine Durchgangsstation zu sein. Selbst jener Wissenschaftler, der ein fantastisches neues Wissen ins Bewußtsein ruft, wird intuitiv der Fährte seiner Psyche oft jahrelang nur glaubend und vertrauend folgen können, bis er sie möglicherweise endlich beweisen oder auch ihren Un-Sinn belegen kann.
So wie der Dünndarm zwischen Magen und Leber, so liegt das schon (be-)greifbarere, persönlichere Unbewußte zwischen dem unbegreiflichen Feld tiefst unbewußter Vorstellungen und dem, was wir für uns heute als klares Wissen hart erarbeitet haben. In diesem Bereich liegt also eine Menge Aufarbeitung und Vermittlung, wie auch in den fünf Metern Dünndarm.
Hier gilt es, sich unter (An-)Leitung des eigenen, integren und tiefen, spürbar untrüglichen Gefühls nach allen Seiten offen zu halten und nicht einseitig in einer Richtung zu binden. Dann wird aus der Sicht der Psychosomatik der Dünndarm sein emsiges, vertrauensvolles Tun verwirklichen können.

*Ratschläge für den Jesod- und Dünndarmkranken:*
Keiner kann das Ahnen und Glauben vermeiden. Sollten Sie diesen Zustand als unsicher und angstauslösend empfinden, so schauen Sie ihn sich einmal genauer an.
Stellen Sie sich vor, Sie müßten sämtliche Tabus, Regeln und Grenzsetzungen, die sie vorfinden, selbst von Grund auf analysieren, beginnend beispielsweise bei der Art, wie Sie sich begrüßen, ob mit japanischer Verbeugung oder deutschem Handschlag. Dann mündete Ihr Leben in endlosen Diskussionen. Sicherlich könnten Sie auch einige Tabus klären, doch die meisten der zahllosen Regeln müßten Sie angesichts Ihres hohen Anspruchs verdrängen, da Sie an deren Klärung wegen des Zeitmangels einfach nicht herankämen, sie aber andererseits zunächst einmal nicht vertrauend hinnehmen könnten. Das gründliche Analysieren aller Vorstellungen und Regeln raubte Ihnen soviel Zeit, daß Sie auch nicht mehr zu deren Verwirklichung kämen. Daher bedarf es notwendig des Mutes zur Ahnung. Wir können ihn durchaus mit dem Willen zu nachfolgender Analyse im Rahmen des Möglichen koppeln, um aus der Intuition Wissen zu gestalten, wie es uns die Leber vorführen wird.
Auch in diesem gefühlsbetonten Bereich ist es wichtig, zu einem klaren Ja oder einem entschiedenen Nein zu finden, wie der Dünndarm im Körper ohne sichere Analyse intuitiv entscheiden und manches einfach durchfließen lassen muß. Sonst gäbe er es weder ins Blut noch an den Dickdarm ab, wäre wie gelähmt und landete bei einem Darmverschluß. Seien Sie daher im Gefühlsbereich dynamisch, nehmen Sie sich den Mut zur gefühlsmäßigen Vermittlung und Mitte, auch wenn Sie dabei unvermeidliche Grenzbereiche zwischen Unfaßbarem und präzise Begriffenem in Kauf nehmen müssen. Vertrauen ist gut!

Überbewerten Sie aber auch nicht das gefühlsmäßige Erfassen. Seine Zielrichtung und Sehnsucht bleibt das klare Wissen und das sichere Erfahren. Ohne dies bliebe es auf halber Strecke stehen.

## *Hod*

Der Dünndarm hat jene Nahrungsteilchen ins Blut abgegeben, denen er vertraut hat. Diese möchte der Körper nun in Ruhe genauer prüfen, bevor er sie endgültig aufnimmt. Es könnte darunter ein Gift sein, von dem er nicht gewußt, aber das er im Vertrauen hingenommen hat wie einen strahlend schönen, aber mit unverträglichem Gift gespritzten Apfel. Dazu wird alles, was der Dünndarm aufgenommen hat, erst über die Pfortader der Leber zugeführt, bevor es wirklich in den Blutkreislauf hereingelassen wird. Die Leber zieht sich als ein mächtiges Organ vom rechten Oberbauch bis weit zur linken Seite hinüber. Sie analysiert Teilchen um Teilchen, baut es um, wenn dies ihrem Gesamtplan entspricht, und schafft so jene Voraussetzungen, aus denen neues Leben entstehen kann. Gleichartig werden im seelischen Bereich die vom persönlichen aus dem kollektiven Unbewußten übernommenen Vorstellungen vom Bewußten exakt analysiert und geprüft. Hier wird klärend abgegrenzt und abgegeben oder ausgeschieden, aber auch wissend aufgenommen und akzeptiert.
So wie wir bei den Sephirot hier eine neue und erste Querebene von Hod und Nezach finden, so bildet auch die körperliche Leber eine Grenze zwischen den Organen der Nahrungsverarbeitung und einer neuen Ebene, unserem ureigensten körperlichen Ich, dem Blutkreislauf. In ihrer letzten exakten Prüfung erfüllt sie die Träume von Magen und Dünndarm, so wie das Bewußte die Träume des kollektiven und persönlichen Unbewußten verwirklichen kann.
Doch auch das durch sie erworbene Wissen ist nicht Selbstzweck, es verwirklicht sich erst in seiner Anwendung. Die Anwendung wird Erfahrung mit sich bringen und wird der Leber und Hod zeigen, daß Wissen gegenüber der Realität oft sehr schmächtig dastehen kann, so mächtig es selbst wiederum gegenüber dem gefühlsmäßigen Bereich auftreten mag. Hod entspricht sehr dem modernen Menschen, der alles sichern, absichern und versichern will. Hier finden wir auch den Irrtum, zu übersehen, daß Wissen-schaft auf Axiomen und damit auf Annahmen ruht und daher eigentlich eine Glaubenssache ist oder zumindest auf einer solchen ruht.
Der psychische Bereich der Leber weiß auch noch nichts vom Fließen der Wahrheit in der Zeit, vom Fließen und steten Verändern der Realität, sowenig wie es das Kleinkind zu kennen scheint. Folglich meint man, aus der heutigen Situation klar auf die Zukunft schließen zu können, auf das, was erst noch auf uns zukommt. Dann wird man typischerweise von der überraschenden Zukunft, dem Zufall, überrumpelt. Erwarte nichts, dann wirst du nicht enttäuscht, ist ein Leitsatz für den, der das Wissen aus den Vorstellungen überschätzt. Er wird von den folgenden Organen wie Sephirot eines Besseren belehrt, eines erfreulichen Besseren.

*Ratschläge für den Leber- oder Hod-Erkrankten:*
Vertrauen ist gut, aber Kontrolle ist besser. Doch alles kontrollieren zu wollen, führt zum totalitären Regime, das seinen eigenen Untergang damit bereits programmiert hat. Denn Leben fließt unberechenbar, doch Kontrolle stagniert in berechenbaren Vorstellungen.
Verlieren Sie sich nicht zu sehr im Detail, sondern versuchen Sie, auch gefühlsmäßig das Ganze zu erfassen. Dann wird Ihre Angst vor der Unsicherheit schwinden. Menschen mit zu starkem Hod fürchten oft den Zu-Fall, als sei er immer ein Un-fall. Sie seien auf Nezach verwiesen, das die Galle als Kläranlage der Leber nahelegt.

## *Nezach*

Unter großen Mühen ist nun über das persönliche Unbewußte aus dem tiefsten kollektiven Unbewußten eine klare Vorstellung erarbeitet worden, die man als Wissen betrachtet. Wissen ist Macht, bestätigt der Volksmund. Im Körper hat die mächtige Leber die von Magen und Dünndarm vorbereiteten Nahrungsteilchen so präpariert, daß sie erwartet, daß sich nunmehr alles wie von selbst ihren Plänen fügt.
Manchem Nahrungsteilchen, welches vom Dünndarm »im guten Glauben« aufgenommen wurde, hat die Leber den Laufpaß gegeben. Diesen Lauf auch auszuführen, dieses Teilchen auszuscheiden und die in es gesetzte ent-täuschende Erwartung als Täuschung zu entlarven, diese Funktion nimmt im Körper die Galle wahr. Im rechten Oberbauch schräg hinter und unter der Leber gelegen, scheidet sie aus, was die Leber als nicht passend empfunden hat. Wir treffen hier nicht nur Teilchen aus dem Weg über den Dünndarm, sondern auch solche, die bereits zum Beispiel als Hormone in unserem Blut gekreist sind. Jetzt aber passen sie nicht mehr zu uns und sind nicht mehr vonnöten, ihr Verweilen würde nun vielmehr Störungen und Not auslösen. An dieser Stelle werden also Wege von Teilchen korrigiert.
Hier steht das zeitliche Verändern im Vordergrund, und zwar jenes, welches vom Betroffenen nunmehr als Nachteil empfunden werden mag, wenn er seine Zukunftsvorstellung fixiert hat, wie das bei einem übermächtigen und einseitigen Hod oder Leberprinzip leicht der Fall sein wird. Denn diese Erwartung zerbricht, und es kommt unerwartet anders. Damit sind wir mitten im Bereich von Nezach. Das Gespür für die richtige zeitliche Situation und Ordnung wie auch die Offenheit für Zufälle, und seien es Sprünge der Seele, lassen sich dem Bereich der Galle zwanglos zuordnen.
Eine Schwäche der Galle, eine Schwächung des freien und scheinbar durch Zufall korrigierenden Gestaltens geht einher mit einer Übermacht des strengen und den Zufall meiden wollenden Prinzips von Hod. Eine festgefahrene Vorstellung wird zwanghaft, wenn ihr nicht die Möglichkeit zur Korrektur anhand der Wirklichkeit

gegeben wird. Die Wirklichkeit aber verändert sich fließend in der Zeit, und es bedarf eines ständigen Mitfließens, auch wenn dies einmal ein Hakenschlagen oder einen Schicksalsschlag beinhalten mag, um sich die kreative Freiheit des Lebens zu erhalten. Sonst könnte man beispielsweise unter einem Gallenstein erdrückt werden, in dem alte und jetzt nicht mehr fließende Galle versteinert ist.
Dann könnte schließlich die Galle überlaufen und versuchen, selbst übermächtig zu werden. In diesem Fall wird nicht nur einmal eine Korrektur vorgenommen, sondern ein ständiges blitzartiges Hakenschlagen führt zum haltlosen Chaos wie zu einer blindwütigen Aggression.
Die Mitte zwischen übergroßer Erwartung bei zu starkem Hod und stumpfsinniger Gleichgültigkeit bei zu schwachem Hod liegt in der Hoffnung. Daher ist nicht grundlos der zukunftsplanenden Leber die kontinuierlich Dampf ablassende Galle beigesellt, damit die Erwartung nicht starr wird, sondern durch das Wissen um das Fließen der Zeit und der in ihr gefaßten Vorstellungen stetig korrigiert wird.
Leber- und Gallekrankheiten äußern sich an vielen Stellen; man denke nur an den Jakob des Alten Testaments, der seinen Ratgeber niederrang, anstatt seinen eigenen Weg zu korrigieren, und typischerweise an der Hüfte erkrankte (1 Mose 32). Migräne wie Schulternackenverspannungen sind weitere Symptome einer Erkrankung dieser Prinzipien.

*Ratschläge für den Nezach- oder Galle-Erkrankten:*
Ist bei Ihnen Nezach zu schwach und Hod zu stark? Fürchten Sie den Zu-fall als Un-fall? Aber auf wie viele Zufälle bauen wir unser Leben auf! Wie haben wir beispielsweise unseren Lebenspartner gefunden? Oder eine schöne Arbeitsstelle? Schauen Sie einmal im Alltag, wie viele positive Zufälle einige, aus Ihrer Sicht negative Un-fälle begleiten. Der Zufall ist wie der Frühling die Voraussetzung des Neuen und der Kreativität. Dieses sollte sicher nicht sinnlos wuchern, dessen Kontrolle ist wichtig. Aber eine übermächtige Kontrolle erstickt die Lebensfreude der Seele wie ein Tumor den Körper.

### *Tiphereth*

In der Kuppel des Zwerchfells, das den Bauch nach oben abschließt, liegt ein Nervengeflecht, dessen Nerven wie Sonnenstrahlen in alle Richtungen des Bauches ausstrahlen. In seinem Bereich liegen so wichtige Organe wie die Bauchspeicheldrüse, der Magen, die Milz und der Dickdarm. Diese Nervenbahnen geben Impulse des Gehirns an diese Bauchorgane, sind aber auch autonom, das heißt sie können auch selbst Impulse bilden. So ist dieses Nervengeflecht in der Mitte des Körpers wie ein Mittler zwischen oben und unten.
Die beiden Organe Milz und Bauchspeicheldrüse des Sonnengeflechts weisen auf eine weitere Mitte hin. Die Bauchspeicheldrüse reguliert den Zucker. Süßes über-

reichen wir dann, wenn wir Anerkennung verleihen wollen; auch uns selbst belohnen wir nicht selten in dieser Form. Man könnte die Bauchspeicheldrüse folglich als Organ der anerkennenden Zuwendung bezeichnen.
Die Milz hingegen wirkt wie ein Ferienhort für Blutkörperchen, die auf ihren Einsatz warten. Betrachtet man sie genauer, dann wird dieser Bereich als das kindliche Paradies im Schutze der Mutter noch deutlicher. Er entspricht der Freiheit, weitgehend unbeschränkt tun und lassen zu dürfen, was man will, bis man zum nächsten Schritt herangereift ist. Im Gegensatz zur Anerkennung, die sich auf eine vorangegangene Leistung bezieht, stoßen wir hier auf eine Fröhlichkeit, die keine Leistung nachweisen muß.
So verbindet das Sonnengeflecht auch die anerkennende Zuwendung, die aus der Hochschätzung einer Leistung erwächst, mit der anderen Art der Hinwendung, die einfach aus der Existenz eines Menschen hervorgeht, ohne daß er irgendetwas hätte leisten müssen. Man mag dies auch als Liebe des Vaters der Liebe der Mutter oder als objektive der subjektiven Erfüllung gegenüberstellen.
Beschwerden des Sonnengeflechts werden immer dann auftreten, wenn man die verschiedenen Ebenen seines Seins nicht in Einklang bringen und beispielsweise etwas objektiv längst bejahen, ihm aber subjektiv nicht folgen kann. Es mittelt zwischen der Psyche des einen großen Menschen und denen der zahllosen Einzelzellen, aus denen er besteht. Jedes Blutkörperchen ist eine voll funktionsfähige, für sich allein tätige Zelle, die aber auf das Blut des Gesamtorganismus angewiesen ist. Doch auch der Gesamtorganismus braucht seine Blutzellen zum Leben. Dieses immer wieder erstaunliche Einverständnis zwischen den Milliarden von Staatsbürgern, die den einen Menschen bilden, ist das Gefühl, welches wir mit dem Sonnengeflecht verbinden.

*Ratschläge für den an Tiphereth oder im Bereich des Sonnengeflechts Erkrankten:*
Vernachlässigen Sie nicht Ihren Körper, auch nicht Ihren Unter-leib gegenüber dem Ober-leib, beispielsweise in der Sexualität. Hegen Sie auch Ihr kleines, kindliches Selbst, welches wie ein Schmetterling über eine Frühlingswiese huschen oder ein Schiffchen mit dem Lauf des Baches verfolgen will. Gönnen Sie sich jene Phasen der freien und vom objektiven Standpunkt überflüssigen Wochenenden oder der Abende ohne (objektiv) »sinnvolles« Tun, bei denen nichts produziert wird als einfaches, subjektives Wohlbefinden. Staunen Sie über dessen schließlich auch objektive Folgen, über die neugewonnene Kraft und wiedererstrahlte Lebenslust. Das Subjektive will genauso geliebt werden wie das Objektive, und es gibt kein Recht und keinen vernünftigen Grund, es zu vernachlässigen. Nur wer beide Ebenen wechselweise oder gleichzeitig berücksichtigt, wird sich jenes ungemeine Wohlbefinden erhalten können, das den ruhigen Abend eines gelungenen Ferientages kennzeichnet.

## *Geburah*

Ein kräftiger Lebensbaum hat sich nun schon entwickelt. Doch der Mensch besteht aus deutlich mehr als einem Bauch. Über dem Zwerchfell, das dem Bauch wie ein Himmelsgewölbe mit dem Sonnengeflecht erscheinen mag, liegt ein großer weiter Himmel, der Brustkorb.
Auch der Lebensbaum wächst nun in eine neue Ebene hinein und bildet erneut einen Übergang wie zwischen Jesod und Hod. Waren dort die Nahrungsteilchen erstmalig von der Dünndarmschleimhaut in den Körper aufgenommen worden, aber noch fremde Teilchen geblieben, finden sie nun die Kraft, ein Teil des Menschen zu werden. Während im Bereich der Bauchseele wie bei Tiphereth oder der Milz sich die einzelnen Zellen, die den Gesamtorganismus bilden, verwirklichen und austoben durften, verwirklicht sich hier nun der Mensch als Ganzes. Vereint sind wir stark, scheint hier die Devise zu sein.
Auch im körperlichen Bereich finden wir auf dieser Ebene das Symbol der Stärke, das mutige Herz. Kraftvoll pumpt es das Blut allen Zellen des Körpers zu und ermöglicht so deren Leben. Wie die zentrale Unruhe einer Uhr gibt es den Takt an, und wenn dieser große Dirigent am Ende des Lebens den Taktstock aus der Hand legt, schweigt auch das ganze Orchester des lebendigen Körpers.
Das Herz symbolisiert wie Geburah die Kraft und die Aktivität, aber auch die Integrität. Denn es integriert alles, versorgt alles mit Blut, selbst einen ihm feindlich gesonnenen Tumor. Es scheint an die Kraft der Vernunft zu glauben, daß auch dieser einsehen wird, daß er ohne die zentrale Kraft, ohne die Versorgung durch das Herz nicht weiterleben wird. Es scheint darzustellen, daß wir trotz unserer vielfältigen Regungen und Wünsche ein einheitlicher und ganzer Mensch sind, mögen unsere manchmal so schwer unter einen Hut zu bringenden Vorstellungen äußerlich auch in allen Farben schillern. »Ich bin«, scheint das Herz auszurufen und es spürt seine Kraft und seinen Mut und trägt ihn auch in jene Bereiche, in denen dieses Bewußtsein noch nicht entwickelt sein mag.
Geburah oder das Herz krönt mit dem Spüren der eigenen tatsächlichen Existenz und der Wirklichkeit das zuvor nur theoretisch erarbeitete Wissen im Bereich von Hod und Leber. Jene planten das Morgen und hofften auf wirkliche Erfüllung ihrer Träume; in Geburah wird die wie mit dem Pulsschlag fließende Wirklichkeit greifbar.

*Ratschläge für den Geburah- oder Herz-Erkrankten:*
Wie integer integrieren Sie Ihre eigenen Gedanken? Gibt es möglicherweise Stimmen in Ihnen, die Sie mit Vehemenz bekämpfen, weil Sie meinen, Ihnen kein Gehör verschaffen zu dürfen? Zur Integrität gehört das Integrieren möglichst aller Wünsche und Gedanken unter einen Hut, ohne den einen sträflich über das Maß zu vernachlässigen und den anderen übermäßig zu fördern. Versuchen Sie, wie ein Salomon alle Seiten in Ihnen anzuhören und daraus immer wieder aufs neue wie das Herz mit jedem seiner Pulsschläge ein großes Ganzes zu machen. Dann wird Ihnen Mut und Kraft erwachsen, ohne daß Sie sie rufen müßten.

Dazu bedarf es des ständig neuen Pulsschlages, der immer wieder neuen Kommunikation, ohne auszuklammern oder zu unterjochen. Jene Auf-geschlossenheit all seinen eigenen Ideen und Intuitionen gegenüber, auch solchen, die man zunächst wegen ihrer Unglaublichkeit beiseite legen möchte, mündet direkt in der Fähigkeit, ent-schlossen zu handeln. Diese Offenheit entfacht das Feuer der Liebe und der Freiheit und steckt andere Menschen an wie ein Lauffeuer.
Aber erschöpfen Sie sich dabei nicht, sonst leeren Sie sich. Schließen Sie auch nicht jene Bauchseele aus, die Ihnen rät, immer wieder in die Ruhephasen eines kindlichen Paradieses einzutauchen oder auch einfach nur Bedürfnisse wie Ihren ausreichenden Schlaf nicht unter den Teppich zu kehren.
Übersehen wir also nicht, daß es sich um ein unermüdliches und tägliches Unterfangen mit offenen Sinnen und reger Wachheit handelt, das mit jedem Pulsschlag und dem Fließen des Blutes wie dem der Zeit ein anderes Gesicht haben mag.

## *Chesed*

Der kräftige zentrale Motor des Körpers, das immer pulsierende Herz füllt nur einen kleinen Teil des mächtigen Brustkorbes aus. Fast der gesamte Rest wird von einem Organ aus hauchdünnen Häutchen gebildet, das wie die zarten Flügel einer Libelle das Herz zu beflügeln scheint. Tatsächlich sprechen wir auch von Lungenflügeln. Das Herz, das aus zwei Hälften besteht, arbeitet mit einer ganzen Hälfte nur für dieses Organ. Was mag hinter diesem Organ psychisch stehen?
Die Lunge setzt dem Herzen einen hohen passiven Widerstand entgegen, sie wirkt wie der Bändiger eines wilden Hengstes, den sie zügelt. Das Herz, das die Kraft und den Mut des Helden und des Kriegers symbolisiert, erhält in dieser Ebene einen Partner, der ihm den Weg zu einem bedächtigeren Ringen ohne Schwert zeigt. So scheint sie das »Ich bin« des Herzens mit der Zartheit des Atems zu beflügeln und ihm die Barmherzigkeit zu verleihen.
Das Herz als Vollender des Gefühls für das Ich wird hier ergänzt durch ein Organ des Gefühls für das Du. Nicht nur in der alten chinesischen Medizin entsprechen der Lunge wie Chesed der Kummer und das Kümmern, das Sorgen und die Hinwendung zu anderen Menschen. Das in Geburah geborene Ich scheint sich nach außen zu öffnen und zu erfahren, daß es andere gibt, die ihm gleichen.
Sind die psychischen Eigenschaften der Lunge stark, wachsen Menschen heran wie Gandhi oder Martin Luther King, die große Inspirationen haben, was wörtlich Einatmungen heißt. Aber sie strahlen auch ein Charisma aus, das anzustecken scheint wie die Ausatmung Gottes in der Vorstellung des Alten Testaments, als er dem Menschen das Leben einhauchte.
Auch eine Schönheit von seltener Zartheit und doch Fülle wie die eines warmen Herbstabends mit vollen Früchten und dem Gefühl des Genießens entspricht der Lunge wie eine mozartliche Serenade. Nicht grundlos erkranken gerade Menschen wie Mozart leicht an der Lunge.

Mozart zeigt uns auch die Schwäche dieses zarten und doch kraftvoll widerstehenden Organs. Wer so beflügelt in fast überirdische Schönheit abhebt, kann vergessen, daß sein Lebensbaum in der Tiefe wurzelt und er auf all den erwähnten Stationen aufbaut. Dann mag er uns eine fast übernatürlich beschwingte Musik hinterlassen, doch sein Leben wird erdrückt werden von ungelösten Alltagssorgen, da er die Wurzeln dieser Schönheit vernachlässigt. Der Chesed-Kranke kann auch den Unter-leib und die Sexualität als niedrig werden und vernachlässigen wie Gandhi, oder sein Sonnengeflecht mit dem Dickdarm, der das Haben liebt, als unmoralisch betrachten und in einer bitteren Armut enden, in der auch das Schönheitsempfinden von den Alltagssorgen erdrückt werden mag. So bedarf die Lunge ganz besonders der Organe des Sonnengeflechts, des Mittlers zwischen oben und unten, zwischen Brustkorb und Bauch, damit sie zeitweise elfenhaft abheben kann, ihren Stand-Ort und damit ihren eigenen Standpunkt jedoch nicht vergißt.

*Wir raten dem an Chesed oder der Lunge Erkrankten:*
Wahren Sie Ihren Standpunkt, auch wenn Sie andere Standpunkte gut zu verstehen meinen. Bleiben Sie Sie selbst, sonst können Sie anderen bald nicht mehr helfen. Sie gleichen dann einem Helfer im Sumpf, der selbst versinkt.
Es ist schön, für andere dasein zu können, aber seien Sie auch sich selbst gegenüber fair und teilen Sie wie ein guter Verwalter von dem, was Sie für andere tun, auch etwas ab, das Sie für sich tun. Wenn Sie im anderen aufgehen, entspricht dies Ihrer Stärke; aber finden Sie zu sich zurück, sonst verlieren Sie sich im anderen und können ihm auch nicht mehr helfen. Dann werden Ihre Flügel schwer, und Ihre Stimmung wird so melancholisch wie manches Konzert von Mozart oder Bild von Dürer.
Freuen Sie sich aber auch an Schönem, haben Sie den Mut, es zu genießen. Suchen Sie das Gleichgewicht zwischen der herbstlichen Lunge, die die eigenen Früchte austeilt, und der frühlingshaft vorwärtsstürmenden Leber, die an die Selbstverwirklichung gemahnt.

## *Binah und Chockmah*

Die bisherigen Sephirot haben bereits ein abgerundetes Menschenbild gezeichnet; man mag sich fragen, wozu der Lebensbaum noch weiter in die Höhe streben sollte. Betrachten wir jedoch die Organe, so hat der Lebensbaum zwar tatsächlich sämtliche großen Organe vom Bauch bis zum Brustkorb ausgebildet, doch ist er noch kopflos.
Der Kopf, der vom Rumpf durch den Hals getrennt als höchster Punkt des Menschen thront, birgt in seinem knöchernen Schädel wie in einer Schale das Gehirn. Es bewahrt das Wissen und die Erfahrung des Menschen und wurde daher von den alten Chinesen der Niere zugeordnet, die wir schon bei Malkuth besprochen haben; sie ist für das Salz zuständig, das als Symbol der Erfahrung von gestern, die gelöst

und neu angewandt werden will, ein Bild der Funktion des Gehirns zeichnet. Es besteht aus mehreren Teilen, die der Mensch im Laufe seiner Geschichte nacheinander entwickelt hat. Als das letzte und krönende betrachtet man das Großhirn, das in zwei Hälften rechts und links mächtig den anderen Anteilen aufsitzt. Die beiden Hälften des Großhirns sind verbunden durch eine breite Nervenbrücke.
Der Lebensbaum bildet über den erwähnten Sephirot ebenfalls eine Zweiheit, Binah und Chockmah. Tatsächlich stimmen die Eigenschaften dieser beiden Sephirot erstaunlich gut überein mit dem, was verschiedene Forschungsergebnisse über die Eigenschaften beider Gehirnhälften nahelegen.
Die rechte Seite der Sephirot krönt Binah. Ihm wird die intellektuelle Verstehensmöglichkeit und Verantwortlichkeit, auch die Autorität zugeschrieben. Die linke Gehirnhälfte, die für die rechte Körperseite zuständig ist, ist beim Rechts- oder Beidhänder die beherrschende; sie hat die Autorität. Sie formt die Sprache und versucht, alles exakt und analytisch zu verstehen und daraus Folgerichtigkeiten zu entwickeln. Sie denkt in zeitlichen Schritten und Folgen. Ein Mensch, der folgerichtig handelt, kann Verantwortung tragen. So meinen wir, daß Binah dieser Gehirnhälfte zuzuordnen ist. Binah thront senkrecht über Hod und Geburah, über den Symbolen der analysierenden Leber und des Zeittakt gebenden, kraftspendenden Herzens, und so finden wir die typischerweise eher mächtigen Organe symbolisiert auf dieser Körperseite der Sephirot.
Demgegenüber wird von Chockmah berichtet, es offenbare eine Ganzheitsvision mit Inspirationen und spontanen, überzeugenden Einsichten. Genau dies schreiben moderne medizinische Forscher der rechten Gehirnhälfte zu, die ganzheitlich, nicht in Worten formuliert und zeitunabhängig Gesamtvorstellungen bildet. Sie faßt also alles zeitgleich parallel auf und nicht Schritt für Schritt wie die linke Gehirnhälfte. Sie ist mit der linken Körperhälfte verbunden.
Nicht nur in der Brust mit Geburah und Chesed, sondern auch im Gehirn scheinen also »zwei Seelen« zu wohnen, wie Experimente zu bestätigen scheinen. Interessanterweise ist diese Entwicklung der beiden Hirnhälften erst beim erwachsenen Menschen zu finden. Dies zeigt, daß wir es hier mit einer wirklich erst später entwickelten Krone des Lebensbaumes zu tun haben.
Dominiert die linke Gehirnhälfte allzusehr, so entgeht dem Menschen die Inspiration und der sichere Instinkt. Seine linken Sephirot werden zu schwach sein, er wird möglicherweise an dem ihn zugehörigen Organen erkranken. Wie bei Hod als Leber beschrieben, ist das analytische Vorgehen zwar außerordentlich hilfreich und für eine folgerichtige Tätigkeit oder einen logischen Aufbau unersetzlich. Es wirkt jedoch wie tot, wenn ihm das belebende Element der rechten Gehirnhälfte entgeht, die kreative Einfälle wie Blitze in das sorgfältig schrittweise errichtete Gedankengebäude der linken Hälfte einzuwerfen scheint. Diese bringen zwar Unruhe ins schön geordnete Gefüge, aber sie weisen es auf die ganze Bandbreite der Realität hin. Ohne dies entstünde ein zwar in sich schön logischer Aufbau, der sich aber von der fließenden Realität allzuleicht entfernte und wesentliche Aspekte übersähe.

Überwöge andererseits Chockmah oder die rechte Gehirnhälfte, so träfen wir auf einen außerordentlich inspirativen und intuitiven Menschen, der mit enormer Sensibilität schlagartig beispielsweise einen anderen Menschen oder seine Umwelt erfassen könnte. Doch fehlte ihm die Fähigkeit, dies anderen sprachlich verständlich zu machen, und auch er selbst könnte daraus kaum Konsequenzen ziehen, da ihm die Fähigkeit zur Bildung einer logischen Folge von Gedanken abginge.
Idealerweise verbindet der Mensch daher diese beiden grundlegenden Fähigkeiten in ausgeglichenem Maß. Gelingt es ihm sogar, sie zu vereinen, entwickelt er die höchste Sephira Kether. Dort werden wir versuchen, den Sinn dieses krönenden Dreiergespannes des Lebensbaums zu erfassen und Ratschläge zu formulieren.

### *Kether*

Wir haben die Sephirot aus der Warte des nüchternen Blicks des erwachsenen Menschen betrachtet, ein wenig in der Art, wie man etwas anschaut, wenn man es aus sicherer, erhöhter Warte beurteilen kann. Die Spitze des Lebensbaums zu begreifen, fällt unter diesem Aspekt ungleich schwerer. Wir wissen nicht, ob etwas über dieser Spitze folgt und was es sein könnte. Sollte der Mensch sich noch höher entwickeln können, so ist es jedenfalls bisher nicht gelungen, dies sprachlich festzuhalten. So vereinigen wir in Kether jene Vorstellungen, die wir als das Höchste im Menschen formulierbar fassen können.
In diesem Bereich scheint sich die rechte und die linke Gehirnhälfte als ein Ganzes zu empfinden. Sie ist die jüngste Entwicklung des Menschen; man nimmt in der Psychologie an, daß diese Form des Bewußtseins sich erst vor gut 3000 Jahren in der Zeit zwischen der Ilias und der Odyssee Homers entwickelt habe.
Wie können wir uns dieses Einssein beider Gehirnhälften oder der ihnen analogen psychischen Zustände vorstellen? Diese lichten Momente des Gefühls des Einsseins mögen wohl denen entsprechen, in denen man spürt, daß man mit seinem Lebenspartner eins ist. Ähnliches haben wir bei Chesed schon kennengelernt. Kether entwickelt jedoch das Gefühl, mit allem, mit jeder Existenz eins zu sein, von der Pflanze im Garten bis zu einer Truhe oder gar einem Stern im Kosmos. Schillers Ode an die Freude, die Beethoven in seiner 9. Sinfonie vertont hat, scheint Kether nahe zu kommen.
Kether entsprechen körperlich also zwar beide Gehirnhälften; es ist jedoch eine Funktion, die wir nicht sicher an eine bestimmte Stelle des Organs lokalisieren können. In diesem Bereich scheinen wir den materiell-körperlichen zugunsten des funktionellen und wohl mehr energetischen Bereichs zu verlassen. Erinnern wir uns an den Hinweis von Jung, man könne Psyche nicht als Ausfluß des Gehirns betrachten. »Das Psychische verdient als ein Phänomen an sich genommen zu werden; denn es liegen gar keine Gründe vor, wonach es als bloßes Epiphänomen (Epiphänom ist hier ein aus einer Sache hervorgegangenes und von dieser unein-

geschränkt abhängiges Phänomen – *Erläuterung des Autors*) zu betrachten wäre, obschon es an die Gehirnfunktion gebunden ist, sowenig als man das Leben als ein Epiphänomen der Kohlenstoffchemie auffassen kann« (GW 8, 10).

Was aber bedeutet dem Menschen das Großhirn? Ohne es kann er bei der heutigen Möglichkeit zu künstlicher Ernährung jahrelang leben. Doch er ißt dann nicht selbständig, redet nicht und schaut nicht bewußt. Es fehlt das, was in unseren Augen am Menschen fasziniert. Dieses, sein bewußtes Handeln und Denken entspricht den oberen drei Sephirot und scheint ihr Sinn zu sein.

In ihnen wiederholt sich alles noch einmal von neuem auf anderer Ebene, was von der Wurzel des Lebensbaums an im Menschen entwickelt worden ist. Eine Störung im Übergang vom Unbewußten zum Bewußten, im Bereich der Intuition beispielsweise, wird von hier aus auf den Dünndarm wirken, und in ihm und seinem gestörten Verhalten können wir möglicherweise erkennen, was uns das Gehirn sonst verbirgt. Wie eine Sonne scheint es auf jedes Organ, das im körperlichen Bereich in einer bestimmten Art und Weise arbeitet, den analogen psychischen Vorgang zu projizieren. Dies könnte erklären, weshalb Psychosomatik so exakt ist und sich der Lebensbaum so schön an den Bildern der Organe nachzeichnen läßt.

Es ist daher unumgänglich, sich immer wieder vor Augen zu führen, daß jede Sephira in der nächsten und neu entwickelten weiterlebt, sich in ihr verwirklicht wie die Wurzel in der Krone, und jeder Schritt eine neue Bereicherung des Ganzen ist, welches schließlich im Zustand von Kether eine Krönung der bisherigen Entwicklung erfahren darf.

*Wir raten dem an Binah, Chockmah und Kether Erkrankten:*

Betrachten Sie die Vögel auf dem Felde, die nicht säen und doch ernten. Offensichtlich fügen sie sich so in das Ganze ein, daß es sie nährt und unterstützt. Auch der Mensch ist nur ein kleines Zahnrädchen im Gesamtgefüge des Kosmos, doch auch die Vögel sind nicht mehr als dies. Der Kosmos scheint aus einer Unmenge von Individuen zu bestehen wie der Mensch aus einer Unmenge von Zellen. So wie diese Zellen auch im Reagenzglas überleben können und daher ganz offensichtlich eigenständige Individuen sind, andererseits aber tatsächlich als Gesamtheit den einen Menschen bilden, so scheint die Gesamtheit der Individuen eine Ganzheit zu bilden, die man Universum, Kosmos oder auch Gott nennen könnte.

So unabhängig wie der Mensch in seinem geistigen und psychischen Leben von seinen Zellen zu sein scheint, so wenig scheint jene übergeordnete Ganzheit vom Menschen abzuhängen. Dennoch sind die Zellen im Menschen aufs Genaueste aufeinander abgestimmt, wie wir dies auch bei den Organbetrachtungen der Sephirot gesehen haben. Es spricht einiges dafür, daß auch im Kosmos eine solche Abstimmung stattfindet, die die alten Chinesen genauestens erarbeitet haben.

Dann aber gilt es, zum einen alle anderen Existenzen, die unsere Umwelt gestalten, gleichwertig zu achten wie uns selbst. Lao Tse meinte hierzu im »Tao Te King«: »Wenn das Starke dem Schwachen Gewalt antut, heißt das: es stellt sich gegen den Weg. Was sich gegen den Weg stellt, wird sehr bald zu Ende gehen.«

Andererseits darf bei einer solchen Abstimmung aller Kräfte die Furcht schwinden, es könne einem etwas ungerechtfertigt schaden. Läßt man alles im Gleichgewicht und ist man eins mit dem Kosmos im Sinne der großen Sephira Kether, so gilt der Satz des Lao Tse: »Wer es versteht, richtig zu leben, kann überall hingehen, ohne Angst vor dem Nashorn oder dem Tiger; er würde auch nicht verwundet werden im Kampf. Das Nashorn findet an ihm keine Stelle, wo es sein Horn hineinstoßen könnte und der Tiger findet keinen Platz für seine Pranken; ebenso finden auch andere Waffen keine Stellen, wo sie treffen könnten.«

# Die Farben im Lebensbaum

Den Erlebnisfeldern im Lebensbaum werden in der kabbalistischen Tradition bestimmte Farben zugeordnet, welche die Bedeutung dieses Feldes durch die Farbwirkung und die Strahlungsenergie der jeweiligen Farbe verstehen helfen. In meiner persönlichen Farbwahrnehmung und in der therapeutischen Arbeit mit Menschen erlebe ich häufig bestimmte Beziehungen und Entsprechungen zwischen den Gefühlen und einzelnen Farben. Aus räumlichen Gründen kann ich hier leider nicht die Vieldeutigkeit der Farbe im künstlerischen wie im therapeutischen Bereich darlegen, ich werde mich daher auf die Farbwirkungen beschränken, die unsere bisherigen Deutungen der Erlebnisfelder ergänzen und vertiefen.

## *Die Grundfarben im Gefühlsdreieck*

Auf der Gefühlsebene wird Geburah das Rot zugeordnet, das Blau für Chesed und das Gelb für Tiphereth. Die drei Primärfarben können in unserem seelischen und natürlichen Farberleben eine tiefgreifende Wirkung auslösen und die sichtbar werdenden Gefühle widerspiegeln.

Rot ist im Lebensbaum die Farbe der blutvollen Lebensenergien. Nach dem natürlichen Farberleben vieler Menschen wird mit Rot die Liebe, das Feuer, die Gefühle, der Kampf, die Revolution und viele andere Lebensäußerungen mit starker Gefühlsbeteiligung ausgedrückt. Rot ist die Farbe des Blutes als Träger der Lebensenergien und der feurigen Gefühle. Die Vielfalt der Vitalität mit den vielen Ausdrucksformen der Sinnlichkeit und der Sexualität, der Leidenschaft und der seelischen Erregungen, kommen im Rot zum Ausdruck. Die Farbpsychologen deuten Rot als Ausdruck der Vitalkraft und der vegetativen Gefühlserregungen. Darüber hinaus kann das Rot auch die geistigen Lebenskräfte erregen und verstärken. Die Intensität des Erlebens und viele Aktivitäten können durch das Rot gefördert werden. Wenn wir diese wenigen Hinweise auf die Wirkung des Rot in Beziehung setzen zu der Bedeutung dieses Erlebnisfeldes, dann erkennen wir darin die Antriebskräfte und die Lebendigkeit, den Tatendrang und das Durchsetzungsvermögen wieder.

Das Blau in Chesed ist im Lebensbaum die Farbe der Zärtlichkeit und der kosmischen Weite. Während das Rot unseren Gefühlsbereich aktiviert und erregt, erweckt das Blau unsere zärtlichen Gefühle und romantischen Vorstellungen. Im psychischen Erlebnisbereich gehen vom Blau geheimnisvolle Wirkungen aus, die mit Sehnsüchten oder einem kosmischen Einheitsgefühl umschrieben werden können. Dafür sind das strahlende Blau von Marc Chagall in den Glasmalereien der Fenster im Frauenmünster zu Zürich ein besonderer Ausdruck. Wir sehen dort den träumenden Jakob und die Himmelsleiter, auf der die Engel auf und hernieder steigen.

Die Farbe Gelb hat in Tiphereth die Bedeutung der strahlenden Sonne und erinnert an die gelben Blüten und Blumen im Frühling und im Sommer. Auch die vielen gelben und golden leuchtenden Früchte im Herbst gehören in diesen symbolischen Zusammenhang. Der Maler Vincent van Gogh hat mit der Farbe Gelb in seinen bekannten Bildern von den Sonnenblumen und der Ernte des reifen Kornes dieser Farbe einen besonderen Ausdruck verliehen. Für ihn und für viele Menschen, die mit dem Lebensbaum arbeiten, ist gerade diese Farbe ein Symbol der Lichtenergie und darüber hinaus der schöpferischen Energien im Menschen. Wenn wir diese wenigen Hinweise auf die Wirkung des Gelb in Beziehung setzen zu der Bedeutung dieses Erlebnisfeldes, dann erkennen wir darin etwas wieder von den fließenden Lebensenergien, dem körperlichen Wohlgefühl und den sinnlichen Empfindungen sowie den Selbstheilungskräften, die in Tiphereth wirken.

### *Die Farben im Beziehungsdreieck*

Die Farben auf der Beziehungsebene sind Orange für Hod, Grün für Nezach und Violett für Jesod. In diesen Erlebnisfeldern erfahren wir unser körperliches und seelisches Eingebundensein in Raum und Zeit, sowie die Einwirkungen unserer unbewußten Lebensenergien in Jesod. In Hod spüren wir das zu Hause sein im Körper als Resonanzraum für unsere seelischen Schwingungen und in Nezach die Biorhythmen und die zyklischen Vorgänge, wie sie von den Frauen zum Beispiel im Menstruationszyklus erlebt werden und von uns Männern in mancherlei Stimmungsschwankungen bei dem ewigen Auf und Ab unserer Gemütsverfassung.

Orange ist im Lebensbaum die Farbe der Körperlichkeit. Orange hat eine besondere Strahlkraft, die sich aus der Vereinigung der Farbwirkungen des vitalen Rot und des leuchtenden Gelb ergeben. Nach Untersuchungen hat Orange eine besondere Beziehung zum Geltungs- und Leistungsstreben. Ähnlich wie geltungssüchtige Menschen andere verdrängen können, so kann die Farbe Orange zusammen mit anderen Farben diese verdrängen oder positiv als Signalfarbe überstrahlen. Viele Menschen spüren bei Orange eine warme Lebensenergie und eine heitere Ausstrahlung. Für sensible Menschen ist Orange eine besondere Symbolfarbe für Transformation und Grenzüberschreitung. Als Beispiel für diese Wirkung seien die orangenen Gewänder bei den Ordenstrachten indischer Mönche erwähnt und anderer spiritueller Orden.

Die Farbe Grün in Nezach hat eine heilende Wirkung, beruhigend, ausgleichend und harmonisierend. Nach einem Farbentest hat das Grün den Ausdruckswert von Ausdauer, Selbstsicherheit und Selbstbehauptung. In der spirituellen Heilkunde der Heiligen Hildegard von Bingen ist die Grünkraft in der Schöpfung und in der Seele des Menschen eine besondere therapeutische Kraft. Die Strahlungskräfte des Grün und die damit verbundenen therapeutischen Wirkungen erscheinen im Heilungsprozeß und in den Träumen häufig dann, wenn ein Mensch in seiner Seele und in seinen inneren Wahrnehmungen der Ganzwerdung nahekommt. Auch in Visionen und Sterbeerfahrungen, also in Grenzsituationen des Lebens, erscheint das Grün und erweckt eine besondere Hoffnung.
Für viele Menschen ist das Violett in Jesod eine ambivalente Mischfarbe mit erregenden und hemmenden Strahlungskräften. In therapeutischen Prozessen erscheint Violett häufig als Reizfarbe und verweist auf innere Unruhe und Spannungen. In der christlichen Farbsymbolik wird Violett während der Passionszeit und im Advent verwendet und verweist auf Leiden und auf die Zeit der Erwartung. In der alchemistischen, kabbalistischen und esoterischen Deutung ist Violett die Farbe der persönlichen Wandlung und der spirituellen Transformation. Wenn wir diese wenigen Hinweise auf die Wirkung des Violett in Beziehung setzen zu der Bedeutung des Erlebnisfeldes, dann erkennen wir darin die Gegensatzproblematik und das Streben nach Ausgleich und Balance in Jesod wieder. Auch das Streben nach Gerechtigkeit und Ausgewogenheit sowie die Überwindung der Gegensatzproblematik klingt in den Farbwirkungen des Violett an.

### *Die Farben im geistigen Erlebnisdreieck*

Die Farben im geistigen und spirituellen Erlebnisdreieck sind Schwarz im Erlebnisfeld von Binah, Grau in Chockmah und Weiß in der Krone des Lebensbaumes. Die Strahlungskräfte des Schwarz rühren an ein dunkles und tiefes Geheimnis der Seele und des Lebens schlechthin. Da ist Schwarz die Symbolfarbe für das Unbewußte und die dunklen Träume mit den angstmachenden schwarzen Gestalten. Es sind Sinnbilder und Symbole für die verdrängten Lebensenergien, die in diesen dunklen Gestalten das Bewußtsein erwecken wollen. Wenn wir von der Erfahrung ausgehen, daß die Farben sichtbar gewordene verdichtete Gefühle sind, dann verweist uns das Schwarz auf eine wichtige Bewußtwerdung unserer verdrängten Seeleninhalte. Diese tiefenpsychologische Erfahrung deckt sich mit der alchemistischen Symbolik, wonach der Wandlungsprozeß mit der Schwärzung, der Nigredo, beginnt. Wichtige Symbolgestalten für diesen Prozeß der Bewußtwerdung und Erleuchtung sind die schwarze Anima und der schwarze Animus, wie sie uns in den schwarzen Madonnen und den Märchenmotiven von der schwarzen Frau begegnen. Sinnbilder für den schwarzen, dunklen Animus sind der sogenannte schwarze Mann und alle jene unheimlichen Mannsbilder, die durch die Träume

von Männern und Frauen geistern. In derartigen Personifikationen und Sinnbildern werden wir unserer verborgenen Sinnlichkeit und unserer verdrängten Lebensenergien ansichtig.
In meiner Beschäftigung mit den Farben im Lebensbaum habe ich lange Zeit nicht verstehen können, warum in der esoterischen und kabbalistischen Tradition dem Erlebnisfeld von Chockmah die graue Farbe zugeordnet wurde. Schließlich fand ich eine Möglichkeit des Verstehens, als ich die Farbe Grau mit den seelischen Erfahrungen des Grauens in Verbindung brachte. Wenn Menschen etwas Grauenhaftes und Furchtbares erleben, kann es geschehen, daß ihnen in der Auseinandersetzung und Bearbeitung dieser Erfahrung eine neue Lebenseinsicht oder Erkenntnis zuteil wird. Wenn ein Mensch seiner grauenhaften oder schmerzlichen Erfahrung einen Sinn geben kann, sieht er schließlich in bestimmten Zufällen eine weise Fügung. Was anfänglich dunkel und furchtbar schien, kann dann zu einem sinnvollen Puzzleteilchen werden, ein weiteres Teilchen des Lebensgeheimnisses zu erkennen. In der biblischen Überlieferung wird diese Erfahrung einmal in dem Spruch ausgedrückt: »Die Furcht des Herrn ist der Weisheit Anfang!« Verallgemeinern wir diese spirituelle Erfahrung auf das psychische Erleben, dann kann uns die Strahlungskraft der Farbe Grau und das psychische Erleben des Grauens zu einem Wegweiser zur Weisheit werden.
Die psychischen Wirkungen der Farbe Weiß haben mit Erleuchtung, Licht, Öffnung und Offenheit zu tun. Ein Symbol der Erleuchtung und des Geistes ist der Kristall. In therapeutischen Prozessen erscheint nach der Bearbeitung der Schattenanteile in den Imaginationen und Träumen häufig als Zielorientierung ein helles Licht oder eine weiße Gestalt. Diese weißen Symbole sind dann ein Hinweis, daß ein Mensch nach langem Mühen dem Ziel der Ganzwerdung und Heilung nähergekommen ist. Dies geschieht jedoch in aller Vorläufigkeit, weil wir nach spiritueller Erkenntnis und nach christlicher Hoffnung erst ganz am Ziel des Weges mit einem weißen Gewand überkleidet werden. Das weiße Totenhemd im Sarg ist dafür auf der irdischen Ebene ein Sinnbild. Wenn wir die Farben als sichtbar gewordene verdichtete Gefühle anschauen, dann können wir mit Hilfe der Farben erkennen, in welchem Erlebnisfeld des Lebensbaumes wir uns derzeit befinden.

# Schlüsselworte

## *Malkuth*

### 1. Allgemein
Wurzelgrund des Seelischen. Kollektives Unbewußtes (nach C.G. Jung). Autonomie und Spontaneität des Objektiv-Psychischen, wie es sich in Visionen und Träumen, Ekstasen und Wahnvorstellungen sowie in Krankheiten und Symptomen manifestiert. Auch die Bilderwelt der Märchen, die Symbole der Religionen und der Mythen sind Ausdrucksformen. Ihre Ursymbole sind: Feuer, Wasser, Luft und Erde.

### 2. Körperbereich
Erdboden und Füße

### 3. Körperorgan
Magen und Nieren; Salz und Wasser (Funktion: Aufnahme von Fremdem, Beginn, Toleranz)

### 4. Farbe
Rot (für Fühlen nach der Jungschen Typologie), Blau (Denken), Gelb (Intuition), Grün (Empfinden und Wahrnehmung)

### 5. Energiefelder (Komplexe)
Der psychoide Archetypus (nach C.G. Jung) als eine zugleich seelenähnliche und materielle Wirkkraft. Die Lebensenergien und die Materie sind zwei Erscheinungsformen der Einheitswirklichkeit.

### 6. Therapeutische Kräfte
Die Archetypen als anordnende Faktoren des Lebens und der Seele vermitteln die Heilkräfte im Lebensbaum. Durch das homöopathische Heilungsprinzip der Ähnlichkeit können die therapeutischen Kräfte aus dem Königreich der Seele ins persönliche Leben integriert werden.

### 7. Negatives/Schatten
Gestörte Kommunikation zwischen dem persönlichen Unbewußten in Jesod und dem kollektiven Unbewußten mit den Folgen von Unlebendigkeit, Psychose und Unbewußtheit.

### 8. Anima/Animus
Die Anima als Naturwesen, als Seelentier und Heilpflanze. Der Animus als innere Stimme und Inspiration.

### 9. Archetypen
Die Elemente Feuer, Wasser, Luft und Erde. Die Große Mutter (E. Neumann)

### 10. Affirmation
Ich lebe aus meinen Wurzeln!
Ich richte meine Aufmerksamkeit in Demut auf das Selbst und die Seele.
Ich bin ein Teil des Ganzen.
Ich bitte, daß mein Schutzengel mich begleitet durchs Leben.

### 11. Bibel
Belebe mich neu, führe mich herauf aus den Tiefen der Erde! (Psalm 71,20)
Denn du hast mein Inneres geschaffen, mich gewoben im Schoße meiner Mutter (Psalm 139,13).

### 12. Bach-Blüten
1 Odermennig, 16 Geißblatt, 29 Eßkastanie, 33 Walnuß

### 13. Astrologie
Urelemente Feuer, Wasser, Luft und Erde

### 14. Tarot
10 Rad des Schicksals, 21 das All, Frau Welt

**1. Allgemein**
Das persönliche Unbewußte als Fundament unserer Persönlichkeit. Die Bilderwelt der eigenen Seele. Offener Grenzbereich zwischen Bewußtsein und Unbewußtem. Kreative Impulse und schöpferische Kräfte aus dem Unbewußten. Der Tempel der Intuition. Das Ahnungsvermögen, das uns mit den Ahnen verbindet und zu unbewußten Ähnlichkeiten mit anderen Menschen in Beziehung steht.

**2. Körperbereich**
Unterer Bauchbereich

**3. Körperorgan**
Dünndarm (Prozeß zwischen Magen und Leber; Resorption, ohne exakt zu analysieren)

**4. Farbe**
Violett (fördert persönliche Wandlung und spirituelle Transformation)

**5. Energiefelder (Komplexe)**
Unbewußte Bindungen an die eigene Vergangenheit und neurotische Verstrickungen mit anderen Menschen. Positiver und/oder negativer Vater- und Mutterkomplex. Streben nach Gerechtigkeit und Leistung. Ambivalente Gefühle.

**6. Therapeutische Kräfte**
Ausgleich und Balance zwischen den Gegensätzen schaffen, z.B. zwischen dem Bewußtsein und dem Unbewußten, zwischen Sexualität und Spiritualität. Öffnung für die therapeutischen Kräfte aus dem Unbewußten. Vertrauen in die Selbstheilungskräfte der Seele und des kollektiven Unbewußten. Programmierung von neuen Lebenskonzepten. Arbeit am Selbstwertgefühl.

**7. Negatives/Schatten**
Unbewußtheit und Verstrickung in psychoneurotische Bindungen. Weitgehend unbewußtes Agieren mit psychischen Abwehrmechanismen (z.B. Verdrängung, Verleugnung, Projektion, Selbstsabotage usw.), verdrängte Antriebe und blockierte Lebensenergien. Widerstände gegen diepersönliche Wandlung.

**8. Anima/Animus**
Vermittelnde und launische Anima.
Ausgleichender und gerechter Animus.

**9. Archetypen**
Wirkungsfeld der Großen Mutter im persönlichen Unbewußten. Seelentiere als innere Begleiter. Mondkräfte.

**10. Affirmation**
Ich suche den Ausgleich und die Balance zwischen Leib, Seele und Geist.
Ich will auf meine innere Stimme hören.
Ich sehe meine Fehler und Schwächen im milden Licht des Mondes.
Ich ahne, daß in mir noch weitere Fähigkeiten schlummern.

**11. Bibel**
Denn ich begreife mein Handeln nicht: Ich tue nicht das, was ich will, sondern das, was ich hasse (Römer 7,15).
Wißt ihr nicht, daß euer Leib ein Tempel des Heiligen Geistes ist, der in euch wohnt und den ihr von Gott habt? (1. Korinther 6,19).
Gib mir neue Kraft durch deine Gerechtigkeit! (Ps. 119,40)

**12. Bach-Blüten**
3 Rotbuche, 19 Lärche, 20 Gauklerblume

**13. Astrologie**
Mond

**14. Tarot**
18 Der Mond, 8 Die Gerechtigkeit, 14 Das Maß

**1. Allgemein**
Gestaltungskräfte des Geistes und der Seele. Einordnung und Differenzierung der Erfahrungen in verschiedenen Lebenssituationen. Abgrenzungen und persönlicher Schutzraum. Bewußtseinserweiterung, Transformation und Grenzüberschreitungen. Was wir empfinden und wahrnehmen in klärende Worte kleiden. Sinn für Ästhetik im Privaten und Künstlerischen. Das rechte Maß zur Lebensgestaltung finden.

**2. Körperbereich**
rechter Hüftbereich

**3. Körperorgan**
Leber (genaue Analyse, Vorbereitung der Wirklichkeit)

**4. Farbe**
Orange (warme Lebensenergie, Körperlichkeit, Entspannung)

**5. Energiefelder (Komplexe)**
Alle Körpergefühle und sinnlichen Wahrnehmungen. Der Körper und seine Grenzen (z.B. Haut) als Resonanzraum unserer seelischen Schwingungen. Geltungs- und Leistungsstreben. Gestaltungsfähige und steuernde Ich-Funktionen.

**6. Therapeutische Kräfte**
Ängste, Gefühle und seelische Verletzungen artikulieren und aussprechen. Nach den gewonnenen Einsichten an der Umgestaltung des persönlichen Lebens und/oder des Arbeitsplatzes arbeiten. Vertrauensvolle Übertragungs-Beziehung zwischen Ratsuchenden und Therapeuten (oder einem anderen vertrauenswürdigen Menschen). Sich auf den Weg machen und der inneren Führung vertrauen.

**7. Negatives/Schatten**
Mangel an innerer Führung und chaotische Lebensgestaltung. Angstmachendes und chaotisches Gefühlsleben. Körperlich bedingtes Minderwertigkeitsgefühl. Maßlosigkeiten und Unordnung in vielen Lebensbereichen.

**8. Anima/Animus**
Die bezaubernde und verführende Anima.
Ein führender und magischer Animus.

**9. Archetypen**
Alle inneren Begleiter und Botschafter. Hermes und Merkurius als innere Seelenführer. Der auferstandene und verinnerlichte Christus als spiritueller Begleiter.

**10. Affirmation**
Ich habe meinen Platz im Leben.
Ich bin nicht allein.
Ich vertraue mich meinen inneren Begleitern an.
Ich sehe und anerkenne meine Begrenzungen und schütze mich.

**11. Bibel**
Du hast mich nicht preisgegeben der Gewalt meines Feindes, hast meinen Füßen freien Raum geschenkt (Psalm 31,9).
Wer diese meine Worte hört und danach handelt, ist wie ein kluger Mann, der sein Haus auf Fels baute (Matthäus, 7,24).
Laßt euch als lebendige Steine zu einem geistigen Hause aufbauen (1. Petrus 2,5).

**12. Astrologie**
Merkur

**13. Bach-Blüten**
2 Espe, 10 Holzapfel, 32 Weinrebe, 33 Walnuß, 38 Gelbe Weide

**14. Tarot**
1 Der Magier, 4 Der Herrscher

**1. Allgemein**
Vitalität, liebevolle Lebendigkeit und Naturkräfte. Abhängigkeit und Beeinflussung von Lebensrhythmen. Gespür für günstige Situationen und glückliche Augenblicke. Erlebnisbereich für alle Ausdrucksformen der Liebe (Verliebtheit, Glück, Sehnsucht, chaotische und dramatische Liebesbeziehungen). Offenheit für Zufälle und Zukünftiges. Ästhetik und Schönheitssinn.

**2. Körperbereich**
linker Hüftbereich

**3. Körperorgan**
Galle, Gallenmeridian (nach chinesischer Medizin) (Ausscheiden von nicht mehr Passendem und Überholtem)

**4. Farbe**
Grün

**5. Energiefelder (Komplexe)**
Fließende Lebensenergien. Liebesfähigkeit. Sexualkomplex mit diversen Störungen. Physiologische Grundstörungen im Hormon- und Immunsystem. Gleichzeitigkeitserlebnisse, schicksalhafte Fügungen und Zufälle (Synchronizitätsereignisse nach C.G. Jung) erweitern das Raum- und Zeiterleben. Quantensprünge der Seele.

**6. Therapeutische Kräfte**
Erwachen zur liebevollen Lebendigkeit. Die Liebe und Kreativität bringt die Lebensenergien wieder zum Fließen. Die therapeutische »Grünkraft« (H. v. Bingen) heilt vegetative Störungen. Die situative Deutung von Lebenskonflikten vermittelt Sinn. Quantensprünge in der psychischen Entwicklung wirken therapeutisch.

**7. Negatives/Schatten**
Psychische Blockaden und Sexualstörungen. Beziehungs- und Liebessucht (ohne echte Liebe). Auflösungsängste und Hingabestörungen im Orgasmus. Zerstörerisches Ausagieren der Triebkräfte. Ambivalenzkonflikte führen zur Schwächung der Abwehrkräfte. Unbewußtheit, übertriebene Scham und seelische Verletzungen.

**8. Anima/Animus**
Die vitale und spontane Anima.
Der erotische und liebevolle Animus.

**9. Archetypen**
Aphrodite, Kairos (Gott des günstigen Augenblicks)

**10. Affirmation**
Ich bin liebenswert und liebe das Leben.
Ich spüre meine Vitalität und will sie verantwortlich leben.
Ich aktiviere die Selbstheilungskräfte meiner Seele.
Ich sehe in allen Zufällen und Fügungen einen Sinn.
Mein positives Selbstwertgefühl wächst.

**11. Bibel**
Alles hat seine Stunde. Für jedes Geschehen unter dem Himmel gibt es eine bestimmte Zeit (Kohelet 3,1).
Da formte Gott der Herr den Menschen und blies in seine Nase den Lebensatem. So wurde der Mensch zu einem lebendigen Wesen (Genesis 2,7).

**12. Astrologie**
Venus (Selbstliebe und Selbstwert, Ästhetik, Schönheit)

**13. Bach-Blüten**
4 Tausendgüldenkraut, 6 Kirsch-Pflaume, 7 Knospe der Roßkastanie, 28 Einjähriger Knäuel

**14. Tarot**
2 Die Hohepriesterin, 6 Die Liebenden/Die Entscheidung

**1. Allgemein**
Ganzwerdung, Individuation und Integration aller Persönlichkeitsanteile. Mitgefühl, Mitleid und Nächstenliebe. Das Sonnengeflecht als sensibles Wahrnehmungsorgan. Es ist wie ein zweites Herz im Bauch, wo wir die psychosomatischen Reaktionen verspüren. Symbole: Sonne, Gold, Gefäße, Gebärmutter, Höhle, Gralskelch usw.

**2. Körperbereich**
Sonnengeflecht oberhalb des Nabels

**3. Körperorgan**
Sonnengeflecht mit Bauchspeicheldrüse, Milz, Dickdarm

**4. Farbe**
Gold-gelb (positiv als Lichtenergie, negativ als Todesfarbe)

**5. Energiefelder (Komplexe)**
Sinnliche und körperliche Wahrnehmungen im Sonnengeflecht. Das sonnige Gemüt eines Menschen. Die Ich-Selbst-Achse in der Personmitte. Symbolbildungen in der »Bauchseele«.

**6. Therapeutische Kräfte**
Aus unserer Mitte heraus können wir die Gegensätze und Spannungen in uns ausgleichen. In Tiphereth sind die vegetativen Heilkräfte und die Sonnenenergien gespeichert. Durch das Mitgefühl und die Nächstenliebe werden die eigenen Selbstheilungskräfte mobilisiert.

**7. Negatives/Schatten**
Beeinträchtigung durch negative Ausstrahlungen von anderen oder eigene negative Schwingungen. Narzistische Selbstbezogenheit und Individualismus anstatt Individuation. Psychosomatische Körpersymptome.

**8. Anima/Animus**
Die mitfühlende und sonnige Anima.
Der strahlende und goldige Animus.

**9. Archetypen**
Das SELBST, das Kind, der König, der Priester, der psychosomatische Christus, Raphael als Heilengel. Asklepios als griechisches Heilsymbol.

**10. Affirmationen**
Ich lasse meine Lebensenergien frei fließen.
Ich spüre den Sonnenschein in mir.
Ich will gesund werden und ganzheitlich leben.
Ich lasse mich vom Lebensfluß tragen.
Ich trenne mich von alten Vorstellungsbildern.
Ich will aus meiner Mitte leben.
Ich suche mein Seelenkind und will es liebevoll versorgen.

**11. Bibel**
Euch wird aufgehen die Sonne der Gerechtigkeit, und ihre Flügel bringen Heilung (Maleachi 3,20).
Kommt alle zu mir, die ihr euch plagt und schwere Lasten zu tragen habt. Ich werde euch Ruhe verschaffen (Matth. 11,28).
Du sollst deinen Nächsten lieben wie dich selbst (Levitikus 19,18).

**12. Bach-Blüten**
6 Kirsch-Pflaume, 27 Rock Water

**13. Astrologie**
Sonne

**14. Tarot**
19 Die Sonne, o Der Narr

**1. Allgemein**
Kraft und Lebensmut, Aktivitäten und Durchsetzungsvermögen, Entschiedenheit und Selbstbehauptung, Autonomie und gesunde Autorität, persönliche Identität und Integrität

**2. Körperbereich**
rechter Arm und rechte Schulter

**3. Körperorgan**
Herz (zentrale und verbindende Lebensenergie)

**4. Farbe**
Rot (mit den Strahlungskräften für Gefühle, Kampf, Vitalität, Revolution usw.)

**5. Energiefelder (Komplexe)**
Alle geistigen und psychischen Antriebskräfte, Aktivitäten und Aggressionen. Macht- und Ohnmacht-Komplex. Die psychischen Lebensenergien wirken in allen »energischen« Lebensäußerungen.

**6. Therapeutische Kräfte**
Bewußtwerdung, Auseinandersetzung und Gestaltung der unbewußten Triebkräfte. Bewußtwerdung und Durchschauen unserer Projektionen sowie Rücknahme derselben durch Integration dieser Kräfte in die eigene Person. Die persönlichen Abwehrmechanismen erkennen (z.B. Verdrängung, Rationalisierung, Verleugnung usw.) und die verdrängten Gefühle und unangenehmen Erfahrungen bearbeiten.

**7. Negatives/Schatten**
Antriebsschwäche, Lustlosigkeit, Depression. Unkontrollierter Ärger und Wut, Eigensinn und Härte. Neigungen zur Gewalttätigkeit und Rücksichtslosigkeit. Allmachtsgefühle und Abwertungen von anderen. Selbstmitleid und von Eifersucht »besessen«. Unfähigkeit zu trauern. Kopfschmerzen und Migräne.

**8. Anima/Animus**
Die kraftvolle und mutige Anima.
Der kämpferische und starke Animus.

**9. Archetypen**
Held, Ritter, Krieger, Sportler (negativ: Fanatiker, Machthaber, Wüstling, Blaubart, Blaustrumpf)

**10. Affirmationen**
Ich bin ein Mensch voller Lebensfreude.
Ich habe wieder Lebensmut.
Ich stecke voller Tatendrang.
Ich nehme meine Gefühle dankbar an.
Ich erlebe Kraft durch Freude.
Die kosmischen Kräfte fließen in mich über.
Für meine Aufgaben bekomme ich die nötige Kraft.
Ich habe Kraft, Macht und Mut.

**11. Bibel**
Die dem Herrn vertrauen, schöpfen neue Kraft, sie bekommen Flügel wie Adler. Sie laufen und werden nicht müde, sie gehen und werden nicht matt (Jesaja 40, 31).
Die Gnade erweist ihre Kraft in der Schwachheit (2. Kor. 12,9).
Bevölkert die Erde, unterwerft sie euch, und herrscht über sie (Genesis 1,28).

**12. Bach-Blüten**
22 Die Eiche, 23 Die Olive, 31 Eisenkraut

**13. Astrologie**
Mars

**14. Tarot**
11 Die Kraft, 16 Der Turm

# *Chesed*

**1. Allgemein**
Barmherzigkeit und Gnade, Glanz, Schönheit und positive Ausstrahlung. Sensibilität, Zärtlichkeit und liebevolle Lebensbejahung. Nächstenliebe, Zuneigung und Mitgefühl. Herzlichkeit und Offenheit.

**2. Körperbereich**
Herzbereich und linke Schulter

**3. Körperorgan**
Lunge (Inspiration, Zartheit, Sorgen)

**4. Farbe**
Blau

**5. Energiefelder (Komplexe)**
Eros-Komplex als Folge des verdrängten Eros im Leben und der Religion. Erotische Träume, Phantasien und Tagträume. Faszination von Menschen mit überzeugender Ausstrahlung. Helfer-Komplex als Alibi für nicht gelebte Beziehungen.

**6. Therapeutische Kräfte**
Jede Ganzwerdung und Heilung ist ein Akt der Gnade und ein Geschenk der archetypischen Mächte. Der »dialogische Eros« (M. Buber) und der therapeutische Eros (Plato) eröffnen sowohl in den sprachlichen Beziehungen als auch in den gefühlsmäßigen Begegnungen ganzheitliche Erlebnismöglichkeiten.

**7. Negatives/Schatten**
Verzärtelung als verzerrte Zärtlichkeit. Larvierte Depression, unbewußte Traurigkeit und psychosomatische Herz-Leber-Funktionsstörungen als Symptome für verhinderte erotische Ausstrahlung, Verklärung und Zärtlichkeit.

**8. Anima/Animus**
Die liebende und zärtliche Anima.
Der hoffnungsvolle und verklärende Animus.

**9. Archetypen**
Amor und der spirituelle Eros

**10. Affirmation**
Ich bin dankbar für das geschenkte Leben.
Ich kann die mir erwiesene Zärtlichkeit genießen.
Ich freue mich über mein zärtliches Gefühl.
Meine Sehnsucht nach einer liebevollen Beziehung wird sich eines Tages erfüllen.
Meine Gesundheit und meine Heilung sind eine Gnade.
Ich atme alle Schönheit ein und alle Zärtlichkeit aus.
Ich freue mich über den Gleichklang der Gefühle mit einem geliebten Menschen.

**11. Bibel**
Alles, was ihr tut, geschehe in der Liebe (1. Korinther 16,14).
Die ihn lieben, sind wie die Sonne, wenn sie aufgeht in ihrer Kraft (Richter 5,31).
Bekleidet euch mit aufrichtigem Erbarmen, mit Güte, Demut, Milde, Geduld! (Kolosser 3,12).

**12. Bach-Blüten**
21 Wilder Senf, 25 Rote Kastanie, 34 Sumpfwasserfeder

**13. Astrologie**
Jupiter

**14. Tarot**
3 Die Herrscherin, 17 Der Stern

**1. Allgemein**
Selbstbilder und Lebensplan. Selbsterkenntnis und Selbstverwirklichung. Geistige und intellektuelle Verstehensmöglichkeiten. Höhere Intelligenz. Wissen um tiefe Gegensätzlichkeiten in der eigenen Person. Suche nach persönlicher und beruflicher Identität. Bemühen um Wandlung und Wiedergeburt. Die persönliche Freiheit verantwortlich leben.

**2. Körperbereich**
rechte Gesichts- und Kopfhälfte

**3. Körperorgan**
linke Gehirnhälfte (regiert rechte Körperhälfte)

**4. Farbe**
Schwarz

**5. Energiefelder (Komplexe)**
Autoritäts- und Vaterkomplex. Minderwertigkeitskomplex mit Selbstentwertungen. Gotteskomplex als narzistische Selbsterhöhung. Ängste, Aggressionen. Getriebenheit und starke Unruhe signalisieren die Übermacht des Geistigen und des kontrollierenden Gewissens.

**6. Therapeutische Kräfte**
Das innere Wissen lehrt uns die Anrufe des Lebens zu verstehen und zu verwirklichen. Das positive Denken schafft einen Ausgleich zwischen den Gegensätzen in uns und in den zwischenmenschlichen Beziehungen. Symbolische Todeserfahrungen führen zu existentiellen Wandlungen.

**7. Negatives/Schatten**
Unwissenheit und Unverständnis für seelische Bedürfnisse und Individuation. Übertriebene Gewissensbisse und Gewissenlosigkeit in bestimmten Situationen. Neigung zu Überheblichkeit und Größenwahn (als Folge des unbewußten Minderwertigkeitskomplexes).

**8. Anima/Animus**
Die geistige und begeisternde Anima.
Der spirituelle Animus als geistiger Führer zur Individuation.

**9. Archetypen**
Vaterarchetyp und geistige Autoritäten. Der/die Wissende. Symbolische Personifikationen in Dichtern, Denkern und überzeugenden Politikern. Archetyp der Todesmutter und »Gevatter Tod« als Symbole der Wandlung und Wiedergeburt.

**10. Affirmation**
Ich will die Anrufe meines Lebens beachten und leben.
Ich will mein inneres Wissen bewußt machen und beachten.
Ich trachte weiterhin nach Selbsterkenntnis.
Ich gehe den nächsten Schritt zur Selbstverwirklichung.
Ich lerne zu unterscheiden, was ich tun muß und was ich lassen kann.

**11. Bibel**
Sobald ihr davon eßt, gehen euch die Augen auf, ihr werdet wie Gott und erkennt Gut und Böse (Genesis 3,5).
Vater, vergib ihnen, denn sie wissen nicht, was sie tun (Lukas 23,34).
Jetzt schauen wir in einen Spiegel und sehen nur rätselhafte Umrisse, dann aber schauen wir von Angesicht zu Angesicht. Jetzt erkenne ich unvollkommen, dann aber werde ich durch und durch erkennen (1. Korinther, 13,12).

**12. Bach-Blüten**
7 Knospe der Roßkastanie, 24 Kiefer, 32 Weinrebe, 35 Weiße Kastanie

**13. Astrologie**
Saturn, Neptun

**14. Tarot**
5 Der Hohepriester/Der Papst, 15 Der Teufel

**1. Allgemein**

Wegweisung durch die innere Weisheit. Wir vernehmen sie durch die innere Stimme als überzeugendes Urwissen. Die Weisheit wirkt im Selbst. Sie offenbart uns eine Vision unserer Ganzwerdung und Individuation. Orakel- und Wahrträume. Sinnfragen und Lebensrätsel.

**2. Körperbereich**

rechte Gehirnhälfte

**3. Körperorgan**

rechte Gehirnhälfte (regiert linke Körperhälfte)

**4. Farbe**

Grau

**5. Energiefelder (Komplexe)**

Der Drang zur Ganzwerdung und der Zwang zur Individuation. Das Selbst als Kern der Persönlichkeit. Die Archetypen und die Energiefelder der Seele sind von großer Intensität und haben eine numinose Wirkung auf das Bewußtsein und die steuernden Ich-Funktionen.

**6. Therapeutische Kräfte**

Die Selbstheilungskräfte der Psyche, die vom Selbst gesteuert werden, bewirken eine Neuorganisation des neurotisierten Lebens. Die Gegensatzspannung, die im Entweder-oder-Denken zum Ausdruck kommt, wird durch die Lebensweisheit des Sowohl-als-auch ergänzt.

**7. Negatives/Schatten**

In den abgespaltenen Schatten-Anteilen neue Schattierungen des Selbstbildes erkennen. Zermürbender Kampf gegen die unkontrollierbaren Affekte und Emotionen sowie gegen das sogenannte Böse. Diese archetypischen Kräfte und Mächte können Besessenheitszustände erzeugen und in die Psychose treiben.

**8. Anima/Animus**

Die weise Anima erscheint in den Seelenbildern von weisen Frauen und Göttinnen. Der weise Animus wird als spiritueller Führer und weiser Lehrer erlebt.

**9. Archetypen**

Der und die alte Weise, der Narr und Magier (im Tarot), das »eisgraue Männlein« im Märchen »Der Vogel Greif« u.a. Der innere Christus als Träger des Geistes der Weisheit. Verklärte Gestalten und Verklärungen als transpersonale Symbole der neuen Wirklichkeit und der Auferstehung.

**10. Affirmation**

Ich will meiner inneren Stimme folgen. Ich will auf die gewonnene Lebensweisheit hören und ihr gehorchen. Ich will mich einem weisen Lehrer anvertrauen. Ich will auf die Weisheit meines Herzens hören. Ich vertraue den Heilungskräften der Weisheit.

**11. Bibel**

In der Weisheit ist ein Geist, gedankenvoll, heilig, einzigartig, mannigfaltig, zart, beweglich, durchdringend, unbefleckt, klar, unverletzlich, das Gute liebend, scharf, ... wohltätig, menschenfreundlich, fest, sicher, ohne Sorge, alles vermögend, alles überwachend und alle Geister durchdringend, die denkenden, reinen und zartesten. Denn die Weisheit ist beweglicher als alle Bewegung, in ihrer Reinheit durchdringt und erfüllt sie alles (Weisheit, 7,23f).
In Christus sind alle Schätze der Weisheit und Erkenntnis verborgen (Kolosser 2,3).

**12. Astrologie**

Uranus als Umschwungbewirkender. Erleuchtung und Spontaneität.

**13. Bach-Blüten**

17 Weißbuche, 26 Gelbes Sonnenröschen, 30 Eßkastanie, 36 Waldtrespe

**14. Tarot**

9 Der Eremit, 12 Der Gehängte

**1. Allgemein**
Ganzheitserfahrungen und Einsfühlen mit sich, dem Kosmos und dem Göttlichen. Vollendung und Ziel des spirituellen Weges mit Erlangung des höchsten Bewußtseins in Augenblicken der Erleuchtung und/oder der Verklärung. Totale Öffnung und Lichterfahrung. Erfahrung der Gottähnlichkeit.

**2. Körperbereich**
Bereich oberhalb des Scheitels

**3. Körperorgan**
Beide Gehirnhälften als Gesamtfunktion

**4. Farbe**
Weiß

**5. Energiefelder (Komplexe)**
Numinose Kräfte und Lebensenergien mit spiritueller Ausstrahlung und mit besonderen Heilwirkungen. Negativ als »Besessenheit« im Sinne von totaler Ergriffenheit und Besetztsein von Kräften, die nicht durch das Ich und den Willen gesteuert werden können. Auch negativer Gotteskomplex als narzistische Selbstüberhöhung.

**6. Therapeutische Kräfte**
Lebenswille und Lebenstrieb, die stärker sind als das Krankmachende und der Todestrieb. Impulse und Wille zur Ganzwerdung, Heilung und Individuation. Bei der Annäherung an Kether und die göttliche Sphäre springt der göttliche Funke über und werden die Heilkräfte entbunden. M. Buber beschreibt es als »dialogischen Eros«.

**7. Negatives/Schatten**
Archetypische Schattenanteile in Symbolen des Bösen, der Dämonen, des Teufels u.a. zerstörerischer Mächte.

**8. Anima/Animus**
Spirituelle Anima.
Androgyner Animus.

**9. Archetypen**
Engel, Lichtgestalten, Androgyn, göttliche Stimme.

**10. Affirmation**
Im weißen Licht fühle ich mich geborgen und geschützt.
Ich öffne mich für die göttliche Spiritualität.
Ich bitte um Ganzwerdung und Heilung.
Ich glaube an den Geist, der lebendig macht und heilt.
Ich bin im Frieden mit mir und eins mit der Welt.
Ich bin eine Tochter (Sohn) des Höchsten.
Mit Ehrfurcht erlebe ich meine Gott-Ebenbildlichkeit.

**11. Bibel**
Sei getreu bis in den Tod, dann werde ich dir die Krone des Lebens geben (Offenbarung 2,10).
Er wurde vor ihren Augen verwandelt, sein Gesicht leuchtete wie die Sonne und seine Kleider wurden blendend weiß wie das Licht (Matthäus 17,2).
Wer siegt, dem werde ich von dem verborgenen Manna geben. Ich werde ihm einen weißen Stein geben, und auf dem Stein steht ein neuer Name, den nur der kennt, der ihn empfängt (Offenbarung 2,17).

**12. Astrologie**
Pluto

**13. Bach-Blüten**
9 weiße Waldrebe, 14 Schottisches Heidekraut, 33 Walnuß, 39 Notfall-Tropfen

**14. Tarot**
7 Der Siegeswagen, 20 Auferstehung/Gericht

# Worterklärungen

**Anima/Animus**
Seelenbilder in Frauen und Männern, die wir uns als innere Partner vorstellen können. Alles was wir in den bewußten Beziehungen verwirklichen und erleben, wird von diesen inneren Seelenbildern beeinflußt und gesteuert. Während uns die gleichgeschlechtlichen Seelenbilder von den persönlichen Erfahrungen her relativ vertraut sind, – also die Anima der Frau und der Animus dem Mann –, repräsentieren die gegengeschlechtlichen Gestalten unbewußte Anteile. Der Animus ist die unbewußte männliche Seite in der Frau. Es ist der innere Mann oder der innere Partner, der zwischen dem weiblichen Bewußtsein und dem Selbst als der schöpferischen Quelle im Unbewußten der Frau eine Verbindung herstellt. Von einem negativen Animus sprechen wir, wenn eine Frau sich in übertriebener Weise männlich verhält, rechthaberisch und meinungsbesessen ist.
Die Anima ist die unbewußte weibliche Seite im Mann. Sie ist das Eros-Prinzip in der Seele des Mannes und vermittelt ihm einen Zugang zum Selbst und den schöpferischen Quellen der Seele. In den Imaginationen, Phantasien und Träumen der Männer erscheint die Anima personifiziert in verschiedenen Frauengestalten, z. B. als Freundin und Liebhaberin, als Dirne oder Heilige oder als geistige Führerin (Frau Weisheit, Chockmah im Lebensbaum). Die unbewußte Identifikation mit der Anima kann sich als Launenhaftigkeit, Verweichlichung und Überempfindlichkeit im Seelenleben des Mannes auswirken.

**Archetypen**
Archetypen sind unsichtbare und unanschauliche Wirkfaktoren im Unbewußten. Es sind anordnende Kräfte im Seelenleben. Sie erscheinen im Bewußtsein als archetypische Bilder und Ideen. Es sind universale Lebensmuster und Motive aus dem kollektiven Unbewußten, die unser Leben ordnen und gestalten. Ausdrucksformen der Archetypen sind die große Vielgestaltigkeit der Symbole und Rituale. Archetypische Bilder finden wir in allen Lebensmustern, in den Religionen und Mythologien, in den Märchen, Legenden und Träumen.

**Erlebnisfeld**
Unter einem Erlebnisfeld im Lebensbaum verstehe ich alle Erfahrungen, die mit der jeweiligen Sephira in Beziehung stehen. Der Lebensbaum hat zehn Sphären oder Emanationen, in denen nach kabbalistischer Vorstellung die göttliche Alleinheit einfließt und in Erscheinung tritt. Synonym zu Erlebnisfeld spreche ich auch vom Kraftfeld oder Wirkungsfeld, wenn ich die Ausstrahlungen oder Schwingungen der psychischen Energien (Lebensenergie) ausdrücken will. Von Malkuth, als der Keimstätte und dem Wurzelgrund des Lebens, fließen die Lebensenergien in alle Erlebnisfelder des Lebensbaumes.

**Esoterik**
Esoterik bedeutet und heißt für mich die Geheimnisse des Lebens, besonders des inneren Erlebens, und des Seelenlebens zu erkennen und zu erfassen und für die per-

sönliche Ganzwerdung und eigene Heilung zu nutzen. Dieses Bemühen um Selbsterkenntnis und Selbstverwirklichung bleibt kein Eigennutz, sondern wirkt sich auch im einfühlsamen Umgang mit anderen Menschen und in einem verantwortungsvollen Umgang mit der Umwelt und der ganzen Schöpfung positiv aus.

**Imagination, aktive**
Aktive Imagination ist eine von C.G. Jung entwickelte Meditationsform, die zur Auseinandersetzung mit unbewußten Inhalten der Integration von seelischen Kräften und Lebensenergien dient. Der Übende kann mit dieser Methode Affekte, Bilder, Gefühle und Träume aktiv eingreifend weiterentwickeln. Die Aktive Imagination ist ein Weg zur Ganzwerdung, zur Selbsthilfe und zur Selbstverwirklichung.

**Individuation**
Individuation ist ein lebenslanger Reifungs- und Wandlungsprozeß des Menschen, bei dem unbewußte Persönlichkeitsanteile ans Bewußtsein angeschlossen werden. Durch diesen Integrationsvorgang werden sowohl das Bewußtsein als auch das Unbewußte gewandelt. Im Individuationsprozeß verwirklicht der Mensch das Selbst als eine größere und umfassendere Persönlichkeit. Die Individuation ist meistens verbunden mit einer Sinnsuche und spirituellen Erfahrung.

**Kabbala**
Kabbala ist ein hebräischer Begriff und bedeutet mündliche Überlieferung der Tradition. Es ist eine esoterische und mystische Richtung des Judaismus, die in symbolischen Ausdrucksformen und mystischer Sprache die Beziehung des Menschen zum Göttlichen und Spirituellen erklärt. Das Hauptbuch der Kabbala ist das Buch »Sohar«, in dem die mündliche Überlieferung früherer Jahrhunderte im 13. Jhdt. aufgeschrieben wurde. Die Kabbala ist ein esoterischer Einweihungsweg, der durch neue Erfahrungen und Erkenntnisse ergänzt werden kann. Dies ermöglicht auch eine therapeutische und tiefenpsychologische Deutung des Lebensbaumes.

**Komplex**
Komplexe sind Energiefelder der Seele. Sie werden zum einen spürbar in den Wirkungen der Lebensenergien (s. dort) und zum anderen sichtbar in den Bildern unserer Träume, in unseren Vorstellungen und Ideen. Den Kern eines Komplexes bildet ein Archetypus oder ein archetypisches Bild.

**Lebensenergie**
Mit dem Begriff der Lebensenergie beschreibe ich den energetischen Fluß der Kräfte im Lebensbaum. Ähnlich wie das Blut in unseren Adern oder die Säfte in Bäumen und Pflanzen fließen, so durchströmen die Lebensenergien in allen Ebenen unseren Leib, Seele und Geist. Wenn der Fluß der Lebensbewegung durch seelische Hemmungen oder geistige Fehleinstellungen blockiert wird oder gar zum Stillstand kommt, entsteht eine der vielgestaltigen psychoneurotischen Störungen (Neurose oder gar Psychose). Die Lebensbewegung kann aktiv und passiv verlaufen, progressiv und regressiv. Bei der zeitweiligen Rückwärtsbewegung der Lebensenergie (z.B. in Phasen der Kraftlosigkeit und Depression) handelt es sich um eine Suchbewegung nach neuen Verhaltensprogrammen, die in Malkuth oder Jesod gespeichert sind, aber erst bewußt gemacht und aktiviert werden müssen. Für die Selbsthilfe und Neuorientierung mit Hilfe des Lebensbaumes bieten wir unseren Lebensenergien ein positives Gefälle und fördern den Fluß der Lebenskräfte. Hinweis für Therapeuten: Mein Verständnis von Lebensenergie ist nahezu identisch mit dem psychoanalytischen Begriff der Libido (nach Freud), der psychischen Energie (nach C.G. Jung) sowie der Psychodynamik als Ausdruck von Beweglichkeit und Lebendigkeit.

### Selbst
Das Selbst ist der Seelenkern des Menschen. Durch die persönliche Seelenarbeit und Selbst-Verwirklichung wächst die größere und umfassendere Persönlichkeit des Menschen. Das Selbst als Zentrum der Ganzheit umfaßt bewußte wie unbewußte psychische Inhalte.

### Sephirot
Die Sephirot (Einzahl: Sephira) sind die zehn Emanationen oder Sphären im Lebensbaum, die ich Erlebnisfelder nenne. Es ist ein hebräischer Begriff und bedeutet: Behälter, Lichter und Attribute Gottes. Nach kabbalistischer Vorstellung durchströmt die göttliche Schöpfungskraft die zehn Sephirot, die verschiedenen Ebenen der spirituellen Wirklichkeit und des ganzheitlichen Menschen (hebräisch: Adam Kadmon). Während in der Kabbala der Weg durch den Lebensbaum mit Kether, der Krone, beginnt, stelle ich das Modell auf den Kopf und beginne bei den Wurzeln in Malkuth.

### Symbol
Ein Symbol ist eine Zusammenfügung und der bestmögliche Ausdruck von seelischen Heilkräften und bewußten Vorstellungen. Im Symbol sind Bildhaftes und Emotionales, Rationales und Irrationales verbunden. Es bildet die komplementäre Ergänzung zum logischen linearen Denken der linken Gehirnhälfte. Symbole überbrücken die gegensätzlichen Kräfte im Seelenleben. Sie ermöglichen ein einfühlendes Verstehen in innere Vorgänge und werden damit zu Sinnträgern des Lebens. Symbole ermöglichen die Ganzwerdung und Heilung der Person, indem sie die Lebensenergien aus Malkuth durch Jesod »durchschleusen« und die Heilkräfte in verschiedenen Ausdrucksformen in alle Erlebnisfelder des Lebensbaumes verteilen.

### Therapie/Therapeut
bedeutet im Zusammenhang mit der Arbeit nach dem Lebensbaum nicht eine spezielle tiefenpsychologische Krankenbehandlung von psychisch Kranken (z.B. Neurosen, Psychosen), sondern ist eine psychologische Arbeit mit normalen Menschen, die persönliche Probleme und Lebensschwierigkeiten haben und unter Begleitung eines fachkundigen Therapeuten an der persönlichen Ganzwerdung und geistigen sowie psychischen Heilung arbeiten wollen. Therapie ist in diesem weiten Sinne ein Weg zu persönlichem Wachstum. Ein Therapeut wäre in diesem Zusammenhang ein kundiger Wegbegleiter und »Heilgehilfe«. Er hat durch psychologische Schulung, Selbsterfahrung und unter Supervision sich spezielle psychologische Fachkenntnisse in seinem Arbeitsfeld erworben.

# Literatur


Benedikt, H.E.: Die Kabbala als jüdisch-christlicher Einweihungsweg. Freiburg: Bauer, 1988.

Buber, M.: *Das diologische Prinzip*. Heidelberg, 5. Aufl. 1984.

Drury, N.: *Lexikon esoterischen Wissens*. München: Knaur, 1988.

Dürckheim, K.: *Der Ruf nach dem Meister*. Bern/München: O.W. Barth, 1972.

Edinger, E.F.: *Der Weg der Seele*. München: Kösel, 1990.

*Encyclopaedia Judaica. Das Judentum in Geschichte und Gegenwart*. Bd. 9, Artikel: »Kabbala«. Berlin, 1932.

Fortune, D.: *Die mystische Kabbala*. Freiburg: Bauer, 1987.

Halevi, Z.Sh.: *Lebendige Kabbalah*. München: Kösel, 1989.

Hark, H.: *Jesus der Heiler*. Olten: Walter, 1988.

-: *Träume vom Tod. Trauerarbeit und seelische Wandlung*. Stuttgart: Kreuz, 1987.

-: *Der Traum als Gottes vergessene Sprache*. Olten: Walter, 5. Aufl. 1989.

-: *Traumbild BAUM*. Olten: Walter, 2. Aufl. 1990.

Jung, C.G.: *Briefe Bd. I bis III*. Olten: Walter

-: *Erinnerungen, Träume, Gedanken*. Zürich, 1967.

-: *Gesammelte Werke Bd. 1-18*. Olten: Walter.

-/M.L. v. Franz (Hrsg.): *Der Mensch und seine Symbole*. Olten: Walter, 11. Aufl. 1979.

Keyserling, A.: *Weltbild des ganzheitlichen Lebens*. Wien: Jugend u. Volk, 1990.

Kiessig, M.: *Dichter erzählen ihre Träume*. Stuttgart: Urachhaus, 1976.

Leuenberger, H.-D.: *Der Baum des Lebens. Schule des Tarot, Bd. 2*. Freiburg: Bauer, 3. Aufl. 1987.

Meyrink, G.: *Der Golem*. Zürich, 1965.

Neumann, E.: *Die Große Mutter*. Olten: Walter, 2. Aufl. 1974.

-: *Tiefenpsychologie und neue Ethik*. Frankfurt a.M.: Fischer Tb.

Nichols, S.: *Die Psychologie des Tarot*. Interlaken: Ansata, 1986.

Riedel, I.: *Farben in Religion, Gesellschaft, Kunst und Psychotherapie*. Stuttgart: Kreuz, 3. Aufl. 1984.

-: *Marc Chagalls Grüner Christus*. Olten: Walter, 2. Aufl. 1985.

Riemann, F.: *Grundformen der Angst*. München: Reinhardt, 1979.

Scheffer, M.: *Die Bach Blütentherapie*. München: Hugendubel, 6. Aufl. 1985.

Schipperges, H.: *Hildegard von Bingen*. Frankfurt a.M.: Knecht, 2. Aufl. 1988.

Scholem, G.: *Die jüdische Mystik in ihren Hauptströmungen*. Frankfurt a.M.: Suhrkamp, 1980.

-: *Zur Kabbala und ihrer Symbolik*. Frankfurt a.M.: Suhrkamp, 1973.

-: *Von der mystischen Gestalt der Gottheit*. Frankfurt a.M.: Suhrkamp, 1962.

-: *Ursprung und Anfänge der Kabbala*. Berlin: de Gruyter, 1962.

Staehlin, B.: *Der psychosomatische Christus*. Schaffhausen: Novalis, 1980.

Sury, K. von: *Wörterbuch der Psychologie und ihrer Grenzgebiete*. Basel: Schwabe, 3. Aufl. 1967.

Weinreb, F.: *Der göttliche Bauplan der Welt*. Zürich: Origo, 2. Aufl. 1969.

-: *Die Symbolik der Bibelsprache*. Zürich: Origo, 1969.

KÖSEL

Robert Bosnak

## *Das kleine Traumbuch*

Wie wir unsere Träume verstehen können.
Mit einem Vorwort von Hans Dieckmann.
160 Seiten. Kartoniert

Die Traumbilder und die Beschäftigung mit ihnen, so macht der Jungsche Therapeut Robert Bosnak in diesem Buch deutlich, wecken mächtige – positive und negative – Kräfte im Menschen. Sie kennenzulernen und zu verstehen, wirkt heilend und transformierend.

Dieses persönliche und sehr sympathische »kleine Traumbuch« leitet Schritt für Schritt zur selbständigen Arbeit mit Träumen an. Dazu gibt der Autor zahlreiche Übungen, die helfen, Träume besser zu erinnern und aufzuzeichnen, sowie Techniken, durch die Träumende aktiv in Dialog mit ihren Traumbildern treten und so das Traumerlebnis vertiefen können. Viele anregende Beispiele zeigen die breite Palette der Möglichkeiten auf.

Diese fundierte Einführung in die Traumarbeit zeichnet sich durch klare Sprache aus, die die Lektüre für jeden zu einem Gewinn werden läßt.

***»Dieses Buch ist voll von Überraschungen, liebenswert, intelligent, scharfsinnig und doch einfach ...***
***Es gibt nirgends etwas Vergleichbares.«***

James Hillman

Gütersloher Taschenbücher / Siebenstern 257

# Das Augsburger Bekenntnis

Herausgegeben
von
Heinrich Bornkamm

Gütersloher Verlagshaus
Gerd Mohn

Originalausgabe

CIP-Kurztitelaufnahme der Deutschen Bibliothek

*[Confessio Augustana ›dt.‹]*
Das Augsburger Bekenntnis / hrsg. von Heinrich Bornkamm. –
Orig.-Ausg., 2. Aufl. d. Taschenbuchausg. (7.–11. Tsd.). –
Gütersloh: Gütersloher Verlagshaus Mohn, 1980.
(Gütersloher Taschenbücher Siebenstern; 257)
ISBN 3-579-03657-2
NE: Bornkamm, Heinrich [Hrsg.]; HST

ISBN 3-579-03657-2

2. Auflage (7.–11. Tsd.), 1980

Gesamtherstellung: Clausen & Bosse, Leck
Umschlagentwurf: Dieter Rehder, Aachen
Printed in Germany

Das Augsburger Bekenntnis trägt seinen Namen nach dem Augsburger Reichstag von 1530. Kaiser Karl V. hatte die Reichsstände neben der Beratung über politische Probleme auch zur Besprechung der Religionsfrage eingeladen, die seit etwa einem Jahrzehnt ungelöst über Deutschland lag. Der Versuch des Wormser Edikts von 1521, sie auf dem Wege des Verbots und strenger Strafandrohung zu erledigen, hatte nicht zum Erfolge geführt. Eine Reihe von Territorien und Reichsstädten hatten ihre Kirchen nach den Vorschlägen Luthers und seiner Freunde erneuert. Als der Statthalter des Kaisers, sein Bruder Erzherzog Ferdinand von Österreich, König von Böhmen und Ungarn, auf dem Speyrer Reichstag von 1529 die Zurücknahme der Reformen zu erzwingen versuchte, mußten die evangelischen Stände zum ersten Male die Gewissensfrage beantworten, ob sie Gott mehr zu gehorchen hätten als dem Kaiser. Mit einfachen, ernsten Worten hatten sie bekannt (protestiert), daß sie in Fragen des Glaubens und Gewissens Gott allein Gehorsam schuldig seien. Zugleich hatten sie feierlich an ein »allgemeines, freies und christliches« (d. h. nicht von der Entscheidungsgewalt des Papstes abhängiges) Konzil appelliert. Karl V., der 1530 zum ersten Male wieder seit dem Wormser Reichstag deutschen Boden betrat, schien mit den Worten seines Einberufungsschreibens zum Reichstag den evangelischen Reichsständen endlich die erhoffte Gelegenheit zu bieten, friedlich und offen, »in Lieb und Gütigkeit«, über die Glaubensfrage zu verhandeln. Sie ergriffen sie freudig.

Die Augustana ist somit in doppeltem Sinne von der geschichtlichen Situation bestimmt, in der sie entstanden ist. Die Evangelischen hatten den entscheidenden Akt des Bekennens mit der Speyrer Protestation und Appellation schon hinter sich. Sie erinnerten in der (hier nicht mit abgedruckten) Einleitung ihres Bekenntnisses noch einmal nachdrücklich an diese Linie, über die sie nicht zurückgehen konnten. Das gab ihnen die Freiheit, die Darlegung ihres Glaubens für den Reichstag so unpolemisch und entgegenkommend zu formulieren, wie es nur irgend vertretbar war. So erhielt die Augustana ihren oft empfundenen »ökumenischen« Charakter, der sie später auch für die Verhandlungen mit anderen Kirchen, nicht nur der römischen, vorzüglich geeignet machte. Sie suchte das Gemeinchristliche auszusprechen und das Kritische und Trennende darein einzuordnen. Man darf nur darüber die unwiderrufliche Grenze der »Protestation« von 1529 nicht vergessen. Und man muß es auch offen aussprechen, daß Melanchthon aus Sorge vor den politischen Gefahren für die Evangelischen, die sich auf dem Reichstag abzeichneten, an einigen Stellen etwas zuviel gesagt oder verschwiegen hat. An den beiden wichtigsten Punkten hat er sich später selbst korrigieren müssen. Die Behauptung am Ende des ersten Teils, daß der ganze Zwiespalt nur um einige Mißbräuche gehe, schwächte er noch im Druck zur ersten Ausgabe ab (s. Anm. 48). Und die Stellungnahme zur Institution des Papsttums, die er nicht hätte unterlassen dürfen, holte er auf Verlangen der evangelischen Reichsstände mit dem klaren, entschiedenen »Traktat über die Papstgewalt« nach, der auf der Versammlung des Schmalkaldischen Bundes zu Schmalkalden 1537 offiziell zum Augsburger Bekenntnis hinzugefügt wurde.

In der Verbindung mit Protestation und Papsttraktat, zwischen denen die Augustana steht und mit denen sie verklammert ist, repräsentiert sie sowohl die gesamtkirchliche Weite wie die Festigkeit evangelischen Bekennens. Beides im Blick zu behalten, dazu verhilft auch der ausführliche und vieles klärende Kommentar, die »Apologie«, die Melanchthon noch während des Reichstags gegen eine katholische, im Namen des Kaisers vorgetragene, aber den Evangelischen nicht einmal überreichte Gegenschrift entworfen hatte und später in glücklich bereicherter und vertiefter Gestalt zum Druck brachte.

Die Augustana ist nicht die erste evangelische Bekenntnisformulierung. Versuche aller Art — für die Anleitung der Geistlichen, den Unterricht, die Verantwortung vor der katholischen Seite und für Bündnisverhandlungen zwischen den evangelischen Ständen — waren vorausgegangen. Melanchthon, an vielen selbst beteiligt, konnte daraus Gewinn ziehen, wenn er jetzt in einem höchst verantwortungsvollen Augenblick in einem neuen Anlauf das Wesentliche der evangelischen Glaubensüberzeugung so knapp und verständlich wie möglich aussprechen wollte. Obwohl sein Werk, ist die Augustana doch zugleich die reife Frucht eines Jahrzehnts vielfacher Bemühungen, vom evangelischen Glauben Rechenschaft zu geben.

Noch in anderem Sinne ist die Augustana nicht nur ein Werk Melanchthons. In ihr spricht kein einzelner Gelehrter und keine Theologenkommission, sondern es sprechen Laien: eine Gruppe evangelischer Fürsten und Reichsstädte. Die Unterzeichner sind Kurfürst Johann von Sachsen und sein Sohn Herzog Johann Friedrich, Markgraf Georg von Brandenburg-Ansbach, die Herzöge Ernst und Franz von Braunschweig-Lüneburg, Landgraf Philipp von Hessen, Fürst Wolfgang von Anhalt und die Bürgermeister und Stadträte von Nürnberg und Reutlingen. Sie unterschrieben als die Vertreter der Gemeinden in ihren Gebieten. Eine lange theologische Vorgeschichte, der Humanist als Verfasser, Laien als Sprecher, die Gemeinden als das Lehrsubjekt des Bekenntnisses: auch darin ist die Augustana ein Kompendium der Reformationsgeschichte.

Aus der Situation des Reichstags ergab sich die Zweiteilung des Bekenntnisses. Als Hauptaufgabe erschien es zunächst, die Abschaffung so mancher kirchlicher Ordnungen und Gebräuche, welche die Evangelischen als Mißbräuche beurteilten, zu rechtfertigen. Darauf zielten die ausführlichen Vorarbeiten, die sie nach Augsburg mitbrachten und die dem zweiten Teil des Bekenntnisses zugrunde liegen. Er sollte gerade an den praktischen Fragen, die am stärksten in die Augen fielen, aber doch nicht kirchentrennend zu sein brauchten, mit aller Sorgfalt dartun, daß die evangelischen Gemeinden aus Gewissensnot und mit guter Begründung aus der Heiligen Schrift und der Geschichte der frühen Kirche gehandelt hätten.

Der erste Teil des Bekenntnisses war dagegen ursprünglich wohl gar nicht vorgesehen. Man glaubte sich, falls es nötig wäre, mit älteren Formulierungen des eigenen Glaubens ausweisen zu können. Erst in der langen Wartezeit vor dem Eintreffen des Kaisers erkannten Melanchthon und seine Freunde, daß es mit einer solchen bloßen Verteidigung nicht getan sei, sondern daß die Stunde ein umfassendes Bekenntnis verlange. In mühevoller, zeitbedrängter Arbeit erwuchs es in diesen anderthalb Monaten aus alten und neuen Entwürfen zur abgerundeten Einheit. So wurde der erste Teil zu dem eigentlichen geschichtlichen Dokument von Augsburg: im Unterschied vom zweiten von oft klassischer Prägnanz und Kürze, nicht apologetisch, sondern werbend. Er wollte davon überzeugen, daß die evangelischen Gemeinden nach wie vor auf den recht verstandenen Lehrfundamenten der alten Gesamtkirche stünden und daß ihre grundlegenden Glaubenssätze unanfechtbar seien.

Diese Glaubensartikel werden in drei hauptsächlichen Problemkreisen dargeboten; einige einzelne Artikel treten noch hinzu. a) Die Artikel 1 bis 3 sollen die Übereinstimmung mit den unbestrittenen Lehrsätzen der alten Kirche bezeugen: der Gotteslehre (Art. 1), der Sünden- (besonders Erbsünden-) lehre (Art. 2) und der Christologie (Art. 3). Man darf von diesen bewußt an die gemeinsame dogmatische Tradition anknüpfenden Artikeln keine Versuche einer neuen Lehrformulierung erwarten. Nur die knappe, selbständige Beschreibung der Erbsünde läßt einen eigenen Ton vernehmen. — b) Anders die Artikel, die in den zweiten Problemkreis, das Herzstück der Reformation, das Verständnis des Evangeliums und der Rechtfertigung, hineinführen (Art. 4—6, 18—20): zuerst die meisterhaft knappe Definition der Rechtfertigung (Art. 4); dann das Wirken des Heiligen Geistes durch die Mittel von Wort und Sakrament (Art. 5, die Überschrift — alle Überschriften sind nicht ursprünglich, sondern in frühen Drucken zugefügt — gibt den Sinn nicht voll wieder); schließlich die Früchte des Glaubens, das innere »Muß« der guten Werke, das die Rechtfertigung nicht aufhebt (Art. 6). Diese Frage wird in dem durch Ausführlichkeit und Klarheit hervorragenden Artikel 20, der aus einer mitgebrachten Vorlage in den ersten Entwurf eingeschoben wurde, bedeutsam erweitert. Auch die abgewogenen Ausführungen über die Freiheit des Willens (Art. 18) und die Ursache der Sünde (Art. 19) tragen Wichtiges zu diesem Fragenbereich nach. — c) Der dritte Problemkreis gilt der Kirche (Art. 7—15). Der grundlegende 7. Artikel gibt das »ökumenische« Programm der Augustana: was Kirche ist und was ihre Einheit ausmacht. In den Sakramentsartikeln (9—13) wird nur das Nötigste gesagt, das mit der alten Kirche Verbindende bewußt betont — sie fanden auch größtenteils die Zustimmung der katholischen Gegenschrift — und die Grenze gegen Täufer und Zwinglianer scharf gezogen. Das ist aus der historischen Situation verständlich. Aber es fehlt doch manche Näherbestimmung, die man gern sähe. Für das Abendmahl kann man z. T. die Auseinandersetzung mit der römischen Messe (Art. 24) zu Hilfe nehmen, für das Ganze die Erläuterungen in Melanchthons Apologie. Die Beichte (Art. 11), begründet auf ein evangelisches Verständnis der Buße (Art. 12), wird in die Sakramentsfragen eingeschoben, ohne dadurch zum Sakrament erklärt zu werden. Ordination und Kirchengebräuche (Art. 14—15) schließen diesen Problemkreis ab und bezeugen noch einmal, daß zum evangelischen Verständnis der Kirche ebenso die Ordnung gehört wie der Widerspruch gegen die Heilsnotwendigkeit kirchlicher Gebräuche und Satzungen. — Zu den drei Kreisen kommen noch drei Einzelartikel, die dringende Fragen der Zeit klären sollen: das Verhältnis des Christen zum weltlichen Leben (Art. 16), die Wiederkunft Christi (Art. 17; gegen täuferische und andere Lehren) und die Heiligenverehrung (Art. 21).

Die beiden Teile werden zusammengehalten durch eine Vorrede, die nicht von Melanchthon, sondern von dem kursächsischen Kanzler Brück stammt, und einen kurzen Schluß. Geschickt und mannhaft nimmt Brück den Kaiser bei seinen Hoffnung weckenden Worten und erklärt, falls die andere Seite auch ihr Bekenntnis vorlege, die Bereitschaft der Evangelischen zum offenen freien Gespräch, »wie wir dann auch Gott den Allmächtigen mit höchster Demut anrufen und bitten wollen, sein göttlich Gnad dazu zu verleihen«. Kommt es aber nicht zur Aussprache, oder bleibt sie ohne Frucht, so wollen die evangelischen Stände es an nichts fehlen lassen, »das mit Gott und Gewissen zu christlicher Einigkeit dienstlich sein kann«. Aber nicht gegen Gott und Gewissen: darum erinnert die Vorrede den Kaiser nochmals an sein Versprechen, für die

Einberufung eines Konzils einzutreten, und an die Speyrer Protestation und Appellation, »der wir hiermit nochmals anhängig bleiben und uns ... nicht zu begeben (d. h. verzichten) wissen«. – Der Schluß brauchte diese Erklärungen nicht zu wiederholen, sondern konnte, wie es Melanchthon besonders am Herzen lag, noch einmal die Übereinstimmung der evangelischen Lehre und Kirchenreform mit der Heiligen Schrift und der »allgemeinen christlichen« (d. h. der ursprünglichen, noch nicht durch Mißbräuche verdorbenen) Kirche versichern und zusagen, wenn es gewünscht werde, weitere Rechenschaft zu geben: »nach der Schrift«.

Das Augsburger Bekenntnis ist in zwei Fassungen überliefert, einer deutschen und einer lateinischen. Obwohl sie in erstaunlicher Freiheit des Einzelwortlauts nebeneinanderstehen, kann man keine allein als authentisch bezeichnen. Sie sind es gemeinsam, beide wurden unterzeichnet. Die deutsche ist am 25. Juni 1530 feierlich vor Kaiser und Reichstag verlesen worden. Die lateinische lag der römisch-katholischen Gegenschrift und der weiteren Diskussion zugrunde. Sie entsprach auch dem eigentlichen Wesen Melanchthons und ist in viel höherem Maße als die deutsche ein Werk seiner Formulierungskunst. Noch in der Nacht vor der Übergabe hat er eifrig daran gefeilt.

Auch in den Jahren nach der Überreichung hörte er nicht auf, daran zu bessern. Obwohl die Augustana ein amtliches Dokument war, erhielt sie ihre Autorität doch nicht aus einem offiziell (wie bei einem Konzil, späteren Synoden oder einem Parlament) angenommenen, unveränderlichen Text, sondern von der gemeinsam bezeugten Sache wie zugleich von dem Vertrauen zu dem Verfasser des Bekenntnisses. Melanchthon fand daher keinen Widerspruch, als er unbefangen am Text Einfügungen und Änderungen vornahm, so in einer deutschen Ausgabe von 1533, vor allem aber in der lateinischen von 1540. Sie brachte z. T. beträchtliche Verschärfungen gegenüber der römischen Lehre, andererseits Formulierungen, die den katholischen Teilnehmern der damaligen, vom Kaiser einberufenen Religionsgespräche die evangelische Rechtfertigungslehre näher bringen sollten, vor allem aber eine einschneidende Milderung des Abendmahlsartikels (vgl. Anm. 19). Sie beruhte auf der 1536 abgeschlossenen Wittenberger Konkordie, führte sie aber noch ein Stück weiter. Die Änderungen machten es auch den Vertretern der später sog. »reformierten« Denkweise, wie Calvin und Kurfürst Friedrich III. von der Pfalz, dem Vater des Heidelberger Katechismus, möglich, die Augustana mit gutem Gewissen zu unterzeichnen. Erst in den dogmatischen Kämpfen nach Luthers Tode wurde das »unveränderte« Augsburger Bekenntnis (Invariata) zum Symbol der strengen Lutheraner gegenüber den Anhängern des »veränderten« (der Variata). Über die Lehrfragen hinaus erhielt das Bekenntnis eine hohe reichsrechtliche Bedeutung. Der Schutz des Augsburger Religionsfriedens (1555) galt neben den Katholiken, den »Verwandten der Augsburger Konfession«, ohne daß zwischen den Ausgaben des Bekenntnisses unterschieden wurde. Der Westfälische Friede (1648) bezog ausdrücklich auch die »Reformierten« ein.

Unsere Ausgabe bietet eine Übersetzung des lateinischen Textes, die heute fehlt. Meine ursprüngliche Absicht, den einzigen neueren Versuch, die Übertragung von Leonhard Fendt in seinem Buche »Der Wille der Reformation im Augsburgischen Bekenntnis« (1929), wieder abzudrucken, erwies sich wegen ihrer mannigfachen Stileigenheiten als undurchführbar. Ich habe sie aber großenteils als Vorlage benutzt, um möglichst viel von ihren glücklichen Formulierungen und ihrer Lebendigkeit zu erhalten und durch die doppelte Bemühung dem sorgfältig durchstilisierten Werk Melanchthons die lesbare deutsche Gestalt zu geben, die es verdient. Kleine, zum Verständnis des Textes nötige Zusätze stehen in Klammern. Die Originaltexte, wie sie sich aus den Handschriften rekonstruieren lassen – die überreichten Exemplare müssen leider als verloren gelten – finden sich in meiner kommentierten Edition in den »Bekenntnisschriften der evangelisch-lutherischen Kirche« (5. Aufl. 1963).

Heinrich Bornkamm

Der genannten Edition sind auch die Erläuterungen zur vorliegenden Ausgabe, die ich auf Bitte von H. Bornkamm seinerzeit verfaßt – und jetzt nur durchgesehen – habe, zum Teil entnommen. – H. Bornkamm hat ferner, worauf hier hinzuweisen ist, seine Übersetzung zur Verfügung gestellt für die deutsche Ausgabe des Buches von Leif Grane: Die Confessio Augustana. Einführung in die Hauptgedanken der lutherischen Reformation, Göttingen 1970.

Heidelberg, im September 1977, Kurt-Victor Selge

# Das Augsburger Bekenntnis

---

## Hauptartikel des Glaubens

### 1. GOTT

Die Gemeinden lehren bei uns in voller Übereinstimmung[1]:

Der Beschluß des Konzils von Nicäa[2], es sei *eine* göttliche Wesenheit und drei Personen, ist wahr und muß ohne jede Einwendung geglaubt werden. Näherhin: es ist *eine* göttliche Wesenheit, welche Gott genannt wird und Gott ist, ewig, körperlos, unteilbar, von unermeßlicher Macht, Weisheit, Güte, der Schöpfer und Erhalter aller Dinge, der sichtbaren und der unsichtbaren. Und dennoch sind es drei Personen von derselben Wesenheit und Macht und gleich ewig, der Vater, der Sohn und der Heilige Geist. Und das Wort »Person« nehmen sie in der Bedeutung, in welcher es die Kirchenschriftsteller zu diesem Thema gebraucht haben, also nicht als Teil oder Qualität an etwas anderem, sondern als etwas, was für sich selbst existiert.[3]

Sie verurteilen alle Ketzereien, die sich gegen diesen Glaubenssatz erhoben haben, z. B. die Manichäer, welche zwei Urmächte annahmen, eine gute und eine böse; ebenso die Valentinianer, die Arianer, die Eunomianer, die Mohammedaner und alle ihresgleichen. Sie verdammen auch die Samosatener alter und neuester Art.[4] Denn wenn diese behaupten, es sei nur *eine* Person, dann machen sie über das Wort und den Heiligen Geist spitzfindig-gottlose Redensarten, als seien sie nicht eigene Personen, sondern als bedeute »Wort« nur das gesprochene Wort und »Geist« nur eine geschöpfliche Bewegung in den Dingen.

## 2. DIE ERBSÜNDE

Sodann lehren sie: Nach dem Falle Adams werden alle Menschen im natürlichen Zusammenhang der Fortpflanzung mit Sünde geboren, nämlich ohne Gottesfurcht, ohne Vertrauen auf Gott und mit Begierde. Diese Krankheit oder Verderbnis vom Ursprung her ist wahrhaft eine Sünde, die verdammenswert macht und ewigen Tod auch jetzt noch denen bringt, welche nicht wiedergeboren werden durch die Taufe und den Heiligen Geist.

Sie verurteilen die Pelagianer[5] und andere, welche

sagen, das Erbverderbnis sei keine Sünde, und behaupten, der Mensch könne durch eigene Kräfte seiner vernünftigen Natur vor Gott gerechtfertigt werden. Damit entwerten sie die Herrlichkeit des Verdienstes und der Heilandstaten Christi.

## 3. DER SOHN GOTTES

Sodann lehren sie: Das Wort[6], das ist der Sohn Gottes, hat die menschliche Natur angenommen im Schoße der seligen Jungfrau Maria; es sind also zwei Naturen, die göttliche und die menschliche, in der Einheit der Person untrennbar verbunden[7]: ein Christus, wahrhaft Gott und wahrhaft Mensch, geboren aus der Jungfrau Maria, der wahrhaft gelitten hat, gekreuzigt, gestorben und begraben ist, damit er uns den Vater versöhne und ein Opfer sei, nicht nur für die Erbsünde, sondern auch für alle Tatsünden der Menschen.

Er ist niedergestiegen zur Hölle und wahrhaft auferstanden am dritten Tage, dann aufgefahren zum Himmel, damit er sitze zur Rechten des Vaters und ewig regiere und herrsche über alle Kreaturen und diejenigen heilige, die an ihn glauben, indem er den Heiligen Geist in ihre Herzen sendet, welcher sie leiten, trösten und lebendig machen und verteidigen soll gegen den Teufel und die Gewalt der Sünde.

Dieser Christus wird sichtbar wiederkommen, zu richten die Lebendigen und die Toten usw. nach dem Apostolischen Glaubensbekenntnis.

## 4. DIE RECHTFERTIGUNG

Sodann lehren sie: Die Menschen können vor Gott nicht gerechtfertigt werden durch eigene Kräfte, Verdienste oder Werke, sondern sie werden ohne ihr Zutun gerechtfertigt um Christi willen durch den Glauben, wenn sie gewiß sind, daß sie in die Gnade aufgenommen und ihre Sünden vergeben werden um Christi willen, der durch seinen Tod für unsere Sünden Genugtuung geleistet hat. Diesen Glauben erkennt Gott als Gerechtigkeit vor sich an. Römer 3 (21 ff.) und 4 (5).

## 5. DAS KIRCHLICHE AMT

Damit wir diesen Glauben erlangen, ist das Amt eingesetzt, welches das Evangelium verkündigt und die Sakramente darreicht. Denn das Wort und die Sakramente sind die Mittel, durch welche der Heilige Geist geschenkt wird. Er wirkt den Glauben, wo und wann es Gott gefällt, in denjenigen, welche das Evangelium anhören: daß Gott nicht um unserer Verdienste, sondern um Christi willen diejenigen rechtfertige, die glauben, daß sie um Christi willen in die Gnade aufgenommen werden. Galater 3 (14): Daß wir die Verheißung des Geistes empfangen durch den Glauben.

Sie verurteilen die Wiedertäufer und andere Anhänger der Meinung, die Menschen bekämen den Heiligen Geist ohne äußeres Wort, durch ihre eigenen Vorbereitungen und Werke.[8]

## 6. DER NEUE GEHORSAM

Sodann lehren sie: Jener Glaube muß gute Früchte hervorbringen; man muß die von Gott gebotenen guten Werke tun[9], weil Gott es will, nicht um unser Vertrauen darauf zu setzen, daß wir durch diese Werke die Rechtfertigung vor Gott verdienen. Denn die Vergebung der Sünden und die Rechtfertigung wird mit dem Glauben ergriffen, wie es auch das Wort Christi bezeugt: »Wenn ihr dies alles getan habt, dann sagt: Wir sind unnütze Knechte.«[10] Das lehren auch die alten Kirchenschriftsteller. Ambrosius nämlich sagt: »Es ist von Gott bestimmt worden, daß, wer an Christus glaubt, gerettet ist ohne Werk, durch den Glauben allein; er empfängt ohne eigenes Zutun die Vergebung der Sünden.«[11]

## 7. DIE KIRCHE

Sodann lehren sie: Es gibt *eine* heilige Kirche, die immer bleiben wird. Die Kirche aber ist die Versammlung der Heiligen[12], in der das Evangelium rein gelehrt wird und die Sakramente recht verwaltet werden. Und zur wahren Einheit der Kirche ist es genug, daß man übereinstimme in der Lehre des Evangeliums und in der Verwaltung der Sakramente. Es ist nicht notwendig, daß die menschlichen Traditionen und die Riten und die Zeremonien, welche von Menschen eingeführt wurden, sich überall gleichen[13]; wie Paulus sagt: *ein* Glaube, *eine* Taufe, *ein* Gott und Vater aller usw.[14]

## 8. WAS IST DIE KIRCHE?

Obwohl die Kirche eigentlich die Versammlung der Heiligen und wahrhaft Glaubenden ist[15], so darf man doch, da in diesem Leben viele Heuchler und Schlechte darunter gemischt sind, die Sakramente gebrauchen, auch wenn sie von Schlechten verwaltet werden, nach dem Worte Christi: »Es sitzen die Schriftgelehrten und Pharisäer auf dem Stuhle Moses usw.«[16] Die Sakramente und das Wort sind wirksam wegen der Anordnung und des Befehles Christi, auch wenn sie durch Schlechte gespendet werden.

Sie verurteilen die Donatisten und ihresgleichen[17], welche sagten, man dürfe in der Kirche den Dienst der Schlechten nicht hinnehmen, und meinten, der Dienst der Schlechten sei unnütz und wirkungslos.

## 9. DIE TAUFE

Von der Taufe lehren sie: Sie ist notwendig zum Heil; durch die Taufe wird die Gnade Gottes dargeboten; die Kinder müssen getauft werden, sie werden durch die Taufe Gott dargeboten und in die Gnade Gottes aufgenommen. Sie verurteilen die Wiedertäufer, welche die Kindertaufe verwerfen und behaupten, die Kinder würden ohne die Taufe gerettet.[18]

## 10. DAS MAHL DES HERRN

Vom Abendmahl des Herrn lehren sie: Leib und Blut Christi sind im Abendmahl wahrhaft gegenwärtig und werden denen, welche (es) genießen, ausgeteilt; und sie lehnen die ab, welche anders lehren.[19]

## 11. DIE BEICHTE

Von der Beichte lehren sie: Die Lossprechung des Einzelnen muß in den Gemeinden beibehalten werden. Aber es ist nicht notwendig, in der Beichte alle Vergehen aufzuzählen, zumal es ja auch unmöglich ist nach dem Psalmwort: »Die Vergehen, wer kennt sie?«[20]

## 12. DIE BUSSE

Von der Buße lehren sie: Die nach der Taufe gefallen sind, können zu jeder Zeit Vergebung der Sünden erlangen, wenn sie sich bekehren, und die Kirche muß solchen zur Buße Umkehrenden die Lossprechung gewähren. Es besteht aber die Buße im strengen Sinne aus diesen zwei Teilen: 1. aus der Reue (contritio), d. h. aus den Schrecken, welche die Erkenntnis der Sünde dem Gewissen einjagt, 2. aus dem Glauben, der aus dem Evangelium, d. h. aus der Lossprechung, empfangen wird und gewiß ist, daß um Christi willen die Sünden vergeben werden, und der so das Gewissen tröstet und aus den Schrecken befreit. Hernach müssen gute Werke folgen, welche die Früchte der Buße sind.[21]

Sie verurteilen die Wiedertäufer, welche sagen: Wer einmal gerechtfertigt ist, kann den Heiligen Geist nicht mehr verlieren; ebenso die Behauptung, es kämen einige in diesem Leben zu solcher Vollkommenheit, daß sie nicht mehr sündigen könnten.[22]

Auch werden die Novatianer verurteilt, welche denen, die nach der Taufe gefallen sind, aber zur Buße umkehren, die Absolution verweigern.[23] Verworfen werden auch diejenigen, welche nicht lehren, daß Vergebung der Sünden durch den Glauben komme, sondern uns anweisen, die Gnade durch unsere Genugtuungswerke zu verdienen.[24]

## 13. DER SAKRAMENTSEMPFANG

Vom Sakramentsempfang lehren sie: Die Sakramente sind eingesetzt nicht bloß, damit sie Erkennungszeichen des christlichen Bekenntnisses unter den Menschen seien[25], sondern weit mehr, damit sie Zeichen und Zeugnisse des Willens Gottes gegen uns seien, die gegeben sind, um den Glauben in den Empfangenden zu erwecken und zu befestigen. Darum muß man die Sakramente so empfangen, daß der Glaube dabei ist, welcher den Verheißungen vertraut, die durch die Sakramente dargeboten und vor Augen gehalten werden.

## 14. DIE KIRCHLICHE ORDINATION

Über die kirchliche Ordination lehren sie: Niemand darf in der Kirche öffentlich lehren oder die Sakramente verwalten, er sei denn dazu rechtmäßig berufen.[26]

## 15. DIE KIRCHENGEBRÄUCHE

Von den Kirchengebräuchen lehren sie: Diejenigen Gebräuche müssen gewahrt bleiben, welche ohne Sünde bewahrt werden können und nützlich sind zur Ruhe und zu guter Ordnung in der Kirche, z. B. gewisse Tage, Feste und dergleichen. Aber in diesen Dingen werden die Leute ermahnt, daß ja nicht dadurch die Gewissen beschwert werden dürfen, als wäre eine solche Feier zum Heile notwendig.[27]

Auch wird ihnen eingeprägt, daß menschliche Überlieferungen mit dem Zwecke, Gott zu versöhnen, die Gnade zu verdienen und für die Sünder Genugtuung zu leisten, dem Evangelium und der Lehre vom Glauben widerstreiten; daß also die Klostergelübde und die Vorschriften über Speisen und Tage[28] usw., durch welche Gnade verdient und für Sünden genuggetan werden soll, unnütz und gegen das Evangelium sind.

## 16. DIE WELTLICHEN ANGELEGENHEITEN

Von den weltlichen Angelegenheiten lehren sie: Die weltlichen Rechtsordnungen sind gute Gotteswerke.

Es ist den Christen erlaubt, obrigkeitliche Ämter zu führen, Richter zu sein, Recht zu sprechen nach den kaiserlichen und anderen geltenden Gesetzen, die Todesstrafe nach dem Recht zu verhängen, nach dem Recht Krieg zu führen, Soldatendienst zu tun, nach dem Gesetz Verträge zu schließen, Eigentum zu haben, Eide zu leisten auf Geheiß der Obrigkeiten, ein Weib zu nehmen, zu heiraten.

Sie verurteilen die Wiedertäufer, welche den Christen diese weltlichen Geschäfte verbieten.[29]

Sie verurteilen auch jene, welche die christliche Vollkommenheit nicht in Gottesfurcht und Glauben verlegen, sondern in die Flucht vor den weltlichen Geschäften[30], denn das Evangelium lehrt die ewige Gerechtigkeit des Herzens. Für die Zwischenzeit zerstört das Evangelium keineswegs das staatliche oder soziale Wesen, sondern fordert ernstlich, es als Gottesordnung zu erhalten und Liebe darin zu üben. Deshalb sind die Christen unbedingt verpflichtet, ihren Obrigkeiten und den Gesetzen zu gehorchen, es sei denn, sie verlangten, Sünde zu tun, denn dann muß man Gott mehr gehorchen als den Menschen, Apostelgesch. 5 (29).

## 17. DIE WIEDERKUNFT CHRISTI ZUM GERICHT

Sodann lehren sie: Christus wird am Ende der Welt zum Gericht erscheinen und wird die Toten alle wieder erwecken. Den Frommen und Auserwählten wird er das ewige Leben und immerwährende Freuden geben, die Gottlosen aber und die Teufel wird er der

Verdammnis anheimgeben, auf daß sie ohne Ende gestraft werden.

Sie verurteilen die Wiedertäufer, welche meinen, die Verdammten und die Teufel würden ein Ende ihrer Strafen erlangen.[31] Sie verurteilen auch andere[32], welche jetzt jüdische Anschauungen ausbreiten, daß vor der Auferstehung der Toten die Frommen das Weltreich besitzen und die Gottlosen überall unterdrückt werden würden.

## 18. DIE FREIHEIT DES WILLENS

Über die Freiheit des Willens lehren sie: Der menschliche Wille hat eine gewisse Freiheit, bürgerliche Gerechtigkeit zu wirken und unter den der Vernunft unterworfenen Dingen frei zu wählen. Aber er hat nicht die Kraft, ohne den Heiligen Geist die Gerechtigkeit Gottes, also die geistliche Gerechtigkeit, zu wirken, weil der Mensch nicht von Natur aus begreift, was des Geistes Gottes ist.[33] Sondern sie entsteht in den Herzen, wenn durch das Wort der Heilige Geist empfangen wird. Das sagt mit vielen Worten Augustin im 3. Buche der Hypognostica[34]: »Wir gestehen allen Menschen die Freiheit des Willens zu, die das vernünftige Urteilen einschließt, nicht in dem Sinne allerdings, daß sie hinreichend sei in den Angelegenheiten, welche sich auf Gott beziehen, so daß man diese ohne Gott anfangen oder sicher vollenden könnte, sondern nur in den Werken des gegenwärtigen Lebens, seien sie gut, seien sie schlecht. Unter guten Werken verstehe ich diejenigen, welche aus der guten

Naturanlage hervorgehen, z. B. auf dem Felde arbeiten wollen; essen und trinken wollen; einen Freund haben wollen; Kleider haben wollen; ein Haus bauen wollen; ein Weib heiraten wollen; Viehzucht treiben; etwas Tüchtiges lernen in den verschiedenen ehrlichen Berufen; und was sonst Gutes zum gegenwärtigen Leben gehört. Das alles hat ja nicht Bestand ohne die Weltregierung Gottes; ja aus ihm und durch ihn ist es und nahm es seinen Anfang. Unter den schlechten (Werken) verstehe ich z. B.: Götzenbilder verehren wollen; morden wollen usw.«

## 19. DIE URSACHE DER SÜNDE

Über die Ursache der Sünde lehren sie: Obwohl Gott die Natur schafft und erhält, so ist doch die Ursache der Sünde der Wille der Bösen, nämlich des Teufels und der Gottlosen. Er wendet sich, wenn Gott ihm nicht beisteht, von Gott ab, wie Christus sagt: Johannes 8 (44): »Wenn er (der Teufel) Lüge redet, so redet er aus sich selbst.«

## 20. GLAUBE UND GUTE WERKE

Zu Unrecht werden die Unsrigen beschuldigt, daß sie die guten Werke verbieten. Denn ihre Schriften über die zehn Gebote und andere mit ähnlichem Inhalt[35] beweisen doch, daß sie über alle Zweige und Pflichten des Lebens trefflichen Unterricht gegeben haben, welche Lebensformen und Werke in jederlei Berufe Gott gefällig sind. Davon lehrten einst die Prediger allzu wenig; sie drängten nur zu kindischen und unnötigen Werken, wie zur Haltung gewisser Tage, gewisser Fasten, zu Bruderschaften[36], Wallfahrten, Heiligenverehrung, Rosenkränzen, zum Mönchsstand und dergleichen. Jetzt haben auch unsere Gegner sich mahnen lassen und kommen ab davon, predigen nun nicht mehr diese unnützen Werke von einst. Ja, sie beginnen nun auch in der Predigt den Glauben zu betonen, über den einstmals befremdendes Schweigen herrschte. Sie lehren jetzt, wir würden nicht allein durch die Werke gerechtfertigt, sondern sie verbinden den Glauben mit den Werken und sagen, wir würden durch den Glauben und die Werke gerechtfertigt. Diese Meinung ist erträglicher als die frühere und kann mehr Trost bringen als ihre alte Lehre.[37]

Weil also das Wort vom Glauben, welches in der Kirche die Hauptsache sein muß, so lange im Verborgenen lag – und das müssen alle zugestehen: über die Glaubensgerechtigkeit herrschte das tiefste Schweigen in den Predigten, nur die Werklehre wurde in den Kirchen getrieben –, darum haben die Unsrigen die Gemeinden also über den Glauben belehrt:

*Erstens:* Unsere Werke können Gott nicht versöhnen und nicht die Vergebung der Sünden und die Gnade verdienen, sondern das erlangen wir allein durch den Glauben, nämlich wenn wir darauf vertrauen, daß wir um Christi willen in die Gnade aufgenommen werden. Denn er allein ist gesetzt zum Mittler und zur Sühnegabe, durch ihn wird der Vater versöhnt. Wer also darauf rechnet, durch Werke die Gnade verdienen zu können, der verschmäht das Verdienst und die Gnade Christi und sucht ohne Christus durch Menschenkraft den Weg zu Gott, während Christus doch von sich gesagt hat: Ich bin der Weg, die Wahrheit und das Leben (Joh. 14, 6).

Diese Lehre vom Glauben wird überall bei Paulus behandelt, so Epheser 2 (8): »Aus Gnade seid ihr selig worden durch den Glauben, und das nicht aus euch, Gottes Gabe ist es, nicht aus den Werken, auf daß sich nicht jemand rühme.«

Und damit nicht einer schwindele, wir brächten eine ganz neue Auslegung des Paulus auf, so weisen wir darauf hin, daß wir die Zeugnisse der Kirchenväter auf unserer Seite haben. Augustin[38] verteidigt ja in vielen Büchern die Gnade und die Glaubensgerechtigkeit gegen das Verdienst aus den Werken. Und ähnlich lehrt Ambrosius in der Schrift »Über die Berufung der Heiden«[39] und anderswo. In der Schrift »Über die Berufung der Heiden« sagt er: »Wertlos würde die Erlösung durch Christi Blut, und die Barmherzigkeit Gottes hätte nicht den Vorrang vor den menschlichen Werken, wenn die Rechtfertigung, die aus Gnaden geschieht, durch vorausgehende Verdienste erworben würde, so daß sie nicht Güte des Spenders, sondern Lohn für den Arbeiter wäre.«

Mag auch diese Lehre von den Unangefochtenen verachtet werden, so haben fromme und erschrockene Gewissen dennoch erfahren, welchen Reichtum an Trost sie spendet.[40] Denn die Gewissen können nicht ruhig werden durch irgendwelche Werke, sondern allein durch den Glauben, wenn sie dessen gewiß sind, daß sie um Christi willen einen versöhnten Gott haben, wie Paulus lehrt, Römer 5 (1): »Da wir gerechtfertigt sind durch den Glauben, haben wir Frieden mit Gott.« Diese ganze Lehre gehört in den Kampf des erschreckten Gewissens, ohne diesen Kampf kann man sie nicht verstehen. Darum sind schlechte Richter in dieser Sache die Unangefochtenen und Glaubenslosen (profani), welche in dem Wahn leben, die christliche Gerechtigkeit sei nichts anderes als die bürgerliche oder philosophische.

Vordem quälte man die Gewissen mit der Lehre von den Werken, da bekamen sie keinen Trost aus dem Evangelium zu hören. So trieb das Gewissen manche in die Einsamkeit, in die Klöster, wo sie die Gnade durch ihr Mönchsleben zu verdienen hofften. Andere ergrübelten andere Werke, um Gnade zu verdienen und Genugtuung zu leisten für die Sünden. Darum war es hoch von Nöten, diese Lehre vom Glauben zu verkündigen und zu erneuern, damit den erschreckten Gewissen der Trost nicht fehle, sie vielmehr wüßten, daß durch den Glauben an Christus die Gnade und die Vergebung der Sünden ergriffen wird.

Die Leute werden (bei uns) auch darauf aufmerksam gemacht, daß hier das Wort »Glaube« nicht bloß »Kenntnisnahme einer Tatsache« bedeutet, denn die gibt es auch bei den Gottlosen und beim Teufel.[41] Sondern es bedeutet einen Glauben, der nicht bloß Geschehenes glaubt, sondern auch die Wirkung des Geschehenen, hier in diesem Artikel von der Vergebung der Sünden also, daß wir durch Christus Gnade, Gerechtigkeit und Sündenvergebung haben.

Wenn nun einer weiß, daß er durch Christus einen

gnädigen Vater hat, so kennt er Gott wirklich, weiß, daß er ihm am Herzen liegt, ruft ihn an, kurz, er ist nicht ohne Gott wie die Heiden. Denn die Teufel und die Gottlosen können diesen Artikel von der Vergebung der Sünden nicht glauben. Darum hassen sie Gott als einen Feind, rufen ihn nicht an, erwarten nichts Gutes von ihm. Auch Augustin[42] belehrt den Leser in dieser Weise über den Begriff »Glauben« und zeigt, daß das Wort »Glaube« in der Heiligen Schrift nicht im Sinne von »Kenntnisnahme« verstanden wird, wie sie auch die Gottlosen haben, sondern im Sinne von »Vertrauen«, welches die erschreckten Gewissen tröstet und aufrichtet.

*Zweitens:* Die Unsrigen lehren, es sei notwendig, gute Werke zu tun, nicht um unser Vertrauen darauf zu setzen, daß wir dadurch Gnade verdienen, sondern weil Gott es so will. Nur durch den Glauben wird die Vergebung der Sünden und die Gnade ergriffen, und weil durch den Glauben der Heilige Geist empfangen wird, so werden alsbald die Herzen erneuert, sie bekommen neue Triebe und können dadurch gute Werke hervorbringen. Denn, so sagt Ambrosius[43]: »Der Glaube ist der Vater des guten Willens und der gerechten Tat.« Die menschlichen Kräfte sind ja ohne den Heiligen Geist voll gottloser Triebe und zu schwach, Werke hervorzubringen, die vor Gott gut sind. Zudem sind sie in der Gewalt des Teufels, welcher die Menschen zu mannigfachen Sünden treibt, zu gottlosen Gedanken, zu offenen Verbrechen. Das ist zu ersehen an den Philosophen: auch sie versuchten sittlich zu leben, brachten es aber doch nicht fertig, sondern befleckten sich mit vielen offenkundigen Verbrechen. So groß ist die Schwäche des Menschen, wenn er ohne den Glauben und ohne den Heiligen Geist dasteht und sich nur mit menschlichen Kräften leitet.

So erkennt man leicht, wie haltlos der Vorwurf ist, diese Lehre verbiete die guten Werke[44]; im Gegenteil, es ist ihre Stärke, daß sie zeigt, wie wir gute Werke fertigbringen. Denn ohne den Glauben kann die menschliche Natur in keiner Weise die Werke des ersten und zweiten Gebots tun. Ohne den Glauben ruft sie Gott nicht an, erwartet nichts von Gott, trägt ihr Kreuz nicht, sondern ist auf menschliche Hilfe aus und vertraut auf sie. Unter diesen Umständen herrschen im Herzen alle Begierden und menschlichen Ratschlüsse, wenn der Glaube und das Vertrauen zu Gott fehlen. Darum sprach auch Christus: »Ohne mich könnt ihr nichts tun« Johannes 15 (5). Und die Kirche singt: »Ohne deine Macht ist nichts im Menschen, nichts Reines!«

(Sine tuo numine
nihil est in homine,
nihil est innoxium.)[45]

## 21. DIE HEILIGENVEREHRUNG

Über die Heiligenverehrung lehren sie: Das Gedächtnis an die Heiligen kann gepflegt werden, auf daß wir ihren Glauben nachahmen und ihre guten Werke in ihrem Berufe. So kann der Kaiser das Beispiel Davids nachahmen im Kriege zur Abhaltung der Türken vom Vaterlande[46], denn der eine wie der andere ist ein König. Aber die Heilige Schrift lehrt nicht, die Heiligen anrufen oder Hilfe von den Heiligen erflehen, denn sie stellt uns Christus allein als Mittler, Versöhner, Hohenpriester und Fürbitter vor Augen. Ihn muß man anrufen, und er hat versprochen, unsere Gebete zu erhören, und diese Verehrung empfiehlt er höchlichst, er will angerufen werden in allen Betrübnissen. 1. Johannes 2 (1): »Wenn einer sündigt, so haben wir einen Fürsprecher bei Gott« usw.

## SCHLUSS DES ERSTEN TEILS

Das ist ungefähr die Summe der Lehre auf unserer Seite. Es zeigt sich, daß nichts darin vorhanden ist, was abweicht von der Heiligen Schrift und von der allgemeinen und von der römischen Kirche[47], wie wir sie aus den Kirchenschriftstellern kennen. Infolgedessen ist das Urteil derer ungerecht, welche die Unsrigen für Ketzer gehalten wissen wollen. Der ganze Meinungsunterschied betrifft einige wenige bestimmte Mißbräuche[48], welche sich ohne sichere Autorität in die Gemeinden eingeschlichen haben. Allein, mag sich gleich in diesen Dingen einige Verschiedenheit zeigen, so müßten die Bischöfe doch so viel Milde haben, daß sie wegen des Bekenntnisses, das wir soeben vortrugen, die Unsrigen duldeten; sind ja nicht einmal die Kirchengesetze so hart, daß sie die durchgängige Gleichheit der Gebräuche verlangten. Und nie waren aller Kirchen Gebräuche wirklich gleich, obwohl doch bei uns zum großen Teil die alten Gebräuche gewissenhaft eingehalten werden. Denn es ist falsch und eine Verleumdung, daß alle Zeremonien, alle alten Sitten in unseren Gemeinden abgeschafft würden. Jedoch war öffentliche Klage, daß gewisse Mißbräuche den populären Riten anhafteten. Sie konnten nicht mit gutem Gewissen gebilligt werden, und darum sind sie in gewissem Maße verbessert worden.

## Artikel, in denen die abgeschafften Mißbräuche behandelt werden

Da die Gemeinden auf unserer Seite in keinem Glaubenssatz von der allgemeinen Kirche abweichen, nur einige wenige Mißbräuche beseitigen, welche neu und gegen die Absicht der Kirchengesetze im Laufe der Zeiten zu Unrecht eingeführt wurden, so bitten wir, Kaiserliche Majestät [49] wolle gnädig anhören, sowohl was geändert worden, als auch warum es geändert wurde, damit nicht das Volk gezwungen sei, jene Mißbräuche unter dem Widerspruch des Gewissens einzuhalten. Und mögen Kaiserliche Majestät denjenigen nicht Glauben schenken, die, um den Haß der Leute gegen die Unsrigen zu schüren, erstaunliche Verleumdungen unter dem Volke ausstreuen. Auf solche Weise schufen sie gleich im Anfange Erbitterung bei wohlgesinnten Männern und verschuldeten damit diesen Streit; mit den gleichen Machenschaften versuchen sie jetzt, die Zwietracht zu steigern. Denn Kaiserliche Majestät wird sich ohne Zweifel davon überzeugen, daß die Form der Lehre und der Gebräuche bei uns erträglicher ist, als schlechte und übelwollende Menschen es darstellen. Im übrigen läßt sich ja die Wahrheit aus dem Massengeschrei oder feindseligen Nachreden gar nicht ersehen. Aber leicht läßt sich verstehen, daß nichts zur Bewahrung der Würde der Zeremonien und zur Erhaltung der Ehrfurcht und Frömmigkeit im Volke mehr beiträgt, als wenn die Zeremonien in den Gemeinden in der rechten Weise gehalten werden.

## 22. DIE BEIDEN GESTALTEN DES ABENDMAHLS

Den Laien werden (bei uns) die beiden Gestalten des Sakraments im Mahl des Herrn gereicht; diese Sitte beruht ja auf dem Befehle des Herrn: »Trinket alle daraus« (Matthäus 26, 27). Da hat Christus offenkundig vom Kelche bestimmt, daß alle ihn trinken sollen. Und damit niemand schwindeln könne, das gehe bloß auf die Priester, so führt Paulus an die Korinther (1. Kor. 11, 26) ein Beispiel an, aus welchem klar hervorgeht, daß die ganze Gemeinde beide Gestalten bekam.

Lange erhielt sich denn auch in der Kirche diese Sitte[50], und es läßt sich nicht feststellen, wann oder durch wen sie abgeändert wurde, wenn auch der Kardinal von Kues[51] angibt, wann es gebilligt worden sei. Cyprian[52] bezeugt an einigen Stellen, daß dem Volk das Blut gereicht wurde. Hieronymus[53] ebenfalls mit den Worten: »Die Priester feiern die Eucharistie und teilen das Blut Christi dem Volke aus.« Ja, Papst Gelasius[54] schärft ein, daß das Sakrament nicht geteilt werden soll, nämlich in der Distinctio II über die Konsekration im Kapitel (welches beginnt:) Comperimus. Nur die herrschende Gewohnheit, die nicht so sehr alt ist, hält es anders. Es steht jedoch fest, daß eine Gewohnheit, die gegen Gebote Gottes eingeführt wurde, nicht gebilligt werden darf, wie auch die Kirchengesetze[55] es besagen: Distinctio VIII im Kapitel Veritate und den folgenden. Diese Gewohnheit ist nicht bloß im Gegensatz zur Heiligen Schrift, sondern auch im Gegensatz zu den alten Kirchengesetzen und im Gegensatz zur Praxis der Kirche in Übung gekommen. Darum hätte man niemanden, der das Sakrament unter beiden Gestalten empfangen wollte, zwingen dürfen, es anders zu machen, gegen sein Gewissen. Und weil die Teilung des Sakraments nicht übereinstimmt mit der Einsetzung Christi, so ist es bei uns Sitte, die bisher übliche Prozession[56] zu unterlassen.

Öffentliche Klage wurde geführt über das schlechte Beispiel, das unenthaltsame Geistliche gaben. Darum, so berichtet man, habe auch Papst Pius (II.) den Ausspruch getan, gewiß seien einige Gründe vorhanden gewesen, den Geistlichen die Ehe zu entziehen, aber viel schwerere Gründe seien vorhanden, sie ihnen wiederzugeben. So schreibt wenigstens Platina.[57] Nun, die Geistlichen auf unserer Seite wollten jene öffentlichen Ärgernisse vermeiden, darum heirateten sie und stellten die Lehre auf, es sei ihnen erlaubt, zu heiraten: 1. weil Paulus sagt (1. Kor. 7, 2): »Jeder habe sein Weib wegen der Gefahr der Unzucht.« Ebenso: »Es ist besser zu heiraten, als von Begierde verzehrt zu werden« (1. Kor. 7, 2. 9). 2. sagt Christus: »Nicht alle fassen dieses Wort« (Matth. 19, 12). Damit will er sagen, nicht alle Menschen seien zum Zölibat geeignet, weil Gott den Menschen schuf zur Vermehrung des Menschengeschlechtes, Genesis 1 (28). Auch liegt es ja nicht in des Menschen Gewalt, ohne eine besondere Gabe, ohne ein besonderes Wirken Gottes, die Schöpfung zu ändern. Darum müssen jene, die nicht zum Zölibat geschaffen sind, eine Ehe eingehen. Kein menschliches Gesetz, kein Mönchsgelübde kann die Macht haben, ein Gebot Gottes, eine Ordnung Gottes aufzuheben. Aus diesen Gründen lehren unsere Priester, es sei ihnen erlaubt, zu heiraten.

Tatsache ist, daß auch in der alten Kirche die Priester verheiratet waren.[58] Denn auch Paulus sagt, zum Bischof solle einer gewählt werden, der verheiratet ist (1. Tim. 3, 2). Und in Deutschland wurden die Priester zum erstenmal vor 400 Jahren mit Gewalt zum Zölibat genötigt. Sie ließen sich das aber so wenig gefallen, daß der Erzbischof von Mainz, der die Absicht kundtat, das Edikt des römischen Papstes in dieser Sache zu veröffentlichen[59], von den wütenden Priestern beinahe in einem Aufruhr umgebracht worden wäre. Und die Sache wurde so inhuman durchgeführt, daß nicht bloß Ehen für die Zukunft untersagt wurden, sondern schon bestehende gegen jedes göttliche und menschliche Recht, gegen die Kirchengesetze selbst, die nicht bloß von den Päpsten, sondern von den berühmtesten Konzilien[60] gegeben worden waren, aufgelöst wurden.

Und weil nun in diesem Greisenalter der Welt[61] die menschliche Natur schwächer und schwächer wird, so gilt es, Vorsorge zu treffen, daß sich nicht noch mehr Laster in Deutschland einschleichen.

Ferner: Gott hat die Ehe eingesetzt, daß sie ein Heilmittel sei für die menschliche Schwäche. Die Kirchengesetze selbst verlangen, daß alte Strenge manchmal in späteren Zeiten wegen der Schwäche der Menschen nachgelassen werden möge; es ist zu wünschen, daß solches in diesem Falle geschehe. Auch scheint es, die Gemeinden werden bald keine Hirten mehr haben, wenn die Ehe noch länger verboten wird.

Da also das Gebot Gottes vorliegt, da die alte Sitte der Kirche bekannt ist, da ein unrein gehaltener Zölibat eine Menge Ärgernisse bringt, Ehebrüche und andere Vergehen, wert der Ahndung durch eine gute Obrigkeit, so ist es unbegreiflich, daß dennoch in keiner

Angelegenheit mit solcher Strenge vorgegangen wird wie gegen die Verheiratung der Priester. Gott hat geboten, die Ehe zu ehren. Die Gesetzgebung aller wohlgeordneten Staaten, auch bei den Heiden, ehrte die Ehe aufs höchste. Hingegen jetzt werden Menschen mit Kapitalstrafen gequält, und noch dazu Priester, gegen die Absicht der Kirchengesetze, aus keinem anderen Grund, als weil sie geheiratet haben. Paulus nennt es »Lehre der Dämonen«, wenn man die Ehe verbietet, 1. Timotheus 4 (1 ff.). Das versteht man wirklich leicht heutzutage, wo das Verbot der Ehe mit solch schweren Strafen aufrecht erhalten wird.

Wie aber kein menschliches Gesetz fähig ist, ein Gebot Gottes umzustoßen, so kann auch kein Gelübde das Gebot Gottes aufheben. So rät denn auch Cyprian, diejenigen Frauen sollten heiraten, welche die gelobte Keuschheit nicht mehr halten können. Seine Worte stehen im ersten Buch seiner Briefe, nämlich im 11. Brief: »Wenn sie aber nicht ausharren wollen oder nicht ausharren können, dann ist es besser, sie heiraten, als daß sie mit ihren Lüsten ins Feuer fallen; auf keinen Fall dürfen sie ihren Brüdern und Schwestern ein Ärgernis geben.«[62]

Ja geradezu mit Nachsicht behandeln die Kirchengesetze diejenigen, die vor dem rechtmäßigen Alter ein Klostergelübde getan haben, was bisher meistenteils der Fall gewesen ist.[63]

## 24. DIE MESSE

Der Vorwurf, unsere Gemeinden hätten die Messe abgeschafft, ist falsch. Denn wir behalten die Messe, sie wird bei uns mit größter Ehrfurcht gefeiert. Auch die hergebrachten Zeremonien werden fast alle eingehalten. Nur sind die lateinischen Gesänge an dieser und jener Stelle gemischt mit deutschen, die hinzugefügt sind, um das Volk zu unterrichten. Denn dazu vor allem sind Zeremonien nötig, daß durch sie die Uneingeweihten belehrt werden. Und Paulus hat geboten, man solle in der Versammlung die dem Volke verständliche Sprache gebrauchen (1. Kor. 14, 2 ff.). Das Kirchenvolk hat sich daran gewöhnt, zusammen zum Sakrament zu gehen, sooft Vorbereitete da sind. Auch das dient zur Mehrung der Ehrfurcht und Andacht gegenüber den öffentlichen Gottesdiensten, denn niemand wird (zum Sakrament) zugelassen, wenn er nicht vorher ernstlich geprüft ist. Die Leute werden auch hingewiesen auf die Würde und den (rechten) Empfang des Sakramentes und welch reichen Trost es erschreckten Gewissen bringe; sie sollen lernen, Gott zu vertrauen und alles Gute von Gott zu erwarten und zu erbitten. Dieser Gottesdienst ist angenehm vor Gott, ein solcher Sakramentsempfang erhöht die Hingabe an Gott. Daher liegt es am Tage, daß bei unseren Gegnern nicht mit mehr Hingabe Messe gehalten wird als bei uns.

Es ist bekannt, daß auch darüber öffentlich und lange Zeit von allen Wohlgesinnten allerschwerste Klage geführt wurde[64]: die Messen würden schmählich mißbraucht, sie seien Mittel geworden zum Gelderwerb. Es ist ja kein Geheimnis, welch einen Umfang dieser Mißbrauch in allen Tempeln angenommen hat, daß man Messen hält, bloß um der Bezahlung oder des Stipendiums[65] willen, wie viele also gegen das Verbot der Kirchengesetze Messe halten. Aber Paulus bedroht diejenigen mit schweren Worten, welche die Eucharistie unwürdig halten, wenn er sagt: »Wer dies Brot unwürdig ißt oder unwürdig den Kelch des Herrn trinkt, der ist schuldig an dem Leib und Blut des Herrn« (1. Kor. 11, 27). Darum wurden bei uns die Priester vor solcher Sünde gewarnt, und so hörten bei uns die Privatmessen[66] auf, denn gerade sie wurden beinahe alle um des Geldes willen gelesen.

Und doch wußten die Bischöfe gar wohl um diese Mißbräuche; hätten sie dieselben zur rechten Zeit abgeschafft, dann gäbe es jetzt viel weniger Streit. Früher wollten sie nichts merken; und so sind sie schuld, daß viele Sünden in die Kirche einbrachen. Jetzt, da es zu spät ist, fangen sie an zu jammern über die gefährliche Lage der Kirche; aber der gegenwärtige Unruhezustand hat seinen Ursprung nirgendwo anders als in den Mißbräuchen, die so offenkundig waren, daß sie nicht mehr ertragen werden konnten. Schwere Streitigkeiten über die Messe und über das Sakrament haben sich erhoben. So muß wohl die ganze Welt dafür büßen, daß die Messe so lange entheiligt wurde und daß diejenigen solchen Mißbrauch jahrhundertelang in der Kirche geschehen ließen, die ihn hätten abtun können und müssen. Denn in den zehn Geboten (2. Mose 20, 7) steht geschrieben: »Wer

Gottes Namen mißbraucht, wird nicht ungestraft bleiben.« Nun ist aber von Anfang der Welt an niemals eine Gottessache so zum Gelderwerb mißbraucht worden wie die Messe.

Hierzu kam ein Irrwahn, der vermehrte die Privatmessen in das Unendliche. Nämlich: Christus habe durch sein Leiden zwar Genugtuung geleistet für die Erbsünde, aber die Messe eingesetzt als Opfer für die täglichen Tatsünden, die schweren und die leichten.[67] Daraus floß der Irrwahn in das Volk, die Messe sei ein Werk, dessen Vollzug schon[68] die Sünden der Lebendigen und der Toten tilge. Und so begann man denn darüber zu disputieren, ob eine Messe, die für viele gelesen würde, ebensoviel nütze, als wenn für jeden Einzelnen eine eigene gelesen würde! Diese Streitfrage gebar die unendliche Fülle der Messen.

Zu diesen Lehrmeinungen haben die Unsrigen eingeschärft, daß sie nicht mit der Heiligen Schrift übereinstimmen und die Herrlichkeit des Leidens Christi verletzen. Denn das Leiden Christi war Opfer und Genugtuung nicht nur für die Erbsünde, sondern auch für alle übrigen Sünden, wie im Hebräerbrief (10, 10) steht: »Wir sind ein für allemal geheiligt worden durch das Opfer des Leibes Jesu Christi.« Ebenso (10, 14): »Durch ein einziges Opfer brachte er die Heiligen für immer zur Vollendung.«

Ebenso lehrt die Heilige Schrift, daß wir vor Gott gerechtfertigt werden durch den Glauben an Christus. Wenn also die Messe einfach durch ihren Vollzug die Sünden der Lebendigen und der Toten tilgt, so erlangt man Rechtfertigung aus dem Werke der Messe und nicht aus dem Glauben; das ist aber gegen die Heilige Schrift.

Vielmehr lautet der Befehl Christi: »Tut dies zu meinem Gedächtnis« (Luk. 22, 19). So ist also die Messe dazu eingesetzt, daß der Glaube in den Empfängern des Sakraments sich an die Wohltaten erinnere, welche er durch Christus empfängt, und so das erschrockene Gewissen aufrichte und tröste.[69] Denn das heißt Christi Gedächtnis halten, wenn man seiner Heilandstaten gedenkt und fühlt, daß sie wahrhaft uns erwiesen werden.[70] Es wäre nicht genug, sich an Vergangenes zu erinnern, denn das können auch die Juden und die Gottlosen.[71] Dazu muß also Messe gehalten werden, daß darin das Sakrament denjenigen gespendet werde, welche Tröstung brauchen, wie Ambrosius sagt: »Weil ich immer sündige, muß ich immer Medizin nehmen.«[72]

Weil also die Messe eine solche Teilnahme am Sakrament ist, hält man bei uns fest an einer einzigen gemeinsamen Messe für jeden Feiertag und auch für andere Tage. Wenn einige das Sakrament empfangen wollen, dann wird das Sakrament denen gereicht, die es haben wollen. Diese Art ist ja in der Kirche nichts Neues. Denn die Alten vor Gregor[73] erwähnen nichts von einer Privatmesse; hingegen von der gemeinsamen Messe sprechen sie sehr oft. Chrysostomus[74] sagt: »Der Priester steht jeden Tag am Altar, die einen ruft er zur Kommunion, die anderen weist er zurück.« Und aus den alten Kirchengesetzen geht hervor, daß nur einer die Messe hielt und die übrigen Priester und Diakonen von ihm den Leib des Herrn empfingen.

Denn so lauten die Worte des Nicänischen Kirchengesetzes: »Die Diakone sollen der Ordnung folgend nach den Priestern vom Bischof oder Priester die heilige Kommunion empfangen.«[75] Und Paulus (1. Kor. 11, 33) ordnet hinsichtlich der Kommunion an, alle sollten aufeinander warten, damit der Empfang gemeinsam sei.

Da also die Messe bei uns sich nach der Praxis der Kirche richtet, wie sie aus der Heiligen Schrift und den Vätern zu ersehen ist[76], vertrauen wir darauf, daß man sie nicht tadeln könne, um so weniger, als öffentliche Zeremonien dabei eingehalten werden, die zum großen Teile den üblichen gleichen. Nur die Anzahl der Messen ist ungleich, aber wegen der sehr großen offenkundigen Mißbräuche wäre es sicher von Nutzen, hier zu reformieren. Denn vormals hielt man nicht einmal in den volkreichsten Gemeinden täglich Messe, wie die Historia tripartita[77] im 9. Buch bezeugt: »Wiederum in Alexandrien werden am Mittwoch und Freitag die heiligen Schriften verlesen, und die Lehrer legen sie aus, und alles geschieht ohne die feierliche Opferhandlung.«

## 25. DIE BEICHTE

Die Beichte ist in unseren Gemeinden nicht abgeschafft. Vielmehr, es ist Sitte, den Leib des Herrn nur solchen zu reichen, die vorher verhört und losgesprochen wurden.[78] Und auf das sorgfältigste unterrichtet man das Volk über den Glauben an die Lossprechung[79], über die vor dieser Zeit großes Stillschweigen herrschte.

Die Leute werden belehrt, die Lossprechung auf das höchste zu schätzen, denn sie ist die Stimme Gottes und wird auf Befehl Gottes verkündet. Man preist die Gewalt der Schlüssel[80] und weist darauf hin, welch großen Trost sie den erschreckten Gewissen bringt[81], und daß Gott den Glauben will, damit wir jene Lossprechung als seine Stimme, die vom Himmel erklingt, gläubig aufnehmen, und daß dieser Glaube an Christus wirklich die Vergebung der Sünden erreicht und empfängt. Vormals wurden die Genugtuungswerke maßlos hervorgehoben; den Glauben aber und das Verdienst Christi und die Glaubensgerechtigkeit erwähnte man gar nicht. Darum darf man in dieser Sache unseren Gemeinden nicht die geringste Schuld zumessen. Ja, sogar unsere Gegner müssen uns dies zugestehen, daß die Lehre von der Buße von den Unsrigen auf das sorgfältigste behandelt und vorgetragen wird.

Aber über das Beichten lehren sie (unsere Gemeinden), daß die vollständige Aufzählung der Sünden nicht notwendig ist und die Gewissen nicht mit der Sorge beschwert werden dürfen, ob sie alle Vergehungen aufgezählt haben. Denn es ist unmöglich, alle Vergehen anzugeben, wie der Psalm bezeugt (19, 13): »Wer kennt die Vergehen?« Ebenso Jeremias (17, 9): »Verderbt ist das Herz des Menschen und nicht zu ergründen.« Wenn also nur die aufgezählten Sünden nachgelassen würden, dann könnte kein Gewissen je ruhig werden, denn sehr viele Sünden sieht man nicht und weiß man nicht mehr. Auch die alten Kirchenschriftsteller bestätigen, daß jene Aufzählung nicht notwendig ist. In dem Dekret[82] wird z. B. Chrysostomus zitiert, der also spricht: »Ich sage dir nicht, du sollst dich vor der Öffentlichkeit bloßstellen oder dich bei anderen anklagen, sondern ich will, daß du dem Propheten gehorchest, welcher spricht: Offenbare vor Gott deinen Weg. Also bekenne deine Sünden vor Gott, dem wahren Richter, im Gebet. Sprich deine Vergehen nicht mit der Zunge aus, sondern mit deinem mahnenden Gewissen.« Und die Glosse[83] über die Buße in der 5. Distinktion im Kapitel »Consideret« gibt zu, daß das Beichten aus menschlichem Rechte stammt. Aber wir behalten die Beichte, einmal wegen der außerordentlichen Wohltat, die in der Lossprechung liegt, dann aber auch wegen sonstigen Nutzens, den sie für die Gewissen hat.

## 26. DER UNTERSCHIED DER SPEISEN

Es war allgemeine Ansicht, nicht nur beim Volke, sondern auch bei den Lehrern der Kirche, daß die Unterscheidung der Speisen und ähnliche menschliche Überlieferungen nützliche Werke seien, mit welchen man Gnade verdiene und genugtue für die Sünden.[84] Daß die ganze Welt so dachte, das sieht man daraus, daß jeden Tag neue Bräuche aufkamen, neue Orden, neue Festtage, neue Fasten und daß die Prediger in den Kirchen diese Werke als notwendigen Gottesdienst forderten, um damit Gnade zu verdienen, und gewaltig die Gewissen schreckten, wenn man davon etwas unterließ. Aus dieser Auffassung der Überlieferung kommt viel von dem Unheil in der Kirche her.

Erstens wurde dadurch die Lehre von der Gnade und von der Glaubensgerechtigkeit verdunkelt, die der Kern des Evangeliums ist, in der Kirche über alles gehen und hinausragen muß, damit das Verdienst Christi recht erkannt werde und der Glaube, welcher auf die Vergebung der Sünden um Christi willen vertraut, über allen Werken und allen anderen Formen der Gottesverehrung stehe. Daher verwendet auch Paulus alle Mühe auf diesen Artikel, stößt Gesetze und menschliche Überlieferungen beiseite, um zu erweisen: Die christliche Gerechtigkeit ist etwas anderes als solche Werke; sie ist der Glaube, der gewiß ist, daß wir um Christi willen in die Gnade aufgenommen werden. Aber diese Lehre des Paulus ist fast ganz unterdrückt worden durch die Überlieferungen, welche die Ansicht erzeugten, daß man durch Unterscheidung der Speisen und ähnliche fromme Übungen die Gnade und Gerechtigkeit verdienen müsse. Kein Wort sagte man in der Buße vom Glauben, bloß diese Genugtuungswerke wurden befürwortet: darin schien die ganze Buße zu bestehen.[85]

Zweitens, diese Überlieferungen verdunkelten die Gebote Gottes. Denn man zog sie den Geboten Gottes weit vor. Der ganze Christenstand, so meinte man, besteht in der Beobachtung bestimmter Tage, Gebräuche, Fasten, Kleider. Diese »Beobachtungen« waren im Besitze des heiligsten Titels, sie galten als das »geistliche Leben«, als das »Leben in der Vollkommenheit«. Aber die Erfüllung der Gebote Gottes im Berufe empfing keine Ehre: daß der Vater die Kinder erzog, daß die Mutter sie zur Welt brachte, daß der

Fürst den Staat regierte. Solche Dinge galten als »weltliche Werke«, als Werke der »Unvollkommenheit«, als weit unter jenen herrlichen »Beobachtungen« stehend. Gerade dieser Irrtum hat viele fromme Gewissen gepeinigt. Denn sie waren traurig darüber, daß sie im »Stande der Unvollkommenheit« verbleiben mußten, in der Ehe, in der Obrigkeit oder anderen bürgerlichen Berufszweigen; sie sahen auf zu den Mönchen und ihresgleichen und meinten, freilich fälschlicherweise, die »Beobachtungen« der anderen seien Gott wohlgefälliger.

Drittens: Die Überlieferungen brachten die Gewissen in große Gefahren. Denn es war ja unmöglich, alle Überlieferungen einzuhalten, und doch meinten die Leute, diese »Beobachtungen« seien notwendig, um Gott zu dienen. Gerson[86] schreibt, viele seien in Verzweiflung verfallen, einige hätten sogar Selbstmord verübt, da sie merkten, daß sie den Überlieferungen nicht nachkommen könnten. Sie hatten ja noch nichts vernommen von dem Troste der Glaubensgerechtigkeit und der Gnade. Wir wissen, daß die Summisten[87] und Theologen die Überlieferungen zusammenziehen und nach Erleichterungsgründen suchen, um es den Gewissen leichter zu machen. Aber das hilft nicht viel, ja bisweilen verstricken sie die Gewissen nur noch stärker. Und mit solcher Zusammenziehung von Überlieferungen waren die Theologenschulen und Predigten so beschäftigt, daß man keine Zeit fand, zur Heiligen Schrift zu greifen und nach einer nützlicheren Lehre zu forschen, nämlich vom Glauben, vom Kreuze, von der Hoffnung, von der Würde der weltlichen Dinge, vom Trost der Gewissen in harten Anfechtungen. Daher klagten Gerson und andere Theologen schwer über dieses Streiten um Überlieferungen, das sie nur hindere, ein besseres Stück der Lehre zu bearbeiten. Und Augustin verbietet geradezu, die Gewissen mit solchen »Beobachtungen« zu belasten; er macht den Januarius sehr weise darauf aufmerksam, daß die Einhaltung solcher »Beobachtungen« »indifferent« sei; dies Wort gebraucht er.

Darum darf es nicht so erscheinen, als hätten die Unsrigen diese Angelegenheit aus Leichtsinn oder aus Haß gegen die Bischöfe in die Hand genommen, wie manche in falschem Argwohn meinen. Es war schwere Notwendigkeit, die Gemeinden auf die Irrtümer hinzuweisen, die den übelverstandenen Überlieferungen entsprossen waren. Denn das Evangelium zwingt dazu, in den Gemeinden alle Kraft auf die Lehre von der Gnade und der Glaubensgerechtigkeit zu verwenden; und diese kann eben nicht verstanden werden, solange die Menschen wähnen, sie verdienten die Gnade durch selbsterwählte »Beobachtungen«.

So also lehrten sie (unsere Gemeinden): Durch Beobachtung menschlicher Überlieferungen können wir keine Gnade verdienen und für die Sünden genugtun. Daher ist die Meinung falsch, solche »Beobachtungen« seien notwendig, um Gott zu dienen. Sie fügen Zeugnisse aus der Heiligen Schrift bei. Christus entschuldigt die Apostel (Matthäus 15, 3–9), die sich nicht an die übliche Überlieferung hielten, obwohl sie offenkundig etwas Indifferentes bedeutete und Beziehung hatte zu den gesetzlichen Waschungen. Er sagt:

»Es hat keinen Wert, daß sie mich nach Menschensatzungen verehren.« Daher verlangt er keinen solchen wertlosen Kult. Und kurz nachher fügt er bei: »Alles, was zum Munde eingeht, verunreinigt den Menschen nicht.« Ebenso steht Römer 14 (7): »Das Reich Gottes ist nicht Speise und Trank.« Kol. 2 (16. 20–21): »Niemand richte euch wegen Speise, Trank, Sabbat oder Festtag.« Apostelgeschichte 15 (10) sagt Petrus: »Warum versuchet ihr Gott, indem ihr ein Joch auf den Hals der Jünger legen wollt, das weder wir noch unsere Väter tragen konnten? Sondern wir glauben durch die Gnade unseres Herrn Jesu Christi gerettet zu werden wie auch sie.« Hier verbietet Petrus, die Gewissen mit noch mehr Gebräuchen zu beschweren, seien sie von Mose oder von anderen. Und 1. Timotheus 4 (1–3) nennt das Speiseverbot »Lehren der Dämonen«, denn es widerspricht dem Evangelium, solche Werke einzuführen oder zu tun, um damit Gnade zu verdienen, oder als gäbe es keine christliche Vollkommenheit ohne solchen frommen Brauch.

Hier machen die Gegner den Einwand, die Unsrigen verböten also die Zucht und die Abtötung des Fleisches wie Jovinian.[88] Aber in den Schriften der Unsrigen wird man etwas ganz anderes finden. Denn immer haben sie vom Kreuz gelehrt, Christen müßten Leiden ertragen. Das ist die wahre, ernsthafte und ungeheuchelte Abtötung, sich zu üben in mannigfachen Leiden und so mit Christus gekreuzigt zu werden.

Ferner lehren sie (die Unsrigen), jeder Christ müsse sich durch körperliche Kasteiung oder Übungen und

Anstrengungen des Körpers so in Übung und Zucht bringen, daß nicht die Sattheit oder Faulheit ihn zum Sündigen aufreize, also nicht um durch jene Übungen Sündenvergebung zu verdienen oder Genugtuung zu leisten für die Sünden. Und diese körperliche Disziplin muß man immer sehr ernst nehmen, nicht bloß an wenigen bestimmten Tagen, sondern wie Christus vorschreibt (Luk. 21, 34): »Hütet euch, daß eure Herzen nicht beschwert werden durch Völlerei.« Ebenso (Matth. 17, 21): »Diese Art Teufel kann nur durch Fasten und Gebet vertrieben werden.« Und Paulus sagt (1. Kor. 9, 27): »Ich kasteie meinen Leib und bringe ihn in Knechtschaft.« Da zeigt er doch deutlich: er kasteit seinen Leib, nicht, um durch diese Zucht Vergebung der Sünden zu verdienen, sondern damit sein Leib brauchbar und geeignet werde für die geistlichen Dinge und zur Erfüllung der Pflicht in seinem Berufe. Daher wird das Fasten selbst nicht verworfen, sondern nur die Überlieferungen, welche bestimmte Tage, bestimmte Speisen vorschreiben unter Belastung des Gewissens, als seien solcherlei Werke notwendig, um Gott zu dienen.

Es werden jedoch bei uns die meisten Überlieferungen beibehalten, so die Perikopen in der Messe, Feiertage und anderes, was den Zweck hat, daß Ordnung in der Kirche herrsche. Aber dabei werden die Leute darauf hingewiesen, daß ein solcher Brauch nicht rechtfertigt vor Gott und daß man keine Sünde in solchen Dingen sehen dürfe, wenn man ohne Ärgernis darüber hinweggeht.[89] Diese Freiheit in menschlichen Gebräuchen war den Vätern nichts Unbekanntes.

Denn im Morgenlande feierte man Ostern an einem anderen Datum als in Rom[90], und als die Römer wegen dieses Unterschiedes das Morgenland des Schismas anklagen wollten, da mußten sie sich von den andern sagen lassen, solche Sitten müßten nicht überall gleich sein. Und Irenäus spricht: »Die Verschiedenheit im Fasten hebt die Gleichheit des Glaubens nicht auf«, und in der Distinctio XII weist Papst Gregor[91] darauf hin, solche Verschiedenheit verletze nicht die Einheit der Kirche. In der Historia tripartita[92] im 9. Buch werden für die Unähnlichkeit der Riten viele Beispiele beigebracht und der Ausspruch beigefügt: »Der Sinn der Apostel war nicht darauf aus, Gesetze über die Festtage zu machen, sondern einen guten Wandel und frommes Leben zu predigen.«

## 27. DIE MÖNCHSGELÜBDE

Was über die Mönchsgelübde bei uns gelehrt wird, das versteht man besser, wenn man sich daran erinnert, in welchem Zustand sich die Klöster befanden, wie vieles, was in den Klöstern selbst täglich geschah, gegen die Kirchengesetze verstieß. Zur Zeit Augustins waren die Klöster frei[93]; später ging die Disziplin zugrunde, da nahm man überall die Gelübde hinzu, damit gewissermaßen durch ein ausgedachtes Gefängnissystem die Disziplin wieder hergestellt würde.

Außer den Gelübden kamen allmählich auch noch zahlreiche andere »Beobachtungen« hinzu. Und diese Fesseln wurden vielen vor dem gebührenden Alter gegen den Wortlaut der Kirchengesetze auferlegt.[94]

Viele gerieten in diesen Stand durch einen Irrtum, denn wenn ihnen auch nicht die Jahre fehlten, so doch das Urteil über ihre Kräfte. Waren sie aber auf diese Weise ins Netz gegangen, so mußten sie darin bleiben, obwohl sie mit Hilfe der Kirchengesetze hätten freikommen können. Und das geschah mehr noch in den Frauenklöstern als in Männerklöstern, während man doch das schwächere Geschlecht mit mehr Schonung behandeln müßte. Diese Härte verdroß vordem viele Gutgesinnte, wenn sie sahen, wie Mädchen und Jünglinge zur Versorgung in die Klöster gesteckt wurden. Sie sahen, welches Unglück diese Maßregel brachte, welche Ärgernisse daraus kamen, welche Verstrickung der Gewissen die Folge war. Mit Schmerzen erkannten sie, wie sehr die Autorität der Kirchengesetze gerade in einer so hochgefährlichen Sache vernachlässigt und verachtet wurde.

Zu diesen Übelständen gesellte sich eine hohe Meinung von den Gelübden, wie sie, das steht fest, einst auch bei den Mönchen selbst nur Kopfschütteln erregt hätte, wenigstens bei den besonneneren. Man stellte nämlich die Gelübde der Taufe an Wert gleich und lehrte, daß man durch diese Lebensweise die Vergebung der Sünden und die Rechtfertigung vor Gott verdiene.[95] Ja, man fügte bei, das Klosterleben verdiene nicht bloß die Gerechtigkeit vor Gott, sondern darüber hinaus, man halte darin nicht bloß die Gebote, sondern auch die evangelischen Räte.[96] So redeten sie (den Leuten) ein, der klösterliche Stand sei viel besser als die Taufe, das Klosterleben sei verdienstlicher als das Leben der Regenten, der Geistlichen und ihresgleichen, die ohne selbsterfundene Übungen nach den Geboten Gottes ihrem Berufe leben. Das kann niemand leugnen; das steht in ihren Büchern.

Was geschah danach in den Klöstern? Vormals waren sie Schulen der heiligen Wissenschaft und der anderen Wissenschaften, die der Kirche von Nutzen sind, und man nahm aus ihnen Geistliche und Bischöfe. Jetzt ist das anders; die Sache ist so bekannt, daß man gar nichts darüber sagen muß. Vormals ging man ins Kloster, um zu lernen, jetzt haben sie den Mythus aufgebracht, dieser Stand sei eingeführt worden, um Gnade und Gerechtigkeit zu verdienen; ja, sie rühmen, dies sei der Stand der Vollkommenheit, und ziehen ihn allen anderen Ständen vor, welche doch Gott eingesetzt hat.[97] Wir sagen das nicht, um gehässige Übertreibungen aufzustellen, sondern bloß damit man die Lehre der Unsrigen über diese Angelegenheit besser verstehen kann.

Erstlich lehrt man im Hinblick auf die, welche heiraten: Es ist allen, welche nicht zum Zölibat geschaffen sind, erlaubt, eine Ehe einzugehen; denn Gelübde können eine Anordnung und ein Gebot Gottes nicht aufheben. Dies ist aber ein Gebot Gottes: »Wegen der Gefahr der Unzucht habe jeder sein Weib« (1. Kor. 7, 2). Und es ist nicht bloß ein Gebot, sondern auch die Schöpfungsordnung Gottes zwingt diejenigen zur Ehe, die nicht durch eine besondere Gnadentat Gottes ausgesondert sind, nach dem Worte: »Es ist dem Menschen nicht gut, daß er allein sei« (1. Mose 2, 18). Also begehen die keine Sünde, welche diesem Gebote und dieser Ordnung Gottes Folge leisten.

Was kann man dagegen einwerfen? Mag jemand die Strenge der Gelübdeverpflichtung so hoch veranschlagen, wie er will, er wird es doch niemals dahin bringen können, daß ein Gelübde ein Gebot Gottes umstößt. Die Kirchengesetze bestimmen, daß bei jedem Gelübde das Recht des Oberen ausgenommen ist[98]; dann vermögen aber diese Gelübde noch viel weniger etwas gegen die Gebote Gottes. Wenn es gar keinen Grund gäbe, die Gelübdeverpflichtung zu ändern, dann hätten auch die römischen Päpste nicht davon dispensiert. Denn kein Mensch darf etwas, was einfach göttlichen Rechtes ist, aufheben. Vielmehr haben die römischen Päpste hier vernünftig entschieden, daß in dieser Art von Verpflichtung die Billigkeit herrschen müsse. Daher wird von vielen Dispensen bei Gelübden berichtet. Bekannt ist die Geschichte vom König von Aragonien, den man wieder aus dem Klosterleben zurückberief[99]; auch in unserer Zeit gibt es Beispiele dafür.

Ferner: Warum betonen unsere Gegner die Verpflichtung und die Gültigkeit der Gelübde so sehr, schweigen aber dabei von dem Wesen des Gelübdes, nämlich, daß es sich auf eine mögliche Sache beziehen muß, daß es freiwillig sein muß, aus eigenem Antriebe und aus Überlegung übernommen? Man weiß doch nur zu gut, wie wenig die immerwährende Keuschheit in der Macht des Menschen steht. Und wie viele haben denn aus eigenem Antrieb und mit Überlegung die Gelübde abgelegt? Jungfrauen und Jünglinge, die noch kein Urteil haben, überredet man zu den Gelübden, ja bisweilen zwingt man sie geradezu. Darum ist es unbillig, die Gelübdeverpflichtung mit solcher Strenge abzuhandeln, zumal doch alle zugestehen müssen, daß es gegen das Wesen des Gelübdes ist, wenn es nicht aus eigenem Antrieb und ohne Überlegung abgelegt wird.

Eine Menge von Kirchengesetzen erklären die vor dem 15. Lebensjahr abgelegten Gelübde für nichtig, weil man vor diesem Lebensalter offenkundig nicht urteilsfähig genug ist, um sich für das ganze Leben zu binden. Ein anderes Kirchengesetz nimmt noch mehr Rücksicht auf die menschliche Schwachheit und fügt noch einige Jahre hinzu. Es verbietet vor dem 18. Lebensjahr Gelübde abzulegen.[100] Aber gleichviel welchem wir folgen wollen: der größte Teil hat damit guten Grund, die Klöster zu verlassen, denn die meisten haben ihr Gelübde vor diesem Lebensalter abgelegt.

Schließlich: Auch wenn eine tadelnswerte Verletzung des Gelübdes vorläge, so folgt doch daraus offenkundig noch keineswegs, daß die Ehen solcher Personen aufgelöst werden müßten. Augustin sagt[101], sie dürften nicht aufgelöst werden, 27. (Causa), Quaestio I. im Kapitel Nuptiarum; und sein Wort wiegt schwer, mögen andere später anders geurteilt haben.

Obwohl also das göttliche Gebot von der Ehe sehr viele deutlich von den Klostergelübden freimacht, so bringen doch die Unsrigen noch einen andern Grund für die Ungültigkeit der Gelübde vor, nämlich den, daß jede Gottesverehrung, welche von Menschen ohne ein Gebot Gottes eingeführt und ersonnen wurde, um die Rechtfertigung und die Gnade zu verdienen, gottlos ist, wie Christus sagt: »Es ist wertlos, daß sie mich verehren mit Menschensatzungen« (Matth. 15, 9). Und Paulus lehrt überall, man dürfe die Gerechtigkeit nicht erwerben wollen durch eigene »Beobachtungen« und durch religiöse Übungen, die von Menschen erdacht sind, sondern sie werde durch den Glauben denjenigen zuteil, die gewiß sind, daß sie von Gott um Christi willen in die Gnade aufgenommen werden.[102]

Bekanntlich haben aber die Mönche gelehrt, daß selbstersonnene religiöse Übungen Genugtuung leisten für die Sünden und die Gnade und die Rechtfertigung verdienen.[103] Was heißt das anderes, als Christi Herrlichkeit herabsetzen, die Gerechtigkeit des Glaubens verdunkeln und verneinen? So folgt: diese üblichen Klostergelübde waren gottlose Gottesdienste und sind daher ungültig. Denn ein Gelübde gilt nichts, sobald es gottlos und gegen Gottes Gebote ist; ein Gelübde darf ja nimmermehr zu etwas Schlechtem verpflichten, sagt das Kirchengesetz.[104] Paulus spricht: »Ihr habt Christum verloren, die ihr die Rechtfertigung sucht durch das Gesetz, ihr seid aus der Gnade gefallen« (Gal. 5, 4). Wer also durch die Gelübde die Rechtfertigung sucht, der hat Christum verloren und fällt aus der Gnade. Denn auch die, welche die Rechtfertigung an die Gelübde binden, binden das an die eigenen Werke, was recht eigentlich der Herrlichkeit Christi zugehört. Und man kann nicht leugnen, daß die Mönche lehrten, sie würden durch die Gelübde und durch ihre »Beobachtungen« gerechtfertigt und verdienten die Nachlassung der Sünden. Ja, sie fügten noch Absurderes hinzu; sie rühmten sich, sie könnten ihre Werke anderen mitteilen. Wenn hier einer auf gehässige Übertreibungen aus wäre, was könnte der alles aufzählen! Dinge, deren sich die Mönche nun schon selber schämen! Dazu redeten sie der Welt ein, selbstersonnene Religionsübungen seien der Stand der christlichen Vollkommenheit. Heißt das nicht, die Rechtfertigung den Werken zuweisen? Es ist kein geringer kirchlicher Skandal, wenn man dem Volke eine bestimmte von Menschen erfundene Frömmigkeitsübung empfiehlt, die kein Gebot Gottes für sich hat, und predigt, diese Übung rechtfertigt die Menschen. Denn die Glaubensgerechtigkeit, die zu predigen höchste Pflicht der Kirche ist, wird verdunkelt, wenn jene wundertätige Engelhaftigkeit, jener Heuchelschein von Armut, Demut und Keuschheit die Augen der Menschen blendet.

Aber überdies werden die Gebote Gottes und die wahre Frömmigkeit verdunkelt, wenn die Leute hören, nur die Mönche seien im Stande der Vollkommenheit. Denn christliche Vollkommenheit heißt, Gott ernstlich fürchten und doch großen Glauben haben und um Christi willen darauf vertrauen, daß wir einen gnädigen Gott haben, von Gott Hilfe erbitten und festsicher erwarten bei allen Aufgaben unseres Berufs, dabei im äußeren Leben fleißig gute Werke tun und dem Berufe dienen. Darin besteht die wirkliche Vollkommenheit und die wahre Frömmigkeit, aber nicht im Zölibat, Betteln und Armutskleid. Aber das Volk faßt viele schädliche Ansichten gerade bei jenen falschen Lobgesängen auf das Klosterleben. Es hört maßloses Lob des Zölibats; daher vermag es nicht mit gutem Gewissen in der Ehe zu leben. Es hört: nur die Bettler sind vollkommen; daher besitzt es sein Eigentum mit schlechtem Gewissen und geht mit schlechtem Gewissen seinen Geschäften nach. Es hört: es ist ein evangelischer Rat, nicht Rache zu nehmen. Darum scheuen sich die einen nicht, im Privatleben Rache zu nehmen, denn sie hören ja, es sei bloß ein Rat, kein Gebot, Rache zu nehmen. Die andern dagegen irren noch viel mehr, wenn sie meinen, alle obrigkeitlichen Ämter und bürgerlichen Verpflichtungen seien der Christen unwürdig und widersprächen den evangelischen Räten.[105]

Man liest von Menschen, welche die Ehe verließen, die Verwaltung des Staates aufgaben und in die Einsamkeit der Klöster gingen. Das nannten sie, der Welt entfliehen und einen heiligen Lebensstand erwählen. Sie verstanden nicht, daß man Gott dienen müsse nach den Geboten, die er selbst gab, nicht nach den von Menschen erdachten Geboten. Das ist ein guter und vollkommener Lebensstand, der Gottes Gebot für sich hat. Darüber muß man die Leute aufklären.

Auch schon vor unserer Zeit tadelte Gerson[106] den Irrtum der Mönche in der Sache der Vollkommenheit; er bezeugt, zu seiner Zeit sei die Formel noch neu gewesen, daß das Klosterleben der Stand der Vollkommenheit sei.

Soviel gottlose Ansichten haften an den Gelübden: sie sollen rechtfertigen; sie sollen die christliche Vollkommenheit sein; die Mönche sollen Räte und Gebote halten; sie sollen überschüssige Werke[107] fertigbringen. Das alles ist falsch und sinnlos und macht die Gelübde zunichte.

## 28. DIE KIRCHLICHE GEWALT

Große Auseinandersetzungen wurden einst geführt über die Gewalt der Bischöfe, und viele vermengten dabei zum Nachteil der Sache die Gewalt der Kirche und die Gewalt des Schwertes. Aus dieser Vermengnug entstanden blutige Kriege und stürmische Tumulte, da die Päpste, gestützt auf die Gewalt der Schlüssel[108], nicht bloß neue Arten der Gottesverehrung einführten und durch Vorbehalt bestimmter Fälle[109], durch gewaltsame Exkommunikation die Gewissen belasteten, sondern sich auch unterfingen, weltliche Herrschaft zu verleihen und den Kaisern ihr Reich zu nehmen.[110] Diese Übergriffe sind längst in der Kirche von frommen und gelehrten Männern getadelt worden. Darum wurden die Unsrigen zur Unterrichtung der Gewissen gezwungen, den Unterschied der kirchlichen Gewalt von der Gewalt des Schwertes aufzuzeigen; sie lehrten, beide Gewalten müßten um des göttlichen Gebotes willen mit allem Ernst geehrt werden als die höchsten Gaben Gottes auf Erden.[111]

So aber denken sie: Die Gewalt der Schlüssel, also die Gewalt der Bischöfe, ist nach dem Evangelium die Vollmacht oder der Auftrag Gottes, das Evangelium zu verkündigen, Sünden nachzulassen oder zu behalten und die Sakramente zu spenden. Denn mit diesem Auftrag sendet Jesus die Apostel aus: »Wie mich der Vater gesandt hat, so sende ich euch. Nehmet hin den Heiligen Geist; welchen ihr die Sünden erlasset, denen sind sie erlassen, und welchen ihr die Sünden behaltet, denen sind sie behalten« (Joh. 20, 21 ff.). Und Markus 16 (15): »Gehet hin, predigt das Evangelium jeglicher Kreatur usw.«

Diese Gewalt wird einzig und allein ausgeübt durch Lehren und Predigen des Wortes und Darreichung der Sakramente an viele oder an einzelne, je nach der Berufung; es werden ja nicht körperliche Dinge dargeboten, sondern ewige Dinge, die ewige Gerechtigkeit, der Heilige Geist, das ewige Leben. Das alles kann man nur bekommen durch den Dienst des Wortes und der Sakramente, wie Paulus sagt: »Das Evangelium ist die Kraft Gottes zum Heile für jeden, der glaubt« (Röm. 1, 16). Und Psalm 119 (50): »Dein Wort erquickt mich.« Weil also die kirchliche Gewalt ewige Dinge darbietet und nur ausgeübt werden kann durch den Dienst des Wortes, behindert sie die politische Verwaltung nicht; so wenig die Sangeskunst die politische Verwaltung behindert. Denn die politische Verwaltung hat es mit anderen Dingen zu tun als das Evangelium. Die Obrigkeit schützt nicht die Seelen, sondern die Leiber und die leiblichen Angelegenheiten gegen offenkundiges Unrecht und regiert die Menschen mit dem Schwert und körperlichen Strafen. Das Evangelium aber schützt die Seelen gegen gottlose Lehren, den Teufel und den ewigen Tod.

Darum dürfen die kirchliche und die politische Gewalt nicht vermengt werden. Die kirchliche Gewalt hat ihren eigenen Auftrag, nämlich das Evangelium zu lehren und die Sakramente zu verwalten. Sie darf nicht einbrechen in ein fremdes Amt, sie darf nicht weltliche Herrschaft verleihen, nicht die Gesetze der Obrigkeit abschaffen, nicht vom gesetzmäßigen Gehorsam entbinden, sie darf nicht Urteile über irgendwelche bürgerlichen Ordnungen oder Verträge verhindern, sie darf den Obrigkeiten keine Vorschriften machen über die Form des Staatswesens; wie Christus es ausspricht: »Mein Reich ist nicht von dieser Welt« (Joh. 18, 36). Ebenso: »Wer hat mich über euch zum Richter oder Erbteiler bestellt?« (Luk. 12, 14). Und Paulus sagt Philipper 3 (20): »Unser Staatswesen ist im Himmel.« 2. Korinther 10 (4): »Die Waffen unseres Kriegsdienstes sind nicht körperlich, sondern es ist die Macht Gottes zur Zerstörung der Gedanken usw.«

Auf solche Weise machen die Unsrigen einen Unterschied zwischen den Pflichten beider Gewalten, fordern aber, jede von beiden zu ehren und anzuerkennen, daß eine jede Gottes Geschenk und Wohltat ist.

Soweit Bischöfe eine Gewalt des Schwertes haben[112], so haben sie diese nicht als Bischöfe durch den Auftrag des Evangeliums, sondern auf Grund menschlichen Rechtes; sie ist ihnen von den Königen und Kaisern zur Verwaltung ihrer weltlichen Güter gegeben worden. Das ist aber eine ganz andere Funktion als der Dienst des Evangeliums. Erhebt sich also die Frage nach der Jurisdiktion der Bischöfe, so muß man unterscheiden zwischen ihrer fürstlichen Stellung und ihrer kirchlichen Vollmacht. Das heißt, nach dem Evangelium oder, wie man sagt, »nach göttlichem

Recht« kommt diese Vollmacht den Bischöfen als Bischöfen zu, also als denen, welchen der Dienst des Wortes und der Sakramente anvertraut ist: die Vollmacht, Sünden nachzulassen, und Lehre, die wider das Evangelium ist, zurückzuweisen und die offenkundig Gottlosen von der kirchlichen Gemeinschaft auszuschließen, aber ohne weltliche Gewalt, nur mit dem Worte. In diesen Dingen müssen die Gemeinden (den Bischöfen) notwendigerweise und kraft göttlichen Rechtes Gehorsam leisten nach dem Worte: »Wer euch höret, der höret mich« (Luk. 10, 16). Aber wenn sie etwas gegen das Evangelium lehren oder bestimmen, dann haben die Gemeinden den Befehl Gottes, welcher den Gehorsam verbietet, Matthäus 7 (15): »Hütet euch vor den falschen Propheten.« Galater 1 (8): »Wenn ein Engel vom Himmel euch ein anderes Evangelium predigen würde, so sei er verflucht.« 2. Korinther 13 (8): »Wir können nichts wider die Wahrheit, sondern nur für die Wahrheit.« Ebenso: »Es ist uns Vollmacht gegeben zur Erbauung, nicht zur Zerstörung« (V. 10). So schreiben es auch die Kirchengesetze[113] vor: (Causa) II. Quaestio 7. im Kapitel »Sacerdotes« und im Kapitel »Oves«. Und Augustin sagt im Briefe gegen Petilian: »Auch den katholischen Bischöfen darf man nicht beistimmen, wenn sie etwa einmal irren oder eine Meinung vertreten, die im Gegensatz steht zu den göttlichen Schriften.«

Soweit die Bischöfe auch noch andere Gewalt oder Jurisdiktion haben in gewissen anderen Angelegenheiten, wie z. B. in Ehe- oder Zehntsachen[114], so haben sie diese aus menschlichem Recht, und wenn keine Bischöfe mehr vorhanden sind, so müssen die Fürsten, ob sie wollen oder nicht, die Rechtsprechung übernehmen, damit der Friede gewahrt bleibe.

Außerdem streitet man darüber, ob die Bischöfe oder Hirten das Recht haben, Zeremonien in der Kirche einzuführen und Gesetze über Speisen, Feste, Rangordnungen der Geistlichen und über die Mönchsorden usw. zu geben. Die, welche dieses Recht den Bischöfen zuschreiben, zitieren als Zeugnis: »Ich habe euch noch vieles zu sagen, aber ihr könnt es noch nicht tragen. Wenn aber jener kommen wird, der Geist der Wahrheit, der wird euch alle Wahrheit lehren« (Joh. 16, 12). Sie führen auch als Beispiel die Apostel an, die geboten, sich vom Blut und vom Erstickten zu enthalten (Apg. 15, 20). Sie verweisen auf den Sabbat, der in den Sonntag umgewandelt wurde, was gegen die zehn Gebote zu sein scheint. Ja, kein Beispiel wird häufiger hervorgeholt als die Umwandlung des Sabbats. Sie behaupten: Die Gewalt der Kirche muß doch groß sein, wenn sie sogar von einem Gebot des Dekalogs dispensieren konnte!

Aber in dieser Streitfrage lehren die Unsrigen so: Die Bischöfe haben keine Gewalt, etwas im Gegensatz zum Evangelium anzuordnen, wie oben gezeigt wurde. Das lehren auch die Kirchengesetze in der ganzen 9. Distinktion.[115] Ferner ist es gegen die Heilige Schrift, Satzungen (traditiones) zu schaffen, durch deren Beobachtung wir für die Sünden Genugtuung leisten oder die Gerechtigkeit verdienen sollen. Denn die Herrlichkeit des Verdienstes Christi wird verletzt, wenn wir meinen, durch solche »Beobachtungen« die Rechtfertigung zu verdienen. Es steht aber fest, daß gerade um dieser Überzeugung willen in der Kirche die Satzungen beinahe ins Unendliche anwuchsen, während die Lehre vom Glauben und der Glaubensgerechtigkeit unterdrückt wurde. Daraufhin wurden die Feiertage vermehrt, (neue) Fasten angesetzt, neue Zeremonien, neue Heiligenverehrungen aufgebracht, denn die Urheber solcher Dinge meinten, durch solche Werke die Gnade zu verdienen. So wuchsen vormals die Bußgesetze an, davon haben wir noch in den Genugtuungswerken deutliche Spuren.

Ebenso handeln die Urheber von menschlichen Satzungen gegen das Gebot Gottes, wenn sie Speisen, Tage und ähnliche Dinge mit Sünde belasten. Damit erlegen sie der Kirche die Knechtschaft des Gesetzes auf, als müsse man unter Christen, um Rechtfertigung zu erlangen, einen Kult haben, ähnlich dem levitischen[116], und die Apostel und die Bischöfe hätten in Gottes Auftrag darüber zu befinden. Denn so behandeln dies einige in ihren Schriften, und die Päpste sind offenbar zum Teil durch das Beispiel des mosaischen Gesetzes verführt worden. Daraus stammen Lasten wie diese: daß es Todsünde sei, an Festtagen, auch wenn niemand Anstoß nimmt, Handarbeit zu tun; daß bestimmte Speisen das Gewissen beflecken; daß Fastenübungen, denen man sich nicht aus natürlichen Gründen, sondern um der Buße willen unterzieht, Werke seien, die Gott versöhnen; daß es eine Todsünde sei, das kanonische Stundengebet[117] zu unterlassen; daß eine Sünde in einem vorbehaltenen

Falle nicht nachgelassen werden könne, wenn nicht der Reservant dazu die Vollmacht erteile[118] – und dabei sprechen die Kirchengesetze selbst nicht von einem Vorbehalten der Schuld, sondern der Kirchenstrafe!

Woher haben die Bischöfe das Recht, solche Satzungen den Gemeinden aufzuerlegen und so die Gewissen zu verstricken, wenn doch Petrus verbietet, ein Joch den Jüngern aufzulegen (Apg. 15, 10), und Paulus sagt, die Gewalt sei ihnen gegeben zur Erbauung und nicht zur Zerstörung (2. Kor. 13, 10)? Wieso mehren sie die Sünden durch solche Menschensatzungen?

Aber es gibt deutliche Beweise, daß es verboten ist, solche Satzungen aufzubringen, um die Gnade zu verdienen, oder als notwendig zum Heile. Paulus sagt Kolosser 2 (16. 20): »Niemand richte euch wegen Speise, Trank, Festtag, Neumond oder Sabbat.« Ebenso: »Wenn ihr den Elementen abgestorben seid mit Christo, warum macht ihr Satzungen, als lebtet ihr noch in der Welt: Berühre nicht, koste nicht, greif nicht an? Das alles geht doch zugrunde durch den Gebrauch; Menschengebote sind es, Menschenlehren, und haben nur den Schein der Weisheit.« Ebenso Titus 1 (14): »Hört nicht auf jüdische Fabeln und Satzungen der Menschen, die sich von der Wahrheit abwenden.«

Und Christus spricht Matthäus 15 (14. 13) von denjenigen, welche Menschensatzungen aufrichten: »Lasset sie, Blinde sind es, und Führer von Blinden.« Und er verwirft solche Übungen: »Jede Pflanzung, die nicht mein himmlischer Vater gepflanzt hat, wird ausgerottet werden.«

Wenn die Bischöfe das Recht haben, mit solchen Menschensatzungen die Gewissen zu beschweren, warum verbietet dann die Heilige Schrift so oft, Satzungen aufzustellen? Warum nennt sie sie »Lehren der Dämonen«? (1. Tim. 4, 1). Hat denn wirklich der Heilige Geist umsonst davor gewarnt?

Es ergibt sich also: Da Anordnungen, die als gewissenbindend oder als Mittel auferlegt werden, um Gnade zu verdienen, dem Evangelium widerstreiten, so darf kein Bischof solche Formen der Gottesverehrung einführen oder als verpflichtend fordern. Denn man muß in den Gemeinden an der Lehre von der christlichen Freiheit festhalten, daß die Knechtschaft des Gesetzes nicht notwendig ist zur Rechtfertigung, wie im Galaterbrief geschrieben steht (5, 1): »Lasset euch nicht wiederum unter das Joch der Knechtschaft bringen.« Es muß bei dem Hauptartikel des Evangeliums bleiben: Gnade erlangen wir durch den Glauben an Christus, und nicht durch gewisse »Beobachtungen« oder durch fromme Übungen, die von Menschen eingeführt sind.[119]

Was soll man dann vom Sonntag denken und von ähnlichen Ordnungen in den Kirchen? Darauf antworten (die Unsrigen): Die Bischöfe oder Hirten dürfen Anordnungen treffen, daß alles in der Kirche in guter Ordnung vor sich gehe, aber nicht, damit wir dadurch für unsere Sünden genugtun oder die Gewissen verpflichtet würden, das für notwendige Formen der Verehrung Gottes zu halten. So ordnet

Paulus (1. Kor. 11, 5. 6) an, daß in der Versammlung die Weiber das Haupt verhüllen und daß die Ausleger nacheinander in der Versammlung angehört werden sollen.

Es gebührt sich für die Gemeinden, solche Anordnungen um der Liebe und der Ruhe willen zu befolgen und sie soweit zu halten, daß nicht einer beim anderen Anstoß errege, sondern alles in den Kirchen ordentlich und friedlich zugehe; allerdings auch so, daß nicht die Gewissen beschwert werden und man meine, diese Dinge seien heilsnotwendig und man sündige, wenn man sie nicht halte, auch wenn damit bei niemandem Ärgernis erregt wird. So, wie ja doch keiner wird sagen wollen: eine Frau sündige, wenn sie, ohne daß die Leute daran Anstoß nehmen, mit unverhülltem Kopfe ausgeht.

Und so steht es auch mit dem Halten des Sonntags, des Osterfestes, Pfingstfestes und ähnlicher Tage und Gebräuche.[120] Denn diejenigen täuschen sich sehr, die behaupten, durch die Autorität der Kirche sei an Stelle des Sabbats das Halten des Sonntags als Pflicht eingeführt worden. Die Heilige Schrift ist es gewesen, die den Sabbat abschaffte, nicht die Kirche. Seit das Evangelium geoffenbart ist, können alle mosaischen Zeremonien unterbleiben. Weil aber doch ein bestimmter Tag festgesetzt werden mußte, damit das Volk wisse, wann es sich versammeln müsse, bestimmte die Kirche, wie offenkundig ist, dazu den Sonntag; und man entschied sich, scheint es, um so eher für diesen Tag, als die Menschen ein Beispiel christlicher Freiheit haben und wissen sollten, daß weder die Beobachtung des Sabbats noch sonst eines Tages heilsnotwendig ist.

Es gibt unglaubliche Diskussionen über die Zeremonien des neuen Bundes, über die Umwandlung des Sabbats: alles das ist entstanden aus der falschen Ansicht, es müßte in der Kirche einen dem levitischen ähnlichen Kult geben, und Christus habe es den Aposteln und Bischöfen überlassen, neue heilsnotwendige Zeremonien auszudenken. Diese Irrtümer schlichen sich in die Kirche ein, weil man von der Gerechtigkeit des Glaubens nicht klar genug handelte. Einige verfechten die Ansicht, das Halten des Sonntags sei zwar nicht göttlichen, aber nahezu (quasi) göttlichen Rechtes; sie schreiben genau vor, wie weit man an Festtagen arbeiten darf. Was sind solche Streitigkeiten anderes als Stricke für die Gewissen? Obwohl sie nämlich den Gebräuchen gegenüber Nachsicht anzuwenden suchen, so kommt es doch nie und nimmer zum rechten und billigen Maß, solange es bei der Meinung bleibt, die Bräuche seien heilsnotwendig; und es muß dabei bleiben, wo man nichts weiß von der Glaubensgerechtigkeit und der christlichen Freiheit.

Die Apostel geboten, sich vom Blute usw. zu enthalten (Apg. 15, 20). Wer tut das heute noch? Und doch sündigt man nicht, wenn man es nicht tut, weil ja die Apostel selbst nicht die Gewissen mit einer solchen Knechtschaft beschweren wollten, sondern ihr Verbot nur gaben auf eine gewisse Zeit, um Ärgernis zu vermeiden. Man muß im (Apostel-) Dekret auf den ewig bleibenden Willen des Evangeliums schauen.

Es gibt fast keine Kirchengesetze, die ganz genau

eingehalten werden, und täglich kommen viele in Wegfall, auch bei denen, welche die Satzungen verteidigen. Man kann den Gewissen nicht helfen, wenn nicht das Maß innegehalten wird, Menschensatzungen nur mit dem Bewußtsein zu beachten, daß sie nicht notwendig sind und daß es die Gewissen nicht verletzt, wenn solche Menschenbräuche geändert werden.

Leicht könnten aber die Bischöfe sich den rechtmäßigen Gehorsam erhalten, wenn sie nicht auf die Einhaltung von Menschensatzungen aus wären, die mit gutem Gewissen nicht gehalten werden können. Nun aber verlangen sie den Zölibat; sie nehmen niemanden an, der nicht schwört, er wolle die reine Lehre des Evangeliums nicht predigen. Unsere Gemeinden verlangen ja nicht, die Bischöfe sollten, um die Einheit wieder zu schaffen, ihre Ehrenstellung aufgeben; obwohl eigentlich treue Hirten das tun müßten! Sie bitten nur das eine, die Bischöfe möchten die ungerechten Lasten aufheben, welche neu und gegen die Übung der allgemeinen Kirche eingeführt sind. Vielleicht hatten anfangs diese Ordnungen verständliche Gründe, die aber für die späteren Zeiten nicht mehr zutreffen. Es liegt aber auch zutage, daß manche aus Irrtümern entstanden sind. Darum hätte nun die Nachsicht der Bischöfe dafür zu sorgen, daß sie gemildert werden, denn eine solche Änderung stößt die Einheit der Kirche nicht um. Es sind ja viele menschliche Überlieferungen im Laufe der Zeit geändert worden, wie die Kirchengesetze selbst zeigen. Wenn daher das nicht erreicht werden kann, daß die »Beobachtungen« geändert werden, welche ohne Sünde nicht geleistet werden können, dann müssen wir uns nach der apostolischen Regel richten, die Gott mehr zu gehorchen befiehlt als den Menschen (Apg. 5, 29).

Petrus verbietet den Bischöfen, in den Kirchen mit Zwang zu herrschen (1. Petr. 5, 3). Es handelt sich jetzt nicht darum, daß die Bischöfe von ihrer Herrschaft abtreten, sondern um dies eine bitten wir: Sie sollen dulden, daß das Evangelium rein gelehrt wird, und einige wenige »Beobachtungen« fallenlassen, die ohne Sünde nicht gehalten werden können. Tun sie das nicht, dann mögen sie selbst zusehen, wie sie es vor Gott verantworten wollen, wenn sie durch ihre Hartnäckigkeit Ursache zur Kirchenspaltung[121] geben.

## SCHLUSS

Wir haben die Hauptartikel aufgezählt, über die offenkundig Streit ist. Natürlich hätten noch viel mehr Mißbräuche zur Sprache kommen können, aber wir haben, um unnötige Länge zu vermeiden, nur die Hauptfragen besprochen. Es gab große Klagen wegen der Ablässe[122], der Wallfahrten, des Mißbrauches der Exkommunikation. Die Pfarrgemeinden litten vielfach unter der Plage der Almosenprediger.[123] Endlose Streitereien gab es zwischen Pfarrern und Mönchen wegen der pfarrlichen Rechte, wegen des Beichthörens, wegen der Begräbnisse und wegen tausend anderer Dinge.[124] Diese Angelegenheiten übergingen wir; dafür sollte das, was in dieser Sache wirklich wichtig ist, kurz dargelegt werden, damit es um so leichter zu verstehen sei. Und es wurde hier nichts gesagt oder aufgezählt, um jemanden zu beschämen! Nur das wurde vorgebracht, was zu sagen notwendig erschien, damit man begreifen könne: Bei uns gilt weder in der Lehre noch in den Zeremonien etwas, was der Heiligen Schrift oder der allgemeinen Kirche entgegensteht.[125] Denn es liegt klar zutage, wie sorgfältig wir uns gehütet haben, daß sich nicht neue und gottlose Glaubenssätze bei uns in die Kirche einschlichen.

Diese hier verzeichneten Sätze haben wir überreichen wollen nach dem Erlaß kaiserlicher Majestät, damit in ihnen unser Bekenntnis vorliege und man die Summe der Lehre unserer Prediger daraus ersehen könne. Sollte in diesem Bekenntnis etwas vermißt werden, so sind wir bereit, so Gott will, weitere Auskunft nach der Heiligen Schrift zu geben.

# ANMERKUNGEN

1. Dieser Satz gilt für das ganze Glaubensbekenntnis.
2 Konzil von Nicäa 325, das erste, von Kaiser Konstantin einberufene, allgemeine Konzil der Reichskirche, das gegen Arius die Wesenseinheit (Homousie) des Sohnes mit dem Vater bekannte. Der hier genannte »Beschluß« ist aber das sog. Nicaeno-konstantinopolitanische Glaubensbekenntnis (Konzil von Konstantinopel 381), das auch die Gottheit des Heiligen Geistes lehrt: dieses Bekenntnis wird gewöhnlich als »Nicänum« bezeichnet. — Der Begriff der einen göttlichen Wesenheit in drei »Personen« ist im sog. athanasianischen Glaubensbekenntnis (450—600) enthalten.
3 Mit dem Gedanken der drei »selbständigen« Personen (Hypostasen) wurde im 4. Jahrhundert die Vorstellung abgewehrt, daß der Sohn und der Heilige Geist nur Erscheinungsweisen der eigentlich nur dem Vater eigenen vollen göttlichen Wesenheit seien.
4 *Manichäer*: Anhänger des Persers Mani (gest. 276), der im Gegensatz zu dem biblischen Gedanken der einen guten, erst durch den Fall des Menschen korrumpierten Schöpfung Gottes zwei Urreiche des Lichtes und der Finsternis annahm. — *Valentin:* der größte Lehrer der »Gnosis« im 2. Jahrhundert. Die materielle Welt des Leidens und der Leidenschaft ist dadurch entstanden, daß in der obersten, geistigen Welt der göttlichen Fülle durch das Verlangen nach dem Einswerden mit dem höchsten Gott Unruhe entstand; Christus erscheint als Abgesandter jener göttlichen Welt, steht aber unter dem einen Gott.
*Arius*: Presbyter in Alexandrien, in Nicäa 325 verurteilt (s. Anm. 2).
*Eunomius*: gest. um 395, der bedeutendste spätere Vertreter des strengen Arianismus (Christus ist dem Vater »unähnlich«).

*Mohammedaner*: sie leugnen die Trinität und betrachten Christus als einen unter den Propheten.

*Paul von Samosata*: Bischof von Antiochien 260—268, bestritt die personhafte Selbständigkeit des göttlichen Logos. — Mit den neuen Samosatenern sind die ersten antitrinitarischen Spiritualisten der Reformationszeit gemeint, z. B. Johannes Campanus (für den der Hl. Geist nur eine Wirkung Gottes und Christi, des Erstgeborenen des Vaters, war).

5 Pelagius (gest. nach 418) war ein freier asketischer Lehrer und Schriftausleger; er sah den Gedanken einer Übertragung der Ursünde Adams auf natürlichem Wege als manichäischen Irrtum an, der die sittliche Anstrengung des Christen lähmt. Statt dessen rechnete er mit einer »geschichtlichen« Vererbung: das Beispiel der Sünde wird nachgeahmt, so wird die Sünde zur menschlichen Gewohnheit. — Die »anderen« hier verurteilten Theologen sind nach Luther die mittelalterlichen Scholastiker und Zwingli. Thomas von Aquino kennzeichnete die in der Begierde erscheinende Erbsünde als »Mangel an ursprunghafter Gerechtigkeit«; Zwingli nannte sie eine Krankheit, nicht Sünde, weil sie nicht mit Schuld verbunden sei.

6 Joh. 1, 1 ff.

7 Die Anschauung von den in der Einheit der Person untrennbar verbundenen beiden Naturen (wahrhaft Gott, wahrhaft Mensch), ist im Bekenntnis des Konzils von Chalcedon (451) ausgesprochen.

8 Wiedertäufer (heute wegen ihrer Forderung der Erwachsenentaufe meist nur Täufer genannt, s. Anm. 18) und Spiritualisten, z. B. Sebastian Franck (gest. 1542), der meinte, das »ewig unsichtbare Wort« wirke »ohne Mittel«; das »verworrene« äußere Schriftwort (der »papierene Papst« der Evangelischen) weise nur durch seine Widersprüchlichkeit auf jenes Wort hin. – Mit den »Vorbereitungen« sind die der mystischen Tradition entstammenden, allen Spiritualisten gemeinsamen Anweisungen zur Abtötung des Fleisches und Befreiung (etwa: »Leermachung«) des Geistes gemeint, die zum Empfang des Geistes Gottes vorbereiten sollen.

9 Im Gegensatz zu den in den Artikeln 20 und 26 genannten unnötigen Werken (Rosenkränze, Heiligendienst, Mönchwerden, Wallfahrten usw.)

10 Luk. 17, 10

11 So heißt es im ersten lateinischen Pauluskommentar, dem (seit Erasmus) sog. »Ambrosiaster« aus dem späten 4. Jahrhundert, der im Mittelalter als Werk des Ambrosius von Mailand galt, zu 1. Kor. 1, 4.

12 »Heilige« heißen im Neuen Testament die Christen insgemein (vgl. die Adressen der Briefe des Paulus). Die aus dem apostolischen Glaubensbekenntnis stammende, ursprünglich neutrisch gefaßte Formel »communio sanctorum« (Gemeinschaft der heiligen Dinge) bedeutet im Mittelalter teils Anteilnahme an den Sakramenten, teils an den Verdiensten der Heiligen. Bei Luther wandelt sie sich in die Gemeinschaft gegenseitiger Anteilnahme und Hingabe, die in der Gemeinde, der Versammlung der Heiligen (d. h. der Glaubenden) lebt.

13 Vgl. den Artikel 15 über die Kirchengebräuche.

14 Eph. 4, 5 f.

15 Das heißt: wirklich, im eigentlichen Sinn des Begriffes. Diese Kirche läßt sich jedoch nicht abgrenzen; wahrhafter Glaube und Heiligkeit können nicht zu sicheren Handhaben in den Händen von Menschen zur Herstellung der reinen Kirche werden.

16 Matth. 23, 2

17 Die Donatisten waren eine strenge Gruppe in der afrikanischen Kirche Anfang des 4. Jahrhunderts, die den Bischöfen, die sich in der diokletianischen Verfolgung unwürdig gehalten hatten, das Amt absprach und die von ihnen gespendeten Weihen für ungültig erklärte. Luther gründete seine Ablehnung des Donatismus nicht mit Augustin und der mittelalterlichen Kirche auf den in Taufe und Weihe verliehenen »unverlierbaren Stempel« der Gnade (character indelebilis: der Begriff entsteht erst im Hochmittelalter), sondern auf die Freiheit des göttlichen Wortes von Menschenheiligkeit.

18 Die Täufer forderten auf Grund von Mk. 16, 16 den persönlichen Glauben als Voraussetzung der Taufe und lehnten die Kindertaufe ab, weil Kinder noch keinen bewußten persönlichen Glauben haben könnten. Luther meinte, wenn man die Taufe vom wahren persönlichen Glauben abhängig machen wolle, könne man niemanden taufen, weil ein Urteil über die Echtheit des Glaubens nur Gott fällen könne. Glauben an die Rechtfertigung aus Gnaden um Christi willen (Art. 4) und tägliche Reue und Buße sind als lebenslänglicher »Gebrauch der Taufe« notwendig; die Kindertaufe bleibt aber für die Christen verbindlich, nicht zuletzt als ein Zeichen dafür, daß Gott seine Gnade umsonst schenkt, ohne vorhergehende Leistungen des Menschen. Die Gründe für die Kindertaufe bildeten aber schon damals ein verwickeltes Bündel; sie lassen sich kaum auf einen einzigen zurückführen.

19 Mit dem knappen »wahrhaft«, das die Diskussion um die Art, wie diese Anwesenheit zu denken sei, nicht beendete, werden die spiritualisierenden Abendmahlslehren etwa Karlstadts, Schwenckfelds und Zwinglis abgelehnt; der Ausdruck »Ablehnung« ist, verglichen mit den sonst gebrauchten Verwerfungsformeln, milde. Mit der wahrhaften Gegenwart von Leib und Blut Christi ist nicht im Sinne der katholischen Transsubstantiationslehre gemeint, daß die Substanz von Brot und Wein nicht mehr vorhanden, sondern in die Substanz von Leib und Blut verwandelt sei. Der Artikel redet nicht von dem Hauptstück der reformatorischen Kritik, das den Opfercharakter der katholischen Eucharistiefeier betrifft; vgl. hierfür Art. 24. — In der Variata von 1540 (vgl. o. S. 13) lautet der Artikel: »Vom Abendmahl des Herrn lehren sie: Mit Brot und Wein werden im Abendmahl des Herrn denen, welche (es) genießen, Leib und Blut Christi wahrhaft ausgeteilt.«

20 Ps. 19, 13. — Vgl. den ausführlicheren Art. 25.

21 Nach der im Hochmittelalter ausgebildeten katholischen Lehre bestand das Bußsakrament aus den drei wesentlichen Teilen der Reue, Beichte (vor dem Priester) und Genugtuung

durch Werke. Die Beichte wird von den Reformatoren beibehalten (s. Art. 11, 25). Als zweites Stück der Buße wird aber im Sinn der Rechtfertigungslehre (Art. 4) der Glaube an die Sündenvergebung um Christi willen begriffen, und die guten Werke sind nicht besondere Leistungen, die eine gewisse Sühne für die Sünden darstellen sollen, sondern Früchte der Buße.

22 Z. B. Hans Denck (ca. 1500–1525). Die Reformatoren dachten hier auch an Kaspar Schwenckfeld (gest. 1561), für den der Wiedergeborene »wesentlich gerecht« war.

23 Anhänger Novatians, eines Presbyters und bedeutenden Theologen in Rom Mitte des 3. Jahrhunderts. Sie verweigerten den in der Verfolgung Abgefallenen, dann auch Unzüchtigen und Mördern, die Wiederaufnahme in die Gemeinde.

24 Gegen die katholischen Gegner der reformatorischen Rechtfertigungslehre.

25 Zwingli hatte diesen Gedanken besonders betont.

26 Obwohl alle Christen durch die Taufe »Priester« sind, wird für die öffentliche Amtsausübung in der Kirche um der Ordnung willen eine rechtmäßige Berufung gefordert (gegen schwärmerische Gruppenbildung).

27 Luther hatte zwar 1520 gesagt: »Wollt Gott, daß in der Christenheit keine Feiertage wären außer dem Sonntag«, doch schaffte er nur fast sämtliche Heiligenfeste ab, auch Allerheiligen und Allerseelen; die Apostelfeste wurden zum Teil auf den folgenden Sonntag verlegt. Nach Melanchthons »Unterricht der Visitatoren« (1528) sollten erhalten bleiben die Sonntage Mariä Verkündigung, Reinigung, Heimsuchung, die Feste Johannis des Täufers, Michaelis, der Apostel, Magdalenä, Christtag, Beschneidung, Epiphanias, Ostern, Himmelfahrt, Pfingsten.

28 Fasttage der römischen Kirche: Freitag, die Vierzigtagefasten vor Ostern, die Vortage der großen Feste, die Quatemberfasten (Mittwoch, Freitag, Sonnabend vor Ostern, Pfingsten, in der 3. September- und 3. Adventswoche).

29 Die Täufer (s. Anm. 18) werden hier – wie auch sonst –

als eine Gruppe zusammengefaßt, obwohl sie im einzelnen unterschiedliche Stellung in den genannten Dingen einnahmen. — Die Opposition gegen die genannten weltlichen Verrichtungen zieht sich, unter Berufung auf biblische Texte, besonders die Bergpredigt, von der Alten Kirche an über mittelalterliche Oppositionsbewegungen bis in die Reformations- und Neuzeit hin.

30 Hier ist neben einer Gruppe der Täufer vor allem das Mönchtum gemeint, das sich selbst als einen Stand der Vollkommenheit betrachtete. Vgl. Art. 27.

31 Nach einem zeitgenössischen Bericht sagen die westthüringischen Täufer (Melchior Rinck): »Wer bei Gott ist, ist selig. Außer Gott aber kann nichts ewig sein; darum müssen alle Verdammten und Teufel endlich zu Gott kommen und selig werden.« Die Lehre von der »Wiederbringung aller« wurde in kosmologischem Zusammenhang von Origenes (3. Jahrhundert) theologisch entwickelt, aber von der Kirche bald verworfen.

32 Auch die Lehre vom »tausendjährigen Reich«, das vor der endgültigen Auferstehung aller Toten zum Gericht kommen sollte, wurde in der Alten Kirche schon vertreten. Sie lebte bei den Täufern der Reformationszeit zum Teil wieder auf. Als jüdische Lehre galt dies, weil das Reich des Messias nach alttestamentlicher Überlieferung zunächst als irdisches Reich gedacht wurde; ähnliche Vorstellungen sind dem Judentum der Reformationszeit nicht fremd und haben von hier aus auch auf Täuferkreise gewirkt (z. B. von Worms aus).

33 Hiermit ist in gemäßigter Form das Anliegen Luthers berücksichtigt, der in seiner Schrift »Vom geknechteten Willen« 1524 gegen Erasmus die Unfreiheit des Willens in Bezug auf die Gnade und seine Unfähigkeit, eine Gerechtigkeit zu erwerben, die vor Gott bestehen kann, scharf betont hatte. — »Nicht von Natur aus«, wörtlich übersetzt: »der animalische Mensch«.

34 Die Schrift wurde im Mittelalter Augustin zugeschrieben.

35 Luthers Sermon von den guten Werken 1520, ferner »Kurze Form der zehn Gebote« 1520, die Abschnitte über die Ge-

bote im großen und kleinen Katechismus usw. — Art. 20 (vgl. dazu S. 10) führt aus, was im Art. 6 kurz grundsätzlich gesagt war. Denn die Lehre von der Glaubensgerechtigkeit (Art. 4) war von katholischer Seite sofort fälschlich als Ermunterung zu sittlicher Laxheit mißdeutet worden, während es ihr nur darum ging, die Rechtfertigung des Menschen allein in Gottes Gnade zu legen und aus der Hand des Menschen zu nehmen. Kein gutes Werk verdient die Seligkeit, und auch der Glaube ist kein Menschenwerk, keine »Tugend«, die den Menschen vor Gott gerecht macht.

36 Die Bruderschaften sind Laienvereinigungen für Andachtsübungen und kirchliche Werke; sie waren von den Bettelorden ins Leben gerufen worden.

37 Hier wird ein Hauptmotiv der Rechtfertigungslehre des Bekenntnisses genannt: das Vertrauen auf die eigenen Werke schafft keinen »Trost«, es läßt den Menschen in Ungewißheit über das Heil.

38 Die deutsche Fassung nennt Augustins Schrift »Vom Geist und Buchstaben«.

39 Die Schrift wurde Ambrosius im Mittelalter zugeschrieben.

40 Vgl. Anm. 37. Das Bekenntnis nimmt mit dem Gedanken der Anfechtung einen wichtigen Gedanken Luthers auf.

41 Jak. 2, 19. So ist von katholischer Seite der Rechtfertigungsglaube der Reformatoren immer wieder mißverstanden worden.

42 Es handelt sich um eine Augustin zugeschriebene Schrift.

43 In der bei Anm. 39 genannten Schrift.

44 Luther: »Wenn ich den Glauben so hoch setze und solche *ungläubigen Werke* verwerfe, beschuldigen sie mich, daß ich die guten Werke verbiete, während ich doch gern *rechte gute Werke des Glaubens* lehren möchte.«

45 Aus dem Pfingstlied Veni sancte spiritus. Die rechte kirchliche Überlieferung spricht also — will die Augustana sagen — für die reformatorische Lehre.

46 Die Türken waren unter Sultan Suleiman II. (1520—66), unter dem sie Ungarn eroberten und bis vor Wien drangen (1529), die große Gefahr für das Reich. Sie vom Vaterlande

abzuhalten, ist ein gutes Werk des Kaisers in seinem »Beruf«. Vgl. Art. 16.

47 Melanchthon unterscheidet mit Luther die allgemeine Kirche (ecclesia catholica) oder »die Christenheit« und Teilkirchen (römische, griechisch-orthodoxe u. a.).

48 Diese ursprüngliche Formulierung (Tota dissensio est de paucis quibusdam abusibus), welche die Differenz in unzutreffender Weise einschränkt, hat Melanchthon in der ersten vollständigen Ausgabe der Augustana (1531) durch Umdruck schon gesetzter Bogen leicht abgeändert: »Aber es besteht Meinungsverschiedenheit über einige wenige bestimmte Mißbräuche« (Sed dissensio est de paucis quibusdam abusibus). Der deutsche Text: »Denn die Irrung und Zank ist vornehmlich über etlichen Traditionen und Mißbräuchen« zeigt die Grundauffassung der Augustana klarer: Man fühlt sich mit der recht verstandenen, schriftgemäßen Lehre der Kirche in Übereinstimmung, ohne Lehrdifferenzen ganz auszuschließen. Sie wären als Abweichung der römischen Kirche von der altkirchlichen Überlieferung zu beurteilen, wie besonders an den Mißbräuchen deutlich wird.

49 Der Appell an den Kaiser ist breiter ausgeführt als im deutschen Text.

50 Bis zum 13. Jahrhundert.

51 Nikolaus von Kues (gest. 1464).

52 Bischof von Karthago im 3. Jahrhundert.

53 Schriftausleger und -übersetzer (auf ihn geht die lateinische Bibel des Mittelalters zurück) um 400.

54 Papst Gelasius (492—496), aufgenommen in die Kirchenrechtssammlung des Gratian um 1140.

55 Wiederum nach Gratian.

56 Bei der Fronleichnamsprozession wird nur die Hostie in der Monstranz herumgetragen und verehrt. Fronleichnamsfest und -prozession sind im 13. Jahrhundert entstanden. Die Verehrung der Hostie hängt mit dem 1215 vom 4. Laterankonzil definierten Glauben an die substantielle Verwandlung des Brotes in den Leib Christi zusammen; die konsekrierte Hostie ist danach nur der Erscheinungsweise nach

noch Brot, der Substanz nach aber Leib Christi, und zwar auch außerhalb des Gebrauches in der Kommunion. Auch hiergegen richtete sich die reformatorische Kritik.

57 Pius II. (1458—64), nach einem 1518 in Venedig gedruckten Buch des italienischen Humanisten Platina über Leben und Taten der Päpste.

58 Ursprünglich bestanden die Einschränkungen für die Kleriker nur im Verbot der 2. Ehe (1. Tim. 3, 2), des Eheschlusses nach dem Empfang der Weihe, später des ehelichen Umgangs vor Vollzug der Eucharistie, schließlich seit dem 4. Jahrhundert — nach dem Aufkommen des täglichen Meßopfers — des gesamten ehelichen Umgangs. Die Forderung der Ehelosigkeit ist vom Mönchtum auf den Klerus übergegangen, in kirchlichen und weltweiten Gesetzen vom 8.—11. Jahrhundert immer wieder erneuert und erst von der Kirchenreform im 11. Jahrhundert einigermaßen durchgeführt worden. Doch fanden noch die Gesetze Papst Gregors VII (1073—85) heftigen Widerstand. In Deutschland war noch im 12. Jahrhundert der größte Teil der Priester verheiratet.

59 Siegfried von Mainz auf Synoden in Erfurt und Mainz 1085.

60 Das Konzil von Nicäa (325) hatte ein Verbot des ehelichen Umgangs für Priester abgelehnt. Die hier gemeinten Bestimmungen waren in der Kirchenrechtssammlung Gratians (1140) gesammelt.

61 Das Bewußtsein, daß das Ende der Welt nahe sei, ist im Mittelalter in Krisenzeiten immer wieder aufgelebt; es war in der Reformationszeit lebendig, sowohl bei Luther als auch in spiritualistischen Kreisen. Vgl. oben Anm. 32.

62 Vgl. Anm. 52. Zitat nach der Zählung des Erasmus, nach der heutigen Brief 4, 2.

63 Nach der Kirchenrechtssammlung Gratians (1140) und späteren päpstlichen Erlassen. — In der Alten Kirche kam mit der Ausbreitung des Mönchtums im Westen die Gewohnheit auf, daß Kinder von ihren Eltern für das Kloster bestimmt und dort bereits erzogen wurden. Im Mittelalter wurde das

Alter, in dem die Gelübde zu leisten seien, allmählich immer weiter heraufgesetzt.

64 Im Spätmittelalter z. B. von Tauler, Nikolaus von Kues, Gerson, Gabriel Biel u. a. – Daß man die Priester für Geld besondere Messen lesen ließ, hängt mit der Auffassung der Messe als eines Gott wohlgefälligen Werkes und Opfers zusammen, dessen sündentilgende Frucht (s. Anm. 67) einem selbst und anderen, selbst Verstorbenen im Fegfeuer, zugutekommen konnte. An diesem Punkt griff die Kritik Luthers am tiefsten ein, weil hiermit der Grundartikel von der Rechtfertigung aus Glauben verletzt war.

65 Meßstipendium = für das Lesen von Messen ausgesetzte Geldsumme.

66 Privatmesse = ohne Gemeinde zelebrierte Messe.

67 Vgl. Anm. 64.

68 »ex opere operato«, d. h. durch den bloßen korrekten Vollzug, unabhängig von der Würdigkeit des Priesters. Die Formel ist seit dem 13. Jahrhundert üblich; die Grundentscheidung, daß die heilswirksame Sakramentspendung von der Würdigkeit des spendenden Priesters unabhängig sei, ist aber schon im Kampf gegen den Donatismus gefallen (vgl. Anm. 17). In diesem Sinne blieb die Reformation durchaus bei der altkirchlichen Entscheidung (vgl. Art. 8). Aber der weitere Gedanke, der im Mittelalter hinzukam, daß die Sakramente ohne den Glauben an die »Verheißungen, die durch die Sakramente dargeboten und vor Augen gehalten werden« (Art. 13), wirksam seien und rechtfertigten, konnte von den Reformatoren als dem Evangelium unmittelbar zuwider nicht anerkannt werden (Art. 4).

69 Vgl. Anm. 37 und 40.

70 Der Gedanke ist besonders charakteristisch für Melanchthon; vgl. seinen berühmten Satz in den »Loci theologici« von 1521: »Christus erkennen heißt, seine Wohltaten erkennen«.

71 Vgl. das im Text von Art. 20 bei Anm. 41 über den Glauben Gesagte.

72 Nach einer im Mittelalter Ambrosius zugeschriebenen Schrift

über die Sakramente.

73 Papst Gregor I. (590—604).

74 Einer der großen griechischen Kirchenväter (gest. 407).

75 Kanon 18 des Konzils von Nicäa 325.

76 Vgl. Anm. 48.

77 Von einem Schüler des römischen Senators Cassiodor (gest. 583) verfaßte Kirchengeschichte.

78 Vgl. Art. 11 und 24: »niemand wird zum Sakrament zugelassen, wenn er nicht vorher ernstlich geprüft ist.«

79 Vgl. Art. 12: zweiter Teil der Buße ist der »Glaube, der aus dem Evangelium, d. i. aus der Lossprechung empfangen wird ...«

80 Vgl. Matth. 16, 19; 18, 18.

81 Vgl. Anm. 37, 40 und 69.

82 Gratian um 1140.

83 Zu Gratian.

84 Thomas von Aquino (13. Jh.): Man fastet, erstens um die Begierden des Fleisches zu unterdrücken, zweitens um den Geist für die Betrachtung der erhabenen Dinge freier zu machen, drittens um für die Sünden genugzutun.

85 Vgl. Anm. 21.

86 Johannes Gerson (gest. 1429), Kanzler der Universität Paris, hochangesehener Theologe und Vertreter der Überordnung des Konzils über den Papst. Vgl. auch Anm. 106.

87 Verfasser von »Summen« über Gewissensfälle für die Beicht- und Seelsorgepraxis.

88 Der Asket Jovinian bekämpfte seit etwa 385 in Rom den Gedanken des höheren verdienstlichen Wertes der mönchisch-asketischen Leistungen. Es gab nach ihm für alle getauften Frommen nur einen gleichen himmlischen Lohn. »Zucht und Abtötung des Fleisches« bekämpfte er nicht, sondern übte er selbst. Seine Gedanken liefen aber der mönchischen Entwicklung zuwider, und er wurde (besonders von Hieronymus) bekämpft und kirchlich verurteilt.

89 Vgl. Art. 15.

90 In Kleinasien am jüdischen Passahtage (dem 14. des Monats

Nisan), dem Tage des Vollmonds nach der Frühlings-Tag- und Nachtgleiche, in Rom (wie schon vorher in Palästina und Ägypten) an dem darauf folgenden Sonntag. Bischof Viktor von Rom (etwa 189—198) wollte den Ostertermin vereinheitlichen und drohte den Kleinasiaten mit Abbruch der Kirchengemeinschaft. Neben anderen trat ihm hierin Irenäus von Lyon entgegen.

91 Gregor I. (590-604), nach dem Decretum Gratiani (um 1140).

92 Vgl. Anm. 77.

93 Der Austritt aus dem Klosterleben war ursprünglich möglich.

94 Vgl. Anm. 63. Die »Oblation« von Kindern war kirchenrechtlich erlaubt; sie wurde erst auf dem Konzil von Trient (1546—63) verboten.

95 Der Vergleich zwischen Mönchsgelübde und Taufe war im Mittelalter geläufig. Luther wurde nach Ablegung der Gelübde von Prior, Konvent und Beichtvater beglückwünscht, daß er »nun wäre wie ein unschuldig Kind, das eben rein aus der Taufe käme«.

96 Die Unterscheidung der Gebote Gottes, die allen Christen gelten, von den evangelischen »Räten«, die von denen zu befolgen seien, die die Vollkommenheit erstrebten, war geläufig. Als Räte galten vornehmlich Armut, Keuschheit (Jungfräulichkeit) und Gehorsam. Die Unterscheidung stützte sich auf Matth. 19, 17—21.

97 So sagt Thomas von Aquino: »Die Vollkommenheit des Menschen besteht darin, daß er ganz Gott anhängt ..., und danach benennt die (asketische, mönchische) Frömmigkeit den Stand der Vollkommenheit», und: »Der mönchische Stand ist sicherer (d. h.: führt sicherer zum Heil) als der Stand des weltlichen Lebens.«

98 Im Decretum Gratiani um 1140 heißt es: »Ein Mönch darf ohne die Zustimmung seines Abtes kein Gelübde leisten; wenn er es aber doch tut, so ist es aufzuheben.«

99 Ramiro II. (1134—1137), ursprünglich Mönch, wurde nach dem Tode seines kinderlosen Bruders von den Gelübden

entbunden.

100 Beides bei Gratian um 1140.

101 Nach Gratian.

102 Art. 4.

103 Thomas von Aquino: »Es läßt sich mit Vernunftgründe behaupten, daß auch durch den Eintritt in einen Mönchsstand jemand die Vergebung aller Sünden erlangt ...; so liest man in den Lebensbeschreibungen der Mönchsväter, daß diejenigen, die in die Mönchsstände eintreten, dieselbe Gnade erlangen wie die Getauften.«

104 An der hier gemeinten Stelle des Decretum Gratiani ist vom Eid, nicht speziell vom Mönchsgelübde die Rede.

105 Vgl. Art. 16.

106 Vgl. Anm. 86. Er hat sich häufig gegen den Begriff des Standes der Vollkommenheit gewandt, der nach pharisäischem Selbstruhm aussehe. »Nicht in einem Stande der Vollkommenheit sein, sondern vollkommen leben ist lobenswert.«

107 Werke, zu denen nicht alle verpflichtet sind.

108 Nach Matth. 16, 19. Vgl. das andere Verständnis der Schlüsselgewalt bei Anm. 80.

109 Reservierte Fälle: in ihnen war die Absolution den Bischöfen oder Päpsten als ›Reservanten‹, vgl. bei Anm. 118, vorbehalten.

110 Papst Gregor VII. (1073—85): »Der Papst kann die Kaiser absetzen.« Papst Bonifaz VIII. sagt in der Bulle »Unam Sanctam« 1302: »Die geistliche Gewalt hat die Macht, die irdische Gewalt einzusetzen und zu richten, wenn sie nicht gut sein sollte.«

111 Vgl. Art. 16.

112 Symbolisch für die landesherrliche Regierungsgewalt, die auch den Gebrauch des Schwertes im Strafrecht und im Kriege einschließt.

113 Decretum Gratiani um 1140.

114 Die Abgabe des Zehnten von dem Rohertrag aller Grundstücke und Wirtschaften, die sowohl im mosaischen wie im römischen Recht Vorbilder hat, wurde als kirchliche For-

derung am frühesten in Irland beobachtet, im 6. Jahrhundert in der fränkischen Kirche allgemein gefordert und als Stück der karolingischen Reform durchgeführt.

115 Decretum Gratiani.

116 jüdischen.

117 Kirchliches Pflichtgebet der Mönche und Kleriker zu sieben Tagzeiten.

118 Vgl. Anm. 109.

119 Art. 4 und 15.

120 Vgl. Anm. 27.

121 Die Reformatoren haben das Bewußtsein, in der einen Kirche und ihrer authentischen Tradition zu stehen. Vgl. Anm. 48 und den jetzt folgenden Schluß. Wenn die Bischöfe dem Evangelium und der authentischen kirchlichen Tradition, auf die sich die Reformation beruft, nicht Raum gewähren, so sind sie es, welche die Kirche spalten.

122 Erlaß von Bußübungen und Fegefeuerstrafen gegen bestimmte Leistungen, damals außerordentlich oft gegen Geld.

123 Seit Anfang des 12. Jahrhunderts nachgewiesen. Gegen ihr Treiben (Tetzel) wandten sich schon seit dem 4. Laterankonzil (1215) zahlreiche Synoden vergeblich, so daß das Konzil von Trient ihnen 1546 das Predigen verbot und 1562 das Amt ganz aufhob.

124 Seit die Mönche im 12. Jahrhundert und vor allem mit dem Aufkommen der Bettelorden (13. Jahrhundert) in großem Umfang in die Seelsorgearbeit eintraten.

125 Vgl. Anm. 47 und 48.

# INHALT